春天燕子飞来时，家家都把窗户打开，希望燕子到窑里来做窝；
很多家窑里都住着一窝燕儿，没人伤害它们。

史铁生 作品
吴冠中 配图

2005

吴冠中

秋天的色彩也不再那么单调：半崖上小灌木的叶子红了，杜梨树的叶子黄了，酸枣棵子缀满了珊瑚珠似的小酸枣……尤其是山坡上绽开了一丛丛野花，淡蓝色的，一丛挨着一丛，雾蒙蒙的。

那条河叫清平河，那道川叫清平川，我们的村子叫清平湾。几十户人家，几十眼窑洞，坐落在山腰。清平河在山前转弯东去，七八十里到了县城，再几十里就到了黄河边。

山都又高又陡，一样的光秃，羊肠小道盘在上面。半天才走下一道山梁，半天才又爬上一座山峁，四下望去，仍是不尽的山梁、山峁、深沟大壑，莽莽与天相连。

看着太阳升起来，变红，变白，变热；身后掏下的地已经不少；看着太阳落下去，变红，变大，变冷，眼前没有掏开的地似乎还那么多。除了黄土还是黄土，漫无边际的黄褐色……

夜里就又做梦：无边的黄土连着天。起伏绵延的山群，像一只只巨大的恐龙伏卧着，用光秃秃的脊背没日没夜地驮着落日、驮着星光。河水吃够了泥土，流得沉重、艰辛。只在半崖上默默地生着几丛葛针、狼牙刺，也都蒙满黄尘。天地沉寂，原始一样的荒凉。

骤然天开了，夕阳异常辉煌，山川灿烂，清平河宽阔、浩荡大水翻滚得好看，夕阳在每一个浪尖上点亮一炬火把，像在庆祝一个节日，狂呼狂舞着去黄河。

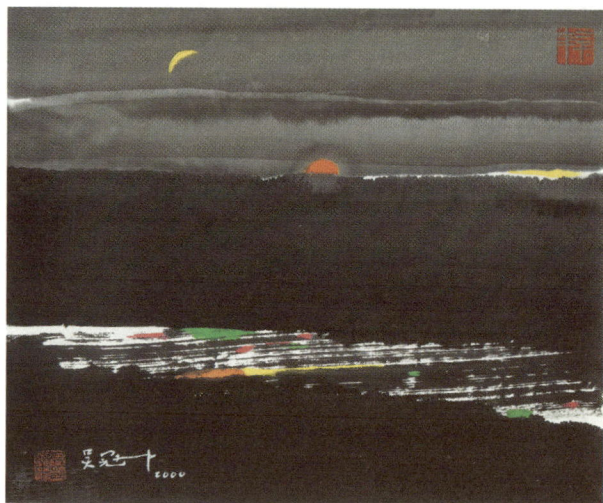

海潮涌起来又落下去涌起来又落下去，落下去又涌起
来，对着月亮叹息。叹息声不知几万里远。月亮只好
按照自己的轨迹运行。

· ·
·

在月亮下面，在海的另一边，城市里万家灯火。

随便哪一个窗口里，都是一个你不能清楚的世界。

在山里，在山下开阔的坡地上，在林间，在沼泽，在河的源头，在遥远的不为人知的地方，种子埋进冻土，为了无尽无休的以往继续下去成为无尽无休的未来。花开花落，花落花开，悠悠万古时光。

我的遥远的
清平湾

史铁生　著

湖南文艺出版社
HUNAN LITERATURE AND ART PUBLISHING HOUSE

博集天卷
CS·BOOKY

目
录

C o n t e n t s

我的遥远的清平湾　　　001
关于詹牧师的报告文学　　019
插队的故事　　　076
礼拜日　　　195
原罪·宿命　　　263
中篇1或短篇4　　　306

我的遥远的清平湾

北方的黄牛一般分为蒙古牛和华北牛。华北牛中要数秦川牛和南阳牛最好,个儿大,肩峰很高,劲儿足。华北牛和蒙古牛杂交的牛更漂亮,犄角向前弯去,顶架也厉害,而且皮实、好养。对北方的黄牛,我多少懂一点儿。这么说吧:现在要是有谁想买牛,我担保能给他挑头好的。看体形,看牙口,看精神儿,这谁都知道,光凭这些也许能挑到一头不坏的,可未必能挑到一头真正的好牛。关键是得看脾气。拿根鞭子,一甩,"嗖"的一声,好牛就会瞪圆了眼睛,左蹦右跳。这样的牛干起活来下死劲儿,走得欢。疲牛呢?听见鞭子响准是把腰往下一塌,闭一下眼睛,忍了。这样的牛,别要。

我插队的时候喂过两年牛,那是在陕北的一个小山村儿——清平湾。

我们那个地方虽然也还算是黄土高原,却只有黄土,见不到真正的平坦的塬地了。由于洪水年年吞噬,塬地总在塌方,顺着沟、渠、小河,流进了黄河。从洛川再往北,全是一座座黄的山峁或一道道黄的山梁,绵延不断。树很少,少到哪座山上有几棵什么树,老乡们都记得清清楚楚；只有打新窑或是做棺木的时候；才放倒一两棵。碗口粗的柏树就稀罕得不得了。要是谁能做上一口薄柏木板的棺材，大伙就都佩服，方圆几十里内都会传开。

在山上拦牛的时候，我常想，要是那一座座黄土山都是谷堆、麦垛，山坡上的胡蒿和沟壑里的狼牙刺都是柏树林，就好了。和我一起拦牛的老汉总是"吸溜吸溜"地抽着旱烟，笑笑，说："那可就一股劲儿吃白馍馍了。老汉儿家、老婆儿家都睡一口好材。"

和我一起拦牛的老汉姓白。陕北话里，"白"发"破"的音，我们都管他叫"破老汉"。也许还因为他穷吧，英语中的"poor"就是"穷"的意思。或者还因为别的：那几颗零零碎碎的牙，那几根稀稀拉拉的胡子，尤其是他的嗓子——他爱唱，可嗓子像破锣。傍晚赶着牛回村的时候，最后一缕阳光照在崖畔上，红的。破老汉用镢把挑起一捆柴，扛着，一路走一路唱："崖畔上开花崖畔上红；受苦人①过得好光景……"声音拉得很长，虽不洪亮，但颤巍巍的，悠扬。碰巧了，崖顶上探出两个小脑瓜，竖着耳朵听一阵，跑了；可能是狐狸，也可能是野羊。不过，要想靠打猎为生可不行，野兽很少。我们那地方突出的特点是穷，穷山穷水，"好光景"永远是"受苦人"的一种盼望。天快黑的时候，进山寻野菜的孩子们也都回村了，大的拉着小的，小的扯着更小的，每人的臂弯里都扛着个小篮儿，装的苦菜、苋菜或者小蒜、蘑菇……孩子们跟在牛群后面，"叽叽嘎嘎"地吵，争抢着把牛粪撮回窑里②去。

越是穷地方，农活也越重。春天播种，夏天收麦，秋天玉米、

---

① 受苦人：庄稼人的意思。陕北方言。
② 窑里：家里之意。陕北方言。

高粱、谷子都熟了，更忙；冬天打坝、修梯田，总不得闲。单说春种吧，往山上送粪全靠人挑。一担粪六七十斤，一早上就得送四五趟；挣两个工分，合六分钱。在北京，才够买两根冰棍儿的。那地方当然没有冰棍儿，在山上干活渴急了，什么水都喝。天不亮，耕地的人们就扛着木犁、赶着牛上山了。太阳出来，已经耕完了几垧地。火红的太阳把牛和人的影子长长地印在山坡上，扶犁的后面跟着撒粪的，撒粪的后头跟着点籽的，点籽的后头是打土坷垃的，一行人慢慢地、有节奏地向前移动，随着那悠长的吆牛声。吆牛声有时疲惫、凄婉，有时又欢快、诙谐，引动一片笑声。那情景几乎使我忘记自己是生活在哪个世纪，默默地想着人类遥远而漫长的历史。人类好像就是这么走过来的。

清明节的时候我病倒了，腰腿疼得厉害。那时只以为是坐骨神经疼，或是腰肌劳损，没想到会发展到现在这么严重。陕北的清明前后爱刮风，天都是黄的。太阳白蒙蒙的。窑洞的窗纸被风沙打得"刷啦啦"响。我一个人躺在土炕上……

那天，队长端来了一碗白馍……

陕北的风俗，清明节家家都蒸白馍，再穷也要蒸几个。白馍被染得红红绿绿的，老乡管那叫"zi chui"。开始我们不知道是哪两个字，也不知道什么意思，跟着叫"紫锤"。后来才知道，是叫"子推"，是为了纪念春秋时期一个叫介子推的人的。破老汉说，那是个刚强的人，宁可被人烧死在山里，也不出去做官。我没有考证过，也不知史学家们对此做何评价。反正吃一顿白馍，清平湾的老老少少都很高兴。尤其是孩子们，头好几天就喊着要吃子推馍馍了。春秋距今两千多年了，陕北的文化很古老，就像黄河。譬如，陕北话中有好些很文的字眼："喊"不说"喊"，要说"呐喊"，香菜，叫芫荽，

"骗人"也不说"骗人",叫作"玄谎"……连最没文化的老婆儿也会用"酝酿"这词儿。开社员会时,黑压压坐了一窑人,小油灯冒着黑烟,四下里闪着烟袋锅的红光。支书念完了文件,喊一声:"不敢睡!大家讨论个一下!"人群中于是息了鼾声,不紧不慢地应着:"酝酿酝酿了再……"这"酝酿"二字使人想到那儿确是革命圣地,老乡们还记得当年的好作风。可在我们插队的那些年里,"酝酿"不过是一种习惯了的口头语罢了。乡亲们说"酝酿"的时候,心里也明白:球事不顶!可支书让发言,大伙总得有个说的,支书也是难,其实那些政策条文早已经定了。最后,支书再喊一声:"同意啊不?"大伙回答,"同意——"然后回窑睡觉。

那天,队长把一碗"子推"放在炕沿上,让我吃。他也坐在炕沿上,"吧嗒吧嗒"地抽烟。"子推"浮头用的是头两茬面,很白;里头都是黑面,麸子全磨了进去。队长看着我吃,不言语。临走时,他吹吹烟锅儿,说:"唉!'心儿'家不容易,离家远。""心儿"就是孩子的意思。

队里再开会时,队长提议让我喂牛。社员们都赞成。"年轻后生家,不敢让腰腿坐下病,好好价把咱的牛喂上!"老老小小见了我都这么说。在那个地方,担粪、砍柴、挑水、清明磨豆腐、端午做凉粉、出麻油、打窑洞……全靠自己动手。腰腿可是劳动的本钱,唯一能够代替人力的牛简直是宝贝。老乡们把喂牛这样的机要工作交给我,我心里很感动,嘴上却说不出什么。农民们不看嘴,看手。

我喂十头,破老汉喂十头,在同一个饲养场上。饲养场建在村子的最高处,一片平地,两排牛棚,三眼堆放草料的破石窑。清平河水整日价"哗哗啦啦"的,水很浅,在村前拐了一个弯,形成了一个水潭。河湾的一边是石崖,另一边是一片开阔的河滩。夏天,村里的孩子们光着屁股在河滩上折腾，往水潭里"扑通扑通"地跳，有时候捉到一只鳖，又笑又嚷，闹翻了天。破老汉坐在饲养场前面的窑顶上看着，一袋接一袋地抽烟。"'心儿'家不晓得愁。"他说，然后就哑着个嗓子唱起来："提起那家来，家有名，家住在绥德三十里铺村……"破老汉是绥德人，年轻时打短工来到清平湾，就住下了。绥德出打短工的，出石匠，出说书的，那地方更穷。

绥德还出吹手。农历年夕前后，坐在饲养场上，常能听到那欢乐的唢呐声。那些吹手也有从米脂、佳县来的，但多数是从绥德来。他们到处串，随便站在谁家窑前就吹上一阵。如果碰巧哪家要娶媳妇，他们就被请去，"呜里哇啦"地吹一天，吃一天好饭。要是运气不好，吹完了，就只能向人家要一点儿吃的或钱。或多或少，家家都给，破老汉尤其给得多。他说："谁也有难下的时候。"原先，他也干过那营生，吃是能吃饱，可是常要受冻，要是没人请，夜里就得住寒窑。"揽工人儿难；哎哟，揽工人儿难，正月里上工十月里满，受的牛马苦，吃的猪狗饭……"他唱着，给牛添草。破老汉一肚子歌。

小时候就知道陕北民歌。到清平湾不久，干活歇下的时候我们就请老乡唱，大伙都说破老汉爱唱，也唱得好。"老汉的日子熬煎咧，人愁了才唱得好山歌。"确实，陕北的民歌多半都有一种忧伤的调子。但是，一唱起来，人就快活了。有时候赶着牛出村，破老汉憋细了嗓子唱《走西口》："哥哥你走西口，小妹妹也难留，手拉着哥哥的手，送哥到大门口。走路你走大路，再不要走小路，大路上人马多，来回解忧愁……"场院上的婆姨、女子们嘻嘻哈哈地冲我嚷："让老汉儿唱个《光棍哭妻》嘛，老汉儿唱得可美！"破老汉只作没听见，调子一转，唱起了《女儿嫁》："一更里叮当响，小哥哥进了我的绣房，娘问女孩儿什么响，西北风刮得门闩响嘛哎哟……"往下的歌词就不宜言传了。我和老汉赶着牛走出很远了，还听见婆姨、女子们在场院上骂。老汉冲我眨眨眼，撅一根柳条，赶着牛，唱一路。

破老汉只带着个七八岁的小孙女过。那孩子小名儿叫"留小儿"。两口人的饭常是她做。

把牛赶到山里，正是晌午。太阳把黄土烤得发红，要冒火似的。草丛里不知名的小虫子"嗞——嗞——"地叫。群山也显得疲乏，无精打采地互相挨靠着。方圆十几里内只有我和破老汉，只有我们的吆牛声。哪儿有泉水，破老汉都知道；几镢头挖成一个小土坑，一会儿坑里就积起了水。细珠子似的小气泡一串串地往上冒，水很小，又凉又甜。"你看下我来，我也看下你……"老汉喝口水，抹抹嘴，扯着嗓子又唱一句。不知他又想起了什么。

夏天拦牛可不轻闲，好草都长在田边，离庄稼很近。我们东奔西跑地吆喝着，骂着。破老汉骂牛就像骂人，爹、娘、八辈祖宗，骂得那么亲热。稍不留神，哪个狡猾的家伙就会偷吃了田苗。最讨厌的是破老汉喂的那头老黑牛，称得上是"老谋深算"。它能把野草和田苗分得一清二楚。它假装吃着田边的草，慢慢接近田苗，低着头，眼睛却溜着我。我看着它的时候，田苗离它再近它也不吃，一副廉洁奉公的样儿；等我刚一回头，它就趁机啃倒一棵玉米或高粱，调头便走。我识破了它的诡计，它再接近田苗时，假装不看它，等它确信无虞把舌头伸向禁区之际，我才大吼一声。老家伙趔趔趄趄地后退，既惊慌又愧悔，那样子倒有点儿可怜。

陕北的牛也是苦，有时候看着它们累得草也不想吃，"呼哧呼哧"喘粗气，身子都跟着晃，我真害怕它们趴架。尤其是当那些牛争抢着去舔地上渗出的盐碱的时候，真觉得造物主太不公平。我几次想给它们买些盐，但自己嘴又馋，家里寄来的钱都买鸡蛋吃了。

每天晚上，我和破老汉都要在饲养场上待到十一二点，一遍遍给牛添草。草添得要勤，每次不能太多。留小儿跟在老汉身边，寸步不离。她的小手绢里总包两块红薯或一把玉米粒。破老汉用牛吃剩下的草圪节打起一堆火，干的"噼噼啪啪"响，湿的"嗞嗞"冒烟。火光照亮了饲养场，照着吃草的牛，四周的山显得更高，黑魆魆的。留小儿把红薯或者玉米埋在烧尽的草灰里：如果是玉米，就得用树枝拨来拨去，"啪"的一响，爆出了一个玉米花。那是山里娃最好的零嘴儿了。

留小儿没完没了地问我北京的事。"真个是在窑里看电影？""不是窑，是电影院。""前回你说是窑里。""噢，那是电视。一个方匣匣，和电影一样。"她歪着头想，大约想象不出，又问起别的。"啥时想吃肉，就吃？""嗯。""玄谎！""真的。""成天价想吃呢？""那就成天价吃。"这些话她问过好多次了，也知道我怎么回答，但还是问。"你说北京人都不爱吃白肉？"她觉得北京人不爱吃肥肉，很奇怪。她仰着小脸儿，望着天上的星星；北京的神秘，对她来说，不亚于那道银河。

"山里的娃娃什么也解①不开。"破老汉说。破老汉是见过世面的，他一九三七年就入了党，跟队伍一直打到广州。他常常讲起广州：霓虹灯成宿地点着、广州人连蛇也吃、到处是高楼、楼里有电梯……留小儿听得觉也不睡。我说："城里人也不懂得农村的事呢。""城里人解开个狗吗？"留小儿问，"格格"地笑。她指的是我们刚到清平湾的时候，被狗追得满村跑。"学生价连犍牛和生牛也解不开，"留小儿说着去摸摸正在吃草的牛，一边数叨，"红犍牛、猴②

---

① 解：陕北方言中读hài。
② 猴：小。

犍牛、花生牛……爷！老黑牛怕是难活①下了，不肯吃！"它老了，熬②了。"老汉说。山里的夜晚静极了，只听得见牛吃草的"沙沙"声，蛐蛐叫，有时远处还传来狼嗥。破老汉有把破胡琴，"嗞嗞嘎嘎"地拉起来，唱："一九头上才立冬，闯王领兵下河东，幽州困住杨文广，年太平，金花小姐领大兵……"把历史唱了个颠三倒四。

留小儿最常问的还是天安门。"你常去天安门？""常去。""常能照着③毛主席？""哪的来，我从来没见过。""咦？！他就盛④在天安门上，你去了会照不着？"她大概以为毛主席总站在天安门上，像画上画的那样。有一回她趴在我耳边说："你冬里回北京把我引上行不？"我说："就怕你爷爷不让。""你跟他说说嘛，他可相信你说的了。盘缠我有。""你哪儿来的钱？""卖鸡蛋的钱，我爷爷不要，都给了我，让我买褂褂儿的。""多少？""五块！""不够。""嘻——，我哄你，看，八块半！"她掏出个小布包，打开，有两张一块的，其余全是一毛、两毛的。那些钱大半是我买了鸡蛋给破老汉的。平时实在是饿得够呛，想解解馋，也就是买几个鸡蛋。我怎么跟留小儿说呢？我真想冬天回家时把她带上。可就在那年冬天，我病厉害了。

其实，喂牛没什么难的，用破老汉的话说，只要勤谨，肯操心就行。喂牛，苦不重⑤，就是熬人，夜里得起来好几趟，一年到头睡不成个囫囵觉。冬天，半夜从热被窝里爬出来的滋味可不是好受的。尤其五更天给牛拌料，牛埋下头吃得香，我坐在牛槽边的青石板上

---

① 难活：病。
② 熬：累。
③ 照着：望见。
④ 盛：住。
⑤ 苦不重：活儿不重。

能睡好几觉。破老汉在我耳边叨唠：黑市的粮价又涨了、合作社来了花条绒、留小儿的袄烂得露了花……我"哼哼哈哈"地应着，刚梦见全聚德的烤鸭，又忽然掉进了什刹海的冰窟窿，打个冷颤醒了，破老汉还没唠叨完。"要不回窑睡去吧，二次料我给你拌上。"老汉说。天上划过一道亮光，是流星。月亮也躲进了山谷。星星和山峦，不知是谁望着谁，或者谁忘了谁。"这营生不是后生家做的，后生家正是好睡觉的时候，"破老汉说，然后"唉，唉——"地发着感慨。我又迷迷糊糊地入了梦乡。

碰上下雨下雪，我们俩就躲进牛棚。牛棚里净是粪尿，连打个盹的地方也没有。那时候我的腿和腰就总酸疼。"倒运的天！"破老汉骂，然后对我说，"北京够咋美，偏来这山沟沟里做什么嘛！""您那时候怎么没留在广州？"我随便问。他抓抓那几根黄胡子，用烟锅儿在烟荷包里不停地剜，瞪着眼睛愣半天，说："咋！让你把我问着了，我也不晓球咋价日鬼的。"然后又愣半天，似乎回忆着到底是什么原因。"唉，球毛擀不成个毡，山里人当不成个官。"他说，"我那辰儿要是不回来，这辰儿也住上洋楼了，也把警卫员带上了。山里人憨着咧，只想打罢了仗就回家，哪搭儿也不胜窑里好。球！要不，我的留小儿这辰儿还愁穿不上个条绒袄儿？"

每回家里给我寄钱来，破老汉总嚷着让我请他抽纸烟。"行！"我说，"'牡丹'的怎么样？""唏——，'黄金叶'的就拔尖了！""可有个条件，"我凑到他耳边，"得给'后沟里的'送几根去。""憨娃娃！"他骂。"后沟里的"指的是住在后沟里的一个寡妇，比破老汉小十几岁，村里人都知道那寡妇对破老汉不错。老汉抽着纸烟，望着远处。我也唱一句："你看下我来，我也看下你……"递给他几根纸烟，向后沟的方向示意。他不言传，笑眯眯地不知想着什么。末了，他把几根纸烟装进烟荷包，说："留小儿大了嫁到北京去呀！"说罢笑笑，知道那是不沾边儿的事。

在后山上拦牛的时候，远远地望着后沟里的那眼土窑洞，我问破老汉："那婆姨怎么样？""亮亮妈，人可好。"他说。我问："那你干吗不跟她过？""唏——，老了老了还……"他打岔，"算了吧！"我说："那你夜里常往她窑里跑？"我其实是开玩笑。"咦！不敢瞎说！"他装得一本正经。我诈他："我都看见了，你还不承认！"他不言传了，尴尬地笑着。其实我什么也没看见。

破老汉望着山脚下的那眼窑洞。窑前，亮亮妈正费力地劈着一疙瘩树根；一个男孩子帮着她劈，是亮亮。"我看你就把她娶了吧，她一个人也够难的。再说，也就有人给你缝衣裳了。""唉，丢下留小儿谁管？""一搭里过嘛！""她的亮亮也娇惯得危险①，留小儿要受气呢。后妈总不顶亲的。""什么后妈，留小儿得管她叫奶奶了。""还不一样？"山里没人，我们敞开了说。亮亮家的窑顶上冒起了炊烟。老汉呆呆地望着，一缕蓝色的轻烟在山沟里飘绕。小学校放学的钟声"当当"地敲响了。太阳下山了，收工的人们扛着锄头在暮霭中走。拦羊的也吆喝着羊群回村了，大羊喊，小羊叫，"咩咩"地响成一片。老汉还是呆呆地坐着，闷闷地抽烟。他分明是心动了，可又怕对不起留小儿。留小儿的大②死得惨，平时谁也不敢向破老汉问起这事，据说，老汉一想起就哭，自己打自己的嘴巴。听说，都是因为破老汉舍不得给大夫多送些礼，把儿子的病给耽误了；其实，送十来斤米或者面就行。那些年月啊！

---

① 危险：严重、厉害之意。

② 大：爹。

秋天，在山里拦牛简直是一种享受。庄稼都收完了，地里光秃秃的，山洼、沟掌里的荒草却长得茂盛。把牛往沟里一轰，可以躺在沟门上睡觉；或是把牛赶上山，在下山的路口上坐下，看书。秋天的色彩也不再那么单调：半崖上小灌木的叶子红了，杜梨树的叶子黄了，酸枣棵子缀满了珊瑚珠似的小酸枣……尤其是山坡上绽开了一丛丛野花，淡蓝色的，一丛挨着一丛，雾蒙蒙的。灰色的小田鼠从黄土坷垃后面探头探脑；野鸽子从悬崖上的洞里钻出来，"扑棱棱"飞上天；野鸡"咕咕嘎嘎"地叫，时而出现在崖顶上，时而又钻进了草丛……我很奇怪，生活那么苦，竟然没人捕食这些小动物。也许是因为没有枪，也许是因为这些鸟太小也太少，不过多半还是因为别的。譬如：春天燕子飞来时，家家都把窗户打开，希望燕子到窑里来做窝；很多家窑里都住着一窝燕儿，没人伤害它们。谁要是说燕子的肉也能吃，老乡们就会露出惊讶的神色，瞪你一眼："咦！燕儿嘛！"仿佛那无异于亵渎了神灵。

种完了麦子，牛就都闲下了，我和破老汉整天在山里拦牛。老汉不闲着，把牛赶到地方，跟我交代几句就不见了。有时忽然见他出现在半崖上，奋力地劈砍着一棵小灌木。吃的难，烧的也难，为了一小把柴，常要爬上很高很陡的悬崖。老汉说，过去不是这样，过去人少，山里的好柴砍也砍不完，密密匝匝的，人也钻不进去。老人们最怀恋的是红军刚到陕北的时候，打倒了地主，分了地，单干。"才红了①那辰儿，吃也有的吃，烧也有的烧，这咋会儿，做过啦②！"老乡们都

---

① 才红了：指红军刚到陕北。
② 做过啦：弄糟了。

这么说。真是，"这咋会儿"，迷信活动倒死灰复燃。有一回，传说从黄河东来了神神，有些老乡到十几里外的一个破庙去祷告，许愿。破老汉不去。我问他为什么，他皱着眉头不说，又哼哼起《山丹丹开花红艳艳》。那是才红了那辰儿的歌。过了半天，使劲磕磕烟袋锅，叹了口气："都是那号婆姨闹的！""哪号？"我有点儿明知故问。他用烟袋指指天，摇摇头，撇撇嘴："那号婆姨，我一照就晓得……"如此算来，破老汉反"四人帮"要比"四五"运动早好几年呢！

在山里，有那些牛做伴，即便剩我一个人也并不寂寞。我半天半天地看着那些牛，它们的一举一动都意味着什么，我全懂。平时，牛不爱叫，只有奶着犊子的生牛才爱叫。太阳一偏西，奶着犊儿的生牛就急着要回村了，你要是不让它回，它就"哞——哞——"地叫个不停，急得团团转，无心再吃草。有一回，我在山洼洼里，睡着了，醒来太阳已经挨近了山顶。我和破老汉吆起牛回村，忽然发现少了一头。山里常有被雨水冲成的暗洞，牛踩上就会掉下去摔坏。破老汉先也一惊，但马上看明白了，说："没麻搭，它想儿，回去了。"我才发现，少了的是一头奶犊儿的生牛。离村老远，就听见饲养场上一声声牛叫了，儿一声，娘一声，似乎一天不见，母子间有说不完的贴心话。牛不老①在母亲肚子底下一下一下地撞，吃奶，母牛的目光充满了温柔、慈爱，神态那么满足，平静。我喜欢那头母牛，喜欢那只牛不老。我最喜欢的是一头红犍牛，高高的肩峰，腰长腿壮，单套也能拉得动大步犁。红犍牛的犄角长得好，又粗又长，向前弯去；几次碰上邻村的牛群，它都把对方的首领顶得败阵而逃。我总是多给它拌些料，犒劳它。但它不是首领。最讨厌的还是那头

---

① 牛不老：牛犊。

老黑牛，不仅老奸巨猾，而且专横跋扈，双套它也会气喘吁吁，却占着首领的位置。遇到外"部落"的首领，它倒也勇敢，但不下两个回合，便跑得比平时都快了。那头老生牛就好，虽然比老黑牛还老，却和蔼得很，再小的牛冲它抻抻脖子，它也会耐心地为之舔毛……和牛在一起，也可谓其乐无穷了，不然怎么办呢？方圆十几里内看不见一个人，全是山。偶尔有拦羊的从山梁上走过，冲我呐喊两声。黑色的山羊在陡峭的岩壁上走，如走平地，远远看去像是悬挂着的棋盘；白色的绵羊走在下边，是白棋子。山沟里有泉水，渴了就喝，热了就脱个精光，洗一通。那生活倒是自由自在，就是常常饿肚子。

破老汉有个弟弟，我就是顶替了他喂牛的。据说那人奸猾，偷牛料；头几年还因为投机倒把坐过县大狱。我倒不觉得那人有多坏，他不过是蒸了白馍跑到几十里外的车站上去卖高价，从中赚出几升玉米、高粱米。白面自家舍不得吃。还说他捉了乌鸦，做熟了当鸡卖，而且白馍里也掺了假。破老汉看不上他弟弟，破老汉佩服的是老老实实的受苦人。

一阵山歌，破老汉担着两捆柴回来了。"饿了吧？"他问我。"我把你的干粮吃了。"我说。"吃得下那号干粮？"他似乎感到快慰。他"哼哼唉唉"地唱着，带我到山背洼里的一棵大杜梨树下。"咋吃！"他说着爬上树去。他那年已经五十六岁了，看上去还要老，可爬起树来却比我强。他站在树上，把一杈杈结满了杜梨的树枝撅下来，扔给我。那果实是古铜色的，小指盖儿大小，上面有黄色的碎斑点，酸极了，倒牙。老汉坐在树杈上吃，又唱起来："对面价沟里流河水，横山里下来些游击队……"那是《信天游》。老汉大约又想起了当年。他说他给刘志丹抬过棺材，守过灵。别人说他是吹牛。破老汉有时是好吹吹牛。"牵牛牛开花羊跑青，二月里见罢到如今……"还是《信天游》。我冲他喊："不是夜来黑喽 ① 才见罢吗？""憨娃娃，你还不赶紧寻个婆姨？操心把'心儿'耽误下！"他反唇相讥。"'后沟里的'可会迷男人？""咦！亮亮妈，人可好！""这两捆柴，敢是给亮亮妈砍的吧？""谁情愿要，谁扛去。"这话是真的，老汉穷，可不小气。

有一回我半夜起来去喂牛，借着一缕淡淡的月光，摸进草窑。刚要揽草，忽然从草堆里站起两个人来，吓得我头皮发麻，不禁喊了一声，把那两个人也吓得够呛。一个岁数大些的连忙说："别怕，我们是好人。"破老汉提着个马灯跑了来，以为是有了狼。那两个人是瞎子说书的，从绥德来。天黑了，就摸进草窑，睡了。破老汉把他们引回自家窑里，端出剩干粮让他们吃。陕北有句民谣："老乡见老乡，两眼泪汪汪。"老汉和两个瞎子长吁短叹，唠了一宿。

第二天晚上，破老汉操持着，全村人出钱请两个瞎子说了一回书。书说得乱七八糟，李玉和也有，姜太公也有，一会儿是伍子胥一夜白了头，一会儿又是主席语录。窑顶上，院墙上，磨盘上，坐得全是人，都听得入神。可说的是什么，谁也含糊。人们听的是那么个调调儿。陕北的说书实际是唱，弹着三弦儿，哀哀怨怨地唱，如泣如诉，像是村前汩汩而流的清平河水。河水上跳动着月光。满山的高粱、谷子被晚风吹得"沙沙"响。时不时传来一阵响亮的驴叫。破老汉搂着留小儿坐在人堆里，小声跟着唱。亮亮妈带着亮亮坐在窑顶上，穿得齐齐整整。留小儿在老汉怀里睡着了，她本想是听完了书再去饲养场上爆玉米花的，手里攥着那个小手绢包儿。山村里难得热闹那么一回。

我倒宁愿去看牛顶架，那实在也是一项有益的娱乐，给人一种

---

① 夜来黑喽：昨天晚上。

力量的感受，一种拼搏的激励。我对牛打架颇有研究。二十头牛（主要是那十几头犍牛、公牛）都排了座次，当然不是以姓氏笔画为序，但究竟根据什么，我一开始也糊涂。我喂的那头最壮的红犍牛却敬畏破老汉喂的那头老黑牛。红犍牛正是年轻力壮的时候，肩峰上的肌肉像一座小山，走起路来步履生风；而老黑牛却已显出龙钟老态，也瘦，只剩了一副高大的骨架。然而，老黑牛却是首领。遇上有哪头母牛发了情，老黑牛便几乎不吃不喝地看定在那母牛身旁，绝不允许其他同性接近。我几次怂恿红犍牛向它挑战，然而只要老黑牛晃晃犄角，红犍牛便慌忙躲开。我实在憎恨老黑牛的狂妄、专横，又为红犍牛的怯懦而生气。后来我才知道，牛的排座次是根据每年一度的角斗，谁夺了魁，便在这一年中被尊崇为首领，享有"三宫六院"的特权，即便它在这一年中变得病弱或衰老，其他的牛也仍为它当年的威风所震慑，不敢贸然不恭。习惯势力到处在起作用。可是，一开春就不同了，闲了一冬，十几头犍牛、公牛都积攒了气力，是重新较量、争魁的时候了。"男子汉"们各自权衡了对手和自己的实力，自然地推举出一头（有时是两头）体魄最大，实力最强的新秀，与前冠军进行决赛。那年春天，我的红犍牛正处在新秀的位置上，开始对老黑牛有所怠慢了。我悄悄促成它们的决斗，把它们引到开阔的河滩上去（否则会有危险）。这事不能让破老汉发觉，否则他会骂。一开始，红犍牛仍有些胆怯，老黑牛尚有余威。但也许是春天的母牛们都显得越发俊俏吧，红犍牛终于受不住异性的吸引或是轻蔑，"哞——哞——"地叫着向老黑牛挑战了。它们拉开了架势，对峙着，用蹄子刨土，瞪红了眼睛，慢慢地接近，接近……猛地扭打到一起。这时候需要的是力量，是勇气。犄角的形状起很大作用，倘是两只粗长而向前弯去的角，便极有利，左右一晃就会顶到对方的虚弱处。然而，红犍牛和老黑牛都长了这样两只角。这就要比机智了。前冠军毕竟老朽了，过于相信自己的势力和威风，新秀却认真、敏捷。红犍牛占据了有利地形（站在高一些的地方比较有利），逼得老黑牛步步退却，只剩招架之功。红犍牛毫不松懈，瞅准机会把头一低，一晃一冲，顶到了对方的脖子。老黑牛转身败走，红犍牛追上去再给老首领的屁股上加一道失败的标记。第一回合就此结束。这样的较量通常是五局三胜制或九局五胜制。新秀连胜几局，元老便自愿到一旁回忆自己当年的矫勇去了。

为了这事，破老汉阴沉着脸给我看。我笑嘻嘻地递过一根纸烟去。他抽着烟，望着老黑牛屁股上的伤痕，说："它老了呀！它救过人的命……"

据说，有一年除夕夜，家家都在窑里喝米酒，吃油馍，破老汉忽然听见牛叫、狼嗥。他想起了一只出生不久的牛不老，赶紧跑到牛棚。好家伙，就见这黑牛把一只狼顶在墙旮旯里。黑牛的脸被狼抓得流着血，但它一动不动，把犄角牢牢地插进了狼的肚子。老汉打死了那只狼，卖了狼皮，全村人抽了一回纸烟。

"不，不是这。"破老汉说，"那一年村里的牛死的死，杀的杀（他没说是哪年），快光了。全凭好歹留下来的这头黑牛和那头老生牛，村里的牛才又多起来。全靠了它，要不全村人倒运吧！"破老汉摸摸老黑牛的犄角。他对它分外敬重。"这牛死了，可不敢吃它的肉，得埋了它。"破老汉说。

可是，老黑牛最终还是被人拖到河滩上杀了。那年冬天，老黑牛不小心踩上了山坡上的暗洞，摔断了腿。牛被杀的时候要流泪，是真的。只有破老汉和我没有吃它的肉。那天村里处处飘着肉香。老汉呆坐在老黑牛空荡荡的槽前，只是一个劲儿抽烟。

我至今还记得这么件事：有天夜里，我几次起来给牛添草，都发现老黑牛站着，不卧下。别的牛都累得早早地卧下睡了，只有它喘着粗气，站着。我以为它病了，走进牛棚，摸摸它的耳朵，这才发现，在它肚皮底下卧着一只牛不老。小牛犊正睡得香，响着均匀的鼾声。牛棚很窄，各有各的"床位"，如果老黑牛卧下，就会把小牛犊压坏。我把小牛犊赶开（它睡的是"自由床位"），老黑牛"扑通"一声卧倒了。它看着我，我看着它。它一定是感激我了，它不知道谁应该感激它。

那年冬天我的腿忽然用不上劲儿了，回到北京不久，两条腿都开始萎缩。

住在医院里的时候，一个从陕北回京探亲的同学来看我，带来了乡亲们捎给我的东西：小米、绿豆、红枣儿、芝麻……我认出了一个小手绢包儿，我知道那里头准是玉米花。

那个同学最后从兜里摸出一张十斤的粮票，说是破老汉让他捎给我的。粮票很破，渍透了油污，中间用一条白纸相连。

"我对他说这是陕西省通用的，在北京不能用，破老汉不信，说：'咦！你们北京就那么高级？我卖了十斤好小米换来的，咋啦不能用？！'我只好带给你。破老汉说你治病时会用得上。"

唔，我记得他儿子的病是怎么耽误了的，他以为北京也和那儿一样。

十年过去了。前年留小儿来了趟北京，她真的自个儿攒够了盘缠！她说这两年农村的生活好多了，能吃饱，一年还能吃好多回肉。她说，黑肉① 真的还是比白肉好吃些。

---

① 黑肉：瘦肉或精肉。

"清平河水还流吗？"我糊里巴涂地这样问。

"流哩嘛！"留小儿"格格"地笑。

"我那头红犍牛还活着吗？"

"在哩！老下了。"

我想象不出我那头浑身是劲儿的红犍牛老了会是什么样，大概跟老黑牛差不多吧，既专横又慈爱……

留小儿给他爷爷买了把新二胡。自己想买台缝纫机，可是没买到。

"你爷爷还爱唱吗？"

"整天价瞎唱。"

"还唱《走西口》吗？"

"唱。"

"《揽工调》呢？"

"什么都唱。"

"不是愁了才唱吗？"

"咦？！谁说？"

关于民歌产生的原因，还是请音乐家和美学家们去研究吧。我只是常常记起牛群在土地上舔食那些渗出的盐的情景，于是就又想起破老汉那悠悠的山歌："崖畔上开花崖畔上红，受苦人过得好光景……"如今，"好光景"已不仅仅是"受苦人"的一种盼望了。老汉唱的本也不是崖畔上那一缕残阳的红光，而是长在崖畔上的一种野花，叫山丹丹，红的，年年开。

哦，我的白老汉，我的牛群，我的遥远的清平湾……

一九八二年

关于詹牧师的报告文学

/序/

想给詹牧师写一篇报告文学，已经有很久了。——仅此一句，明眼的读者就已看出，我是在套用伟人的路数。事已至此，承认下来是上策。我选择上策。

原来我甚至想题名为"詹牧师×传"的，可眼下不时兴作传了，无论是什么样的传。"正传"也不适宜。一来文体旧了，唯恐发散不出恰当的气息。二来有鲁迅先生，而且至今魅力犹存，只有常冒傻气的人才不懂：步伟人之后尘，只能愈显出自己的卑微 和浅薄。由此也可见，我的套用绝非是想也做一名伟人，实在倒是冒了"卑微和浅薄"的风险呢！不宜作传的第三个原因是：天有不测风云。明白说，你摸得清谁的底细？换言之，你敢担保谁的历史就完全清白？倘若你要为之作传的人当过三五天特务，或出卖过一两分钟灵魂呢？尤其是从那动乱年月中活过来的人，谁敢拍拍胸脯说自己一向襟怀坦荡、彻底问心无愧呢？为了给别人立传，竟至过早地为自己竖起了墓碑的人又不是没有过，所以得"悠着点儿"。这两年情况变了，但一般来说，"悠着点儿"总没亏吃。所以我还是决定不作传，而是给詹牧师写一篇报告文学。有说"为阶级敌人树碑立传"的，没有说"为阶级敌人树碑立报告文学"的。想来，"报告"二字妙用无穷，无论什么事，报告了，总归没错儿，就算遇见的是个特务，不也是得报告么？

我要写报告文学，还因受了一个棋友的启发。那天我刚要吃掉他的老将儿，他忽然推说他还有些要紧的事得赶紧去办，这盘棋就先下到这儿。算我赢了。他说他预备写一篇报告文学，关于一位著名的女高音的，也可以是关于一位著名的老作家的，或者是关于一位著名的别的什么的。

我忽然想起了詹牧师。

"牧师？"棋友极力笑出几个高音，把输棋的尴尬完全替补了下去。

"那是他年轻的时候，做过一个基督教会的主讲牧师。后来他负责传呼电话。"

棋友的笑声更加响亮。等我把棋子码入棋盒，光从双方的表情判断，谁都会认为输棋的是我了。

"你还是自己去写那个传电话的牧师吧！"棋友说，"纸笔都现成，又不是生孩子，只有女人才会。"

我心里一动，觉得这话不无道理。

现今知道詹牧师做过主讲牧师的人不多了，知道他获得过神、史两项硕士学位的人就更少，多数人只记得，那个传电话的詹老头儿一向服务态度很好。这倒很像一篇报告文学的开头。一般报告文学都是从一个人的怀才不遇写起，写到其人终于蜚声某坛或成就了某项大事业止，顶不济也要写到被伯乐发现。可是，詹牧师末了还只是个传电话的。我相信这与他的面相有关：虽然天庭饱满，但下巴过于尖削，一直未能长到地阁方圆的程度。据说，年轻时，詹牧师为此曾很苦恼，查考过几本相书，也不使人乐观。而立之年一过，他转而愤懑，在一篇论文里曾写道："基督精神本是一种自强不息的精神！"接着他引申了马丁·路德的思想，认为人要得到上帝的拯救，既然不在于遵行教会的规条，当然也不在于听任命运的摆布。最后他写道："耶稣是被侮辱与被损害者的救星，在他伟大精神的照耀下，苦难众生都有机会得救，唯逆来顺受的宿命论者除外。"于是招来了反动统治阶级的怒目，甚至怀疑他与共产党有牵连。不惑之年的詹牧师更加成熟，时值全国已经解放，国计民生蓬勃日上，他进而怀疑了有神论，并于无意中贬低了他的主。他说："有神论者都是因为并没有弄懂基督教的真谛，马列主义才是苦难众生的大救星！"这又得罪了很多同事。一些人说他是"墙头草"（相当于后来所说的"风派"），甚至干脆说他是犹大。詹牧师处之泰然，说："倘不是为了三十块银币，而是为了真理，主耶稣是会赞同的。"

棋友正一心一意地琢磨着，一篇报告文学的字数以多少为宜。

"五万两千七八百字，你看够不够？"棋友问。

"凑个整儿吧，十万字，够一台彩电。"

棋友频频点头。

就在那一刻，我决心写一篇报告文学了。

/上集/

写法嘛——其实和写新闻报道相去不远（顺便提一句，我在一家不大不小的报社工作），大概也都是记述一些事业的成功之人及其成功之路。说一说该人是怎么落生的，怎么长大的，具有怎样出色的品质和智能，于是克服了什么和什么，就怎么样和怎么样了起来。所不同的是，常常兼而介绍一下海燕和雄鹰的生活习性。比方说，海燕喜欢划破阴沉的天空，雄鹰则更善于"击"——鹰击长空。还有联系一下松树风格的、黄金品质的、某一星座之光芒的，等等。也有侧重于气象及地理环境记载的，譬如：闪电，雷鸣，暴风雨震撼着这个小山村，在一间低矮的茅草棚里，一个婴儿呱呱坠地，一个伟大的生命来到了人间。

相当不幸！上述诸条，詹牧师一条都不占。前面已经说过，詹牧师因为差一项"地阁方圆"，始终没能伟大得了；而且连出生时的史料也早已散失。他自己当时过于年幼，又没记住是否下过雨，是否有过电闪和雷鸣；父母早逝，连生辰八字也是一笔糊涂账。并不是我一味地要套用伟人的路数，实在是因为詹牧师当时只顾了哭，倒把顶重要的事给忘记了。那时的户籍制度又很松懈。非要写一写他的出生情况不可的话，我只能说，是在一个秋风萧瑟的日子里，南飞的雁阵正经过一座小城的上空，教堂（帝国主义列强的一种侵略方式）的钟声悠长而凄惶地敲响，路旁的落叶堆中传出一个婴儿微弱的哭声，一对贫苦却善良的老人经过这里，毫不犹豫地收养了这个奄奄一息的弃婴，以致后来的七十多年内，世上有了詹牧师其人。不过我至今拿不准，这会不会也是依据了想象和杜撰。詹牧师常把一些颇具传奇色彩的事物记得很牢，记得久了，便以为自己也不过如此。譬如就说这生日，他早年总是在各式的表格中填上十月十日（按他被善良的老人收养了的那天算）。"文化大革命"期间，有一个出生于十月一日的红五类人士，狠狠地嘲笑了他的十月十日，说是"这也不无阶级性"。詹牧师先是羡慕人家，继而慢慢回忆：自己在落叶堆中未必只是待了一天，而且生母在遗弃自己之前是不会不痛苦的，不会一生下来就拿去扔掉，想必是犹豫了一个多礼拜的，如此算来，自己的生日也应该是十月一日。为这事詹牧师跑了不少次派出所，申明了理由，要求把颠倒了的历史重新颠倒过来。他儿子问他，为什么不把生年也改成一九四九呢？"那样，我在学校里的日子也会好过一些。"他儿子说。詹牧师无言以对。詹夫人一向的任务就是在父子间和稀泥，此刻为丈夫解围道："你爸爸不是那种……"哪种呢？没有下文。其时，詹夫人边洗菜，边考虑应不应该告诉儿子，詹牧师小时候的名字叫"庆生"，虽然是为了庆贺于落叶堆中侥幸存活而起，而且是在辛亥革命之前，但与十月十日连在一起想，总不见得会有好处。詹夫人抬头望望丈夫那一脸花白的胡茬、那一脸愁苦的皱纹，心里一阵阵发酸。那个和她一起戏水、撑船的少年庆生到哪儿去了呢？那个教她糊风筝、放风筝的快乐的庆生到哪儿去了呢？岁月如梦如烟，倏忽即逝哟！她于是只对儿子说："你也会老哇——"儿子不耐烦地走出去。詹牧师蹲过来，帮着夫人洗菜。

"你不要往心里去。"詹夫人说。

"我没有。"

"他还是个孩子。"

"我知道。"

"我看得出来，你心里不痛快。"

詹牧师一个劲儿洗菜，不言语。

"别总瞎想。"

"你是不是也嫌我老了？"詹牧师说，洗菜的手有些发抖。

詹夫人呆愣了片刻，故意笑笑："谁嫌谁呀，咱们俩都老喽！"

"可我要做的事，还都没做。"

他们默默地洗菜。

再有，写报告文学势必得懂些音乐。人家问你，《命运交响曲》是谁作的？你得会说：贝多芬。要是进而再能知道那是第五交响曲，"嘀嘀嘀噔——"乃是命运之神在叩门，那么你日后会发现这有很广泛的用途，写小说、写诗歌也都离不了的。美术也要懂一点儿，在恰当的段落里提一提毕加索和《亚威农的少女们》，会使你的作品显出高雅的气质。至于文学，那是本行知识，别人不会在这方面对一个写报告文学的人有什么怀疑；有机会，说一句"海明威盖了"或"卡夫卡真他妈厉害"也就足够。等等这些吧，我都不行，重要的是怎么把这些知识联系到詹牧师身上去。詹牧师当年做牧师的时候会弹两下子管风琴，可等我认识了詹牧师的时节，这早已成了历史。教堂里的管风琴年久失修是一个原因，人家不再让他进教堂也是一个原因。唯一能把詹牧师和音乐联系起来的，是第九交响曲中的那支歌："欢乐女神，圣洁美丽，灿烂阳光照大地……在你的光辉照耀之下，四海之内皆兄弟……"这歌詹夫人爱唱，她年轻时懂一些贝多芬，嗓子又好，中学时代就是校合唱队的主力。詹牧师也就会唱，其实詹牧师还会唱很多歌，但可惜都与我主耶稣有关，后来没有机会再唱了。小时候在故乡，不知怎么一个机缘，詹牧师（那时是詹庆生）被选进了小教堂的唱诗班。可以想见，那时他的嗓子还很清脆，眼睛还很明澈，望着窗外神秘莫测的蓝天，虔诚地唱："我听主声欢迎，召我与主相亲，在主所流宝血里面，我心能够洗净……"门边站着个小姑娘，听得入迷，痴痴盯着少年庆生。那就是后来的詹夫人，姓白，名芷，听起来像一味中药。

爱情是个永恒的主题，照例不该不写。然而，詹牧师对自己的罗曼史从来是讳莫如深的。在他活着的时候，我也没有深问过他这方面的事，如今既然决定写一篇报告文学，便只好额外下了些工夫——向他的亲友们做了一些调查，片片段段汇总起来，所能写的也不过这么几条：

（一）詹牧师的老丈人是个开药铺的小老板，兼而也做做郎中，家里还有几亩好地，雇了人种。詹庆生十四岁上到这药铺做了学徒，起早恋晚地跟师父里里外外地忙，人很勤俭，懂得爱惜各种草药，脑子灵，算盘又打得好，很为小老板赏识。虽然出于某种规矩，学徒的生活照例清苦，但少女白芷对他明显的关照，小老板亦均认可。至于小老板膝下无儿，是否有意把少年庆生培养成继承人一节，现已无从考证。

（二）少年庆生绝非甘愿寄人篱下之辈，平生志愿也绝非仅一小老板耳。每晚侍候得师父洗了脚，师母也喝完了芦根水，他便到店堂里去读书。什么《医宗全鉴》《本草备要》《频湖脉诀》《雷公药性赋》早已不在话下；《三国演义》《水浒传》《东周列国志》更是读到了烂熟的程度；连《玉匣记》《枕中书》《择偶论》乃至《麻衣相法》《阴阳八卦》，都读；甚至不知从哪儿淘换来一批孔、孟、老、庄的经典及诸子百家的宏著……小老板见他是读书，也就不吝惜灯油。那时白芷已经上了初中，时常悄悄溜进店堂，带来了各式各样的新书：天文、地理、生物……乃至一些新文学的代表作。据说也有鲁迅先生的《狂人日记》，也有胡适的文章。两小无猜，在灯下兼读、兼嚷、兼笑。老板娘虽看不上眼，小老板却开明而且羡慕。小老板逐渐明白，这徒弟是不会长久在此耽误前程了。

（三）青年庆生学识日深。凭着小老板的灯油，他自学了全部中学课程。靠了白芷的鼓励，他决定弃商就学。不料，机会却决定了人生。每逢礼拜日，他照例去小教堂唱诗，听讲，竟被"信主兄弟不分国族，同来携手欢欣，同为天父孝顺儿女，契合如在家庭"一类的骗局所惑，决心去学神学了。他对他的少女说："这不和你唱的四海之内皆兄弟是一样的么？"两人都很高兴，觉得比小老板的"回春堂"要妙多了。"那你还能结婚吗？"白芷问。"能，当了牧师也能。"庆生回答。白芷放心了。他们在故乡的小路上边走边想，边想边唱："在主爱中真诚的心，到处相爱相亲，基督精神如环如带，契合万族万民。"故乡欢畅的小河载着阳光和花瓣，流过山脚，流过树林，流过"回春堂"，流过小石桥和小教堂。教堂的钟声飘得很远，小河流得很远，青年庆生也将走向很远的地方。他们不知道有什么骗局，远方有没有深渊。

（四）青年庆生考上了一所著名大学的神学院，课外帮助别人抄写文稿或出一些别的力气，工读自助。其间一直与他远方的姑娘通信。可惜这"两地书"均于"文化大革命"期间烧毁，欲知二人之间是从什么时候改变称呼的，有没有冠以"亲爱的"或者干脆是"dear"，都不可能了。单从那所著名大学的校志上查到，庆生已于大学期间改名"鸿鹄"了——詹鸿鹄。

（五）小老板不久去世（据推测是癌症），引起过一场风波：老板娘为生活计，愿意女儿嫁给一个大药铺的少掌柜的。女儿心里有着原来的小学徒，执意不肯，险些闹得出了人命。先是女儿要吞马钱子①，幸亏是错吞了车前子②。后是老板娘中风不语，好在"安宫牛黄丸"和"人参再造丸"都现成。最后还得感谢旧社会的黑暗与腐

---

① 马钱子，亦称"番木鳖"，种子可入药，有毒。
② 车前子，种子和全草均可入药，无毒。

朽，故乡的生活日益艰难，不说哀鸿遍野吧，总也是民不聊生，小药铺终归倒闭，大药铺岌岌不可终日；正当詹鸿鹄翻译了几篇文稿，倾其所得寄予母女俩，老板娘方才涕泪俱下，深信小老板在世时的断言是不错的。

（六）詹鸿鹄拿下了神学硕士学位，在一所教堂里任职。经济情况稍有好转，他一定要未婚妻到大地方来进一步学习，于是白芷和母亲也就离开了故乡小城，到鸿鹄身边来。不久，詹鸿鹄与白芷在一所大教堂里举行了婚礼仪式。一位洋牧师（詹鸿鹄的老师）操着生硬的中国话问："你愿意他做你的丈夫吗？"答曰："愿意。""你愿意她做你的妻子吗？"也说愿意。詹鸿鹄又开始攻读史学，白芷也考进了师范学校，老岳母精心料理家务，曾有一段很富诗意的生活。对教堂里的信约，鸿鹄夫妇恪守终生，二人如形如影，没有发生过任何纠纷。后来虽然介入了第三者，但那是他们可爱的儿子。只是由洋牧师做了证婚人一节，倒惹得老夫妻于"文革"中参加了一回学习班，写过几份交代材料。这是后话。

（七）还有一个疑点有待查明，即：詹鸿鹄是否也跟白芷热烈地亲吻过？有一次，詹牧师曾对"现今的年轻人在光天化日之下就搂搂抱抱"表示过不满，或可推断他绝没有过类似的过火行动，但由詹牧师也协助妻子生了一个儿子这一方面想，又觉得证据不足。

我料定，要给詹牧师写报告文学，在爱情这一永恒主题方面，无疑是要有所损失了，只能写到干巴巴、味同嚼蜡为止。没有诗意。可以有一点儿趣味的是风筝。詹牧师家住在一个厂办专科学校里面（校方曾多次想把他们迁移出去，可又拿不出房来），学校里有两个篮球场，可以放风筝。傍晚，学生们打完了球，都回家了，校园里宽阔又安静。那年，詹夫人已经病重，裹着线毯坐在门前的藤椅上，仰起头来看——詹牧师正认真地放风筝。糊得很好的一只沙燕儿，上面画了松枝和蝙蝠，晃悠悠升起，詹牧师撒出了一段线。飘悠，飘悠，风筝又急剧下栽，詹牧师又收回一段线。詹夫人喊："留神电线，挂上！"忽忽，摇摇，风筝又升起来。"小心楼顶！"詹夫人说，攥紧拳头。詹牧师一下一下熟练地拽着线，风筝平稳地升高，飘向夕阳，飘向暮色浓重的天空。詹夫人松开了拳头。詹牧师把线轴揣在衣兜里，坐到夫人身边来。风筝在渐渐灰暗的天空中像一个彩色斑点，一动不动。两位老人也一动不动。四只眼睛也一动不动。

"有多少年不放了？"詹夫人说。

"十年还多了。"詹牧师说。

其时为一九七七年春。

"你放起来倒还没忘。"

"生疏多了。"

"我以为你放不了了呢。"

"不至于。"

"在老家时放的那种'双飞燕'我还是最喜欢。"

"一上一下，一下一上，那种确实好。"

"那是用绢做的。"

"最好是用绢做。"

詹夫人久久地看着篮球架后边那片开始发绿的草地，不再说话。

詹牧师给她倒了一杯水，让她把药吃了。

对面的楼房成了一座黑色的墙，风筝看不见了，只有从衣兜里抽出的那段白色的线，证明风筝还在天上。

天上朦朦胧胧地现出一个月亮。

詹牧师安慰老伴儿说："让我想一想，也许还能做成那种'双飞燕'。"

"还有那种鹰形的风筝，我们在家乡时也常放，像真的鹰在盘旋。"

"那叫纸鸢。"詹牧师纠正说。

"你不要总是怕人提到鹰。"

"我没有。那确实叫纸鸢。"

"你总是怕人提到鹰。"

"我没有。"

"做人不见得非得干成什么大事不可。"

"这我知道。"

可是，直到第二天把风筝收回来的时候，詹牧师的思绪还在天空中盘旋。

〔注一〕詹牧师的住房条件很差，说是两间小棚子，一点儿不过分。早在六十年代初，詹牧师曾在自己小屋的门上挂过一块匾额：大鹏屋。取棚屋之谐音，抒远大之志向。几个朋友凑了一首打油诗，嘲笑他："鸿鹄误入棚，大鸟错居屋，呜呀呜呜呀，鸦乌鸦鸦乌！"詹牧师看罢一笑，奋笔回敬道："孔明居草庐，姜尚做渔翁，雄鹰一振翅，鸦雀寂无声。"

时间过去了十六七载，詹牧师依然住着"大鹏屋"，这倒没关系，问题是雄鹰何时能振翅高飞呢？詹牧师时常为此而烦恼。看见年老的白芷仍然撑着重病之身，在为他补衣服，悲酸之感油然而生。他看着那只风筝发愣。他想，他对不起白芷。他又想，他还是能够在很多事业上取得些成就的，以报答他的夫人。

我本来想说：詹牧师更是为了报答祖国和人民。但是，我又犹豫了：詹牧师至死都没能取得任何成就，有什么理由这样褒奖他呢？我甚至怀疑，我还应不应该给他写报告文学？虽然风风雨雨之中，不知他给别人传了多少电话，其中说不定也有一些伟大的信息，也有一些于祖国和人民非常有益的内容，但够格为文学所报告的人，都必须是自己先不同寻常。记者的胶卷有限，报刊的版面有限，电视台的时间有限，正好堪称为人物者也有限。对了，得是人物。既不可单单是人，又不能仅仅是物，得是人物！这很要紧。分开说，前者会遭漠然之面孔，谁不是人呢？后者则要吃耳光。合在一起说效果就好。"人物"——你这样说谁，凭良心，谁心里也保险不难过。

然而发现一个人物又谈何容易！尤其是当你想写报告文学的时候。平摆浮搁着的人物均已被报告完毕，再想报告，就得多搭进些工夫去了。我盘算，要是报告一位准人物（即尚未成为人物的人物苗子），是有远见的，既避趋炎附势之嫌，又可望做一伯乐。还有一层，常言道：落难公子多情，登科状元寡义。倘一村姑，绝不该对着相府的高墙发痴，最好是注视着自家矮檐之下，看有没有一个落汤鸡在那儿一边避雨一边背外语单词。当然，根据需要，村姑可以换算成德貌齐备的现代化姑娘，落汤鸡随之就是德智体全面发展的水暖工或烙大饼的。我绝不是想影射詹夫人，因为詹牧师虽曾做过硕士，但最终毕竟只是传传电话，而水暖工和烙大饼的最后都考上了研究生。倒是詹夫人一直是位小学教师，凭了微薄的收入维持全家生活，而且对丈夫的感情始终不渝。我只是说，采访常与谈恋爱相似，多数历史经验教我这个末流记者识趣：还是到猪圈里去寻千里马。如果不知深浅地去采访某位已知人物，则难免横遭一面挂满了问号的脸。你报告了贱姓小名，又通禀了籍贯和属相，对方依旧一脸"你是谁？"的表情。那时你才会约略品出些"名不见经传"之苦呢。我很嘲笑我那位棋友，上来就想写一位著名的什么，真是"此物最相思"，单相思。不通世理到这般水准，也想写报告文学？！

我又坚定了写这一篇报告文学的信心。詹牧师就是一名准人物，我至今笃信不疑。这与生死无关，死人也有突然又成了人物的。这样的事，古今中外屡有发生，未必我就碰不上。

詹牧师被我发现的那年，一圈白发围着个亮闪闪的脑瓜顶，正是古稀之年。斗室之中，全是一摞摞发黄的笔记本和稿纸、一摞摞落满灰尘的书籍和一摞摞没有落满灰尘的书籍。临街的窗台上摆着一尊电话，为灰暗的小屋平添了许多气派。

他从摊开在桌上的书堆中抬起头来，摘掉一又二分之一镜片的老花镜。"办长途吗？本处代办国内长途电话。"他说。

"请问，詹小舟同志在吗？"

他稍事审度，慌忙起身，从一堆堆蔡伦的遗产中绕出来，满腹狐疑地伸给我一把骨头："我就是。詹天佑的詹，小舟么，就是小船的意思。"

〔注二〕詹牧师于一九五三年自动退出教会，之后在一所私立小学任教务副主任之职，一九五五年他又自动辞去了这一工作。从最近的调查和采访中得知，就是在那时，他又改了名字，改"鸿鹄"为"小舟"了。据说，当时他的书桌前挂过一张条幅，写的是苏东坡的一句词："小舟从此逝，江海寄余生。"其名大约取意于此。

据当年与詹牧师在小学校共过事的人讲，鸿鹄与教务正主任常常意见相左，可能是促其退职的一个原因。据那位现已退休的主任讲，詹鸿鹄一直惦记着考取博士学位，对自己仅仅是个硕士老大不甘心，所以对教小学兴趣不大，深恐耽误了他的前程。由此再联想到苏轼词中的另一句："常恨此身非我有，何时忘却营营。"或对詹牧师二改其名的缘由有一个初步的印象。

我又走访了当年那所私立小学的校长。据校长回忆，詹鸿鹄确有郁郁不得其志的情绪，虽然对工作一向还是认真的。詹牧师离开学校的那天晚上，校长为他饯行，酒至半酣，他忽然捉笔狂书，什么"忆呼鹰古垒，截虎平川"，什么"淋漓醉墨，看龙蛇飞落蛮笺"，最后是"君记取，封侯事在，功名不信由天"。其情其景，令老校长也感慨万千，想少年壮志，看白发频添，不觉潸然泪下，于是赞成詹鸿鹄趁年富力强之日，回家专门去做学问了。

"您是？"詹牧师问我。

我坦然地报了姓名，又报了我们那个不大不小的报社的名字。

他的手却忽然在我手里变软，慢慢地抽回去，他又直着眼睛接连地咽唾沫，像是有个药丸卡在嗓子里。他的脖子很细，喉结很大。

"您这地方不好找。"我说。

"噢，请坐，请坐。"他让笑容在脸上挣扎，脸色却发白。

我坐在一只小木箱上。

他继续咽唾沫，挓挲着双手，站着。

我又重申了一下我的身份。

他的微笑愈显得艰苦了，颤抖着嘴唇，说不出话来。

我明白我的公事已经办完，准确地说——已经用不着进行了。

这么回事：我在报社负责"表扬与批评"专栏，我经常于来稿中见到詹小舟这个名字，他总是写表扬稿，譬如：某某中年人，十八年如一日地为大家扫厕所，不取分文；某某老头儿，常常留心邻居家是否中了煤气，果然救了三条人命；某某姑娘，坚持为邻居老太太取奶，倒垃圾；某某眼镜店的青年营业员，认真负责地为一个老学者配了眼镜，态度和蔼可亲。如是等等，两年多来总也有二十几篇。发表了一半左右。不料前两天发表的一则却惹来争议。公安局的同志来信认为，"这篇表扬稿很可能是伪造的。"（原文如此）"因为文中所说的'艾珂寺外街一百号旁门的魏启明'现正在狱中服刑，根本不可能为邻居的高中生们义务辅导英语，请报社同志进一步核查，以正视听。"

詹牧师呆坐着，笑容残余在两个嘴角，其他部分的皱纹显得苍老、僵化。

门前火炉上的水壶，沙哑地喷出一缕缕白气。

有那么一忽儿我很担心，希望生命还在与他为伴。

先后有几个打电话的人站在窗外打电话，然后放了四分钱在窗台上，走了。

太阳西斜了，几点黄光落在詹牧师弯曲的脊背上。四周的光线开始变暗。

真不知道他在盘算什么。注意到他的嘴并没有歪向一边，鼻翼还在翕动，我觉得不如趁早悄悄溜掉。

詹牧师忽然自语道："这么说，真有个艾珂寺外街。"

"真有。"我说。

"真有个叫魏启明的。"

"真有，在狱里。而且魏启明也不懂外语。"

"总没有杀人吧？"詹牧师急切地问，紧张地盯着我，双唇做好了发出"没"的形状，似乎深恐我不会发这个音，随时都愿意帮我一把。

"倒没杀人，"我说，"只是偷偷东西。"

"这就好。这就好。"他松了一口气，连连点头，"这样就好了……"

"这样怎么会就好了呢？"我说。

詹牧师又不断地咽起唾沫来。

几天之后，我收到了詹牧师退还的两元钱。我这个专栏的稿费一律是每篇两元。有人说，这老头很精明，如果胡编批评稿，稍有不慎，被批评者一定不会甘蒙不白之冤，闹得真相大白而致影响了两元收入是可能性极大的，表扬稿就很少这种危险性，这次实在是碰巧了。也有人说，这老人真可谓"千虑一失"，本不必写出姓名和地址的，做了好事而不留姓名地址，也于情于理十分顺通。我心里却别扭，觉得就这样削减了老人的一项经济收入，很缺德。他在风风雨雨中要传多少电话，才能挣到两元钱呢？成千上万元地拿稿费的人，也未必都不曾逢迎杜撰、见机胡编过。

随即又收到詹牧师的一封信。信中却对稿件的事只字不提。信的大意是，他知道我是一位编辑后，心情久久难以平静；得以与我相识，实乃三生有幸；我能亲临其寒舍，更使他坚信了命运是公平的。信中引用了很多典故，什么"文王渭水访贤""汉主三请诸葛""萧何月下追韩信"，等等，弄得我也踌躇满志起来。信的最后说："老夫不才，如蒙不弃愿结永好。古今中外，忘年之交而助成大业者，不胜枚举。况你我志同道合，一见如故，本当携手共济，于国于民有所贡献才是。"

我决计再去看他一趟了。信的文体既如此风雅，字里行间又流露出崇高的志向，古稀老人而童心不泯，可料绝非等闲之辈。再说又是头一遭有人这么看得起我。虽然詹牧师前后言行略显怪异，但怪异常常是人物的特征。大凡能够印成铅字的人物，总都是与"疯疯癫癫""木讷乖张""不食人间烟火"一类的情趣有染。这情趣，在凡人是一种缺陷，在人物却是一项优点——大智若愚者也！

再去的时候是晚上。詹牧师正伏案挥毫。工整的楷书，颜筋柳骨，一丝不苟。写的是两首七律，备忘于下：

其一

销声匿迹三十年，隐姓埋名两地天。

闹市凭窗深似海，空庭倚门淡如烟。

良宵独盏书为伴，恶浪孤舟纸作帆。

未破禅机空自娱，报国无径枉陶然。

其二

几度沧桑春似梦，箫声吹断古城秋。

时光易逝人易老，壮志难酬意难休。

弱冠已读千卷破，古稀犹冀四化谋。

伏枥老骥安自弃？沥胆披肝为国忧。

"好诗好诗。"我说，"好一个'古稀犹冀四化谋！'"

"哪里哪里，信口胡诌，聊以自慰罢了。"

詹牧师又把那把骨头伸给我，此一番却颇凛然，像列宁。大概是因为他刚写完"沥胆披肝为国忧"吧。列宁在说"忘记过去就意味着背叛"的时候，就是那样把手伸出去的。我们握了很久的手。我几次觉得应该松开了，但试了试，依然抽不出来，也就再次握紧，上下左右地摇。

电话铃响了。詹牧师抓起话筒，边问边记录。然后他对我说："实在抱歉，我去去就来。"点头弯腰，倒退着走出门去。

门还未关严就又开了，詹牧师探进头来："受民之托，不能不尽力而……请稍候，稍候。"

我把门轻轻关上，觉得又有人在外面推，詹牧师又侧身进来："一定不要走，晚饭也就请在我这儿将就一下。不不不，一言为定！回头还有要事向老弟请教。"

他登上自行车，很快地消失在昏暗的小巷深处。我在窗玻璃上

照了照自己的模样。老弟？！我想起父亲还不到六十岁，心里不由
得惶然。

墙上挂了一幅没有托裱的水墨画。我仔细辨认了一会儿，还是
没弄清画的是一只树懒，还是一头马来貘。后来詹牧师告诉我："是
一匹小马驹，画得不算好。"画上的题词却写得好：来日方长。

前面说过，屋子里书很多。我随手一翻，已经肃然，整整一书
架的英文书！我只认得出几个作者的名字：Schopenhauer（叔本华）、
Dante（但丁）、Byron（拜伦）、Spinoza（斯宾诺莎）、Dewey（杜威）、
Shakespeare（莎士比亚），其余的全茫然。再看另一个书架上有译成
中文的普列汉诺夫的《论艺术》，有罗丹的《艺术论》，有黑格尔的《小
逻辑》，费尔巴哈的《基督教的本质》；有线装的《史记》和《离骚》；
有精装的《资本论》《列宁选集》《毛泽东选集》；平装的《心理学》《美
学》《精神分析学》《政治经济学》；影印的《东塾读书记》《西域番
国志》《南疆逸史》《北词广正谱》；杂志有《哲学译丛》《音乐欣赏》
《外国文学》《世界美术》和《足球》。幸而有《足球》，我抽得出来，
也能读懂。

〔**注三**〕詹牧师一生做过的最有远见、最富胆略的事（詹牧师的儿子语）
就是："文化大革命"开始不久，他就把他的全部藏书都寄存在一位出身很
好、既不识字又无亲无故的孤老头子家了。一九七八年，他把这些书搬回
来的时候，既令夫人吃惊，又使儿子折服。

这时候进来一个人，年轻的。

我站起来，和他面对面站了约半分钟。然后我们同时问："您要
办长途吗？"然后都笑了，互相介绍。他说他是詹牧师的儿子。我
说我是詹牧师的朋友。

"学外语来了？"詹牧师的儿子问我，态度立刻变得很不友好。

〔**注四**〕后来詹牧师的儿子向我解释了这件事：一九七四年冬天，早晨，来了一个打电话的小伙子，一进门就冲詹牧师来了一句："Good morning！"詹牧师随口应道："Morning！"——就一个单词！发音之准确，表情之自然，都不在美国人之下。小伙子顿时被震住，本来无意卖弄，不料却遇到了能人，尴尬万分。詹牧师赶紧改口："你早，你早。"小伙子却不依不饶了，偏要詹牧师做他的老师，并讲了一番不小的抱负。詹牧师一贯爱惜人才，想起自己当年自学之苦，不免感动；想到在这动乱的年月中仍有人如此好学，不免更感动。于是约好，每星期日早晨八点至十点小伙子来学口语。詹牧师为此写了教学方案，一连几天都很激动，总对詹夫人念叨："能够把他教好，也算为国家尽了一点儿力气。"詹夫人忙里忙外，顾不上多说，只是说："这样的事要不要向居委会请示一下？"詹牧师默默。很明白，这事一经请示，准得告吹。詹牧师沉思良久，横了一条心："精忠报国，死而后已。"儿子又笑他胡发激昂慷慨之辞。詹夫人则又说："你爸爸绝不是那种……"至于哪种，还是没说。

星期日早晨，詹牧师五点钟就起了床，做早点，收拾屋子。这些事平时都是詹夫人的分内，詹牧师虽已沦落为一个传电话的，但在夫人面前（也只有在夫人面前）仍不失学者风度。他又特意铺了一条新床单，抹得很平整，只等学生来到。七点半，老人便耐不住了，到门口去瞭望。中午十二点，老人无言地回到屋里，坐了一会儿，换下了那条新床单。幸亏儿子出去了。詹夫人悄悄地把饭菜端到他面前，说："那个小伙子可能今天有事。"詹牧师心里这才好过了一些，说："否则他不会不来。"然后，詹牧师病了一个多月。詹夫人劝他不要太伤心。他只承认那天在大门口站得久了，受了风寒。詹夫人说："那样的人，你何必？"詹牧师说："别这样讲，那小伙子其实很好，很爱学习。"

后据詹牧师的儿子了解，那个小伙子确实是知道了詹牧师的身份，没敢来（那时詹牧师正因其历史问题而受监督）。

詹牧师的儿子以为我也是这样一个小伙子。

"不，"我说，"我是报社的记者。"

詹牧师的儿子疑惑地看了看我，便到书架旁翻腾那些书去了。他找到了一本书，立刻沉了进去。

许久，我问："你是？"

"他的儿子。"他对着书回答。

"我是说，你在哪儿工作？"

"陕西。"

"回来探亲的？"

"不。回来流窜，长期流窜。"

"户口还在陕西？"

"对。"

"应该想想办法，办回来。"

他抬头瞄了我一眼，说："太费事，算了。"

"可这很重要。"

"你跟我爸爸的观点倒很一致。户口、文凭、证明、证件，一张张小纸片！"他忽然笑起来，把他正看着的那本书举到我眼前。是达尔文的《物种起源》。"是人起源于户口呢，还是户口起源于人？"他问我。

"当然。"我说。

"我们家老头儿要是也能来这么一句'当然'就好了。他从来不明白，什么起源于什么。"

"可是他身边应该有个亲人。"

詹牧师的儿子不说话了，一连抽了两支烟。之后他看了看表，开始从书包里往桌上掏东西：麦乳精、蜂蜜、果汁、蛋糕和几瓶药。

"告诉我爹，这些药要坚持吃，对他的肾和血压都有好处。我还有事，得走了。"

"他大概就快回来了。"

"劳驾。再说我们老少二位一碰头，痛快的时候少。"

他又从书架上拿了两本书，忽然飘落出两张纸来。他捡起来，看了看，哧哧地笑个不停。"你看看这个。"他把那张纸放在我面前，走了。

好像是写给谁的一封信，一看便知是詹牧师的手笔。信的开头一两页大约已经丢失，现把残余部分备忘于下：

……论文的题目为《古代佛教思想的来源与发展》，一九四五年获史学硕士学位。以后两年又翻译和撰著了几本小册子，如《世界三大宗教》《宗教与哲学》《信仰论》，等等。原计划还要写《中国思想史大纲》和《简明宗教史》等，均因题目较大，所需资料一时难以具备，又逢内战，生计艰难，此计划一直未能完成。

解放后，因加强了政治思想学习，遂改变原来计划，转向马列主义、毛泽东思想研究，大有收益。后又经农场劳动锻炼，搞通了思想，自动退出宗教团体，努力追求进步。不料，正当可以为社会主义祖国贡献力量之际，我患了风湿病，不得不回家疗养。一病多年。养病期间，我仍坚持学习、研究。研究范围：1.马列主义、毛泽东思想；2.革命史传；3.心理学及教育学；4.文学艺术。（写过一些革命诗歌，手稿均于"文革"中烧毁。）

因我早年曾走过一段弯路（做过牧师，并与一些外国人有过交往)，"文革"中被隔离审查过一年多。住过牛棚。后经内查外调，弄清了历史，确认我没有任何政治问题。之后又参加了清理阶级队伍学习班，从事人防建设。学习班毕业后，我决心做个真正的劳动人民，经街道居委会推荐，当了六年临时壮工。尽管工作繁忙，业余时间我仍发扬雷锋的钉子精神，读书看报、学习、钻研。"四人帮"被粉碎后，我和全国人民一样，感到欢欣鼓舞。（我参加了庆祝游行，我背着一面大鼓，走了三十多里路。）我深深感到……

〔**注五**〕此处可能还有一页，已丢失。

……我的思想更为活跃，对"四化"问题，深入实际，调查研究，初步拟就了全面规划，成竹在胸，切实可行。然则报国无径，献策无门，诚恐古稀将近，时日不待，一旦逝去，遗恨无穷。无奈毛遂自荐，为国为民，甘作犬马，荣辱毁誉，置之度外。如蒙先生引路，得以有所作为，功成之日，死亦瞑目！

此颂

撰祺

詹小舟上

（年月日缺）

由"撰祺"二字推断，此信是写给某位操笔墨以为生涯者的，又由"先生"二字可见，还是一位大著作家呢！可是连我也被称为"老弟""先生"云云，是否也盖出于谦逊，就又难说了。

信的空白处有许多稚拙的童体字，还有许多小小的油手印儿。

我后来设想是这样：灯下，詹牧师哄着孙子，教孙子写字，写了歪歪扭扭的"风筝"，又写一行扭扭歪歪的"春天来了"。孙子不听话，闹，詹牧师给了他一些油炸的食品……那么就是说，此信是在一九七九年詹夫人去世之前写的。詹夫人死后，孙子就送到姥姥家去了。

信中存在两个问题。一是"住过牛棚"，现今，很多人都自称住过牛棚，仿佛是一件难能可贵的行为。这倒无妨。可是，人住了牛棚，牛住在哪儿呢？二是詹牧师是自动退职的呢，（见〔注二〕）还是因患风湿病回家疗养的？

〔**注六**〕詹牧师的儿子最近对我说："他是自动退职的，但也确实有一点儿风湿病。"

只是当没有公职便意味着有某种严重问题这一逻辑风行了之后，詹牧师才格外地强调了他的风湿病，坚持说自己是因为有病而回家疗养的。为了证明这一点，他常到人多的地方去晒太阳。见到他的人不免要问："您这是干吗呢？"他便有机会回答："我的风湿病很厉害，大夫建议我多晒太阳。"有一个夏天的中午，他又去晒太阳，天很热，太阳又很毒，人都躲到屋里去了。詹牧师晒了许久，不见一个人来问，又心疼失去的时间，就此回去很不甘心，于是再晒，结果晒过了头，中了暑。儿子又说怪话。詹夫人又说詹牧师不是那种……

〔**注七**〕詹牧师的风湿病，初发于一九五四年在小学任教期间。那一年秋天，他参加了挖河泥的劳动。天气已经很冷了，河泥上都结了冰碴，他挥舞着铁锹，站在刺骨的泥水里，拼命地干。有人让他上来歇一歇，他不。有人表扬他年过半百，亚赛黄忠，他干得更有兴趣，说自己改造得还不够。连续干了一个多星期，他开始感到周身的骨节全疼，并且有些低烧。他鼓励自己：轻伤不下火线，想想红军两万五，等等。又干了几天，才得了风湿病。

詹牧师回来的时候已经九点半钟了。他买了酒和肉，买了包子和好烟，从提兜里一一掏出，抱怨商店都关门太早，买不到更好的东西招待我。无论我说多少遍"我已经吃过晚饭了"，他还是说："吃吧，不要客气。"我只好坐下来。

我们的友谊开始于这天晚上。时间是：一九八一年四月七日。

/中集/

现在仔细回味，觉出，詹牧师之所以非常看重同我的友谊，也是有所图的。其实这无可厚非。有目的的功利主义总比莫名其妙的扯皮主义要好。贪嘴的人希望认识大师傅，好穿的人愿意结交老裁缝，有病的人巴望与大夫套近乎，将死的人乐于同看坟的论交情，都很正常。况且詹牧师的目的也并非不可告人，他只是估摸我或许在出版界有点儿路子，说不定能帮他发表一点儿作品。

詹牧师想创作一些"黑色幽默派"小说。他反复申明，他所以这样做，绝不是因为他多么称赞这一流派，更绝不是出于派性。

后一点是相当可信的。詹牧师历来有"信主兄弟不分国族，同来携手欢欣"的思想，这一思想固然愚昧而又缺乏阶级分析，但与派性却实在水火难容。解放初期，他甚至为这种思想找到过理论根据。根据有三：1.工人阶级没有祖国（即不分国度）；2.民族矛盾说到底是阶级矛盾（那么同是受苦受难的芸芸众生，显然是不该有民族之分的）；3.全世界无产者联合起来，我们打碎的是脚镣手铐，得到的是整个世界（相当于"同来携手欢欣"）。这些言论在"文革"中都被列为他的罪证。这实在也是一桩冤案。其实詹牧师早于五十年代中期，就已认识到了他上述思想的错误。他对基督教有过三点犀利的批判：1. 主是伪善的。"信主兄弟……契合在主爱中……携手欢欣"，这是不是说，只有你信主，主才爱你，如果你不信主，主就不管你的死活？多么狭隘的派性！简直有"顺我者昌，逆我者亡"的味道。2. 主是骗人的。主既然一向宣称，他上十字架去受苦受难只是为了救世救民，那又为什么要"普天之下，万族万民，俱当向主欢呼颂扬"呢？这不是一种讨价还价的行为么？假如"万族万民"不去"向主欢呼颂扬"，主是即刻暴跳如雷呢，还是依然任劳任怨地去救世救民呢？ 3. 主是愚昧的。主竟认为仅凭他自己的神通就可拯救万族万民，可是只一个犹大便把他出卖了，而且只卖了三十块银币。如果主能够依靠万族万民，一个犹大岂能得逞？综上三点，詹牧师才毅然决然地退出了教会。他认为，宗派帮会只能使人虚伪、狭隘、愚昧，如果你相信善良可以战胜邪恶，相信真理，同时相信你的理想符合真理，那又为什么非得加入教会不可呢？让真理去指引你，比让教规来约束你要好得多。于是詹牧师更加信仰马列主义了，原因也有三：1. 马列主义是主张科学的，而不是主张迷信的；2. 马列主义从来只讲为人民服务，而绝不要求人民"俱当"跪倒在其面前"欢呼颂扬"；3. 马列主义是靠真理来团结人民的，而不是依靠拉帮结派来稳固自己的统治。"这就是马列主义伟大于任何宗教的原因！"詹牧师说。

所以读者可以相信，詹牧师只是想写几篇"黑色幽默派"小说，绝不是想拉帮结派乱我公安。其动机之纯粹，我愿以头作保。

"我有些作品要发。"詹牧师羞怯地低声说。

"哦？在哪家刊物上？"

"不不不，我是说……"他的脸红到了耳根。

当时我又在詹牧师家吃午饭，不过这次是我买的酒和菜。编辑愿意结交作者，正如作者愿意结交编辑一样，彼此彼此。

我明白了他的意思。让一个老知识分子照直开口求人，是"难于上青天"的。

"什么体裁？"

"小说！"他连忙说。

"能大概讲一讲吗？"

"嗯……你了解'黑色幽默派'吗？"

我一时只想起了海勒的《第二十二条军规》，和一个叫小伏尼格的人。

"不——"詹牧师宽厚地笑了，"黑色幽默派绝不是外国人的发明。不要长他人志气，灭自家威风嘛。你以为《儒林外史》中没有黑色幽默吗？你不觉得鲁迅也是一位黑色幽默派大师吗？阿Q的处境怎么样？不正是又可怕又可笑又无可奈何吗？"

〔注八〕"黑色幽默"是二十世纪六十年代美国重要的文学流派……作为一种美学形式，它属于喜剧范畴，但又是一种带有悲剧色彩的变态的喜剧……其作品，常以夸张、超现实的手法，将欢乐与痛苦、可笑与可怖、柔情与残酷、荒唐古怪与一本正经糅合在一起……"黑色幽默"的产生是与六十年代美国的动荡不安相联系的。

——《中国大百科全书·外国文学卷》1982年5月第1版

"就像中国的围棋，"他又说，"被日本人学了去，倒又反过来向我们趾高气扬。"

"吃吧。"我只得指着桌上的小腊肠说。

"啪！上来就在中央布一子，谁的发明？"

"当然。"我说。真的，到底是谁的发明呢？

"世界上最短的微型小说是哪国人写的？"

"当然。"我吃了一片小腊肠。

"世界上最早发现飞碟的是哪国人？"

"当然，当然。"

"世界上最小的小提琴还不也是中国人造的？！"

"吃吧，吃吧。"我给詹牧师也夹了一片小腊肠。我不懂乐器的制造。

"针灸是中国人发明的，这总是公认的吧？可如果我们再不认真研究，早晚美国人也要来指教我们了。"

"中餐也是比西餐好，连外国人也承认。"我对烹调挺内行。

"黑色幽默也面临这个问题。吴敬梓不知要比小伏尼格大几辈儿呢！当然，我们不妨大度些，就算那是美国人的首创吧。我从来不主张纠缠历史旧账。但外国人办不到的事，中国人可以办到，何况外国人已经办到了的呢？中国人更没有理由不办到。我想起写黑色幽默派小说来，也就是为的这个。"

"行吗？"

"信心告诉你主是什么，主就是什么。"

在我们的交往中，这是詹牧师唯一一次主动提到主。

"那么主是黑色幽默的了？"我说。

他顿时愣住，尴尬地吃了一片腊肠，接着又吃了两片。

我赶紧说："我不过开开玩笑。"

他疑虑地瞅了我一会儿，说："我也不过打个比方。"他又看看窗外，小声提醒我："咱们这是在屋里说。"

〔注九〕"咱们这是在屋里说"一语，同时兼备三种意思：1.在外面不能这样说；2.咱们现在说的，外面的人并没听见；3.咱们之间是了解的、信任的，谁也不会出卖谁。

〔注十〕自"文革"以来，詹牧师是忌讳别人跟他谈主和宗教的。读者慢慢会抱怨，一篇关于牧师的报告文学，涉及宗教的地方太少了。其原因正出于此。

"信心当然是重要的。"我说。

"很重要！而且'黑色幽默'有什么难作呢？总共两个特点——黑色和幽默。也就是让人既感到可怕又感到可笑。这难吗？笑话！外国人不过是故弄玄虚，而我们有真实的生活素材。"

"能讲一个吗？"

詹牧师思忖片刻，讲了一个，备忘于下：

"文革"中，王某出差到某地，刚下火车就被一群手持牛皮带、臂佩红袖章的人揪了出来。那群人问："你是保县党委的，还是反县党委的？"王某听他们把"保"排在前面，就说："保。"不料那群人正是反县党委的一派，于是王某被追着打了十皮带。王某跑出车站，立足未稳，又被一群臂佩红袖章、手持牛皮带的人抓到。"你是保县党委的，还是反县党委的？"王某慌忙说后一种："反！"于是他又被追着打了十皮带，原来那又是保县党委的一派。王某想：这地方真怪，说话也没个前后次序。他连忙返回车站，决定趁早离开这是非之地。转眼之间，他又被一群人围住。"你是什么观点的？""真抱歉，我现在还不太清楚。"王某立刻又挨了十几皮带。"我只是还不太清楚！"王某申辩道。"没有正确的政治观点，就等于没有灵魂。你没有灵魂，自然只好触及你的皮肉了！"那群人这样向王某解释。王某挨了三十皮带，清醒了，把自己的皮带解下来握在手里，大摇大摆上了列车。一上车，他先揪出一个人来，问："你是哪一派？"那人对答如流："我们是同一战壕里的战友。"王某想了想，说："这很好。"于是一路平安地回到了家。

"很不错的一篇黑色幽默派小说。"我说。

"不，这不行，"詹牧师说，"这是真事。"

"真事倒不行？"

"因为我是想写黑色幽默派的小说，不是要写现实主义的。"

我当时还不太懂"黑色幽默派"的规矩。

"我总想，"詹牧师又说，"黑色幽默绝不是资产阶级的专利品，我们一定要做起来，使它成为革命的匕首和投枪，像鲁迅先生那样。试问：谁感到的恐怖更多些？劳苦大众！谁最富于机智的幽默感？还是劳苦大众！我们有什么理由在这方面落后于外国资产阶级作家呢？看到在很多学术领域中都是他们领先，我咽不下这口气。我涉足过数、理、化，但那需要设备；我又想搞音乐，但一架钢琴又太贵；我也试图钻研美术，可屋子太小，而《蒙娜丽莎》《格尔尼卡》那样的画都是很大的。医学也需要有人找你看病，企业管理也需要有人归你管理，搞教育吧？唉……"詹牧师说到伤心处，太阳穴上的血管都在暴涨。

"您干吗——请您原谅，干吗不继续研究宗教和哲学呢？"我说。

"不不，咱们这是在屋子里说……当然啦！可是……不过……说起来……你懂了吗？我是说，咱们这是在屋子里说。"

我似懂非懂地点了点头。

我们吃了一会儿菜，又喝了一点儿果子酒。詹牧师的脸色才又红润起来。

"所以，"他说，"我探索了这么多年，现在才弄清楚我的所长。我更适合于从事文学创作。文学有生活就行，而生活是无处不在的，而且很公平——每人一份。近两年，我专门找一些外国人在其中自鸣得意的领域进行研究、尝试。譬如：意识流、荒诞派、新小说派、象征主义、存在主义、表现主义，等等，我都试着写过。并不难。我只是想证明一点：外国人能做到的，我们也能够做到。"

"能看看吗？"

"怎么不能？"詹牧师说着就要搬一只很大的箱子，"在下面那只箱子里。没关系，防空洞我都挖过，那些水泥构件比这要沉多了。"

"手头没有吗？"

"有倒是有几篇，不过不是我最满意的。"

现将他不太满意的几篇介绍于下：

（一）"新小说派"小说《在路上》（节选）

很长很长的一串脚印，不知从哪儿发源。很长很长的泥泞的路，依然流向远方。天际，飘着一缕零乱的炊烟，那儿或许有个村落，有了人家。候鸟在天空中仓皇飞过，从不落下来。这儿没有它们落脚的地方。它们的羽毛娇嫩得像花瓣，像小时候常吃的那种棉花糖。旗帜还在手里，还在猎猎地飘展，认真地抖响着一个个坚强的音阶。鞋子烂了，"嘎唧"一声，留在了路上，像是长河中的一座航标。那缕零乱的炊烟还是很远，在天地相交的地方飘舞，和很久很久以前一样。秃鹫在头顶上盘旋，转着发红的眼睛，忽然一个俯冲，冲向一头倒下去的驯鹿。旗帜还在手里，确实还在。又烂了一只鞋子，又留下了一座航标……

（二）"象征主义"小说《石头船》（节选）

老头儿一有空就拿着锤子和凿子，爬到海边那块巨大的岩石上去，"叮叮当当"地凿，想凿成一条船。

孩子又爬上来，乖乖地坐在老头儿身边。

"您干吗不做一条木头船？"孩子问。

"我没有木头。"老头儿回答。

"别人都是做木头船。"

"别人是别人。"

老头儿一下一下地凿，正凿出一只舵。

"可这也不能下水去走哇？"

"我没有木头。"

············

如今石头船凿好了，老头儿在船舱里坐着，闭着眼睛抽烟。

孩子又爬上来。

"嗬！"孩子说。

"你坐下，闭上眼睛。"老头儿说。

"干吗？"

"你闭上吧。"

孩子闭上了眼睛。

"你觉得船在晃吗？"老头儿问。

"是有点儿。"

"你觉出它在走了吗？"

"嗯！真的！它在往哪儿走哇？"

"你的心告诉你在往哪儿走，就是在往哪儿走。"

"我去告诉他们，您不是疯老头儿。"

老头儿笑了，对孩子说："别去，别人有木头。"

（三）"意识流"小说《排骨》（节选）

老伴儿提起菜篮，对他说："我去排会儿队，说不定能买上。"

他说："算啦，我不那么喜欢吃排骨了。"

皮肤上有了很多老人斑，排骨在里面滚动，应该在它们变成一盒白色的骨灰前，写成那本书。

"我还是去看看。"老伴儿说着走出去，轻轻地关上了门。

警察怎么也打不开门和窗。老伴儿在向警察说明情况。院子里、街上，挤满了看热闹的人。门终于被撞开了，屋子里什么都没有，只有一本书。老伴儿坐在那本书旁边，嘤嘤地哭，说："这是他一辈子的心血，现在完成了，他走了，不知到哪儿去了。"只有老伴儿理解他。他的灵魂已经在天国，依然爱着这个娇小的老太婆。

她去买排骨了，为了给他补补身子。他不能现在死去。一层老人斑在排骨上滑动。得抓紧，在告别人世之前写成一本书，对祖国有所贡献。

他铺开稿纸。清蒸的、红烧的、糖醋的……他从小爱吃排骨。那还是在故乡。故乡的小河真美，不会老。他在水里游呀游呀，那时的皮肤紧绷绷的，也没有老人斑……

（四）"荒诞派"小说《死魂附身》（梗概）

尹明总说被一些死去的灵魂纠缠着，摆脱不掉，弄得他总是赶不上时代，写不出好作品来。纠缠过他的死魂有：托尔斯泰、雨果、巴尔扎克、司汤达、契诃夫，甚至鲁迅和高尔基等。死魂总是把他们的思想贯穿到尹明的作品中去，致使尹明的作品总是被编辑部退回来。

"文化革命"中，忽然戈培尔的死魂附在了尹明身上。尹明走了运，写起东西来得心应手，终于功成名就。

好景不长，"文化革命"过去了，戈培尔的死魂却还是不肯离去，尹明又背了运。

有一天，尹明酒醉后走失，他老婆吴幸在报纸上登了一则寻人启事。启事中特别说明："望见到他的人不要把他当作敌人来对待，因为他患有'死魂附身的精神病'被死魂左右，经常言不由衷地说些'四人帮'时代的话。"启事登出不久，便有许多人打来电话，声称发现了尹明。

吴幸根据人们提供的线索，走了许多地方，见到了许多与尹明的情况相似的人，但都不是尹明，那些人都生活得很像样。

后来，吴幸在一个茶摊上找到了尹明，他正在卖茶水。尹明说自己非常高兴，一身轻松，他终于摆脱了所有的死魂，找回了他自己。吴幸也做了茶摊的老板娘。

（五）"超现实主义"小说《本书出版之日》（略）

（六）"表现主义"小说《赤胆忠心》（略）

（七）"新感觉派"小说《融雪》（略）

〔注十一〕《死魂附身》一篇为詹牧师夫妇合写，主要部分是詹夫人执笔的。据他们的儿子讲，詹夫人不过是一时心血来潮，写着玩的，詹牧师却连连叫绝。詹夫人说："算啦，算啦，值得你这么认真！"詹牧师却激动得坐立不安，说："你知道你写出了什么吗？真正的荒诞派呀！"那天是除夕，詹夫人烧鱼炖肉，忙得高兴，不理他。詹牧师独自捧着那篇东西："深刻！深刻！"也陶然。忽然儿子又冒出一句话来，破坏了本来和谐的气氛。"我猜得出妈妈是在写谁。"儿子说。詹牧师沉寂半晌，似有所悟。年夜饭也没有吃好。夜里躺在床上，詹牧师问詹夫人："你是在写我？""没有，你别听孩子瞎扯。""你认为我没有灵魂？""我只是说人要有自己的主见。""我没有主见？""人应该自己把握住自己，别在乎虚名。""我是名利之徒？！"詹牧师的泪水在眼圈里转，没想到连白芷也不能完全理解他。"我没那么说，真的，我不是那个意思……"詹夫人万分歉意地安慰他。

"不过父亲这人有一点是让人佩服的，"他们的儿子说，"他不会为了这事就去否定那篇小说，他仍然称赞那篇东西写得深刻，并且花了不少力气去修改它的结构和语言。"

我始信詹牧师为一准人物就是在这时。虽然他的小说并非都怎么完美，但敢于涉足这么多流派的作者已不多见，每一种手法又都掌握得恰如其分者就更可珍贵了。我确信詹牧师终有遐迩闻名之日。卡夫卡如何？生前默默无闻，忽一日声名大作，使诺贝尔奖评委会也愧悔不及，真人物也！

詹牧师却很谦虚，说这些玩意儿都算不得什么，不过是资产阶级于"日薄西山，气息奄奄"中的一种挣扎，纯属没落文学。"我之所以也要写一写，是因为他们太近狂妄，得煞一煞他们的气焰。我中华并非无人！我们不写罢了，一旦写来，绝不会比他们差，而且根本用不着什么大作家去费神。唉，想来惭愧，真正现实主义的作品我却总也写不出，只好从这一侧面贡献一点儿力量吧。"

"为什么不能写出现实主义的作品来呢？"我是想安慰他。

"我总找不到恰当的角度，唉，怎么也找不到。此生夙愿怕要付诸东流了——"他说。

"您绝对没有理由妄自菲薄。"

"唉！"詹牧帅长叹一声，出口成诗："常恨少年不努力，老来方悔报国难，又是一年春柳绿，依然独自倚危栏。"

这时，窗外正有几个孩子"嘟嘟嘟"地吹着柳哨，柳絮飘飘扬扬。他感慨系之，又作了一首《忆秦娥》：

> 春光好，柳笛阵阵催人老。催人老，频添华发，壮心未了。
> 祖逖舞剑闻鸡鸣，小舟纵笔夜继晓。夜继晓，无多好梦，佳音又少。

我决心帮助詹牧师发表一些作品。我尤其决心帮助他写好"黑色幽默派"小说，然后汇编成集。就只差"黑色幽默派"这一种了。

"精装，烫金的标题：《詹小舟小说选》！"我有几分醉意。

"不不，还是等我写出真正现实主义的作品来，再那样吧。"

按詹牧师的意思是要叫《敝帚集》，意思是：这并非是我们所看重的东西。敝帚的意思是：破笤帚。

写到这儿，我又有点儿犯嘀咕：詹牧师何以笔头竟这般勇敢呢？连"今年西红柿又少又贵"这样的话，他也要反复申明"咱们这是在屋里说"。怎么他写起文章来却从没有冠之以一句"咱们这是在屋里写"呢？带着这一问题，前不久我又去求教了詹牧师的儿子。

詹牧师的儿子正就"陕北的农林牧结构问题"同一个人辩论。我说明了来意，他笑了，用几句话就打发了我："对父亲来说，写作是写作，生活是生活，理论是理论，实践是实践。对付不同的事，他相应有不同的神经。对不起，我很忙。"

闲话少说，言归我们的报告文学。一九八二年五月中旬，我和詹牧师开始共同研究"黑色幽默派"，准备用一两个月的时间写出三四篇这种流派的小说来。

但没多久，我们却发现，"黑色幽默派"小说并不如我们想象的那般好做。倒不是我们无能，实在是美国佬太近狡猾。他们竟让"黑色幽默派"有了这样一个特征（或说一条原则）：所写之事全然荒诞可怕，虽则荒诞可怕，却又形神逼真，尽管形神逼真，可又谁都没见过那样的事。"其妙处全在于此：谁都没见过，然而又都觉得似曾相识。"詹牧师说。

我们连着写了几篇，都被詹牧师否定了。他说："我们既然是写黑色幽默，就得真像黑色幽默，做学问来不得半点儿含糊和迁就。我们写的这些事，虽然也荒诞不经，但却都是已经发生过的，大家都见过、听说过。这倒像是正统的悲剧了。"他最后强调说："要特别注意没有发生过，却又似乎是到处都在发生这一条！"

我们琢磨了又琢磨。

先是詹牧师有了一个构思。

　　某学校吃忆苦饭，每人一个糠窝头。红五类学生问黑五类老师："好吃吗？"老师忙说："好吃，好吃。"学生怒目圆睁："这么说，我们的先辈倒是享了很大的福了？好吧，你再吃三天！"老师又吃了三天糠窝头。学生又问："好吃吗？"老师又赶紧说："很难吃，很难吃。""可我们的父兄能吃上这个就很不错了，"学生说，"而你倒说难吃！你再吃三天！"三天后学生又来问，老师回答："我准备继续吃下去，像你们的父兄那样，一直吃到全国解放。"

我不认为这个构思好，这分明只是现实主义的写法。"您自己倒
忘了'没有发生过'这一原则。"我说。

"怎么，这也发生过？"

"当然。"我说。我没敢说我就曾经像那个学生一样过。

詹牧师捏着下巴努力地回忆了一阵，不无惋惜地拍着大腿：
"唉，我倒忘了，这是我老伴儿经历过的事。"

〔注十二〕这事纯系巧合。詹夫人并不是我的老师。我的那位老师是男的，
詹夫人的那个学生是女的。

我们又想。几天后我又想出了一个。

老夫妇俩一起学习，读林彪的书。不知怎么一个缘由，老
妇问老夫："撒旦的英文名怎么写？"老夫随手写下：Satan。
"犹大呢？"老夫又写：Judas Iscariot。忽然，老夫妇俩全吓
呆了——他把那两个名字写在了正看着的书上！怎么办？！他
们先是用墨笔把字迹涂去，但发现是欲盖弥彰。他们又忙不迭
抠去，反而弥弥彰彰。末了干脆把书烧了，老夫妇俩看着火光，
面如土色。天哪！这是亵渎，是诋毁，是反动！老两口商量：
还是吃安眠药算了。幸亏他们吃的量不够，被救活了。两位老
人昏昏晕晕之际，口口声声说："我们对不起敬爱的林副主席。"
谁料那时林彪已成国贼，老夫老妻又险些做了贼船上的死党。

詹牧师听罢我的构思说："是民警老王帮我们说了不少好话。"

"帮你们？"

"还帮谁？"

"怎么回事？"

"嗯？你不是又在写我吗？"

"写您？"

"你甭不好意思，那是过去的事了，我不会往心里去的。可是你又忘了那一条，凡发生过的事就不符合黑色幽默派的要求。重来吧。"

只好重来。詹牧师又想出了一个。

> "文化大革命"中，一些造反派私立公堂，审一个老干部。
>
> 老干部问："我有什么罪？！"
>
> 造反派回答："你对抗'文化大革命'。"
>
> 老干部说："我并没有对抗！"
>
> 造反派说："你是黑帮分子，黑帮分子怎么会不对抗'文化大革命'呢？！"
>
> 老干部又说："我不是黑帮！"
>
> 造反派说："你不承认自己是黑帮，这本身就是对抗'文化大革命'！"
>
> 老干部又问："你们说我是黑帮，你们有什么证据？！"
>
> 造反派说："你对抗'文化大革命'，这证据还不够吗？"
>
> 老干部说："我并没有对抗！"
>
> 造反派说："你是黑帮，难道……"

詹牧师难过得讲不下去了

"这篇很好，"我说，"这个构思很好。"

詹牧师擦擦泪水，沉默良久，说："但是这又不行，这又是发生过的事。这是我的一个老朋友的事。他是我的良师、益友，我的指路人。他太耿直、太嘴硬、太……其实倒不如承认……"

为了这个构思，詹牧师的心情一直不好，又把他那位良师益友的遗像拿出来，默默地祈祷，暗自垂泪。

〔注十三〕那个老干部是詹夫人的远房表弟。詹牧师放弃基督教而转向马列主义，是与这个人对他的教育和影响分不开的。这个人在"文化革命"中表现出了一个共产党员的高风亮节，刚直不阿，坚持真理，最后含恨而死。

我尽力安慰詹牧师，请他注意身体。"我们还要把那恐怖的原因找到，为了死者，也为了后人！"我说。

"关键是不够幽默。"詹牧师说。

"看来，黑色倒要好办些。"我说。

好吧，我们再干！我和詹牧师的信心都还很强。有人说，中国不会有"黑色幽默派"作品，因为中国人天生缺乏幽默感。这给了我们刺激，也给了我们力量，要让那些自高自大的外国人放明白点儿，也要让那些自轻自贱的中国人醒悟！那些日子，我和詹牧师一心扑在"幽默"上。有时候我们聚在一起想，有时候交换一下意见分头去想。

我又想出了一个。

看守长老了，也许是因为脑力不如从前了，他总觉得过去工作起来并不像现在这样吃力。现在他常常拿不定主意，拿不定应该对犯人使用什么样的态度。"文化革命"前的工作多么井然有序！他想。那时候对入狱的犯人就用严厉的态度，让他们老老实实；对刑满获释的人就用和蔼可亲的态度，以期使他们备感温暖。现在怎么就拿不准了呢？还对入狱的犯人一概严严厉厉的么？要是忽然一天有哪个成了英雄，自己可就成了迫害英雄的帮凶了。对出狱的英雄一律亲亲热热么？猛地，在他们之中又出了骗子，你可就又说不清自己的立场了……

詹牧师看了先说"不错"，然后建议我加写一段，说明"四人帮"被粉碎后老看守长不再苦恼了。"得全面一些，要突出看守长的苦恼只是在'四人帮'时期。"

我说："谁还不知道这是在'四人帮'时期呢？难道别的时期也有这样的事？难道我们写屁股上的雀斑，必须得反复说明脸上是光洁的么？我写的正是'四人帮'时期，一个普通人可怕而又可笑的处境。跟您这么说得了，这老看守长就是我表叔……"糟糕！我想。

"这么说又是已经发生过的事？"

我沮丧地说："咱们再重新想一个好了。"

看来得往邪乎里想。

看来得离开现实，什么不可能想什么！

然而又过了几个月，我们还是什么都没写出来。我们全力去做荒诞的想象，研究了上百个荒谬绝伦的构思，但仍然因为"已经发生过"而告吹。我几乎失去了信心。

一天，詹牧师的儿子来了，看见我们的窘态，哈哈一笑说："活人别让尿憋死。"这倒又触动了我的灵感，"活人让尿憋得团团转"倒很具"黑色幽默"的味道。我很快写成了一篇《活人与尿的喜剧》。

詹牧师看罢不言语。

"您看还行吗？"

詹牧师变颜变色，不言语。

"这回还差不多吧？"

詹牧师不言语，脸上红一阵，白一阵。

〔**注十四**〕没料到我的想象又与詹牧师的实践撞了车。

詹牧师被隔离审查期间住在一个破庙里。庙里有个孩子，淘气得出圈，惯搞恶作剧。有一回，这孩子在所有可以撒尿的地方都贴上了画，而在那样的画前撒尿是不相宜的。詹牧师身为审查对象，又不能离开破庙，结果尿憋得过了火，再想撒时已不能如愿。詹牧师的肾脏到现在还不大好。

"我并不反对你把我的事写出来。"詹牧师说着，苦笑，又连连叹气，又说，"可是这仍然不是'不可能发生的事'。"

我真不信我的想象力竟这样低劣。

我真不相信我就想象不出一件不可能发生的事来。

有了。

有一个人，平生的志愿就是给米洛的维纳斯配上两条胳膊。他琢磨了大半辈子，呕心沥血，终于想出了好办法，给米洛的维纳斯配上了健美的双臂。可是有了胳膊的维纳斯做的第一件事就是，左右开弓给了这个人一顿嘴巴……

"别讲了！"詹牧师忽然疯了似的站起来，冲我喊。

"怎么了？您这是？"我十分惊诧。

詹牧师背过身去站了很久。

我吓得不敢吱声。

詹牧师转过身来，满脸泪痕，对我说："对不起，请你原谅，不过请你不要写这件事。"

"怎么回事？"

詹牧师忽然在胸前画起十字来："上帝饶恕我，上帝看得清楚，我……"他猛地跌倒在床上。

〔**注十五**〕我打电话把他的儿子叫了来。这时我才知道，詹牧师原来还有个女儿。女儿从小就长得漂亮，詹牧师亲昵地叫她"我的小维纳斯"。"我的小维纳斯比米洛的可强十倍，还有两条好看的胳膊！"詹牧师常常和女儿开这样的玩笑。谁料到，正是他疼爱的女儿，在一九六六年给了他一顿耳光，骂他是"不齿于人类的狗屎堆"，声称与他断绝父女关系，愤然离家出走。这件事把詹牧师的心伤透了。后来女儿醒悟了，想回到父亲身边来，但詹牧师不允许。"做人最重要的是善良！"他说。再后来，女儿在插队的地方因公牺牲了。詹牧师后悔莫及，"我竟不能原谅一个受骗的孩子，我的善良到哪儿去了呢？！"他喊、他哭，叫着"我的小维纳斯"……从那以后，谁也不敢向他提起他的女儿，希望他把她忘了。

偏偏碰上我这么个善于想象的人。唉！

詹牧师住进了医院。诊断为：动脉痉挛，脑供血不足。这病很怪，阵发性的，詹牧师时而清醒，时而糊涂。大夫说："（他）年岁大了，（治疗效果）很难说。"

詹牧师的儿子埋怨我，不该总让他父亲回忆起那些往事。我感到非常内疚。

"可我不是有意的。"我说。

"是谁告诉你的？"詹牧师的儿子问。

"谁也没有，在这之前我并不知道他还有个女儿。"

"让尿憋坏了的那件事呢？"

"是你对我说'活人别让尿憋死'之后，我瞎编的。"

"我的意思是说，既然你们想象荒诞的能力超不过已经发生的事实，何必非要写'黑色幽默派'小说不可呢？为什么不能用现实主义的手法来表现呢？"

我觉得这一建议很有道理。

詹牧师住在医院里，病情时好时坏。神志恍惚的时候，他总说胡话，仍在构思"黑色幽默派"小说，但也都是像过去一样地不能成立。清醒的时候他就长吁短叹，想这个，想那个，想自己的一生，填写了几首《忆江南》：

其一

女儿好，为父太心残。夜夜梦中相对坐，朝朝醒来又难圆，此恨到何年？

其二

我儿强，不似父愚蛮。做人当有君子勇，行路须防小人谗，逆耳是忠言。

其三

死何惧？无奈不心安。一世勤勉为虚度，百般壮志作空谈，不死亦无颜。

其四

力竭尽，何必自寻烦？利禄千金轻如土，清风两袖重于山，唯此又心安。

其五

平生忆，最忆是童年。白芷送茶难成梦，庆生伏案不知眠，店堂小灯前。

其六

盼来世，当记此生难。墨海书舟重努力，雄关险道再登攀，胜败不由天。

其七

　　终有憾，此憾在人间，朽树犹燃熊熊火，落花也留片片丹，小舟逝如烟。

　　我心里很难过，但又实在不能给他什么帮助。想起他儿子的话，我说："您何妨把您一生的境遇，就用现实主义的手法表现出来呢？"

　　他摇头叹气道："找不到恰当的角度。"

　　我说："如果您愿意，您口述，我来整理。既然生活素材是真实的，有什么不好找角度的呢？"

　　他摇头，许久不言语。一会儿，他又乱七八糟地说起胡话来，还是不忘他的"黑色幽默"。

　　我不知道怎样才能给即将归天的詹牧师以安慰。詹牧师的儿子出了一个主意。当詹牧师又清醒了一些的时候，我们俩一起骗他。

　　他先说："我们把您那些黑色幽默的素材，用现实主义的手法写成了，效果很好。"

　　我赶紧说："我在出版社的朋友不少，您的作品得到他们的一致好评，他们准备用。"

　　詹牧师呆呆地望着我。

　　"不久就能发表了。"我说。

　　詹牧师直勾勾地盯着我。

　　"肯定能发表。"我又说。

　　詹牧师微微地笑了。

　　我很高兴，我希望他能怀着愉快的心情离开人间。

　　"你是说，这下子行了？"詹牧师说。

"行了。"

"你是说，我们到底写成了黑色幽默派小说？"

"什么？！"

"像那样的东西，能发表，这不是绝不可能发生的事吗？"

我和詹牧师的儿子慢慢直起腰，默然相对。

"这样，黑色和幽默就全有了。这个构思好，符合那一条……"

我和詹牧师的儿子半天才缓过劲儿来，我们向他说明，是真的能发表。控诉"四人帮"的罪行，让人们更珍惜今天的生活，这怎么会不可能发表呢？写出人民在十年内乱中的痛苦遭遇，以便总结历史经验，防止悲剧的重演，这样的作品怎么会不可能发表呢……

詹牧师却又陷入了昏迷。

我的希望倒是达到了，詹牧师死前分明感到了成功的喜悦……

一九八二年十二月十二日零点五十七分，詹牧师的心脏停止了跳动。终年七十三岁。

/下集/

最近，为了写这篇报告文学，我又查阅了詹牧师的一些遗物。这是经过了詹牧师的儿子允许的。他说："反正你们这些舞文弄墨的人闲着也是闲着。不过你们要是再不说真话，你自己掂量你们是在干吗吧。"然后他就由我去翻腾詹牧师的遗物了。他去忙他的事。他正筹备办工厂，并兼办一所幼儿园。"将来有条件，我还要在我们那个小地方办大学呢！"他说。"实业和教育是最重要的！"他说。"其他才能谈得上。"他说。

　　詹牧师的遗物主要由两部分组成：大量的藏书；大量的手稿和大量的没有寄出的信件。

　　有一个发现弄得我心情很沉重。

　　我不能不如实地告诉各位读者：詹牧师确凿是一个风派人物。我也很难过，但事实终归是事实，不能用私人感情来代替。毫无办法，许多物证就是那样铁一般地存在着，我又是个记者，神圣的使命要求我必须忠实于事实。其实倒霉的是我，詹牧师早已解脱了，而我的这篇报告文学却有前功尽弃的危险。谁见过报告一个风派人物的文学呢？虽然也是人物。就此放弃又舍不得，还是试试看吧，反正是报告，又不是为他唱颂歌，万一有人给我扣帽子，我就往詹牧师身上一推了事。事情是他干的，与我有什么相干？

　　我并没有像有些人那样，先确定某人是一个风派人物，然后再去凑证据。我是先有证据，后做结论的。证据之一是詹牧师的藏书。书名、购买日期、扉页上的题字或批注之间的关系，颇耐人寻味。为方便读者起见，我选中其中一小部分做成了一份表格，现公之于众，以醒后人。

书名	购买日期	扉页上的题字或批注			备注
		第一回	第二回	第三回	
新约全书	1930.12.25	我主真道万古流行（后涂去）	用于学术研究（后涂去）	仅供批判	
家用大百科全书	1945.元旦	白芷吾妻新年快乐（后涂去）	仅供参考（后涂去）	仅供批判	书页中夹一朵干枯的小花
资本论	1955.10.10	知识就是力量（后涂去）	学习，学习，再学习！	放之四海而皆准	书中画过一些标记已擦去
毛泽东选集	1958.春节	伟大的公仆	有雄文四卷为民立极	读毛主席的书听毛主席的话做毛主席的好战士！	同上

书名	购买日期	扉页上的题字或批注			备注
		第一回	第二回	第三回	
论共产党员的修养	1962.10.1	伟大的公仆（后涂去）	奴隶主义的大毒草（后涂去）	真金不怕火炼	作者姓名上曾有红 × 现已擦去
创业史	1965.4.20	文艺为工农兵服务（后涂去）	大毒草（后涂去）	文艺为工农兵服务	同上
评新编历史剧《海瑞罢官》	1966. 春	千万不要忘记阶级斗争（后涂去）	反革命祸心的自我暴露		作者姓名上有红 ×
林彪同志论毛泽东思想	1967.8.1	真知灼见（后涂去）	祝林副主席身体健康，永远健康（后涂去）	阴谋家的用心早已暴露无余	同上
红色娘子军（总谱）	漏写	划时代的伟大创举（后涂去）	我们工农兵最爱看（后涂去）	大快人心事粉碎"四人帮"	
国家与革命	1972.10.1	要认真读马列原著			
批判资产阶级法权文章汇编	漏写	活到老学到老（后涂去）	严防中央出修正主义（后涂去）	纯属贼喊捉贼	贴了一张王张江姚的漫画
宋江丑史	1975. 秋	坚决反击右倾翻案风（后涂去）	借题发挥，妄图篡党夺权的铁证		宋江二字被打过 × 现已擦掉
英语广播讲座	1978.2.4	知识就是力量	还是要重视政治思想工作		
"四五"革命诗抄	1979.10.20	防民之口甚于防川	言论自由是人民的权利		

由此表不难看出，詹牧师的观点和立场，随机性很强；往好里说，也是缺乏独立思考的能力。

不久前，我又去詹牧师当年所在的教会做了一次采访，所得的印象也与前相差不多。

他早年的一位教友说："詹鸿鹄一向是赶潮流的，没有自己的主见。五十年代他退出教会时把宗教贬得一钱不值，后来教会重新恢复活动时他又来祝贺。"

他早年的一位学生也证明："詹先生还在留言簿上写了一位名人的话，'人在精研哲学之后重新皈依的那位上帝，和由于对哲学知之不深而远离的那位上帝，根本不是同一位上帝'。"

现任主讲牧师何少光说："鸿鹄是有意重新'出山'，托人和我提起过。我倒是没意见，但一来人事方面没有名额，二来嘛，别人都担心他会不会什么时候又来个反戈一击。唉，鸿鹄当年的学生目前都在教会中负一定责任了，经常接待外宾，他自己反倒落得传电话。他当年要是不……唉！鸿鹄一生善良、勤勉，吃亏就在赶潮流上。"

还有两份材料可以证明，詹牧师确是惯于见风使舵的。其一是詹牧师于一九六六年十月写的一份声明；其二是他于一九八一年十月写的一份申请书。两相对照，一斑可见全豹。

放弃硕士学位声明（节录）

……我是个资产阶级臭知识分子，几十年来一直迷恋于成名成家，陷进了封资修的臭泥塘，不能自拔；自以为有学问，看不起普通劳动人民，迷失了政治方向。无产阶级"文化大革命"的春雷震醒了我，使我心明眼亮。我现在郑重声明：从即日起放弃硕士学位，甘当人民的老黄牛。同时声明：于明日下午三时烧毁我的所有著作。我是心甘情愿的。在革命派的帮助下，我认识到我过去的全部著作都是资产阶级反动立场的产物，无非一堆废纸，不烧何用？！……

博士学位申请书（节录）

……我平生的志愿就是做自己祖国的博士……我决心努力攀登哲学高峰，写出《中国宗教思想概论》，作为我的博士论文。

我已于三十多年前就获取了神学、史学两项硕士学位。三十多年来，我一直兢兢业业，努力奋斗，刻苦钻研，坚持不懈。在严酷的考验中，我的愿望深埋心底，耐心等待。我终于盼到了今天。学位委员会的成立，燃起我希望之火，召唤我纵马登程。祖国正是百废待举，备需人才之际。我虽年迈，但壮心犹存；唯其年迈，才当百倍抓紧，万倍努力。"春蚕到死丝方尽，蜡炬成灰泪始干。"我决心尽残年之微力，写好博士论文，为四个现代化做出贡献……

〔**注十六**〕据调查，"声明"和"申请"都没有贴出、寄出过。

詹牧师写完了"声明"，征求詹夫人的意见。詹夫人不答，默然垂泪。詹牧师也没了主意。半天，詹夫人才说："你要不去埋那把刀子，何至于引得他们来抄家？"

詹牧师有一把很漂亮的蒙古刀，纯粹的工艺美术品，但他担心被人告发为"私藏武器、妄图变天"，在一九六六年的一个深夜拿出去想埋掉，结果被几个红卫兵抓住。

"我不去埋，他们也要抄的。"詹牧师愧然答道。

"我们不如回老家去，省得被他们赶。"詹夫人说。

"不知家里的房子还有没有。"

"可以先向亲戚们借一间。"

"'回春堂'不知还有没有。"

"家乡多安静，我喜欢安静。"

"尤其是夜里，什么声音也没有，睡得也香甜。"

"有时候有卖馄饨的在窗外吆喝。"

"放些虾皮、紫菜，还有香菜和青韭末儿，再放点儿香油，啧！"

"什么时候我给你做一回。"

"你可做不出那味儿来。"

…………

但他们没有贴出"声明"，也没有回老家去。

"申请"呢？是什么原因使之没有寄出去？不详。

还有两份白纸黑字的证据。

第一份是詹牧师作的一首《满江红·悼念周总理》，幸亏当初没有落入"四人帮"之手，否则他大约就不会活到被我发现的时候了。诗词原文如下：

> 噩耗忽闻，哭无泪，肝肠欲裂。周总理，功盖乾坤，德昭日月。帷幄运筹轻生死，握发吐哺无昼夜。叹古今，被害是忠良，天当灭！
>
> 萧萧雨，飘飘雪。风声咽，哀声绝。把杯酒轻酹，志承先烈。大地珍埋男儿骨，长河敬殓英雄血。恨难消，何日斩群妖，天下谢。

如果我的发现到此为止，多好哇！那样我既可以为自己与这样一位勇士相识而自豪，我的报告文学也就可以具有英雄史诗般的气魄了。然而不幸，我又发现了一份证据——詹牧师写给江青的一封信！天哪，幸亏它是让我发现了，我为死者出了一身冷汗；如果是落入外人手里，詹牧师便有一百张嘴，也难说清楚了。信文如下：

> 敬爱的江青同志：
> 　首先祝您身体健康！
> 　我是

信文到此结束。以下是一些乱七八糟的算式，估计是詹牧师在计算当日的生活开销时所为。二角三分，估计是一瓶酱油；四角五分，估计是半斤鸡蛋；二分，可能是一盒火柴；红笔写的一角二分，大约是当日的财政赤字；如此等等，就不一一推敲了。也许是因为此信没有写下去，也许更是因为账目的重要性，詹牧师把这一页纸留了下来，后来就忘了，所以没有及时销毁。

诗文和信文都没有注明写作日期，唉，我的詹牧师，让我说你什么好呢？

我又走访了一位詹牧师生前最亲密的朋友——一位退休的中学教师。可喜可贺，这位老先生的证词，似乎可以推翻"詹牧师是个风派人物"这一结论。他说："小舟么，也谈不上什么赶潮流不赶潮流，更谈不上什么风派不风派。他不过是闲不住，而且总是自命不凡，想干一番大事业，愿意和一些名人、大事发生些联系；他总有怀才不遇的思想，常常就做出些古怪的事情来。"这位老先生举了几个例子，以资证明。

A．詹牧师并非只给江青写过信。在齐奥塞斯库当选为总统的时候，他也请罗马尼亚驻华使馆代转过他的贺信。他不光写贺信，也写过抗议信。苏军侵略阿富汗的时候，他给勃列日涅夫写过抗议信。英军进攻马岛的时候，他给撒切尔夫人和加尔铁里总统都写过劝告信。只是都没有得到预期的反响。

B. 估计收到过詹牧师的信的人会很多。只要报纸上出现了一位先进人物或别的什么人物，他就要立刻写信去，向人家表示祝贺或慰问。詹牧师对名人总是由衷地敬仰。有一回，詹牧师的小孙子大便之后，对屎的出处表示了惶惑。"爷爷，这是从哪儿出来的？""肛门。""什么是肛门？""这就是肛门。"詹牧师一边给小孙子擦屁股一边解释道。"您也有肛门吗？""有，所有的人都有。"孙子忽然指着报纸上一位名人的照片问："他也有吗？"詹牧师给了孙子一巴掌："嘻！不许瞎说！"

有一点需要强调：敬仰归敬仰，詹牧师绝不是想从中得到什么好处。除非万不得已，他从来是不求人的。

还有一点要强调：詹牧师也并不是只敬仰名人。如果要糊顶棚，他崇拜糊匠；要是漆桌子，他只信得过漆匠……有一回，詹牧师碰巧得了一些木料，想做一只书架，儿子几次要动手都被他制止。"你做过什么？！"他说。等儿子瞒着他把书架做好了，对他说："我找了个七级木工给做的。"詹牧师连连夸奖："这活儿做得够多地道！"因詹牧师的儿子计划不周，在书架的左立柱上多锯了一道口，为对称起见，索性又在右立柱上也锯了一道。詹牧师一直琢磨不出这两道口是做什么用的，试着往上面挂了两回网袋，也挂不住。

C. 凡国内外大事，詹牧师都关心。国内的，譬如：东北及西南林区的乱砍滥伐问题、华南虎及丹顶鹤的保护问题、各地名胜古迹应该加强管理和利用起来发展旅游业问题、城近郊区应该发展养鱼业、街道两旁应改种香椿树以解决春季蔬菜短缺状况，以至目前晚育造成的难产率增高的问题，等等，他都给予关注。他去图书馆查阅书籍、资料；去请教过专家；也给有关方面写过信，申述了自己的意见。国外的呢，主要是世界和平问题。他曾在自家墙上挂过一张民用世界地图，并做了一块布帘挡在上面。有时候他拉开布帘，在地图上画些箭头、虚线和实线；也插一些小旗子，红的、白的、黑的；然后在屋子里低头踱步，默默地思考。他确实有过一些颇具先见之明的预言，譬如：他早在六十年代末就说过，欧洲是世界战略的重点，亚洲的问题出在印度和西亚。不过也有过错误的判断：第三次世界大战迫在眉睫。

D. 詹牧师喜欢体验一种崇高感，或者叫作价值感。只要能稍稍与国内外大事有所关联，他便要陶醉，甚至闹到自己也把握不住自己的地步。亏得有詹夫人时常阻拦他，向他晓以利害，这才避免了不少祸事。"否则，"詹牧师的老朋友说，"真难说他要做出什么事来呢！假如'四人帮'重用他，他说不定会因为被重用而忘乎所以的。反过来，倘使有一位厂长或局长什么的，看重他，他肯定也会废寝忘食地为'四化'出力。他早就提出过要重视智力开发的主张，可惜那时没人理他。他就是盼望被人重视。我看，他之所以想起给江青写信，准是有什么人在他耳边吹风，吹得多了、神了，他就信以为真，觉得似乎那样就能有机会实现他的某项设想。至于这首《满江红》嘛，我敢担保的只是，小舟对周总理是衷心热爱的。总理逝世当天，我们俩找了个没人的地方待了一天，什么也吃不下，什么也说不出，小舟一个劲儿叹气，搓脚，把黄土地上搓了两道深沟。他有胆子写那么一首诗词，也肯定是受了别人的鼓动，十有八九是受了他儿子的鼓动，否则他绝不敢写什么'何日斩群妖'之类的。不过还有一种可能，那首词是他在粉碎'四人帮'之后写的。他儿子就常说他不是史学硕士，而是史学'修士'，意思就是说他总是根据现在的情况修改、打扮自己的历史。不然，他敢把这么一首诗词保留下来，是不大好想象的。"

E. 詹牧师甚至喜欢模仿伟人的动作。（不错，这一点笔者也可以证明，他每次和我见面，哪怕是只相隔半天儿，也要和我握手，伸手的姿势就像列宁。）

但从以上五点，能说明什么呢？能说明詹牧师不是风派吗？能说明詹牧师就是风派吗？我实在也吃不准。但报告文学是应该报告得准确、真实、全面的，所以我把这些情况也都零零碎碎地写了下来。如果能在篇头印上八个字"内部参考，请勿外传"，我以为是慎重的。

/续集/

关于詹牧师多次伪造表扬稿以骗取稿费，并在被揭露后缄口不谈此事一节，我一直考虑是否删去。倒不是怕海淫海盗，误人子弟，实在是那样写来太有些不明不白。正当我举棋不定之际，昨天，詹牧师的街坊们又向我提供了一些新情况。

甲. 詹牧师的老街坊宋科长的书面意见：

我认为，詹小舟同志绝不是那种为了名利就去昧着良心胡编滥造的人。为了名吗？可是发表那么几篇表扬稿能出什么名呢？为了钱吗？更不可信。詹小舟同志多年来一直义务为大家打扫厕所，街坊们曾经商量着要给他些报酬（每月九块），他都不要。他说："我不是为了钱，我也不是打扫厕所的。"大家不敢再提。我们有时候也想帮助打扫打扫，但每天早晨，无论你起得多早，厕所还是已经被詹小舟同志打扫过了。后来发现詹小舟同志是在夜里打扫厕所的；他每夜都要看书学习到一两点钟，然后就去打扫厕所。我们都睡得早，不能等到所有的人把一天的厕所都上完（原文如此——作者注），再去睡呀……

乙. 詹牧师的邻居徐老太太的口头证明：

可不是怎么的？詹大哥尽给大伙办好事，正经八百一个老雷锋。甭瞧我还比他小两岁，可腿脚儿不济，取趟奶来回就得他妈一个多钟头，詹大哥见天清早儿帮我取奶，黑了还管倒脏土。我心里不落忍的，人家也那么大岁数了不是？我就说您甭价了。可詹大哥说，街里街坊的一块儿住着，谁混谁呀？人家可不是像我这么说的，人家开口就是文明词儿，说是"五洲四海翻腾，到了儿都得往一块儿走。"（估计詹牧师的原话可能是："我们都是来自五湖四海……走到一起来了。"——作者注）唉，那可是个善净人儿。说他骗钱花？说这话的人可是他妈瞎了狗眼啦！

丙．詹牧师隔壁的孙老师的书面证明：

詹老先生常说：这些年社会风气的变坏，全是因为"四人帮"把人们的道德标准搞乱了。善而不赏，恶而不罚，必定铸患无穷。而罚恶的好办法，莫过于赏善。善既立，恶不逞。

所以，我认为，詹老先生之所以总写表扬稿，意在赏善。用现行的语言说就是：榜样的力量是无穷的。前年，詹老先生去眼镜店配眼镜，营业员不耐烦地把眼镜扔给他，把一个镜片摔碎了，营业员反而怨詹老先生没接住，一定要詹老先生赔。后来詹老先生对我说："你跟他吵有什么好处？你说三道四地教育他，反倒会激起他的反抗心理，使他更加不热爱本职工作。"所以詹老先生就原价把那副眼镜买了下来，并写了一篇表扬稿，表扬了一个假设的、态度非常好的营业员……

丁．职工学校的看门人老郭头的口头证明：

您问詹老儿？那老头儿可是心眼儿好！那人心眼儿忒好！那老两口子心眼儿都好！没比！说件具体的？我说的这些全是具体的。说件真事！……我刚来这儿的时候，是夏间天儿，大晌午的老阳儿挺毒，詹老头儿一盆一盆地往球场上泼水，我不懂规矩，还直嗔着人家。敢情他是为了学生们下了课好打球。我还给人家埋怨了一顿。好人哪！詹太太人更好，包了饺子就喊我去，说我一人儿闷得慌。其实我倒惯了，也不觉着闷。这会儿那老两口儿全死了，我时常倒真觉着憋闷了。好人哪——上了天堂啦——

还有一些证词，因篇幅所限，略去。

/补遗/

詹牧师死后，我和他儿子给他换衣服时发现，在他贴身穿的衬衣兜里有一个小塑料包儿。打开一层塑料包儿，又是一层塑料包儿，一共三四层；里面包着两张照片。一张是"全家福"——年轻的詹牧师抱着小女儿，年轻的詹夫人搂着儿子。另一张是詹牧师当年获硕士学位时的留影，戴着硕士帽，风度翩翩。除此之外，还有一件东西——怎么说呢？请诸君原谅并且保密——一个镀金的小十字架。

还有一件事。詹牧师的儿子给詹牧师写了一篇非常奇怪的悼词，其中有这么一段话：

> ……记得小时候，有一次我问爸爸："树叶是什么颜色的？"爸爸回答："绿的。"我又问："那绿色是什么样的？"爸爸回答："就是树叶那样的。"我说："如果这就是绿色，那绿色又是什么样的呢？"爸爸想了半天，笑了，拍拍我的肩膀。那时候多快乐呀……

一九八四年

插队的故事

/一/

去年我竟做梦似的回了趟陕北。

想回一趟陕北，回我当年插队的地方去看看，想了快十年了。我的精神没什么毛病，一直都明白那不过是梦想。我插队的那地方离北京几千里路，坐了火车再坐火车，倒了汽车再倒汽车，然后还有几十里山路连汽车也不通。我这人唯一的优点是精神正常，对这两条残腿表示了深恶痛绝，就又回到现实中来。何况这两条腿给我的遗憾又并非唯此为大。

前年我写了一篇关于插队的小说，不少人说还像那么回事。我就跟几个也写小说的朋友说起了我的梦想。大家说我的梦想从来就不少，不过这一回倒未必是，如果作家协会肯帮忙，他们哥儿几个愿意把我背着扛着走一回陕北。我在交友方面永远能得金牌，可惜没这项比赛。

作家协会的同志说我怎么不早说，我说我要是知道行我早就说了，大伙都说"咳——"

连着几夜失眠。我一头一头地想着我喂过的那群牛的模样，不知道它们当中是不是还有活着的。耕牛的寿命一般只有十几年。我又逐个地想一遍村里的老乡，肯定有些已经老得认不出了，有些长大了变了模样，我走后出生的娃娃当然更不会认得。就又想我们当年住过的那几眼旧石窑，不知现在还有没有。又去想那些山梁、山峁、山沟的名字，有些已经记不清了。我拦过两年牛，为了知道哪儿有好草，那些山梁、山峁、山沟我全走遍……

很快定了行期。我每晚吃一片安定，养精蓄锐。我又想起我的一个朋友，当年在晋中插队，现在是北京某剧团的编剧，三十二岁成家，带着老婆到他当年插队的地方去旅行结婚，据说火车一过娘子关这小子就再没说过话，离他待过的村子越近他的脸色越青。进了村子碰见第一个人，一瞧认得，这小子胡子拉碴的二话没说先咧开大嘴哭了。我想很多插过队的人都能理解，不过为什么哭大约没人能说清。不过我想我最好别那样。不过我们这帮搞文艺的是他妈好像精神都有点儿毛病。不过我不这么看。

一行七人，除我之外都没到过陕北，其中五个都兴致很高，不知从哪儿学来几句陕北民歌，哼哼叽叽地唱。我说，你们唱的这些都是被篡改过的，丢了很多人情味。只一人例外，说要不是为了我，他干吗要去陕北？"我不如用这半个月假回一趟太行山。"他在太行山当过几年兵。一路上他总说起他的太行山，说他的太行山比我的黄土高原要壮观得多，美得多。我说也许正相反。他说："民歌也不比你们那儿的差。"他说，于是扯了脖子唱："干妹子好来果然是好，"我便跟他一块儿唱："走起路来好像水上漂……""扯淡！这明明是陕北民歌。""扯淡！"他也说，"当然是太行山的。"过了一会儿有人提醒我们：太行山也是黄土高原的一部分。"陕北也不过是黄土高原的一部分。"他说，似乎找到了一点儿平衡。

十几年前我离开那儿的时候，老乡就说，这一走不晓今生再得见不得见。我那时只是腰腿疼，走路有些吃力，回北京来看病，没想到会这么厉害。老乡们也没料到我的腿会残废，但却已料到我不会再回去。那是春天，那年春天雨水又少，漫山遍野刮着黄风。太阳浑蒙蒙的，从东山上升起来。山里受苦去的人们扛着老镢，扛着锄，扛着弯曲的木犁，站在村头高高的土崖上远远地望我。我能猜出他们在说什么："咋，回北京去呀。""咋，不要在这搭儿受熬煎了。""这些迟早都要走哇。"老乡们把知识青年统称为"这些"或"那些"。仲伟帮我把行李搬上驴车，绑好。他和随随送我到县城。娃娃们追过河，追着我们的驴车跑，终于追不上了，就都站下来定定地望着我们走远。驴车沿着清平河走，清平河只剩了几尺宽的细流。随随赶着车，总担心到县里住宿要花很多钱，想当天返回来。仲伟说："来回一百六七十里，把驴打死你也赶不回来。放心，房钱饭钱一分不用你出。"随随这才松了口气，又对我说："这一走怕再不得回。"随随比我大几岁，念过三年书。"得回哩？怕记也记不起。"他在鞋底上磕磕烟锅儿，蓝布鞋帮上用白线密密地纳了云彩似的图案。我光是说："怎么会忘呢？不会。"村头那面高高的土崖上，好像还有人站在那儿朝我们望……

十几年了，想回去看看，看看那块地方，看看那儿的人，不为别的。

/二/

有人说，我们这些插过队的人总好念叨那些插队的日子，不是因为别的，只是因为我们最好的年华是在插队中度过的。谁会忘记自己十七八岁，二十出头的时候呢？谁会不记得自己的初恋，或者头一遭被异性搅乱了心的时候呢？于是，你不仅记住了那个姑娘或是那个小伙子，也记住了那个地方，那段生活。

得承认，这话说得很有些道理。不过我感觉说这话的人没插过队，否则他不会说"只是因为"。使我们记住那些日子的原因太多了。

我常默默地去想，终于想不清楚。

夜里就又做梦：无边的黄土连着天。起伏绵延的山群，像一只只巨大的恐龙伏卧着，用光秃秃的脊背没日没夜地驮着落日、驮着星光。河水吃够了泥土，流得沉重、艰辛。只在半崖上默默地生着几丛葛针、狼牙刺，也都蒙满黄尘。天地沉寂，原始一样的荒凉……忽然，不知是从哪儿，缓缓地响起了歌声，仿佛是从深深的峡谷里，也像是从天上，"咿哟哟——哟嗬——"听不清唱的什么。于是贫瘠的土地上有深褐色的犁迹在走，在伸长；镢头的闪光在山背洼里一落一扬；人的脊背和牛的脊背在血红的太阳里蠕动；山风把那断断续续的歌声吹散开在高原上，"咿呀咳——哟喂——"还是听不清唱些什么，也雄浑，也缠绵，辽远而哀壮……

又梦见一群少男少女在高原上走，偶尔有人停下来弯腰捡些什么，又直起腰来继续走，又有人弯腰捡起些什么，大家都停步看一阵，又继续走，村里的钟声便"当当当"地响起来……

前不久仲伟带着他四岁的女儿来我家，碰巧金涛也来了，带着儿子。金涛的儿子三岁多。孩子和孩子一见面就熟起来，屋里屋外地跑，尖声叫，一会儿哭了一个，一会儿又都笑，让人觉得时光过得太快了点儿。去插队的时候我们也还都是孩子，十七岁，有的还不到。后来两个孩子趴在床上翻我的旧相册，翻着翻着嚷起来："这是我爸爸在陕北！""的（这）是我爸爸带（在）清平湾！""叔叔，你怎么也有这张照片？"女孩子说。男孩子也说："叔叔，的当道片（这张照片）我们家也有。""看，黄土高原。""才不是呢，的（这）是山！""也是山，也是黄土高原！这些山都是水冲出来的，把挺平挺平的高原冲成这样的……"

仲伟满意地看着他的女儿。

男孩子感到自己处于劣势，一把夺过相册去："我爸爸带（在）那儿它（插）过队！"

"我爸爸也在那儿插过队。"毕竟姑娘脾气好。

"你爸爸旦（干）吗它（插）队？"金涛说他儿子从来不懂什么叫没话说，就是有点儿大舌头。

小姑娘转过脸去询问般地看着她的爸爸。

越来越多的人开始评判知识青年上山下乡的得失功过了。也许，这不是我们这辈人的事。后人会比我们看得清楚（譬如眼前这个小姑娘），会给出一个冷静的判断，不像我们，带了那么多感情……

我、仲伟、金涛也都凑过去看那些旧照片。

有一张是：十个头上裹了白羊肚手巾的小伙子。还有一张：十个穿着又肥又大的破制服的姑娘。这就是我们一块儿在清平湾插队的二十个人。背景都是光秃秃的山梁、山峁、冒着炊烟的窑洞，村前那条没不了膝的河。金涛和李卓坐在麦垛上。仲伟一本正经扛着老镢站在河滩里。袁小彬一条腿蹬在磨盘上，身旁卧着"玩主"。"玩主"是我们养的狗。数我照得浪漫些，抱着我的牛犊子。那牛犊子才出世四天，我记得很清楚。去年回清平湾去，我估计我那群牛中最可能还活着的就是它，我向老乡问起，人们说那牛也老了，年昔牵到集上卖了。

可惜的是，竟没有一张男女生全体的合影——小伙子们和姑娘们刚刚不吵架了，刚刚有了和解的趋势，就匆匆地分手了，各奔东西。那时我们二十一二岁。那张全体女生的合影，还是两年前我见到沈梦苹时跟她要的。她说："那时候刘溪几次说，男女生应该一起照张相。"我说："那你们干吗不早说？"她说："谁敢跟你们男生说呀。"我说："恐怕不是不敢，是怕丢了你们女生的威风。"她就笑，说："真的，是不敢。""现在敢了？""现在晚了。""不知道谁怕谁呢。""谁怕谁也晚了。"

那条河叫清平河，那道川叫清平川，我们的村子叫清平湾。几十户人家，几十眼窑洞，坐落在山腰。清平河在山前转弯东去，七八十里到了县城，再几十里就到了黄河边。黄河岸边陡岩峭壁，细小的清平河水在那儿注入了黄河。黄河，自然是宽阔得多也壮伟得多。

我们那二十个人如今再难聚到一起了。有在河北的，有在湖南的，有的留在了陕西。两个人出了国，李卓在芝加哥，徐悦悦也在美国。多数又回到北京，差不多都结了婚有了孩子，各自忙着一摊事。偶尔碰上，学理工的，学文史的，学农林的，学经济和企业管理的，干什么的都有，共同的话题倒少了。唯一提起插队，大家兴致就都高。

"那时候真该多照些照片。"

"那会儿怎么就没想起来呢？"

"光想革命了。"

"还有饿！"

"还有把后沟里的果树砍了造田。"

"用破裤子去换烟抽，这位老兄的首创。"

"不要这样嘛，没有你？"

"饿着肚子抽烟，他妈越抽越饿……"

话多起来，比手画脚起来，坐着的站起来，站着的满屋子转开，说得兴奋了也许就一仰在床上躺下，脚丫子跷上桌，都没了规矩，仿佛又都回到窑洞里。反复说起那些往事，平淡甚至琐碎，却又说到很晚很晚。直到哪位忽然想起了老婆孩子，众人就纷纷看表，起立，告辞，说是不得了，老婆要发火了。

/三/

去插队的那年，我十七岁。直到上了火车，直到火车开了，我仍然觉得不过像是去什么地方玩一趟，跟下乡去麦收差不多，也有点儿像大串联。大串联的时候我还小，什么都不懂，起哄似的跟着人家跑了几个城市，又抄大字报又印传单，什么也不懂。其实我最愿意这么大家在一块儿热热闹闹的，有男的有女的，都差不多大，到一个遥远的地方去干一点儿什么事。

火车很平稳地起动了。老实说我一点儿都没悲伤，倒也不是有多么革命，只是很兴奋。老实说，我也不知道我那么兴奋都是因为什么。譬如说，一想到从现在开始指不定会碰上什么事，就兴奋。譬如说火车要是出轨翻车了，那群女生准得吓得又喊又叫，我想我应该很镇静，说不定我们男生还得好歹把她们女生救出来。不过由此又联想到死，心里却含糊。

这时金涛凑到我跟前来，满脸诡秘的笑，说："刚才仲伟他妈跟他姐真够神的……"

"嘿，说真的你怕死吗？"我忽然说。然后我装出想考考他的样子。

"怕死？不怕呀？干吗？"

"不干吗。问问。"

金涛挺认真地看着我，猜不透我到底什么意思。

"没事儿。我就问问。你刚才说什么？"

"仲伟他妈跟他姐姐真神，"他满脸又涌起诡秘的笑。"刚才跟仲伟说，你们也得对女同学好点儿，都不小了，要是有什么事你们得多关心人家。神不神？"

"这怎么了？"我说，"这有什么。"

金涛咽了口唾沫，脸上的笑纹变浅。我的反应有点儿出乎他的意料。老实说也出乎我自己的意料。

"仲伟跟你说的？"

"不是。是我听见的，当时我就在旁边。"他脸上的笑纹又加深，紧盯着我，希望我能对他这一发现表示出足够的兴趣。

我想着别的：假如需要死，我敢不敢。

"蒙你是孙子。"金涛又说。

"说真的，你真的怕死不怕？"我说。

"你吃错什么药了？"

"甭废话，你真的怕不怕？"

他严肃地想了大约一秒钟："不怕。你呢？"

"废话。"我说。

车厢剧烈地晃动起来，火车在变换轨道，发出令人不安的铁和铁的摩擦声。许多条铁轨穿叉交错。

"仲伟他妈跟他姐真够神的。"金涛还在说。

金涛是我们当中年纪最小的，个子并不矮，但是瘦，脸小，脸上纵横着几道皱纹，外号却叫"牛"。这小子在车厢里四处乱窜，又怪模怪样学起女人哭来，嘴里念念有词抑扬顿挫，自己并不笑。大伙都说学得像，都笑。车起动的那会儿，站台上有个中年妇女猛地大哭大喊，像是死了人。

车开之前，车上车下就有不少人在抹眼泪，只是没那么邪乎。那会儿我和李卓勾肩搭背在站台上瞎溜达，一边吃果脯；李卓带了一盒果脯，说不如这会儿给吃完就算了。他不时地捅捅我，说："快瞧，那儿又有俩哭的。""快瞧快瞧，又一个。"我们在人群中穿来穿去，希望那些抹眼泪的人能注意到我们泰然自若的神态，同时希望抹眼泪的人不妨再多点儿，再邪乎点儿。所谓唯恐天下不乱。我暗自庆幸没有让母亲来车站送我，否则她非也得跟着瞎哭不可。

我和李卓又逛了一阵儿，拣个人少的地方靠着根石柱子坐下，开始认真地吃那盒果脯。

"你妈今儿早上哭了吗？"李卓问我。

"你妈哭了吗？"

"我妈这回够呛，她们系里的人说不定要整她。不过她什么也没干。"

停了一会儿，李卓又说："反正不做亏心事不怕鬼叫门。"

"她们系里说她什么？"

"海外关系。你可别跟别人说。"

"放心。"我说，然后严肃地向毛主席做了保证。后来我才知道这事本用不着我去跟别人说，他自己跟谁都说。

这时候仲伟不知从哪儿喘吁吁地钻出来，说："你们俩上哪儿了？我这找你们劲儿的！"

"你妈和你姐姐她们呢？"我问仲伟。

"我让她们回去了。"

"你妈哭了吗？"李卓问。

仲伟装着没听见，也靠着石柱子坐下。

"嘿，你妈哭了吗？"

我说："牛他们也不知哪儿去了。"

"仲伟，你妈哭没哭？"

我赶紧又说："金涛和小彬他们也不知上哪儿去了。"

"嘿，仲伟，你妈哭……"

"你妈！"我说，踹了李卓一脚。

火车头开始喷起气来。

仲伟一直紧闭着嘴发愣，这会儿问："吃什么呢你们？"

我们三个坐在石柱子那儿直把那盒果脯吃光，然后把纸盒子扔到火车底下的铁道上去。一个铁路工人瞪了我们一眼。火车喷气的声音非常响，如果你站在离车头很近的地方你就知道了，那声音非常响。

后来不知怎么就上了火车，火车就开了。似乎一切都太简单，还没过够瘾。我觉得就跟出去玩一趟一样。后来金涛就学那个中年妇女哭，"天呀地呀"的。

"牛！别瞎学了，那是徐悦悦她妈！"——不知从哪儿传出了这么个消息。我至今不知道这是不是真的，估计不过是源于一句玩笑。

小伙子们却添了兴致，纷纷上厕所，厕所在车厢前边，女生们都坐在前边。我们先是想看看那个又漂亮又厉害的徐悦悦哭没哭，哭起来是不是还那么傲慢，后来则发现，到车厢前边去走一趟，朝女生群中扫两眼，原是一件颇得乐趣的事情。女生中似乎有几个眼边发红，这又让"男子汉"们感到几分优越。"头发太长。"金涛说。徐悦悦并没哭，是件小遗憾。

/四/

火车在大平原上跑，拉着长长的烟和长长的嘶鸣。已经是冬天，车窗外北风刮得凶，树和荒草东倒西摇，愈见荒凉了，愈感到离北京远了。土路上慢吞吞地走着一辆马车，赶车的抱着鞭子，下巴缩到领口里。马车上还坐着个孩子，两只手尽力往袖筒里插。弯曲的土路通向远处一个村落。这会儿我想了一下家，想了一下母亲，也并没想得太久。

我心里盼着天黑，盼着一种诗境的降临。"在九曲黄河的上游，在西去列车的窗口，是大西北一个平静的夏夜，是高原上月在中天的时候……"还有什么塞外的风吧；滚滚的延河水啦；一群青年人，姑娘和小伙子怎么怎么了吧；一条火龙般辉煌的列车，在深蓝色的夜的天地间飞走，等等。还有隐约而欢快的手风琴声，等等。想得呆，想得陶醉。

嗐，你正经得承认诗的作用，尤其是对十六七岁的人来说。尤其是那个时代的十六七岁。

当然，发自心底想去插队的人是极少数。像我这么随潮流，而又怀了一堆空设的诗意去插队的就多些。更多数呢其实都不想去，不得不去罢了；不得不去便情愿相信这事原是光荣壮烈的。其实能不去呢还是不去。今天有不少人说，那时多少多少万知青"满怀豪情壮志"，如何如何告别故乡，奔赴什么什么地方。感情常常影响了记忆。冷静下来便想起本不是那么回事。

延安对我确有吸引力。不过如果那时候说，也可以到儒勒·凡尔纳的"神秘岛"去插队，我想我的积极性会更高。我那时既不懂发愁，也不太去想什么前途，一切单凭兴趣，随潮流。

第一回听说"插队"这个词，是在一九六七年秋天。那年我十五岁。听说有几个高中同学自愿去东北农村插队，户口也迁去，城市户口换成农村户口，不挣工资，挣工分，一辈子。

"光靠挣工分？"

"废话。"

"跟农民一样光挣工分？"

"多——新鲜！"或者，"多新——鲜！"

我问仲伟："你去吗，要是你？"

"到时候再说。你呢？"

"去不了工厂再说。牛，你去吗？"

"不去！"金涛正满嘴嚼着江米条。

那时我们几个正在清华园里闲逛。"文化革命"开始不久，学校里的伙食质量就下降，接近忆苦饭水平，我们这些住宿生就建立了"补养大军"，经常浩浩荡荡光顾清华园里的食品店。大家都不阔，无非是每人一包江米条，一毛一，一两粮票，或者一包炸排叉，价格同上。嘴里嘎吱嘎吱响亮地嚼，在清华园里逛。瞧见大字报就看大字报，碰上批斗会也听一会儿批斗会。有时正赶上哪位首长来清华下指示，就挤上去拼命看个明白。事后金涛就吹嘘，那位首长跟他握了手或者差点儿要跟他握手，大伙就说："牛！"金涛就粗着脖子讲当时的细节，大伙还是说："牛！"因为每一回首长都差点儿要跟他握手。嘴里的东西嚼完了，一伙人依然晃晃悠悠地走，有人把包装纸揉成团，随便别在路边哪辆自行车的辐条上。

"文化革命"已经进行到费解又散漫的地步，我们都是逍遥派。我们几个既非红五类子弟又非黑五类出身，因而不是敌人，也不想找麻烦去与人为敌。这大约正是由阶级地位所决定。为此心里由衷的惭愧。何以解惭愧？唯有读马列的书。便认认真真地读了些马列经典，条条杠杠地在书上画，像过去背外语单词般地记住了很多。有机会与人就当下的什么事辩论起来，就知道那书没有白读，惭愧少了些，添之以骄傲。在辩论中取胜的方法有二：一是引出大段大段与自己观点合拍的马列的话；一是引出大段大段与对方观点类似的托洛茨基的话，考茨基、布哈林、杜林等人的话。这就看谁功夫深了。只要你能不断大段大段地引出，对方必定就心虚害怕，旁观者也不由得站到你一边。

不过去插队之前，我真正感兴趣的是千方百计找一本本"毒草"来读，当然得说是为了批判。再就是到圆明园的小河沟里去摸鱼。我们学校在圆明园旁边。通常是和仲伟、李卓、金涛，我们四个，在小河最窄的地方筑起两道坝，小河很浅且水流速度很慢，用脸盆把两坝之间的水掏干，可以摸到鲫鱼、黑鱼、小白鲦、泥鳅，有时还能抓到黄鳝。鱼都不大，主要为了玩。一九六八年秋天，正是我们摸鱼的兴致高涨之际，传开了一个消息，说是谁也别做梦想留在北京当工人了，都得去插队，连大学生和出身好的人也得去。"谁说的？""多——新鲜！""真的？蒙人是什么？""孙子！"这有点儿让我失望，我满心盼望当了工人以后自己能有点儿钱，能买一双

"回力"球鞋的——那是当时的中学生们最以为时髦的鞋，十块多钱一双，在当时算很贵。"都去哪儿？""全中国，哪儿都去。""都得去？""不错，拍拍脑袋算一个。"这还有什么可说的？

"报名了？"母亲问我。

"报了。"

"去哪儿？"

"东北内蒙古山西陕西云南，没准儿。"

母亲呆呆的。

"给我钱吧，我去买插队用的东西。"

我买了一只箱子，几身衣服，一顶皮帽子，终于买了一双白色的"回力"鞋。我妈也没说我。没想到这竟是个机会，我妈忽然慷慨起来，无论我想买什么，她都不再嫌贵，痛痛快快地掏钱。好像一夜之间我成了大人，让你觉得单为这个去插队也值得。我醉心于整理行装，醉心于把我的财产一样一样码在箱子里，反复地码来码去。有机会我就对人说："我要走了，插队去，八成近不了。"我妈开始叹气，开始暗暗地落泪。好多成年人对此也都叹气，或流露出叹气般的表情。我也迎合以煞有介事的叹气，手里摇着箱子钥匙，端详着那只箱子作沉思状，觉得那样才更不像个孩子了，才更像要出远门去的样子。后来定了去延安。我妈一天说好几回"毕竟那是老区"，眼泪少了些。我却盼着走，盼着"高原上月在中天的时候"，盼着"在那春光明媚的早晨，列车奔向远方"……以后呢？管那么多跟老娘们儿似的！我总觉得好运气在等着我，总觉得有什么新鲜、美妙的事向我走近了。

/五/

分组的方法，新鲜而且美妙：一个村子一个知识青年小组，每个小组都是按男女生名额各半分配的。这是什么意思？又宣传什么"安家落户"，又是这么个分配法。十六七岁的"男子汉"群中起了骚动，爆发了一阵抵抗："我们组只要男生，光男生就够了！""好家伙，这得腻烦死多少人哪。""我们可不负责养活她们！"……其实掩盖着某种兴奋和激动。掩盖得又很拙劣，因为抵抗得并不顽强。姑娘们当时怎么想，我不知道。现在想来，十六七岁的"男子汉"都憨直，又想在姑娘们面前显显能，又不愿意承认异性对自己的引力，欲盖弥彰。好在十六七岁的姑娘们还看不穿这些，否则就不会又喊又跳，气得要哭了。

也许是因为那个时代，也许是那个年龄，我们以对女性不感兴趣来显示"男子汉"的革命精神。平时，我们看见她们就装没看见，扭着头走过去。不过总是心神不安定，走过去之后要活动活动脖子。她们迎面碰上我们多半是低下头——也许这对脖子要好一些。

袁小彬不同凡响，他是为了刘溪才去插队的。刘溪是我们班一个女生。小彬本来可以去当兵，他爹是高干，老战友遍天下。当兵在当时是最难得的，比进工厂还让人羡慕。这小子却偏要去插队，跟家里也吵翻了，住在学校不回去。一开始我们还直劝他："至于那么革命吗，驴奔儿！"他光说他觉得插队挺有意思。

小彬那时身高已经一米八六，块头也大，外号"大驴奔儿"或者"驴奔儿"，干事从来不同凡响，愣。"文革"前有一回上体育课，全班在操场上站好队，体育老师说："女同学例假的出列。"四五个女生站出去。男生队伍里便隐隐有不满的唏嘘声。已经不是第一回了，近来体育课上总发生这事。忽然小彬也站了出去。体育老师一愣："你什么事？""请例假。"回答得很有底气。体育老师直发蒙。"凭什么光让女生请，不让男生请？"小彬问得有理。女生都低下头悄悄笑，互相使眼色。这更把男生都激怒了。老师只好说："她们身体不好。""我们身体也不好！"男生群里嚷开了，说肚子疼的，说脚崴了的，闪了腰的。"她们怎么了？往食堂跑时比谁都快！""再说，身体不好才应该锻炼锻炼呢！"一个个又都正义凛然。那节体育课没上成，一直吵。那时我们真太小了。那时没有性教育，也没人给讲生理。

这回我们还以为驴奔儿是在犯愣。事情是这么败露的：刘溪和我们分在一组，小彬也要求分在我们组，可"光荣榜"公布时，刘溪的名字被错写到别的组去了，小彬于是也要求调到那个组去，等到工宣队批准他调过去了，光荣榜上的错误又被改正，小彬又要求再调回来。"男子汉"们对此类事从来反应灵敏。

"干吗刘溪上哪个组你上哪个组呀？"

"嘿，看来你主要不是想跟我们哥儿几个在一块儿。"

"驴奔儿，你多半儿看上刘溪了吧？"

"看上了就说看上了，哥几个给你保密。"

这是件开心事，小伙子们都聚拢来，眼里闪着异样的光彩。我们以为驴奔儿肯定会否认，会赌咒发誓说他没那么想。可这家伙不吭声。

"是不是为了刘溪你才不去当兵的？"

"说话呀驴奔儿。肯定保密，说话算数。"

"真的，"我对所有在场的人说，"就这几个人知道，谁说出去大伙一块儿治他。"

大伙都说，谁说出去谁是孙子。

小彬点头承认。

我们原以为可以大笑一场的，可是预备好了的笑容都在脸上凝固、消失，气氛竟然严肃。小彬眨巴眼睛，长出气，似乎求所有人原谅。大伙面面相觑。我觉得心里有些乱。金涛说小彬够意思，对咱们够信任的，咱们得挨个保证不说出去。于是在场的人都很感动，纷纷指天发誓，像真正的男子汉那样安慰小彬，说刘溪也没什么了不起，这事能成。还有人说，谁早晚都得有这事，怕什么的？

那天下午，我、仲伟、李卓、金涛又去圆明园摸鱼。已经秋深，小河上漂着金黄的落叶，像一条条小鱼悄然游去。四个人兴致都不高，都说水太凉，光是坐在岸上把搪瓷脸盆敲得叮当响。谁都不说起上午的事，不说起袁小彬，也不说起刘溪。中午仲伟曾特地跑来跟我说："哎，刘溪可是'井冈山'的。"我明白他的意思——袁小彬是老红卫兵的，和刘溪是对立派。我没理他，我那会儿不怎么高兴，心里无端地乱。

圆明园的秋天色彩缤纷，树林静静的。

远处的红楼是我们的学校，我们的教室。我记起阳光投在黑板上，白杨树的影子在那儿摇，老师用教鞭敲着黑板："注意啦，注意啦……"

太阳快落山的时候，金涛说："嘿，犯什么傻呢，赶紧再摸一回吧。"

"真的，下个月就该走了，再摸一回吧。"

仿佛单单是摸鱼这件事，使我们感到了一点儿离别的味道，感到了一点儿人生的严肃。我们在小河上筑坝、淘水，摸了不少鱼，摸到很晚。月亮出来的时候，我们坐在小河边搓着冻麻了的腿和脚，又觉得很快活了。鱼在水盆里翻着银光，"扑棱扑棱"想往外跳。仲伟说："小彬跟刘溪可不是一派的。"金涛说："那有什么新鲜的，我爸跟我妈就不一派……"

/六/

十六年过去，弹指一挥间。有一回李卓从美国来信还提到当年在圆明园摸鱼的事。他在读博士。他说他买了一辆旧"丰田"，很便宜，暑假里开着车出去旅游，从芝加哥到亚利桑那，看了科罗拉多河大峡谷。"可惜没有咱们那哥儿几个在一块儿。"他说。他说美国实在是很不错，可他每一秒钟都忘不了那是人家的。他说等他回国后，"咱们哥儿几个也来一次旅游，回清平湾去看看"。我说别忘了，那会儿你就没有"丰田"了。

从北京到清平湾有两条路。一条是走西安，那条路好走些。另一条路是走太原，走介休，然后换汽车从军渡过黄河，到绥德歇一宿，再换汽车到永坪，下了汽车再走三四十里山路。插队那些年我们多半是走这条路，难走，却能少花几块钱。这条路建筑和保养得都差，逢上雨雪，汽车说不定在沿途的哪个小镇子上就走不动了。我们就花三毛钱在车马大店的长炕上找一个位置，盼着天晴。三毛钱只够在那条长炕上躺直，没有铺盖；走这条路原本是为省钱，当然不舍得再花五毛钱去租一条油光光的被子。

去年回清平湾去，当然走了头一条路。

同行的几个人连背带抱把我弄上卧铺车厢。我平生头一回坐卧铺。追溯到上一回坐火车，还是在插队的时候。

北京站没有什么变化，和十六年前去插队的时候差不多。不过站台上人群的色彩变了。那时候都是蓝的、灰的、国防绿，如果见一点儿红色，确定无疑是袖章或者语录本。现在处处是披肩发、牛仔裤、国际流行色。不过十几年罢，历史的脚步不算慢。换一种说法也对：十几年啦！还不算慢？还要怎样才算慢？我是想：历史以自己的脚步在向前走，旁若无人。

火车又很平稳地起动了。仿佛就在昨天。

于是眼前渐渐开阔。火车行驶的声音在旷野上散开，也显得弱小、轻飘。

凡是树木茂盛处，就是一个村落。

村子里的人见了火车头也不抬。

在我们那儿，不少老婆儿连汽车也没见过，更别说火车。清平湾不通汽车，要看汽车得翻两架大山到几十里外的小镇上去，那些老婆儿们的三寸金莲又走不动。套上驴车专程去看一回吧，她们又觉得那太近奢侈和浪费。她们倒都见过飞机，是胡宗南的轰炸机。

同行的几个人都说，命运其实不公平。在太行山当过兵的那个说，他家请了个小保姆，从安徽农村来，十七岁。有一回他在这屋里写东西，偶尔到那屋去找一本书，见那小保姆正在穿衣镜前做一个舞蹈姿势，显然是从电视里学的，学得确实很到家。他说他马上想起在太行山时认识的一个小女孩。那时他们时常给邻近的老乡演点样板戏一类，他能拉两下子小提琴，那女孩就来缠他，央告着也让她拉两下，"看我拉得响不。"这孩子颇有灵气。他离开太行山时，那孩子拉得已经不比他差。"可惜没有个像样的老师教。"他说，"那孩子现在也得有十七八了。"然后他又细推算一回，说哪止十七八呀，他离开那儿已经十五年，那孩子应该已经出嫁，没准儿都成了孩子妈。

一伙人又都感慨：人不知道被命运安排在哪儿，又不知道为什么被安排在那儿。

我于是想起明娃。

/七/

有一年明娃和明娃妈跟我们一起到北京来，给明娃治病。母子俩都头一回坐火车，头一回见平原，一天一宿不睡也不困，扒着窗口往外望，说，"受苦也这搭儿价受哩，麦种得够咋稠。"说，"做牲灵也要在这搭儿做哩，一满是平川地。"正是清晨，广阔的平原上阳光渐渐铺开，雾气也变得辉煌。明娃却忽然叹气，说："今生不顶事了，不胜早些儿死下再托生。"明娃妈眼角的皱纹立刻都散开，沉了脸怨他："又瞎说哩！"散开的皱纹都是一道道白痕，因为那儿太阳晒得少些。我们也劝明娃别胡想，来北京不正是为了把病治好么。明娃再不言传。母子俩都不再说话，望着窗外，窗外仿佛全是虚空。

明娃的病是先天性心脏病。

才到清平湾时，我们自己的窑洞还没有，就先住了明娃家一眼旧石窑，在村头那面高高的土崖上，离崖边二三十米，终日听见清平河的水声。明娃的大①，叫"疤子"，不记得他的学名。陕北话管麻

---

① 大：爹。

子叫疤子。明娃妈也叫疤子婆姨，叫个什么凤英或者什么玉英。明娃是老大，下面六个都是小子，排几就叫几元儿。

明娃若生在北京，至少不会那么年轻就死。生在我们那地方，除去是动弹不得，总就是个受苦①吧。山里的苦都不轻，就是跟在牛屁股后头打土坷垃，你也得抢着老镢慌慌地走；一个成年劳力打土坷垃，要跟得住三四簇牛。十七八岁往成年劳力过渡，最要付出大气力，别人不情愿承认你长大了，不情愿给你记十分工。明娃正是这年纪，拼着命想挣十分工。除非你在体魂和力气上先就压倒了许多成年劳力，否则就难。明娃长得不矮，却叫病闹得瘦。收工时众人纷纷往回村走，他要站在地头喘一阵气，拄着镢把，嘴唇没有血色。后走的人劝他不要贪图着工分倒把身体垮了，他便硬充着笑，说"咋也不咋"，连着喘，声音低得像在对自己说。

书上这么介绍我们那儿：地表破碎，梁峁起伏，沟壑纵横。黄河沿岸地带，山梁狭窄，坡陡沟深，基岩裸露，形成峡谷峭壁……

据说是风把黄土搬来，成了那一片纵横几千公里的高原，水又在漫长的年月里把它们切割得破碎。一九六九年初去的时候，浩浩荡荡几十辆卡车，扬起几里滚滚黄尘，"哼……哼……"地在高原上爬。人蜷在车棚里颠。不久看见了窑洞，一排排很革命的样子，大伙都慨叹。一会儿又见了羊群，拦羊老汉披着老羊皮袄，大家又都从心里崇敬，冲老汉招手，老汉却只顾了他的羊群。然后又看见了戴白羊肚手巾的人群拥在塬畔上，木然且疑惑地看我们的车队，我们又冲人家招手，人家仍旧木然且疑惑地站着。塬地平坦而开阔，就像平原，一望无际。忽然，汽车仿佛开到了大地的尽头，平平的

----

① 受苦：干活，劳动。

塬地斧砍刀劈般塌下去一大片深谷，往下看头晕目眩。深谷中也有人间，炊烟袅袅，犬吠鸡鸣，牲灵和赶牲灵的人小得如蚂蚁在爬。越往北走这样的深谷越多，越大，渐渐不见了平地，全是起伏不断的山梁。然后到了延安。然后发现宝塔山并不"巍巍"，延河又因在冬天不能"滚滚流"。然后遇见有人朝我们伸来饭碗，被带队的县干部吼开。我心里的诗意遭了挫折。李卓在牙间"咝——"了一声，歪着脑袋想了半天。

到了我们县境内。在小镇上下了卡车，带队的县干部问，是歇一宿再走那几十里山路，还是现在走？男男女女都赛着英雄，说来也来了，就再不怕什么，现在走就现在走。几个干部引上我们走，翻了山又过沟，过了沟又翻山，说是寻一条近路。几十个老乡扛上我们的行李，迈着骆驼一样的步伐往山上爬；哪一件行李都有七八十斤重。山都又高又陡，一样的光秃，羊肠小道盘在上面。半天才走下一道山梁，半天才又爬上一座山峁，四下望去，仍是不尽的山梁、山峁、深沟大壑，莽莽与天相连。

山顶上却都是平整整的松土。仲伟喘着问我："这上面还种庄稼？""不可能。"金涛说，也喘。女生中也有人问："这么高的地方还种东西吗？""是风刮的吧，这么平？"老乡们笑起来："有那来便宜的风？还要往这搭儿送粪哩！""怎么送？""人担哩嘛。""种什么？""麦。""亩产多少？""两三斗。""是多少斤？""合上七八十斤。""一亩？""啾嘛。""一亩才七八十斤？！""噫！那就拔尖，还要赶上好年成。"行了，这下弄懂什么叫"傻眼"了，都默默地低下头走，不知是这些老乡在骗我们，还是临来时学校的工宣队骗了我们。腿下于是沉重起来。那翻松的土地上确实长着麦苗，阵阵山风吹得它们发抖。

疤子撅着屁股"吭吭"地走，扛的正是我那只装了书的箱子。我知道那箱子有多沉，里面装了不少精装的马列经典和文学的、哲学的名著。心想既是走入社会，以后当然要想些正事，不能再去想摸鱼了。疤子不知道他正扛着那么多思想和主义，似乎也奇怪这不大的箱子何以会这么沉。看他额头上渗出汗来，我也绝没胆量说一句"让我来扛一会儿"，我只是惭愧地问："沉吗？"疤子眼角上、额头上立刻堆起笑纹，"咳呀！"他说，然后满脸笑纹一直保持着，扛着箱子愈走愈欢。半天他才又寻出一句话，问我："北京起身呀是？"我说是从北京来。"咳呀！"他说，满脸笑纹又一直保持着，努力想，却再寻不出别的话。"多会儿回？"另一个老乡问。我说不回去了，以后就在清平湾。"咳呀！！"所有的老乡都喊起来，笑个不停，仿佛听见了鬼话。

这"咳呀！"含意很多，与北京话中的"没治了"略似，说好说坏，是惊讶，是嘲笑，还是赞叹、羡慕，得视具体情况定。到清平湾第二天，早晨一睁眼，炕沿前已经站满一排人，老汉、娃娃、后生。那儿的人习惯不敲门就进窑里来串。一排脑袋瞪着一排眼睛，正"咳呀咳呀"地轻声慨叹。捏捏厚厚的铺盖，"咳呀！"摸摸照得出人影的箱子："咳呀！"捅捅李卓的半导体，不知道能派什么用场，又都"咳呀！"仲伟的假牙放在窗台上的漱口杯里，一排人轮番看过，都不言传了。一个老汉悄声问："什吗价？"一个后生回答："不晓球。"疤子挤到前边，看了说："球——狗牙。"我们都笑得醒过来，知道不能再睡了。疤子还在争辩："人说公社里姚书记家婆姨，年昔肚子疼得一满不行，到西安换了节狗肠肠。噢嘛，尺二长！"他歪着头比画，把周围的人都看一遍，看有敢对此表示怀疑的人没有，脸上的麻子全变红。"这事我晓得哩，"一个老汉做证说。那老汉像是在众人里有些威望。

李卓开了半导体，音乐一响，满窑又是"咳呀咳呀"的惊叹声。婆姨、女子们原都远远地站着望，这时也不顾了，进到窑里来贴墙站着，几个小女子悄悄地互相推搡。那是清平湾的人头一回见到半导体——那么一个小东西却能唱得那么红火。

/八/

疤子那年三十七岁，看上去像有五十。疤子是不大会发愁的人，或者也会，只是旁人看不出。他生来好像只为做两件事，一是受苦，一是抽烟，两件事都做得愉快。担粪上山，众人的筐更像盘子，疤子的筐却如一对坛子。他光记得力气用不完，却忘了多出力要多吃饭，窑里的粮却有限。明娃妈骂他"憨脑"，他坐在碾盘上"咝咝"地抽烟，仿佛研究烟的道理。明娃妈三十五。这年龄要在北京，尚可飘飘扬扬地穿一身连衣裙。明娃妈已经有了七个儿子。山沟里生孩子，随便找把剪子就把脐带剪断，死亡率很高。明娃妈倒是生了七个就活了七个。除去明娃，个个都活蹦蹦的，结实着哩。冬天的早晨，雪刚停，五元儿、六元儿站在窑前撒尿，光着屁股在雪地里跳，在雪地里嚷，在雪地上尿出一排排小洞。晚上，一条炕上睡一排，一个比一个短一截，横盖一条被。这时候明娃妈就坐到炕里去，开始纺线或者织布。油灯又跳又摇，冒着黑烟。疤子或者一心抽烟，或者边抽烟边响起鼾声。

"人说黑市上粮价涨了。"明娃妈说。那时私人卖粮是犯法的事。

"噢。"疤子应道，停了鼾声。

"卖上几升玉米吧。"

"噫，窑里吃甚？"

"卖了玉米换些红薯回来。"明娃妈盘算，这就又能余下些钱。

明娃睡不着了，又为自己只挣七分工心焦，起身到我们窑里来。袁小彬和金涛正就"生产力和生产关系"的事在喊，我和李卓也不时参加进去。那时我们开始想些正经事了。小彬一上手就读《资本论》。我和李卓想，斯大林的《苏联社会主义经济问题》或许更实用。仲伟每晚都拉小提琴，偶尔给我们评判一下谁说的更合逻辑，然后吱吱嘎嘎地拉，每日都不见长进。明娃却如一首梦幻曲，无声地在灶火前坐下，无声地往灶膛里添柴，瘦削的脸上光剩了眼睛，火光在那儿闪亮，又在那儿熄灭。

半夜起来出去撒尿，还听见明娃妈的织布机声，看见窗纸上印着她的影子，头发垂在脸边顾不上拢。

在她手里，你看不出有什么东西需要花钱买。线，自己纺的；布，自己织的；鞋和衣裳都是自己做；油，自己出，把麻籽儿炒了，再放大锅里熬，慢慢地麻渣沉下去，青亮亮的麻油浮上来；酱也是自己酿，用麦麸，或者也加些黑豆。单是买些盐。还要买些颜料，把织好的布染黑。钱都抬起①，钢镚儿变票票，小票票变大票票。明娃妈有一桩要用钱的事：去给明娃把病治了，县上不行上延安，再不行去西安，去北京。明娃已经问下婆姨，那女子是三十里外赵家河人。

"咋看到了北京什么病治不了！"明娃妈跟明娃说。在她想来，北京还有治不了的病么。

---

① 抬起：存起来。

"治罢病，咱也去天安门看一回。"她故意说得轻松，怕明娃心疼钱。

明娃坐在窑前的磨盘上化玉米，不言传。化玉米就是把玉米粒从玉米棒上搓下来。

明娃妈在纳鞋底，把麻线扯得哧啦啦响。

"不要叫我大炭窑上去。"明娃忽然说。

明娃妈愣一下，继续纳鞋底，只是眼角的皱纹又散成一道道白痕。

"不要叫去。"

明娃妈不搭话。

"不要叫去！"

不去又怎么办？明娃妈停下手里的事。卖猪、卖鸡蛋、卖青油，直能卖多少？治病的钱多会儿能攒够？母亲望着儿子。她有七个儿子，不因为有七个，就对其中的一个爱得轻些。

/九/

炭窑就是煤矿。我们那地方有煤，不过煤层很薄，且分布零散。只是公社一级常组织些开采，设备极原始，称不上矿，叫炭窑很恰当。打一眼井，比一般的水井大些，井口上一个辘轳，也比一般的辘轳大，几个人摇，把掏炭的人吊下去，把掏好的炭吊上来。地下水也是从这井口吊上来——用一张大牛皮兜着，吊上来倒掉。几班人轮番不停地摇辘轳，用肌肉代替吊车，代替抽水机，"哼哼咳咳"地喊。掏炭的人嘴上叼一盏小油灯，攀在绳索上下去，三四丈深到了煤层。巷道只一米来高，又很窄，没有坑木——用不着也用不起。掏炭的人在里头爬，有时要爬几里地，挖一块煤，几百斤，用绳拖在身后，再往回爬。膝盖磨烂了，然后磨出膙子。煤吊上来了，然后掏炭的人也吊上来了，人和煤都湿漉漉的。冬天井口上挂满了冰凌。所谓安全设备，就是地面上有几根不高的烟筒，为通风用，不能没有。

留传下来一个不成文的规矩：哪个人下了炭窑，他就是欠了你再多的钱粮，你也不能去催要了，不然就是逼人去死。下了炭窑就是说已经到了山穷水尽的地步。讨饭只是不顾了脸，掏炭却是不顾了命。然而我们在的那些年，这规矩只成了一个传说，实际人们却争着下炭窑。一个人下炭窑，一家人的日子就好过些。下炭窑的人能吃饱，吃白馍，吃小米，吃不掺麸也不掺糠的净玉米干粮，偶尔还能吃一顿大肉，有些萝卜、洋芋。主要是能给窑里挣回些钱。

疤子一直羡慕人家去掏炭，自己没机会。这年疤子的哥哥在公社灶房上给干部们做饭，慢慢跟些人混熟，给疤子争来了这机会。同是走后门搞不正之风，有人给自家的儿女弄得去上大学，有人给自家的兄弟弄个舍命的事做。炭窑上的窑头也看得下疤子，知道他苦好 ①，厚道，有力气。

明娃妈想，等把明娃治病的钱攒够，就不再叫男人下炭窑。她想，一天总能挣回一块钱，一年三百几，两年下来就再不叫疤子下炭窑去。

---

① 苦好：活儿干得好。

/十/

老乡们都烧柴。煤价虽不高，但总要钱买。柴可以自己去山里砍，只要有力气。煤都运到公社，运到县上，运到邮局、医院、商店、车站去。"给公家儿的烧去！"老乡们管挣工资的人叫"公家儿的"，就是公家的儿子。"看给公家为儿够咋美，消消停停倒把钱挣下。"或者"看那些公家儿的咋着意，烧炭火，吃白馍。"话里含了怨气，自然也含了羡慕。所以老乡们的审美标准也与"公家儿的"有关。新媳妇出嫁，要在花条绒袄外再披一件制服棉袄，要在红红绿绿的头巾上再加一顶黑呢子制帽。小伙子去相亲呢？要有一包纸烟，要在上衣兜里别支钢笔。这确实是一条唯物主义美学观的佐证。

"明娃的相好来啦！"听见娃娃们喊，我们都跑去看。纷纷扬扬的大雪落白了群山，让人想起那首打油诗：江山一笼统，井上黑窟窿，黑狗身上白，白狗身上肿。娃娃们也喊，狗也叫，呐喊山寂静的小路上下来两个人，前面一个黑的，后面一个红的。前边的头上裹一条白手巾，后边的戴一条花头巾加一顶黑呢子帽，下得呐喊山，走过呐喊坪，朝庄里来了。所谓"呐喊山""呐喊坪"，就是村子对面最近的山和坪，在那儿呐喊一声全村能听见，因而得名。黑呢子帽下根本是一个还没有长大的小姑娘，胸脯瘪瘪的，头发黄黄的，穿了一身红条绒，怯怯地跟在一个中年汉子身后走，臂弯里扚个篮，篮子上盖块花布。中年汉子在前边背起手悠悠地迈着大步。一群嘎娃娃追在那小女子身后，问："寻明娃了是？""明娃在哩，等得心焦哩。""给明娃做婆姨了是？"……小女子红了脸紧走，忽然返转身来喊："看把人家的鞋踩掉了没吗！"娃娃们笑嚷着散开。她弯腰去提鞋，篮子上的花布开了，里面是蒸的白馍，每个馍上一个红点儿。如同北京人串亲戚常拿一盒点心。这就是碧莲，虚岁才十七。

随随站在小学校的窑顶上，两手插在袖筒里。下雪天，他没去拦羊。女生们也都站在小学校的窑顶上。

"随随，你问下婆姨了没？"徐悦悦问。女生们都嘻嘻哈哈地笑。只是跟老乡们说话时她们才这么大方。

"问下啦！"随随一本正经。

"怎么没见过？"庄宁问。

"常来串哩，你们倒没见着？"

"哪个村儿的？"

随随想想："朱家沟，叫个黑玉英。"

众人都笑起来。

"笑什么你们？"

"照①，"一个老婆儿说，"'黑玉英'串来啦。"

不远处"哼哼"地晃过来一只老母猪。

女生们都骂，自然是北京妇女界最传统的用词："流氓！"我们不敢笑。凡女生们参与其中的事，我们都视而不见，听而不闻，否则她们会以为我们多么希望理她们。她们也只当我们不在场。活到三十几岁回过头来想，才知道。倘小伙子们不在场，姑娘们也不至于那么叽叽嘎嘎嚷得欢。

"噫，敢是没钱嘛！"随随说："寻个婆姨，没有五六百块不得过去。"

明娃的婆姨六百块。那天疤子又给碧莲大交了十五块钱。交够了数数过门，那儿的规矩。

---

① 照：看、瞧。

没想到所谓"老区""圣地"竟还是这样。倒真是"信知生男恶，反是生女好"。如果这一家养的女子多，这家便富裕些。疤子的七个全是儿子，七六四千二百块。幸亏七个儿子不是同时都长大。徐悦悦为这事去找疤子辩论。"你就不给，看他敢怎么着！""噫，不能不给嘛。""怎么不能？""咳呀，你买了人家东西，不给人家钱能行哩？""你说什么？这是买东西呀？碧莲是人！""人哩嘛，不喽出六百块？""你是不是贫下中农？！"徐悦悦急了，要上纲上线了。疤子全然不怵这一套："贫农咋啦？咳呀，贫农也出得起六百块。"……

那年明娃来北京治病，我们带他看了天安门，照了相，又逛了颐和园、动物园、王府井。病却不能治，大夫说若是早几年或许还可以做手术，现在只好吃些药，多注意保养。明娃妈背着明娃哭了几场，便不吝惜钱，让明娃在北京美美地玩几回，吃几回，买几件像样的衣裳。明娃明白母亲的心愿，便显出高兴的样子，说清平湾的人有几个能像他这样到北京来逛过呢。从北京回去后，明娃妈把攒下治病的钱一回全交给了碧莲大，不久碧莲过了门。明娃妈说，不能让明娃这辈子连婆姨也没有过。一年后碧莲给明娃生了个儿子。这孩子倒很壮实。这孩子一岁多时，明娃死了，死在山里，正掘地便倒在山上，抬回村里已经不出气。明娃妈让那孩子也戴上孝，抱着去给明娃送葬。碧莲哭得死去活来，说她才晓得明娃有这么重的病，哭得众人都落泪……

/十一/

随随家是全村数得着的穷户。

随随的大是个瞎子。据说他三岁上害了场大病。险些送了命，小棺材也打下了他又没死，单是把一双眼睛瞎了。六十年，他没走出过清平湾，也没有成亲。随随是他收养的别人的孩子。窑里短个女人，日子穷半边，衣裳要求人缝，穿鞋要买着穿。

他先前是跟着哥哥嫂嫂一搭里过。他能旋磨，能捻毛线，能担水劈柴，还能铡草挣些工分。一把铡刀，两个人，一个人入草，一个人掌刀。这瞎子掌刀。谁把草入得太长他也觉得出，笑骂一句："你狗日的懒松！"把铡刀悬在半空不往下落。所以不用担心他会铡到别人的手。每天去饲养场上铡半晌草，挣四分，有时候铡一整天就挣八分，工分全交给哥嫂，自己除去吃穿再无所求，反倒帮助哥嫂把光景过得强些。有个跳大神的巫婆给他说过："这瞎子四十五岁上能成家哩。"他笑笑，摇头，不言传。是不相信呢？是无所谓呢？还是心想要是那样敢情好呢？众人都没想起问。

常见他一个人半晌半晌地仰着脸，枯瘪的眼窝不住地蠕动。他依稀记得山川的模样。

偏偏在他四十六岁这年，从绥德来了个吹手，提着一把唢呐，带个三四岁的男娃。天黑时，吹手领着孩子走到了清平湾，睡在了呐喊山上的小庙里。吹手病倒了，病得很重。过了两天，要不是那个男孩子哭喊，众人还不晓得呐喊山的小庙里住着父子俩。众人来看时，吹手已经不行了。吹手撂下了一把唢呐和一个孩子，这孩子就是随随。瞎子不顾一切地要收养这孩子，求人去给扯布做衣裳，求人去供销社给称糖，搂着随随不放手。嫂嫂说："咱再养不起了嘛！"他回答得坚定："我个人养。"哥哥说："你能养得活？""咋啦倒不能？"他心底的父性忽然炽烈地爆发，或者也是母性。众人想起了那个巫婆的话。"咳呀，那跳神的婆姨真格有法哩！""只晚了一年。""噫，说周岁瞎子不正是四十五哩？"其实算命哪有论周岁的。"咳呀！"随后人们又都记起，那巫婆说的不是"成亲"，是"成家"。

瞎子从此有了自己的家——他和随随。

他们住在垴畔山后羊圈旁的一眼小土窑里。这窑原来也是羊圈，比一般的窑洞要低矮得多，也没有门窗。众人帮忙在窑口垒起一面土墙，单是两扇门不得不用了些木料；门上边像栅栏一样竖几根椽，算作窗户。土窑洞里昏暗暗的，反正他也无所谓。陕北的土窑造价本来十分低廉，除去做门窗要花些钱，黄土山是足够大，只要你不断向纵深挖掘，便可任意扩大自己的居住面积。

白天他去铡草，随随自己在窑里。窑旁就是牛圈，羊羔羔也盼着老羊回来。随随蹲在栅栏外，羊羔站在栅栏里。随随拔些青草喂羊羔，羊羔在圈里又蹦又跳，随随在窑前又滚又爬。羊羔羔比随随长得快。

瞎子把草铡得更细、更好，怕丢了这营生。铡下的草喂大了多少头牛，铡草的人靠这营生养活随随。按平均一天六分算，三百六十天不误一个工，一年下来刚好不用再给人家交粮钱。再有用钱的地方呢？年复一年总是欠着债。他盼着随随长大。随随给他带来了无穷的欢乐，因为随随不是管别人而是管他叫大。

村里的人都叫他瞎老汉。大人们这么叫，娃娃们也这么叫，语气中绝无讥嘲，却是含着亲近和尊敬。

"瞎老汉，哪搭儿去？"娃娃们喊。

"哪搭儿也不去。"他说。

"哪搭儿不去你走得可慌慌价？"

"噢，我在这崖畔上望望。"

人们不以为奇怪，甚至相信他能看见明眼人看不见的东西。

那土崖有五六丈高，刀削般陡峭的崖面上有野鸽子在那儿做窝，长着几株葛针和黄蒿，清平河常年在它脚下流。这高高的黄土崖是清平湾的标志和象征。远路回家来的人，翻山越岭，山转路回，忽然眼前一亮，远远地先看见那面土崖。离家去谋生的人，沿着川道走出几里远，回头还望见这土崖，望见亲人站在崖畔上。正如歌中所唱：他哥哥就在大路哟子边，干妹子就在崖畔上哟嗬站。或者：走一回三边买一回盐，小妹妹想你在崖畔上看。

不知道瞎老汉能望见什么。

土崖有时候塌方，依着山势，越塌越显得高峻。轰隆一声，几十吨黄土塌下去，把清平河都变黄。瞎老汉每天都爬上崖去，众人担心他迟早会蹽下去，却不知道他靠了什么神灵指点，再走一步就要掉下去的时候他停下来。六十年了，清平湾的每一寸黄土他都清楚。他站在崖畔上，或者坐在那儿，默默地长久地面对群山。"花脑"蹲在他身旁，也那么无声地瞭望。"花脑"是一只小母狗，浑身黄土色，脑袋上有些黑斑。

"做什么哩，瞎老汉？"娃娃们又问。

"什么也不做。"

"能照见随随哩？"

他很有把握地笑笑："随随在苦行山梁上。"

随随长大了。小时候跟羊羔羔一搭耍，谁想长大了也拦羊。随随十五岁上就拦起队里一群羊。拦一群羊挣八分，包工，无论老少。若是早晨再上山受一阵苦，一天就能挣十分。随随想早些承担起做儿子的责任。

"你咋晓得是在苦行山上？"

"这程儿又上了葫芦峁。"

众人说，这父子俩有神神给传话哩。随随投错了胎，随随当根儿就是瞎老汉的儿哩。老天爷不晓咋价闹混乱了，一照，噫，咋看弄成了个甚？咋差那吹手把随随送了来。

苦行山和葫芦峁离村里少说有五六里远，瞎老汉却说他听见了随随的吆羊声和歌声。

"这程儿随随又到了哪搭儿？"

"往窑里回啦。"

山背洼里的阴影爬高了，夕阳把群山的峰顶都染红。

娃娃们都回家了。瞎老汉还坐在崖畔上。

野鸽子也归巢了，在他脚下飞，"咕咕"地叫。

村里便处处升起晚炊的薄烟。

忽然"花脑"兴奋地叫起来。顺着落日最后的余光，呐喊山后隐隐传过来山歌：

> 不来哟就说你不来的话，
> 省得一个蓝花花常等下。

> 你要来哟你早早些儿来，
> 来迟了蓝花花门不开。

这是陕北民歌中最有名的一首，男女老少都会唱。蓝花花是个胆大又苦命的女子。

瞎老汉便又想起随随到了该寻婆姨的年纪，可窑里没有钱。他近两年常为这事心焦。

梳头中间亲了个口，

你要什么哥哥也有。

不爱你东来不爱你西，

单爱上哥哥的二十一。

　　黑的山羊，白的绵羊，从呐喊沟里转出来，"咩咩"地叫，有的嗓音低沉喑哑，有的高亢娇嫩，像是散了什么集会。随随出现在呐喊山的山腰上，挥起羊铲喊一声："花脑儿——来！"那只狗又蹿又跳下了土崖，摇着尾巴迎过河去。

　　瞎老汉站起身，往窑里回，心里依然盘算着钱的事。随随大了，光景本该好过了，可他却老了。他近几年身上总是难活①，不是这搭儿就是那搭儿，常出些毛病。唉，老了，球势了。胃里准也是有了病，在饲养场上铡着草，常就吐下一摊摊酸水，夜里心口疼得一满睡不成，随随拉上架子车送他到公社、县上都去过，闹糟蹋了钱，不顶事。

　　羊都进了圈，天完全黑了。随随回到窑里，瞎老汉已经做熟了饭。天天是这样，随随"一五一十"地把羊放进圈去的时候，还听见自家窑里"呼嗒呼嗒"的风箱响，进得窑来瞎老汉正把饭菜摆上炕。因为这饭菜太简单——半瓦盆豆钱饭，抓上一把盐，再有一小钵辣子。随随点上灯，小油灯只照亮半个炕。父子俩盘腿炕上坐，喝着比清水稠很多的豆钱饭，"吸溜吸溜"地响。

　　这会儿清平湾家家户户都是这响亮的"吸溜"声。那些年人们

---

　　① 难活：不舒服。

已经忘记了晚上也可以吃干粮。

"大，叫你做些白面嘛。"

"想吃白面哩？"

"球，我吃甚也能行。你不要今儿黑地又闹得睡不成。"

豆钱饭就是把黑豆在碾子上轧扁，然后兑上充足的水，熬成粥。也叫钱钱饭。因为黑豆轧扁了样子像钱吧？人缺什么想什么，什么都不缺的就写一条"艰苦奋斗"的字幅挂在客厅里。

"夜来黑地心口疼得好些儿没？"

"好些儿。"

"玄谎哩，我听着你又吃止痛片。"

其实这药对胃不仅无益反而有害，可这是老乡们的"万应灵丹"，不管什么病都先吃止痛片。一则便宜，二则累了一天浑身都酸疼，吃一片可以解乏，无论什么病也就仿佛见轻。

"再不好，秋后卖些粮上延安去。"

"冬里饿死去？"

"今年年成差不多儿。"

"几时给你问下婆姨，几时我的病才得好。"

常就是说到这儿没了话。响亮的"吸溜"声。勺子刮得瓦盆底响。灯花"嗞嗞剥剥"地爆。

/十二/

随随想起后响在苦行山梁上遇见英娥的事。苦行山离沙家沟不远了，山那边就是沙家沟的地界。那程儿随随正攀在半崖上砍柴，听见有人喊："谁的羊！吃上秫黍啦！"秫黍就是高粱。随随循声望去，见山洼洼里走上来个女子，穿的崭新的一双红条绒鞋。是英娥。随随认得英娥，英娥认不得随随。她常来清平湾串亲戚、是刘志高家婆姨的妹妹。刘志高家婆姨，被认为是全村年轻婆姨当中最漂亮最能干的一个。英娥更俊，腿长，身上很丰满，又不像她姐姐那么太显得壮。英娥又喊："拦羊的死到哪去啦！"随随生性嘎，便唱："你妈打你不成才，露水水地里穿红鞋。"

英娥气了，骂开："哪庄里的个黑皮，羊吃了人家的秫黍，还逞什么哩！"

随随装作没听见，又唱："你穿红鞋坡坡儿上站，把我们年轻人心搅乱。"

"噫，看把你能的！这号酸曲儿谁解不开？"

随随再唱："我穿红鞋我好看，与你们旁人球相干。"

英娥咯咯地笑开了："没眉脸！"

"哪搭儿去？"随随问。

"你管！"英娥又板起脸。

随随吆喝了几声羊，返转身去砍柴。英娥仰着脸看随随。

"你是哪庄里的？"英娥问。

"你管！"

"谁管你咧！"英娥说，却不动，依旧仰了脸望随随。

"不说我也晓得哩，敢是马家坪看王康儿去。"

英娥腾地红了脸，但立刻又现出怒气："谁去！看他哩，看个鬼！"

"那你这程儿哪去？"

"在这洼洼里寻菜哩嘛。"

"寻菜哩？'六月里黄瓜下了架。巧口口说下哄人的话。'"随随又唱。

"谁哄你！"英娥把臂弯里的篮子举给随随看，里面果然是些苦苦菜。

王康儿随随认得，那人实在是长得丑。随随记得听刘志高说过，英娥不情愿那门亲事。随随也觉得王康儿实在配不上英娥。不知为什么随随却说：

"王康儿给你捎话来，想你想得难活下了。"

"爬远！"

"大青石上卧白云，难活不过人想人……想你想得眼发花，土圪垃看成个枣红马。"

"爬球远远的！"英娥一扭身下了山坡。

随随纳罕：英娥的声音里怎么会带了哭腔。他独自想了一阵，似乎有些觉悟。

这一夜随随睡得很迟。

"花脑"卧在窑前，不住地耸耸鼻子，空气里似乎有什么诱人的气味。

千山万壑都浸在月光里，像一张宽大无比的牛皮纸揉皱了，又铺展开。寂静的星辰挨着寂静的峰峦。

清平河水夜里也不停歇，在月光下赶着路程。

老绵羊半夜里咳嗽，声音就像人。

窗纸上有个窟窿，正看见一个又圆又远的月亮。随随又想到窑里没有钱，又想到他大的病要赶紧治。而像英娥那么好的婆姨，没有一千块钱就怕问不下。

"花脑"仰天长吠几声，那声音颤颤的有些古怪……

第二天随随早早起身去拦羊，心里慌慌的又上了苦行山。英娥已经在那山洼里，依旧穿了那双耀眼的红条绒鞋。"我晓得你是哪庄里的了！""你比你姐姐还能！"这一天两个人再没说旁的话，都感到对方炽热的目光。

第三天两个人又都来，一个拦羊，一个寻菜。

> 白格生生脸脸太阳晒，
> 巧格溜溜手手拔苦菜。

> 白布衫衫缀飘带，
> 人好心好脾气坏。

第四天……第十天，两个人还都来。

> 洋芋开花土里埋，
> 半崖上招手半崖上来。

> 打碗碗花就地开，
> 有什么心事慢慢来。

以后两个人便常见面，在苦行山，在葫芦峁，在随随拦羊的每条小路上。随随拦羊净往沙家沟近处走。

> 一对对山羊串串走，
> 谁和我相好手拖手。

人人呀都说咱们两个好，
阿弥陀佛天知道。

百灵子雀儿百灵子蛋，
谁不知道妹子没好汉。

百灵子雀儿百灵子窝，
谁不知道哥哥没老婆。

三十三颗荞麦九十九道棱，
妹子虽好是人家的人。

蛤蟆口灶火烧干柴，
越烧越热离不开。

…………

/十三/

好了，我的想象过于浪漫了。事实上也许完全不像我想象的这样。事实上我们到了清平湾的时候，随随和英娥的罗曼史已告结束。我的想象是根据了村里的传说和陕北动人的情歌。

去年回陕北去，一路上我这想象逐渐清晰，便讲给同行的六个人听。大家都被这情歌打动，有老婆的想起了老婆，没有老婆的便说应该赶紧找了，不然日子有点儿难熬。那位"太行山人士"也说这歌词歌曲实在作得太好，然后又不失时机地讲起他的太行山，希望他认识的那女孩不要有英娥似的命运。他已料到英娥和随随的事不会成。

但无论如何那是清平湾历史上有数的几桩自由恋爱之一，而且确实极富浪漫色彩。人说，"砍柴时见二人在苦行山洼里走哩。""见随随把英娥捉起亲口哩。""英娥睡倒在随随怀里，咋才叫羊把沙家沟的桃黍闹糟蹋啦。"随随是在拦羊时与英娥建立和发展了爱情，这一点确凿无疑。

一九六七年冬里英娥嫁到了马家坪。王康儿是个老实人，心里明白英娥看不下他，便连话也很少敢跟英娥说，一个人不吭不哈地受苦、做饭、喂猪，有了钱给英娥买衣裳。英娥不穿他买的衣裳，也不给做饭，也不让他跟她一块儿睡。英娥还是常往随随拦羊的路上跑。于是英娥娘家的人就跑到随随窑前来骂，把瞎老汉也捎上，说："叫你跟你大一样把眼窝瞎了！"随随急了，抄起老镢跑出去，说："你狗日的骂谁哩？谁的事说谁的事！"众人把双方拉开。王康儿家的人告到了公社，公社里来人把随随叫去整治了一顿。英娥听说了便要寻死。据说水银吃了能死人，据说镜子背后涂的就是水银，英娥就刮了镜子背后的"水银"吃，不顶事。她以为那层红的涂料就是水银。她又把镜子摔了，用碎玻璃割脖子，被众人发现拽住。随随也想过死，但又想到撂下瞎老汉谁管？这些都是我们到清平湾之前的事。我们来之后，风波全已平息。只是听说英娥结婚两年还是没有怀娃娃。第三年还是没有。第四年生了一个儿子，第五年又生了一个女子。众人说这下没麻搭①了。

我在清平湾的几年中，没听随随说过半句这往事。他还是穷得问不下婆姨，却似乎也不急。别人问他，他就随机说些嘎话，大家一笑。

瞎老汉却心焦。他还是总到那土崖上去，和那条狗在一块儿，从太阳偏西望到暮色苍茫，望得随随拦羊回来。随随不再唱山歌。山歌差不多都是情歌。瞎老汉草也铡不了多少了，总是病病歪歪。他一辈子不知道婆姨的味儿，心想不能再拖累得随随也娶不上婆姨。

那时李卓干起了赤脚医生，靠一本《农村医疗手册》，自己买了听诊器、注射器，开始给老乡们开药，打针，扎针灸。李卓傻大胆，真干起来也心细，又买了麻药和手术刀，给村里一个十三四岁的男孩做了包皮切除术，竟很成功。那确是急用先学，上午抱着书看几遍，把器械都消了毒（无非是一把刀两把镊子），下午就去做，手术的时候书翻开在旁边，不时再看几眼。老乡说，"要看书哩嘛，不看书能治好个病？"绝对相信他的手艺，相信他不时看看书是必要的。我也跟李卓一起去给人打过针，把针使劲往人家屁股上一戳，没进去，针头弯了，李卓就忙说："这针头不行，换一个。"老乡们就相信那全不是因为我的手艺不济。李卓的医道于是日渐高超了。瞎老汉的病却难治。李卓再胆大，那时也还不敢做胃溃疡的手术。上延安去治就又要借钱，瞎老汉说死不去。"不顶事了，再不要瞎糟蹋了钱。"他说。"我死了你就好好价打上两眼窑。"瞎老汉跟随随说"我死了你就结婚下婆姨好好价过。"随随就急得喊："多会儿死咧，咱俩相跟上！"有这话瞎老汉心里就满足，于是又想起那个吹手，说：

---

① 麻搭：麻烦。

"也常要给你亲大上坟哩。把我也埋在前川枣树滩里。"随随不耐烦听，出去和"花脑"在窑前坐一会儿，然后使足了力气劈柴。

有一天瞎老汉又走上那土崖。看见的人说，他走得缓慢又镇静，身后也没跟着那条狗。瞎老汉往崖畔上走，差一步就要掉下去的时候人们以为他会像往常那样停住，可他没停。那崖几丈高。"花脑"这时跑来，站在崖上一望，又返身跑开，直往山里去。众人惊叫着跑下崖去，见瞎老汉正在河滩上翻身爬起，愣磕磕坐着，浑身是泥，只在脸上被沙砾划破一道口子，沰出血来。这事有点儿让人难以相信，众人一时都不敢上前。瞎老汉愣了一会儿，对众人说："小鬼儿不接我去哩，还要再拖累随随哩。日这小鬼儿的先人！"

"花脑"带着随随走来时，挤了满满一窑人，瞎老汉坐在炕上，脸上只贴了块纱布。瞎老汉只说是自己不留神才出了这乱子，咋也不咋。有人还记得他坐在河滩里说的话，就把原话悄悄说给随随。有人又记起那条狗当时被拴在窑前，便把狗叫来看，脖颈上还有半截被咬断的绳子。随随大哭了一场，发誓要给他大娶下儿媳妇。众人又劝随随，说这是天意，好人总要有好报；说神神保佑着这老汉哩，往后的日子要好过了。

这之后大约半年，随随和碧莲好上了。随随的话是："碧莲母子命苦咧。"碧莲是说："随随人好哩，心忠哩。"这事便在村里传开，人人都说这倒又是神神牵线，天配就的。这时明娃已经殁下一年多。碧莲是十二分的看得下随随，比随随要心急得多，催随随托人去跟公婆说。随随自己去找疤子，说："明娃的儿还是姓明娃的姓，明娃在时和我可好哩，我不能错待了他的儿。"疤子没主意，叫他去问明娃妈。随随去了又是这一套话。明娃妈眼圈又红，沉了好一阵子，说："就这，明娃的儿还是姓明娃的姓，你窑里我窑里都是这娃的家。你给咱出上四百块，我家二元儿也十七了，问婆姨又要使唤钱哩。"随随愣了半晌，回去。他自然是拿不出四百块。这关头碧莲却充当了男子汉的角色，说："不怕，她不讲理，一个二婚的倒要你那么多钱？不怕她，有理走遍天下。"火在心里烧，眼见的好男人不能丢，碧莲胆子大了，抱了孩子拉了随随去找李卓他们，又找徐悦悦她们。那时我已经离开清平湾，正住在北京的医院里，听金涛来信说起这事。碧莲知道明娃妈最信知识青年的话，知道徐悦悦和金涛的嘴能说，知道那年明娃母子来北京时吃住都在李卓家，李卓在明娃妈面前说话最顶事。李卓他们和徐悦悦她们便轮番去跟明娃妈说，都感觉负了正义又神圣的使命，动之以情，晓之以理，成篇大套的恋爱自由经典学说。男女生间的隔阂于这时开始融化，我在北京听说了这一节，心里很是羡慕。明娃妈落了泪，说："疤子下炭窑去挣来的钱，好不容易给明娃娶了婆姨，六百块钱来得那么容易？再要给二元儿问婆姨，又要五六百块哩。"那几个经典学说的信仰者立刻都没了话。明娃妈又说："我晓得随随穷，二百块总要出哩吧？"几个人再能说也都没的说。瞎老汉竟然悄悄存了些钱，把疤子喊来，从枕头里摸出一百零六块，全给了疤子。疤子说："咳呀——"瞎老汉说："再欠的钱我死前准定给你还上，能行不？""咳呀——"疤子说。

我们那地方娶媳妇很热闹。一队人马从女家的村里出来，顺着山路走。最前面是四五个吹手，每人一把唢呐。吹手后头是一个迎亲的老汉或老婆儿，骑着驴。然后是新媳妇，也骑了驴（要是骑骡子就更排场），经常也并没有盖头，脸反正是垂到众人看不明白的程度。再后边是几匹驴驮了嫁妆，大致是木箱和被褥，多与少便标志出穷与富。最后又是一个老汉或者老婆儿，是送亲的。一队人在大山里悠悠地走，除了新媳妇之外似乎都不急，翻梁越岭。都是在冬天，庄稼早都收光，漫山遍野是裸露的黄土，更显荒莽，幸而天是格外的蓝，格外深远。远远望见个村子，吹手们把唢呐高高扬起，让那自由欢畅的曲调信着天游开，顺着天游开。《信天游》或《顺天游》这曲牌名都不是瞎起的。村子里的人便都跑出来，辨认这是哪村里的女子，都露着白牙笑。有相识的就朝那迎亲的或送亲的呐喊两声，对方很高兴回答。新媳妇浑身都抽紧。过了村子，吹手们歇下，一队人就走得有些寂寞。新媳妇松口气，不知是应该笑一回还是想哭一顿。再走一程，唢呐声又信天游开。

/十四/

一九六九年一月十七日到清平湾，这日子记得清楚，永远不会忘。不久就过年，当然是阴历年，那儿没有人承认阳历。过阴历年，过清明，过端午，过中秋，不过"十一"和"五一"。不少人稀里糊涂地知道有个"五一"，却不知道有劳动节。劳动就是受苦，谈何节哉？每日都过。我们第一回上山受苦是在大南山掏地，李卓和金涛疯狂地抢着老镢掏向山顶，不久便都似终点线上的马拉松运动员，被人搀扶着安慰着拖到一边去休息。最被重视的是阴历年，不用受苦，在热炕上款款盛下①，喝米酒，吃大肉，吃油糕和油馍，吃豆腐和漏粉，吃白馍和扁食……这才是过节。夜晚，家家窑前吊一盏油灯，在漆黑的山间如一片朦胧的星光。

这一冬，烧的柴是队里派人给我们砍下的。大队革委会主任叫

---

① 盛下：待着。

徐财，跟我们说，公社通知，知青的烧柴，队里只管这一冬，然后赔着笑脸。徐财是个老好人，既无能力也无威信，既怕公社领导也怕村里的乡亲。我们无端地想起老书上说的地保，就叫他徐地保。徐地保任何时候都显出张皇与和蔼。真正有本事有威望的原大队书记，两年前被公社降为第二把手。

山上雪化了的时候，我们自己去砍柴。提上小镢，背上书包，牵上栓儿家的"黑黑"，上山去。"黑黑"是条公狗，常追踪着随随家的"花脑"，"花脑"对它时冷时热。我们想得挺好，砍一阵柴看一会儿书，书包里背着《国家与革命》《家庭、私有制和国家的起源》，等等。

雪化了，风和泥土都湿润润的，山野间有了清新的生气。清平河开始解冻，早晨的太阳照在疏松的冰层上。这季节的河水也清洌，哗哗啦啦如同奏乐，轻缓而安然，像它的名字。我们牵着"黑黑"在大山上跑，喊。村里的一群孩子也提了小镢，追在我们屁股后头。孩子们请求："吹个曲儿嘛！"仲伟带了个口琴。

站在山顶上看清平河，一条金属似的带子，蜿蜒东西不见头。清平湾上浮着薄雾，隐约可见家家窑檐下耀眼的红辣椒，隐约可闻石碾的吱扭声，人的吆驴骂狗声，狗惭愧的讨饶声和驴的引吭高歌。蓝天，黄土，地远天高。云彩的影子在山地上起伏赛跑，几座山峁忽地暗了，几座山峁骤然又辉煌灿烂。那时候你觉得，或许在这儿待一辈子也凑合吧？

"吹个曲儿嘛。"娃娃们蹲着、跪着、趴着，把仲伟围住。吹了个《三套车》，又吹了《山楂树》，又吹《小路》和《红河谷》，我们跟着哼，遇到"姑娘""爱情"一类的字眼就含混过去，不咬得太清楚。唱到《货郎与小姐》的插曲时，就尤其乱了节奏，舌头都不大利落。娃娃们听不懂，但都满意，因为那么个东西竟能吹成个曲儿。"吹个道情！"娃娃们说，"随随唱道情唱得好，这程儿不唱了。喂牛的老汉这程儿还唱，也唱得好。"有个大些的男孩就唱一句："半夜里想起干妹妹，狼吃了哥哥不后悔。"所有的孩子都笑，说："这狗日的骚情咧。"那男孩又唱一句："村子小来路又僻，呼啦啦来了些游击队。"

忽然发现，远处山梁上女生们正在那儿照相，她们有人带了个相机。红头巾，绿头巾，蓝头巾，在黄土的大山上分外鲜明。李卓说："快看驴奔儿。"小彬望着那个蓝头巾又犯傻。仲伟吹起《海港之夜》，我们齐声唱："当天已发亮，在那船尾上，又见那蓝头巾在飘扬！"小彬说："×，别逗了，我看那边那山呢。"李卓说："没错儿，那边那山上。"小彬一下把李卓扭倒，大巴掌照屁股上猛抽。我们重复唱最后一句："又见那蓝头巾在飘扬！又见那蓝头巾在飘扬！"李卓在地上翻滚，狂呼救命。

对面山梁上的头巾都扭过去，变成脸，奇怪我们这边出了什么事。

"说真格的，小彬。"金涛说，"你写封信，我负责送到刘溪手里。"

"牛——你敢送去？"

"只要小彬敢写。"

"我替他写，你送不送？"

"那不行。"

"牛！"大伙都说。"你知道驴奔儿不敢写。"

"要不然我去跟刘溪说，就说小彬跟她借相机用用。怎么样？"

大伙认为这主意好，说要去现在就去。

"现在不行。"

"牛！你就牛吧。"

"你们懂什么，这事得瞅机会。"

"牛×！"

大伙哼着歌散开，去砍柴。

那天我们六七个人只砍了一捆黄蒿。黄蒿好烧，一点就着，不过不经烧，老乡只用它引火。晌午我们背着那捆黄蒿往回村走，以为不算少。那群和我们一道上山来的娃娃这时纷纷不知从哪儿都冒出来，一人背一大捆柴，弯着腰走，见了我们的一捆黄蒿，都扭起脸来，学着大人的腔调"咳呀咳呀"地嘲笑，脸上全是黄泥汗。孩子还不如一捆柴高，远看只有一捆柴在山坡上一跃一跃地移动。

晚上烧了一大锅热水洗脸洗脚，就把那捆黄蒿全用光。几个人脱了衣服在灯下抓虱子，浑身起鸡皮疙瘩。李卓让大伙看他屁股上的血印，说："驴奔儿这小子真他妈驴，手真狠。"

/十五/

那天砍柴回来的路上，看见个八九岁的小姑娘坐在山坡上哭，身旁放了一捆柴。这小姑娘也是追在我们屁股后头上山来砍柴的。

"怎么了你？"

她光流泪，不哭出声，用小脏手在脸上抹。

"怎么不回家？"

"砍柴时，把买本本儿的钱撂了。"

小姑娘小鼻子小眼长得挺秀气，脸被抹脏了，头发上挂着碎黄蒿。

"买什么本本儿？"

"小学校要开学哩。"

"丢在哪儿啦？"

"不晓得。这山上彻走遍，再寻不着。"

"几块钱？"

"三毛。还有买笔的。"

"这好办，回家吧。"

小姑娘嘤嘤地哭出声。"我大要打死我咧……"

"谁带钱了？"

大伙都摸兜。只小彬带了一块钱。小姑娘不接，却盯着那一块钱住了哭声。小彬把钱放在她膝上，她低头看着不动手，直到一阵风要把那张票子吹掉，她才一把捂住。这小姑娘就是怀月儿。

这事我已经忘记，去年回清平湾见了怀月儿，她跟我说起这事，我才依稀记起。她说她常记得这件事，记得小彬，"小彬的个子高得危险哩。他这程儿做什么？"我说："他在一家公司里，当了官了。""他跟刘溪结婚了是？""你怎么知道他们俩的事？""你们不是常笑他咧？""不行，他们俩没成。"怀月儿听了沉默一会儿。

回来我跟小彬说起怀月儿还记得他给了她一块钱的事，小彬说"有这回事吗"，却怎么也想不起来了。我说怀月儿你总记得吧，他说这名字记得。我说怀月儿是金涛的得意门生。他说金涛当小学老师那会儿，他已经当兵走了。我说怀月儿家就住在芦根沟门上。"芦根沟？沟门上？"我说怀月儿的大就是张富贵。这下他才想起来。

/十六/

张富贵就是前大队书记，在朝鲜打过仗，在国内也打过，头上一块很大的伤疤不长头发，所以总戴着帽子。帽子还是当兵时的帽子，已经发白，上了补丁，补丁也已发白。他之所以被降为第二把手，是因为他反对大队分红，主张小队核算。清平湾老少三百余口，土地是全川最好的，公社决定在这里搞大队分红试点，为了早日实现共产主义。

知识青年都赞成公社这主张，认为此乃历史前进必然之途径，改天换地当然之招法。由小集体到大集体再到全民所有制，最后消灭阶级以及赖阶级以生存的国家才能环球一片红，使三分之二还在水深火热中的人们全都过上好日子，这，无疑是一条革命的康庄大道。男女生坐在一起开了会，在女生窑里。男生低头耷脑地进来，女生都躲到一个角落去，油灯微光照亮之处都没人坐。然后开始互相催促着发言，渐渐说起来，总听见"我觉得""我觉得""我觉得"，大家都觉得站到斗争前列去，坚决支持大队分红，要与张富贵斗争，但张富贵毕竟是同志，所以还应该把矛头指向真正的阶级敌人。村里有一个地主。"谁呀？""是谁呀？"都不知道，光知道有一个地主。又严肃认真地探讨了一回理论。说到"生产力决定生产关系"一节时，产生了疑问：清平湾目前没有半点儿机械化，人力、牛力、犁、镢头，与几百年前绝无不同，何以产生新的生产关系呢？大家沉默着坐了半晌。终于小彬想到：政治思想工作第一，生产工具不是生产力，掌握生产工具的人才是生产力，掌握了革命思想的人才是最先进的生产力。解决了理论问题，大家才松了一口气。油灯跳跃着，我心想这土窑洞里还真有马列主义。小彬说话时，刘溪一直看着他，这让他永生难忘。其实大家都一直看着他。

我们去找张富贵，想争取他。我们自信比梁生宝①和萧长春②水平高。张富贵偏偏是第二把手，这像小说。小说中的二把手常是要人来争取的。

张富贵不在窑里。炕上坐着个老汉，是怀月儿的爷爷，正捻毛线。在陕北，捻毛线，织毛衣、毛袜，都是男人的事。

"您说，大队分红好，还是小队分红好？"

怀月儿爷爷啰啰唆唆说很多，他不识字，又结巴，说得我们打了哈欠还不知道他要证明什么。窑里只有两只木箱，几个瓦罐。猪在灶台边"喀哧喀哧"蹭痒痒。灶台上睡着一只猫，时而睁一下眼睛看那只瘦猪。猪卷动了几下尾巴走开了。炕上一条毛毡，两条被。窑掌里一个很大的荆条编的囤子。木架上整整齐齐码了些红薯。满窑里就再没有别的东西。

"那就好咧——"怀月儿爷爷终于告一段落。

"什么好咧？大队分红好咧？"

"就是的，小队分红好咧。"他还有点儿聋。

"小队分红好？"

"噘嘛！"这次回答得明确。

男生看女生，女生看男生，又都四周看。怀月儿对我们的到来感到高兴，带着两个弟弟在炕上抛一只猪尿泡。猪尿泡里吹足了气，用线扎紧，像一只土黄色的气球。墙上贴了很多布票，仔细看，有过期的也有当年的。家家都买不起那么多布，娃娃们就把布票贴在

---

① 柳青的《创业史》中的人物。
② 浩然的《艳阳天》中的人物。

墙上当画画儿看。

"那您说，是小队分红好呢？还是单干好？"

我们想引导他忆苦思甜。似乎只要证明了小队分红比单干好，就自然证明了大队分红更具优越性。

怀月儿爷爷愣了一下，把脸凑近些，压低声音问："能哩？"颇为怀疑地看我们每一个人。

"什么能哩？"

"球，谁解不下这事？不是不敢言传？众人心里明格楚楚儿价。小队分红好，可还是不顶单干。"

大家又互相看，都没敢轻易相信自己听见了什么。怀月儿爷爷是彻底的贫农，烈属，有三个儿子，一个死在青化砭，一个死在沙家店。

"这号话不敢乱说哩。"他从我们的神情中大约觉察出了什么，又专心于他的毛线了。一会儿又说："随咋价。受苦人解开个球。"

我们又去问徐财，村里那个地主是谁。徐财说那人叫李正发，已经死了三年。

/十七/

在清平湾的头一年我们吃的国库粮，每人每月四十五斤，玉米、麦子、谷，还有几两青油。老乡们就说我们也都是"公家儿的"。老乡们常要吃麸子，吃糠，还吃一种叫"叶子"的东西（我至今不知该是哪两个字，查了《辞海》也无结果，总之比糠还难下咽）；若吃一顿净玉米干粮便如过节般喜庆。老乡说我们："这些窑里有办法。""这些的老子都是中央的干部咧！"说的听的都点头，确认我们给公家为儿乃天经地义，每月吃四十几斤好粮无可厚非。

婆姨们常拿着鞋底聚到我们灶房前来纳，赞叹说，"这些吃的好干粮！""洋芋菜、萝卜菜，浮面常见漂的油！"然后纷纷给我们以指教。北京式的窝头引得他们笑，说"这看糟践成了甚"，玉米面还是要发了蒸"黄儿"才是正道。菜要煮烂，否则岂不是生吃了？白面不如掺了豆面擀成杂面条条，切得细细的，调上酱和辣子，光吃白面能吃几回？我们二十个人，轮流每两个人做一天饭，都叫苦连天，手艺本来不济，被众婆姨一指点就更乱了套路，昏天黑地。这时就有见义勇为者，麻线绕在鞋底子上，挽了袖子下手帮我们做。做一顿好饭比做不上一顿好饭当然多了乐趣。另一个婆姨又帮着烧火，说灶火该整顿了，不然柴就费得厉害，等她家掌柜的山里回来给整顿一下，她家掌柜的整顿灶火有方法。她们都很称赞北京带来的粉丝，比她们漏的粉又白又细。饭做熟了，我们壮着胆子请她们也尝尝，她们都退却，开始骂腿底下的娃不听话，依旧拿起鞋底来纳。我们给几个娃掰一点儿白馍吃，娃的妈眼里亮起光彩，才想起让娃管我们都叫一遍叔叔。女生们没法叫，那儿没有相当于阿姨的叫法。

二十个人都宁可上山受苦，也不愿意做饭。那灶火实在难摆弄，常常天不亮就起来生火，直到太阳很高，仍然是满窑浓烟不见人，光听见风箱拉得发疯似的响。风箱声忽然停歇，浓烟中便趔趔趄趄地跳出两个人来，抹眼泪，喘粗气，坐在磨盘上，蹲在院当心，于朝阳光中和鸡鸣声里相对无言想一阵，又钻回烟中去。要把煤火烧得旺盛，必须有好柴。譬如狼牙刺，有油性，烧起来火势既猛又耐久。然而这柴砍来费劲。我们先跟老乡借一些，借的次数多了自觉无理，就只好偷一些，反正一样，都不还。偷的次数一多，又觉有违于"知识青年到农村去"的教导，便终于发现了呐喊山上小庙的门窗和门槛。

小庙不知经历了多少年风雨，残垣断壁，处处长满荒草，几间小殿堂也表示随时要歪倒的愿望。那腐朽的门槛，干裂的窗棂、门框，正是上好的柴。我和金涛有一次到那儿去，先发现了这能源，能源有限，不宜告诉别人。轮到我们俩做饭时，就拿一把斧头去砍一块好柴。先用光了窗棂，又砍门槛。金涛说，这门槛不知是否祥林嫂捐的那条。

小庙里几尊泥佛，斑斑驳驳还有些彩饰在身上，中间一尊仿佛观世音。据说每个佛都有一颗心，或者金的，或者银的、铜的。我们俩在那泥胎后背砍开一个洞，果然掏出一颗心，是木头的。金涛掂掂那木头心，说这就够做一顿饭了，不用再砍门槛，门槛已经所剩不多。佛像前铺了许多麦秸，时常有些外乡人来这儿过夜。

从榆林来过两个卖艺的，在这庙里住过几天。一个瘸子，一个十几岁的孩子。孩子很瘦，头上很多疮在流黄水。两个人来到村子中心的空地上，瘸子就敲起一面小鼓，大喊："表演一回榆林的硬势子！"孩子把上衣脱光，显出一串脊椎骨和两扇分明的肋骨，也喊："操心看下，演上一回榆林的硬势子。"瘸子把一根铁丝缠在孩子胸上，再把鼓敲一阵。孩子憋足一口气，弯腰跺脚就地团团转，想把那铁丝崩断。铁丝没断，孩子直起身惶然地看那瘸子。瘸子很机灵，冲众人说："这娃几天没吃干粮了，光喝了一肚子稀米汤。"围看的人都笑。孩子又弯腰跺脚用了一回力气，铁丝终于崩断。然后换了孩子敲鼓，瘸子抡拳摇掌比画了一阵，发出歇斯底里般的叫喊，险些跌倒。

那小庙不知接待过多少流浪的吹手、石匠、说书的、卖艺的。佛像前总有些新烧就的灰烬。

有一年那小庙恢复了一阵香火。那年到处传说，从黄河东过来了神神，方圆几百里内的寺庙都兴旺了一阵，寺庙的神灵都复活。人们去庙里跪拜、许愿、烧香。那时没有卖香的，便只好用纸烟代替，指定要"延安牌"的，说那是神神看下的牌子，以致"延安牌"烟脱销了很久。呐喊山小庙的门框和门槛都被补上，窗户用席遮住，观世音后背的窟窿填满泥，刷了白灰。殿堂里光线昏暗，烟雾缭绕，人声嗡嗡。有病的求神神给些药，没儿的求神神给个儿子，缺粮欠债的求神神保佑年年风调雨顺且公粮不要收得太多。瞎老汉烧了一包烟，求神神帮助随随娶下婆姨；那时随随还是单身。明娃还在世，明娃妈卖了一罐青油，差疤子去百十里外的一个大庙去磕头。据说那庙神灵大，有求必应。县里、公社里都出动了人，把跪拜的人群驱散，挑几个不大顺眼的绑走。黄河东的神神也才回了黄河东。疤子失魂落魄地跑回来，说花了十几块钱，"咳呀，险忽儿叫捉去。"明娃死后，明娃妈仍对那神神抱着希望，认为这下明娃转世要有好光景过了。

/十八/

接近堖畔山的山顶处，有一眼孤零零的窑洞，与呐喊山上的小庙隔河相望，三面土夯的矮墙围成一个小院落。每天太阳最先照到它的西墙，最后离开它的东墙。窑里安安静静地住着一对老人。老汉是全村最高寿的老汉，七十七岁。老婆儿是全村岁数最大的人，八十岁。老两口自己过，不靠儿孙。并非是儿孙不孝，实在是儿孙的光景过得都还不如他们。老两口养了二十几只鸡，养两头老母猪。二十几只鸡能下不少蛋，托人拿到集上卖了，一年下来够一个人的粮钱。六七十块钱就顶一千工分，交到队里，队里给分粮。两只老母猪一年下几窝猪儿子，卖了，又够一个人的粮钱还有富裕。

年富力壮的人不能这么干，否则就挨一顿批判，或者被公社来人绑一绳。那时惩罚农民的办法只剩这一种，无论什么罪，偷了一升黑豆也好，复辟了资本主义也罢，都是绑一绳。一根粗绳，五花大绑，推推搡搡地送走关个把月。

村里人都羡慕这老两口，认为这老两口前生必是做下好事。

知识青年们问："咱村里有老红军吗？"

"噫，那老汉就是。"

"打过仗吗？"

"咳呀，那老汉就打过，炮弹把耳朵震得一满聋下。"

"咱村有人见过毛主席吗？"

"那老汉就见过，在瓦窑堡。那老汉烧炭。"

"张思德也是烧炭。"

"还怕就在一搭里烧哩。"

"张思德是在安塞烧炭。"

"咳呀，那就不晓得在不在一搭里。那老汉打了几年仗，把耳朵聋了下。那老婆儿在窑里听说，哭得一满弄不成，咋托人捎话去，老汉就回来。"

从来没听那老汉说过话。每天早晨总见他到河对面去担水，慢慢地走过河，慢慢伏下身把木桶探进井里，水面很高，满满地提一桶水上来，再提一桶上来，慢慢地担了往回走，沿着小路走上塄畔山，白发银须轻轻地颤。担完水他就到近处的山里寻些喂猪的野菜，或者在村前村后转着捡碎柴。无论碰见谁他也不打招呼，不管你是公社干部还是县里的干部，他照旧捡他的柴，偶尔角度适合看你一眼，倒让你有些怀疑。知识青年的到来，应该算是古今罕事，却也不给他任何惊动。他站在人群中看一会儿，目光和面容都极平静，仿佛早已料到要有上山下乡运动发生。

那老婆儿呢？却听说了知识青年爱吃鸡蛋，时常用围裙兜十几个鸡蛋，小脚跷跷地走来问知识青年要不要。

那小院落总安安静静的，在朝阳里或在落日中，给人一点儿神秘感。

村里的一切事似乎全与他们无关。明娃死了，从那老汉的表情看，未必就是灾祸。随随成亲了，从那老婆儿的神态看，未必不是苦难。

老两口有一对好棺材，柏木打的，远近闻名。老汉每年给它们上一遍漆，漆得很仔细，很耐心。棺材放在垴畔山山腰的一眼闲窑里，窑口堆满了柴草以遮挡风雨。有一回小彬偷柴偷到此处，看看四下没人，抱一捆柴正要走，黑乎乎见了那两口棺材，又见一个满头白发、满脸银须的老人正扶着棺材看着他，他拖了柴赶紧跑，老人一声不响，继续漆他的棺材。

有一天早晨，老汉起来倒了尿盆，担了水，扫了院子，回到窑里就躺在炕上，叫老婆儿把他的寿衣拿来，无非一身黑条绒袄，老婆儿以为他又要看看，就去拿来，拿来老汉就穿上，说："再没有旁的事了。"就闭了眼。

那老汉入殓的时候，几乎半个村子的人都戴了孝，都是他的晚辈。男人们跪下来粗声粗气"呜呜"一阵，女人们哭得有腔有调。

那老婆儿平平静静地坐在棺材旁，摸摸棺材上的漆。

又过两个月，老婆儿也死了。

那座小院落就更加静寂，主要是没有了猪和鸡的声音。

随后村里闹了一阵子"鬼"。好些人都说又见了那老汉和老婆儿，有说见二人相跟着在村里走的；有说见他俩在那院前坐着，老汉问明日吃啥，老婆儿说白馍大肉都有哩，情愿吃啥就吃啥。公社来人吓唬了一顿，又拿来一条粗绳，才没有人再说。

/十九/

电影放映队要来了，从县城出发了，自下川往上川走，每到一个村子演一晚上。电影队还在几十里外，消息就传到清平湾，全村人都盼着。总共三部片子，《地道战》《地雷战》《列宁在十月》，各村任选一部。

娃娃们扳着指头算日子，一面回忆起曾经看过的一部电影，就所有能想到的细节争论不休，譬如：上了刺刀的步枪是否还能放响？倘能放响，何必不放响呢？两个人刺刀对刺刀，你干吗不搂机子？你先搂机子，对方不就先"死他妈 ×"了吗？然后说到拼刺刀的场面，娃娃们都兴奋得捋胳膊挽袖子，跑到场院里滚成一团，直到四元儿把五元儿的头打出血。五元儿并不哭，用手捂住伤口，想把血捂回去。四元儿却吓得脸发白，实指望五元儿能把血捂回去。疤子正到场里来，四元儿赶紧跑，所有的孩子都跑散，只剩了五元儿。五元儿既流了血，屁股上又挨了疤子两脚，这才觉得委屈，一个人哭着回窑去。

年轻后生们在山上锄地，从电影说到当兵；说到当兵吃国库粮，每月还有好几块钱挣；说到赵家河有个人年昔当兵走了南方，来信说一股劲儿吃大米、白面，往饱里吃，不计数数；又说到有个人当了几年兵回来，就分配在县里供销社工作，一个月挣四十几块。"不用打仗它狗日的，咱也去当一回兵，怕不能？""立个战功回来，日那些妈的，再不要受。"打过仗的老汉们就嘲笑这些年轻人："把你能成了什么！炸弹一响，保险你狗日的趴下。""三天不得过去，你狗日的就要想回窑搂老婆了。""操心机关枪把你狗日的球打烂！"几个老汉瘪着嘴笑。

电影队近了，离清平湾还隔着两个村子，老乡们就都跑去看了，走二十几里路，看一回无数颗地雷乱炸，像是看焰火。婆姨女子们都穿了出门的衣裳。年轻的后生就可能买一包纸烟，享受享受，排场排场。地雷一炸，娃娃们都喝彩。清平川没有电，电影队自带一部脚踏式人力发电机，样子像自行车，两个壮劳力轮流骑在上面拼力蹬。有时蹬机器的人光顾了看电影，看得入了迷，脚下的速度就放慢，于是电影的速度也放慢，银幕上的光变暗，人物的对话走腔走调，地雷的爆炸声也不同凡响。娃娃们又喝彩，大家都笑，觉得愈发有了看头。散了电影，再走二十几里路回来，山路上洒满月光，四处庄稼叶子响，一群人吵吵嚷嚷，回味着各式各样的地雷，嘲笑日本鬼子的丑态，以为战争本来十分有趣。我们也去看，虽然几部片子在北京都看过，但生活需要有点儿变化，需要红火。有的老乡要连着看五六个晚上，不怕五六个村子都选《地雷战》。爱看打仗的人多，因此选择片名上有"战"字的，地雷又比地道显见得红火。

在清平湾演的那天，我们跟徐财说："看《列宁在十月》吧。"电影队长在一旁听见，说："那要多出五块钱，这片子是进口的。"

这也是各村都选《地雷战》的原因之一。我们那儿，一个大队如果有百八十块钱公积金，就算得富队。徐财为难了，把队干部都叫来商量，大家说，还是看个便宜的就对球了，队里的架子车的轮胎烂了好几条还没有钱换。我们赶紧说："不在这五块钱上。《列宁在十月》老美气。""咋？""有男的女的亲嘴儿！"李卓说。这一计策果然妙，在场的人都说："咳呀，那就看上一回。穷死不在这五块钱上。"

看罢《列宁在十月》，老乡们都称赞瓦西里。"瓦西里好身体，个子怕比袁小彬还高。""瓦西里能行，心忠哩！一疙瘩干粮还给婆姨撂下。""看那瓦西里的婆姨，生得够咋美！"公认这片子确凿是比《地雷战》好看。议论要延续好多天，延续到窑里、场院里、山里。有些见识的人说："外国人亲口和咱这搭儿握手一样样儿。"多数人不信："球，你和你婆姨倒常握手来？"于是有人说出不宜见诸文字的话来。又有人唱了。"抓住胳膊端起手，搬转肩肩亲上一个口。"有人又和："把住情人亲个嘴，心里的疙瘩化成水。"又唱："要吃砂糖化成水，要吃冰糖嘴对嘴。"又和："砂糖不如冰糖甜，冰糖不如胳膊弯里绵。"再唱："墙头上跑马还嫌低，面对面睡下还想你。"再和："你是哥哥的命蛋蛋，搂在怀里打颤颤。"再唱："一把捉住哥哥的手，说不下日子你难走。"……

电影队不定几年才来一回。

/二十/

有一篇外国小说中写过这么一件事：一个负责计划生育的官员，到贫民区去调查情况，兼而做一次"少生儿女可以使生活富裕起来"

的宣传。那儿的人告诉她："到了晚上，有钱人去看戏了，去跳舞了，去听音乐会了，我们上哪儿？上床。于是一个接一个的孩子就出世了。"

不过清平湾没有床，人都是睡炕。全村三百多人，大约一半是孩子。平均每家四五个娃。少则两三个，多则八九个。

村里办着小学校。小学校有一眼窑，一个老师，几十个学生。窑前的树上挂一块胡宗南留下的炮弹皮，上课下课时就把那炮弹皮"当当当"地敲响。学生多是八九岁，再小的学校不收，再大的就都能上山受苦，家长不让来了。学生分成两班，一个班在窑里上课时，另一个班就在窑前写字，因为窑太小。轮在窑里的不得不跟着老师朗朗地读书："胸怀祖国。""胸——怀——祖——国""不要看外头！——放眼世界。""放——眼——世——界""不要看外头！敢教日月换……"这时窑外的一个班不知出了什么事，笑嚷声震天响。老师出来猛吼几声，抓出一个来问，才知四元儿用墨水把自己两腿之间的东西染成了蓝色。老师把四元儿推搡到窑里去罚站，剩下的孩子都安静下来，纷纷跪在窑前的空地上撅着屁股写"鸠山设宴和我交朋友"，写二十遍。写字的本子各式各样，有从供销社买来，也有用糊窗纸订的。五元儿的本子竟是用装肥皂粉的纸袋拆开后订成的，那纸袋只可能从知识青年窑里捡来。五元儿头上的伤还没好，缠着布条，转着脸四处看，嘻嘻笑，手下写得飞快。

老师是本村的，上过县高中，眼睛近视得厉害，永远眯着，不和你撞个满怀绝不能发现你，发现你以后还要再看你一分钟，然后微笑着叫出你的名字，不保证一定叫得对。

"干吗不配副眼镜？"

"有一副，打碎了。"

"再配一副呢？"

"又要十几块钱，还不晓得啥时间又打碎。"所以他宁可总眯着眼睛。

老师这营生也苦，一天上六节课，只挣八分。逢上农忙还要带着学生上山支农。

"年昔娃娃们捡的麦穗，打了几斗麦。"老师对徐财说。

"噢。"

"卖了几十块钱。看是咋价……？"老师很想给学校添些用具。

"这事要队委会商量。"徐财从不独断专行。

队干部会上一商量，大家都说那股子娃娃也不容易，不如割些大肉让娃娃们吃一顿。于是大肉买来了，小学校放两天假，教室窑里的灶火整顿好，支起大锅来炖肉。又买了漏粉，发了豆芽。所有的队干部都来帮忙，整宿守候在大锅旁。肉炖熟了，众干部就都先尝一碗。然后又一锅一锅地蒸白馍。馍蒸熟了，众干部又都先尝几个。

早晨，娃娃们过节般地早早爬起来，抱着父母早给预备下的大碗到学校来。几十个娃娃排好队，坐成一片，捧着碗望着教室，出声地吸着鼻子，捕捉教室里流出的肉香，赞叹声不绝于耳，逐渐地又打闹起来。徐财喊："悄悄儿！谁日怪哩？不给狗日的吃大肉。"娃娃们都闭上嘴，屏住呼吸。大肉白馍全端出来，娃娃们都把大碗举向半空，所有的眼睛都瞅着第一个分到大肉和白馍的孩子，一时间全村都很静。每个娃娃分得一个白馍，小半碗肉，大半碗漏粉、豆芽和肉汤。娃娃们都很快乐，互相比着谁分到的肉更多，而且更肥。都先喝一口肉汤，吃一点儿豆芽和漏粉，看见别人碗里的肉没动，自己也不动。四元儿忍不住吃了一大口肉，别的娃娃都笑他，都往他碗里看，笑他碗里已经没有原来那么多肉了。

"咋，狗日的们操心吃！"徐财喊，也很快乐。

怀月儿先端着碗往回窑走了，说是要给她大、她爷、她妈、她兄弟都尝尝。所有的娃娃都想起窑里，骄傲地端着碗往回走，一边用筷子蘸点儿肉汤在嘴里嘬。

五元儿永远是个倒运鬼，飞似的往窑里跑，肉和菜全扣在地上，一只大碗也捣烂，又遭了疤子一顿骂。肉和菜捡起来洗洗还能吃，半碗汤却全喂了狗。狗把那块地舔成一个坑。

/二十一/

五月里，麦子黄时下起了暴雨。

我们那地方树少草少，山上存不住水，只要二十分钟大暴雨，山洪就下来。那地方的雨也来得快，刚才还是明晃晃的烈日，什么时候天边藏了几块发亮的云彩，忽然响了雷，那云彩立刻黑压压爬上来，在山里拦羊、拦牛的人常常跑不回村，雨就下来。

那天我们正在山上锄谷，一抬头忽然觉得远山一片模糊，像是罩在雾中，老乡们就喊："下得来啦！"队长捏着下巴看一会儿，说："回！"每天上山来就盼着这一个"回"字，扛起锄赶紧往回村跑。跑一阵回头望，近处的山野也变得朦胧，天变得低矮，地显得苍白，齐刷刷一道雨线几十里拉开，横着在身后追来，看看跑不脱了，就钻进半崖上的小土窑。山里常见这样的小土窑，半人高，是人们打了专为避雨用的。蹲在小土窑里再往外看，群山都隐没在大雨中。

那天亏得我们跑回了村。我们先是躲在大南沟口的小窑里，感谢老天爷的照顾，心想可以美美地歇上一后晌了。那时我们盼下雨如同小学生盼星期天。若是早晨还在梦中先就听见雨声，准有一位怪声地高呼万岁，然后打响一连串喜不自禁的哈欠，把别人也吵醒。被吵醒的人都从窗口看看雨势大小，浑身上下挠一阵再躺下，骂第一个人多事，吵了大家的好觉。下雨就是我们的星期天，可以歇着，不用天不亮就滚起来去干活，也不用为不出工而在心里谴责自己没有好好接受再教育，心安理得地躺在窑里看会儿书，打会儿牌，直着脖子唱一阵。最窝心的是唱着唱着雨过天晴，又听见队长站在谁家的窑顶上喊"山里走。"那天的雨真下得大，栓儿看看天，云层越来越厚，栓儿说："不敢盛了，操心一程儿山水下来把咱拦在河这头。"

河水已经涨了，好不容易扭扭歪歪地蹚过去。村里一片"叮叮当当"的敲盆敲罐声。人们站在窑檐下，用木棍、石块把盆盆罐罐敲响。"老天爷爷，可不敢下冷子！"婆姨们一边念叨，神情严峻。仿佛老天爷下雹子专门是为了把盆盆罐罐敲响，人替天敲，天就可以省了这份麻烦。雨紧一阵，叮叮当当的声音也紧一阵。男人们仰面凝神望着天。我想，锣鼓的由来是否与冰雹有关。

山洪下来了。几里远先听见了隆隆的喧响，转眼，墙一样高出水面的洪峰就过来，挟裹着山间的泥土沙砾、枯草败叶，呼啸呐喊着奔过清平湾。清平河再不是那么清平舒缓，骤然间变成几十丈宽的急流，惊涛汹涌，浊浪拍天，似乎生怕辱没了它黄河子孙的声名。

我们披了雨衣跑向河边。雷声雨声水声，响成一片，面对面说话也要喊。天色灰黑，水色昏黄，乌云紧贴着山头翻滚，滔滔黄水如与天相连。闪电在云水之间划开，竟显出火一样的红色。村庄如一座蚁穴，弱小、飘摇。我们站在岸上惊叹着，光看见对方张着大嘴喊，听不清喊什么。清平河只是黄河上一条无名的支流，由此能想见黄河的气势了。

平时可以游泳的那个水潭不见了，急流在那儿形成一个大旋涡，掀起两三丈高的大浪。浪峰上有时托起一块上百斤重的大树根，然后又把它重重地摔进河底，一会儿又见它在远处的急流里翻滚上来。一百多斤的好柴被洪水抢走。

栓儿头一个跑来捞河柴，身上披一块破麻袋片，拿了木叉、镰刀和一根很长的木杆。那儿的规矩，不管什么东西，放在山里绝没人偷，但只要被洪水推走，谁把它从急流中捞上来，谁就是它的新主人。多是些碎柴。偶尔也有一两根圆木被推下来。一根圆木上百块，谁捞了也高兴，但又想起它的旧主人，真心叹道："日这洪水的妈。不晓得又把谁做过了 ①。"然后把圆木抬回窑去。

女生们也站在河边，又嚷又笑，似乎还唱。

"笑咧！一程冷子下来全不要笑！"栓儿在我耳边喊。他正把镰刀往那根长木杆上绑。

"冷子一打，一年的苦顶喂了狗！"他又在我耳边喊。

"什么？"

"麦子全落在地里，水一推，屎毛搁不下一根！"

我愣一下。

"哄你？玉米、桃黍也球势。"

"会下吗？"

栓儿再看看天："敢哩！"

我们都安静下来，感到了一点儿恐怖，想到明年不能再吃国库粮，往后的日子与收成的好坏有联系。不觉中都仰脸凝神望着天。

---

① 把谁做过了：叫谁倒霉了。

"怎么办，那？"

"弄上根绳。"

"绳？"

"把脖颈扎起！"栓儿说，像在说一个平常的玩笑，却不笑。

/二十二/

担粪上山，沟里走几里，山上再爬几里，六七十斤的担子压在肩上。有条沟叫愁牛沟，意思是牛走起来也发愁。愁牛沟的尽头就是苦行山，那架山梁又高又长，是说在那山上走最是件苦事呢？还是说谁能担粪爬上那架山，谁就最是好受苦人呢？北京话说"活儿干得好"，陕北话是说"苦行"。还有座山叫日天峁，是全村的最高点。绝不是说它高得接近了太阳和天。提醒一句：那山又高又陡，几乎直上直下。老乡们的想象极大胆。

我和仲伟、小彬在日天峁上掏过地。掏地就是刨地，或者叫翻地，七八个人楼梯似的站成一斜行，从东走到西，再从西走到东，一步一镢，慢慢从山脚掏向山顶。牛耕不过来就人掏。一把老镢六七斤重，举起来画一个弧，落下，腰一塌屁股一撅，借点儿惯力，一镢一镢地把整座山一寸不落地刨开。看着太阳升起来，变红、变白、变热，身后掏下的地已经不少；看着太阳落下去，变红、变大、变冷，眼前没有掏开的地似乎还那么多。除了黄土还是黄土，漫无边际的黄褐色。说笑声便低落，渐渐变成无声，世界上只有镢头砍得地球响。黄土飞扬处一群人奋力挣扎兼而喘息。

就盼着队长喊——"歇一程儿！"立刻把老镢一扔，咕咚咕咚纷纷倒地、把两只鞋摞起来当枕头，白羊肚手巾盖在脸上，如同死去。想睡一会儿，因为人会累。可是又渴了，因为人又会渴。这些弱点都不如机器。山沟里就有泉眼，这最糟，还不如没有，没有倒可以死心塌地歇一会儿了。现在看你是忍着渴歇一会儿呢，还是放弃休息去解解渴呢！山太高，跑下沟底去喝一顿再爬上来，多半正赶上队长喊"落灶"①。那时你不会再有另外的感想，只想骂天了，才更觉出"日天崾"这名字的妙处。"日这老天爷的娘！"

仲伟从家里带来块四十年代的老"罗马"，清平湾的人从没在近处观察过手表，于是全体传看一遍后，都对它倍加崇拜。开始歇歇儿时，队长郑重地问一声："仲伟，给咱把表看好。""三点半！"仲伟说。过了好一阵子，队长问："几点了？"仲伟早已把表往回拨过，说："三点三十五！"队长想，才过了五分钟，再歇一会儿吧。我们再把表往回拨。又过了一阵子，队长又问。仲伟说："三点四十！"队长望望太阳，心里起疑，搬过仲伟的腕子看，果然三点四十。"球，什么价日怪表。落灶！"我们只好抡起老镢继续掘地，深悔搞得太过，致使队长对老"罗马"失去信任。再一个偷懒的办法，说出来大不雅——去拉屎。掘地的人中有婆姨女子，找个背人处去方便方便是颇通情理的，队长没话说。北京人只懂吃饭是一种享受，绝难理解另一种形式的乐趣。如果再闹闹肚子，就更不失为一种艺术。找个远而背人的地方，自然闹不起很多肚子，我们就各找了位置躺一会儿，长吁短叹，"这他妈不是人干的活。"我瞪着天，发觉这辈子有点儿不堪前瞻了。一天两天好受，一年两年也凑合活，一辈子呢？北京又传来消息，说是没来插队的人都分配了好工作。我们搜肠刮

---

① 落灶：开始。

肚用尽所掌握的脏话大骂一阵，躺在山坡上，再没有别的主意。"小彬，你真不如去当兵。"仲伟说。小彬愣愣的。鹞鹰在天上盘旋。山的影子在拉长。闹肚子也不能闹到天黑去，只好又爬起来灰不塌塌往山上走。肚子咕咕叫，浑身都酸软，对日天㞞的理解又深一步——老天爷不公平。

山上，一行人还在上了发条一般缓缓移动，镢起镢落，镢起镢落，像一排灵活的农具。清平湾的人世世代代就这样。太阳默默沉到山后去，山谷里漫起迷蒙的暮霭。镢头依然砍得地球"空空"响，仿佛宇宙中无始无终的脚步。忽然响起山歌，由弱渐强，优美二字不便形容。"咿哟喂——""哟嗬嘞——"不过像全力挣扎中的呼喊，不过像疲劳寂寞时的长叹。也不太拘泥拍节，尤其起句和结束，可以任意拖长，大约依据山野的宽阔度而定，也可能依据心中愿望的焦灼度。歌声在天地间飘荡，沉重得像要把人间捧入天堂。其中有顽强也有祈望，顽强唱给自己，祈望是对着苍天。

苍天不开恩，一年的力都白出。
插过队的人，懂了那祈望的虔诚与恐惧。
老天爷，可别下雹子！

/二十三/

也有人不去敲盆敲罐。也许是不那么信奉神灵，也许是受惯了生活意外的掠夺。他们大约更相信，只要出力气，随时也能得到上苍的恩助。河岸上站了村子里最精壮的男人们，拿着叉、耙、长把镰刀，呼唤呐喊着捞河柴，呼喊声和浪涛声交融在一起，想让掠夺者留下买路钱。

栓儿四十岁，个子不高，却很壮，膀阔腰圆，小腿肚子上的肌肉隆起来像一盏灯笼。你不由得要想，他凭了什么能从糠麸掺半的食物中榨取这么一身筋肉？你就想想牛吧，牛从柴禾一样的干草中能提炼出多少力气。栓儿端着长把镰刀立在河岸上，两眼盯着上游的浪峰。他指望捞一根圆木。他看不下那号绒柴，多一把柴烧顶球个甚？一根圆木能换回几斗麦！已经有两根圆木从靠近对岸的地方漂走，几个壮汉瞪眼看着，骂爹骂娘，像一群背运的强盗。栓儿身旁站了另外两个男人，每人也端一把长镰刀，三个人说好，得了圆木三家平分。栓儿实在不情愿同旁人合伙。但要想捞到大根圆木，至少得三个人，圆木像一匹野兽从上游横蹿竖跳地奔过来，三把镰刀得一头、一腰、一尾同时剁上去。一个人不行，圆木会把人也拖进洪流。据说栓儿被拖走过一回，那回他拦住了一根合抱粗的大圆木，镰刀剁得很深，他拼死力往岸边拉，圆木被水冲得横过来，拖着他往前跑，众人喊他放手，合抱粗的一根杜梨木呀！他舍不得，再说也不能就这么倒赔了一把镰刀。圆木把他拖进河心，他撒手了镰刀，攀住圆木，就那么让浪头挟裹着，摔打着，漂了几十里，没死，也没放手那圆木，清平河一个急转弯把人和木头一起扔上了岸，只是浑身被水中的沙砾、树枝拉挂得鲜血淋淋。那样的事只可做一回。那时年轻，又没有婆姨娃娃牵挂着。

栓儿的力气是全村第一。栓儿的饭量全川第二。都说上川的贾家坪有个人更是好吃法，一顿吃过二十几个白馍，一顿吃过一簸箕油圈圈儿。有年八月十五，那人割了八斤大肉，放在锅里煮熟，婆姨捞一块切一块，那人吃一块，吃了一程儿那人说："对球了，也给你们娘儿几个留些儿。"婆姨再去捞时，净撂下一锅汤。在山里受苦时，老乡们总爱讲这个故事，讲得有板有眼，语气和表情都掌握得恰当。单是肉的数量一节，常常引起争论。"不止八斤咧，八斤了，我吃着也老消停！""怕够十斤哩！""噫，十二斤也够！不信咋？！"说十二斤的人脸也红，脖子也粗，青筋暴涨，仿佛受了许多年冤枉。其实没有人压制他，众人都情愿信任他，就像情愿信任老天爷是有眼的。说十二斤的慢慢平定了情绪，沉思着点烟。众人也都静静地追忆或畅想，气氛异常和睦起来。这故事我听人讲过不下十次，肉的数量最高到过十六斤，只有"放在锅里煮熟，婆姨捞一块切一块，那人吃一块"这一情节不变，而且讲的时候音调温柔得如嫩柳轻扬。我渐渐醒悟，那是一个美好的传说，若长久地饥饿便能长久地流传，最终如灶王爷、城隍爷、赵公元帅一般，又生出一路神仙，主管人间吃肉的事务，保护众生吃肉的权利。

栓儿是全村第一个好受苦人。别人担两趟粪，他只用一趟，一趟把两担粪全担上山，剩下的工夫可以整自留地，可以鼓捣他的小铁匠炉。他有一套铁匠的家具和一份打铁的手艺，能打除拖拉机之外的一切农具。他还是个不坏的木匠，手艺当然比不上宝生，宝生是专业木匠。但要是破木方、立柱架梁，人们宁愿请栓儿。宝生专做细木工，而且老了。但那时只有上山受苦算社会主义，担个铁匠挑子去揽活做就不如直接去县大狱。县里、公社都有铁匠铺，没有木器加工厂，因而宝生获准可以出去揽营生，但每日所得要全数交到队里，队里给宝生记十分工。即便如此，栓儿还是羡慕宝生，一天三顿饭吃在雇主头上，省了自家的粮。在栓儿眼里，天下幸福者莫过于宝生。还有榆林、绥德下来的那些匠人，出了力就能见到钱，钱是旱不死冲不走的。大约榆林、绥德有另外的政策，我们这地方穷得还不够。有年冬天，栓儿半夜起身，冒了大雪，担着铁匠挑子偷偷离了清平湾。婆姨只对人说他是去串亲戚了。那一年是遭了旱灾，家家囤子都见底，再看看栓儿的铁匠家具全不见了，谁还解不开他做什么去了？栓儿出去了一冬，回来时一根粗绳等着他，五花大绑被请到县大狱去。那些年，人们渐渐不把坐大狱看成太可怕的事。犯人亦可谓"公家儿的"，遭不遭灾都有饭吃，监狱以外的人倒难免吃糠、挨饿。乡下人也不在乎什么档案不档案，想不出将来会有什么好事要受档案影响。栓儿在狱里养了几个月，白白胖胖的放回来，庄里人都说："咳呀，做得了嘛！"译成北京话就是"赚啦"或者"不亏"。只是亏了窑里人。栓儿婆姨挺着个大肚子正在地里锄豌豆，听说男人回来，慌慌地往回跑，见了栓儿眼泪汪汪坐倒在窑前。当夜又为栓儿生下第四个儿。

栓儿在队里受苦再不多出力。只是譬如捞河柴的时候，他才又绷紧了浑身的筋肉。

/二十四/

谢天谢地，雨渐渐小了，没有下雹子。

骤然天开了，夕阳异常辉煌，山川灿烂，清平河宽阔、浩荡。水声依然震耳，大浪还逞着余威，浪峰上托出被淹死的羊。

阳光又爬上崖畔，瞎老汉和"花脑"坐在崖顶上。清平湾又恢复了安详。婆姨、娃娃都跑向河边。小脚老婆儿也跷跷地往河边去。

大水翻滚得好看，夕阳在每一个浪尖上点亮一炬火把，像在庆祝一个节日，狂呼狂舞着去黄河。

岸上的人群也像在庆祝一个节日。很多人捞到了死羊，喊，笑，把羊往窑里抬。又都真诚地喟叹："不晓哪庄里又倒了运……"

我们也找来镰刀绑在木杆上，七捞八捞也截住了一只死羊，使劲往岸上钩。全体女生不近不远地围在我们身后，模棱两可地念些贺词："呀——""哎哟——眼睛还睁着哪！""真惨噢。""小心别掉下去。""呀——"众男性就感到身体里添了燃料，七手八脚出了许多笨力气。羊腿一颤，贺词也一颤："哎呀……"纷纷退一步。男生退一步进两步，抓了羊腿，抓了羊头，镇静如一帮元帅。

把羊抬到灶房，当即剥皮、剔肉。女生仍都围在四周，想帮点儿忙似的，提醒应该拿一个盆来，再拿一个盆来。

"你们还不赶紧和面。"男生说。

"和面？"

"啊？"

"白面？"

"当然白面。"

"干吗？"

"吃！废话。"

"废话！吃什么？"谁也不是好惹的。

"饺子。"

饺子很鼓舞人。大家都变得勤快、大度、和气。月亮升起来，饺子熟了。男生聚在碾盘周围"唏里呼噜"地吞；女生围住磨盘，吃态雅不了太多，终归噪音小些。大家都一样甩汗。几条狗远远地坐在暗处。一只猫跳进灶房，被打出来。猪也"哼哼叽叽"地过来晃，听说人们吃的羊肉，自己有点儿放心。小彬吃出一块糖来，女生们都笑眯眯地把目光投向他，说吃着了的有福。

这是男女生双边关系史上的一个里程碑。

晚上躺在灶上，心里胃里身上都舒服，大伙又记起小彬有福。"驴奔儿算有着落了，你们几个还得让我费心。""这孙子！咱们先给他张罗一个怎么样？""行，给我张罗谁吧？""沈梦苹怎么样？""不行，沈梦苹看上仲伟了。""听他妈这小子放屁呢！"仲伟说。"那算了，给你说庄宁吧。""庄宁？庄宁看上金涛了。""真的？何以见得她看上我了？"金涛比仲伟有幽默感。"捞羊那会儿她老看你，没发现？""没发现。你发现了？""当然。""你老看她来着？"这时候李卓出去上厕所，提着裤子跳进来："嘘——别嚷啦，女生就在疤子窑里呢。"我们和疤子家住隔壁。"真的？谁？""好几个。"大家侧耳细听，崖下的水声很大，疤子窑里是像有她们的声音。"得，这回可他妈现了。""别说话，听！"再听，水声依然大，疤子窑里又像没有她们，明娃妈在织布。"精神病，你们。""李卓这小子，甭给他张罗！""小点儿声！你们听——"又都支棱起耳朵来，疤子窑里确实有细声细气的北京话。大家都闷了，面面相觑了一会儿，又都压低声音笑起来，说这下可恶心了。"咱们刚才都说什么了？"大伙逐句回忆一遍，无疑不妙。"她们也许听不见？""没法儿听不见，多大声儿呢。""顶他妈牛小子声儿大。""你呢？你他妈不比我声儿大？"大家都有点儿傻眼。

我们虽然有时开些没分寸的玩笑，但心里都把爱情看得纯洁、神圣。那夜集体失眠，不断有人去上厕所。头一回正正经经地探讨了爱情问题，知无不言，大家都多懂了不少。

天亮，小彬去问疤子，昨晚女生是否到他窑里去过，疤子说没有。

/二十五/

不久，另一个庄里插队的同学来串，说起他们那儿遭了雹灾。麦子全打烂在山里，老乡们拿着笤帚、簸箕上山去，把混了麦粒的黄土撮起来，一点儿一点儿地簸。娃娃们在黄土里一颗一颗地捡。不少婆姨簸着簸着哭倒在山坡上。我们听得肃然又悚然。

"国家会给救济粮吧？"

"给哩。给不闹①。"

"能给多少？"

"球不弹，"老乡说："要饭去呀！"

"要饭去？"

"不了咋价？饿死去？"

这言论可算反动。不过那是北京的习惯，在我们那儿行不通。我们那儿的规矩是，出去赚钱要绑一绳，出去要饭可以随便，方圆几千里内保证没有外国人。西哈努克来过一回延安，据说那几天延安街头没有要饭的。要饭多在冬天，一来闲下无事，二来窑里剩的几斗粮要留到春天吃，否则农忙时靠什么来转换成牛一样的力气呢？有时是一个人，拖一根木棍，提一个布袋，木棍随时指向身后称职的狗。有时是一家人，男人喊一声："打发上个儿！"婆姨牵定娃娃站在男人身后。挨家挨户地要，只要给，无论多少都满意。给的人体会要的人难，要的人看出给的人距自己也只差一步。

刚到清平湾时，我们还信奉着"在我们国家，要饭者必为好吃懒做之徒"的理论。茫茫大雪中，走来一个拖着木棍的人。村里的

---

① 不闹：不多。

狗叫起来。那人走到我们灶房前，喊："打发上个儿！"那人长得挺魁伟。

"你干吗不好好劳动？"徐悦悦先去质问那人。

"什吗价？"那人没听懂，声音很和气，以为是在和他商量一件什么事。

"不劳动者不得食！"沈梦苹说。

那人愈茫然，怔怔地站着，才发现这群人的语言和穿戴都奇异。

"你身体这么好还要饭哪？"

"你是什么农？"

"打发上个儿。"那人低声说。他既不懂我们的话，又不知道再该说什么。

明娃妈走到那人跟前，给了他一块干粮，说："这些才从北京来，解不开咱这搭儿的事。"

那人拖着木棍走了，不时惶惑地回头来望。

冬天，我们熟悉的人中也有出去要饭的了。我们知道那些人实在都是干活不惜力的好受苦人。清平湾虽没遭雹子打，但公粮收得太多，年昔欠下的公购粮又要补上。年昔我们庄也是因为遭了灾，公购粮卖得不够指标。指标年年长，因为年年都有"一派大好形势"。要饭都是跑出几百里地去要，怕在熟人跟前脸面上不光彩，又以为越远的地方生活会越好些。翻山越岭，走雪地，顶寒风，住冷窑，那绝不是好吃懒做的人能受的。

冬天，我回到北京。母亲乐得不行，继而又落泪。我把一年的所见所闻向来看我的人讲个不停，自我感觉像个历险归来的英雄。听的人都惊讶，都感动，都叹气，最后又都认为我长大了。白天，剩我一个人在家，站在阳台上，看见上班的人潮，看见下班的车流，看见退休的老人带着孙子在冬阳下散步，心想天底下确乎不只有一个世界……

/二十六/

去年暑假，徐悦悦从美国回来探亲，到我家来看我。她穿了一件结构非常简单的针织衫，一条短裤，戴一副金丝眼镜，留着披肩发，显得比十几年前插队的时候还年轻。也许是因为那时她们都穿又肥又大的蓝制服，显不出身材的美来。她已经拿下了硕士学位，正在攻读博士，专业是什么"细胞免疫"一类，我搞不太清。

"还要学几年？"

"两年。或者三年。唉——"

"怎么'唉'？"

"就是。唉——"她自己也笑，沉一下，说："嘿，你负责把你们那伙男生都找来，我负责找女生，咱们清平湾的一块儿聚一聚怎么样？"

"你请客？"

"当然我请。"

"气真粗。财大气粗。"

"唉——"她又笑，耸耸肩，有点儿美国毛病。"怎么样？"

"都找来恐怕办不到。"

"当然，得在北京的，能找来几个找几个。"

"去烤鸭店？"

"不如就在家里。买些熟食回来。可以好好聊一聊。吃扁食怎么样？嘿！吃扁食！"

"那就便宜了你。"

"咱们可以把馅弄得好些。为的是大家一块儿边包边聊有气氛。"

"在谁家？"

"当然在你家。你这腿有什么变化没有？"

"很稳定，雷打不动。"

"我在美国问了不少大夫，也都说这种病……"她摇摇头，"不过你的精神状态真好。"

"没办法。没办法的事太多。"

"真是真是。真对。唉——"

"怎么回事你？"

她勉强笑笑，又勉强笑笑："也许正像你所说，没办法的事太多。"

"就下星期日？"

"什么？噢，行。"

男生来了六个。女生来了三个，庄宁、沈梦苹和徐悦悦。徐悦悦又把她在美国的生活介绍一遍。她自己住一套房子，一间卧室，一间客厅兼书房，厕所、厨房、洗澡间都有。住处周围的环境很美，处处是草坪，小树林，白色和红色的小楼房，幽静的小路。春夏一片绿色环绕，秋天色彩斑斓，天发亮时各种鸟儿就叫起来。吃的东西非常便宜（只要你别老去下馆子，那可受不了），一个大冰箱装满了鸡、肉、蛋、菜、水果、饮料和鱼，够吃一星期；花一点儿时间自己做做饭，吃得很好。过节时请几个朋友来，施展一下中国的烹调技术（艺术，我说），把那些美国人都惊倒。

"你已经把我惊倒了。"仲伟说。

"嗯？"

"房子！你知道我现在住几平米？三口人，十平米，其中四平米漏雨。"

她说她本也想买一辆旧汽车，可她不敢开得太快，那样在高速公路上开就要被罚款，所以没买。她总搭她的美国老师的车，车开起来飞一样。她到她美国老师的家乡去玩过一趟（是在密西西比河边，还是在密苏里河边，我又没记清），总之是乡下，是牧场（还是农场？我这记性真不行）。她在那儿住了一星期。她老师的父亲经营着牧场（或农场），母亲是个虔诚的基督徒，忙于各种运动，譬如为残疾儿童募捐，为一些其他国家的难民募捐，或者去游行，抗议核军备竞赛什么的。她在那儿学会了骑马，在一望无际的牧场上跑。太阳出来时，雾气渐渐退散，露水依然闪光，牛叫，羊叫……

"你们知道我忽然想起了什么。"

"清平湾。"

"唉——"

"谢谢你的中国心。"

"别逗了。你们不理解，这是自然而然的。"

大家都垂下眼睛包饺子。

"其实那儿和清平湾一点儿都不像。他们家是一座很大的白色的房子，房子后面不远，有一片水塘。晚上他母亲总弹一会儿钢琴。我就想起陕北那些揽营生的吹手，喔儿哩哇啦的唢呐声。还有那时仲伟总在晚上拉小提琴。水塘那儿总有几个孩子在游泳，钓鱼，划一条漂亮的木船。有一天我一个人坐在水塘边，从日落一直到月光很亮，白房子那边又传来钢琴声，我忽然想哭，当然中国人善于不出声地哭。他来问我怎么了，我说你们美国人不会懂。他说他当然懂，很遗憾我会觉得他不会懂。"

大家又都沉默了一会儿。大约都想起徐悦悦已经三十多，还没结婚。

徐悦悦带回来一道难题：那个美国人爱上了她，她也喜欢那个美国人。可是她知道她必须要回中国来。

"怎么必须？"

"没人强迫我。而且那儿的生活对我来说也没有什么不习惯。"

"你觉得那个人怎么样？"

"挺好的。确实挺好的。"

"模范丈夫？"

"少废话，现在还谈不上。我大骂过他两回。我这人怪，我也知道我这人太怪，中国的很多弊端我可以说，可是我不许他说，他一说我就来火。他倒是不光说中国的，也说美国的。"

"这反而有失国格。好像中国人都跟你一样是'极左分子'。"

"少废话！"

"而且不一定只有待在国内，才是爱国。"

"这我比谁都懂。可不知怎么的，我想我要是不回来，非忧郁而死不可。我不知道我干的一切事，都是在为谁。"

"不一定在中国才能为中国干事。杨振宁的成就对全人类都有益，其中也包括中国人。"

"这我比谁都懂。可我不行，我好像只有看见我是在为谁干事，我才能相信我是在为谁干事。我大概是个感情型的人。"

"那——他不能到中国来吗？"

"也许能来，但他能不能永远在中国，我不知道。我也不能那么要求他，他有他的祖国、事业。我也不相信我对他有那么大的吸引力，能让他永远在中国。他的研究课题，目前在中国搞起来就很困难。"

"你呢？"

"什么我呢？"

"你的专业，回国后会不会……"

"够呛。我有点儿后悔当初选了这个专业，不如就当个医生。要不就回国当老师，光讲理论，不需要很多设备。"

"你离开他觉得怎么样？"庄宁问。

她不说话。

"那怎么办？"

"唉——"她强作欢颜，对我说，"所以那天你跟我说，没办法的事太多了，我说真对。你们几个男生喝酒呀？"

"要么留在美国，要么回来。"小彬干了一杯酒，说："再找一个，好人有的是，没什么难办的。"

"找谁？你们都成家了，只有他。"她说，"可他心里的那个目标，坚定不移。"徐悦悦显出美国式的开放和幽默，为了把心底的忧郁冲淡。

大家说应该为徐悦悦干一杯，为她将来的好运，也为她不再像插队时那样是个'极左分子'了。

"谁是'极左分子'？！"她又跳起来。

"就是你，阁下，这没错儿。后沟里的果树不是你领头砍的？"

"废话！没有你们？！"

只有金涛一直不怎么说话。

/二十七/

插队的第二年，村里的小学校要增加一名老师，队干部开会决定让金涛当，认为他的字写得好，又能说，保险哄得好那股子娃娃。金涛上任不久，原来的那个老师又病了，到县里住了医院。金涛说他一个人可不行，要求再派一个老师。徐悦悦便自告奋勇。徐财想，这事便宜，不用再耽误一个男劳力，当即批准。

男生又都敏感，说："行，牛有点儿桃花运。""有道理，徐悦悦八成是奔着牛去的。""金涛这下子要受气了。"

"别神了！我受什么气？"

"徐悦悦可是个厉害主儿。"

"厉害？瞧我收拾她。"

"牛！"

"嘿你们等着，我十天之内让她俯首帖耳。"

"牛 × 哄哄。"

我那时当了饲养员，喂牛。二十几头牛，我喂十几头，一个老汉喂十几头。老汉姓白，我在另一篇小说中写过他。饲养场离小学校很近，一下课金涛就跑来，把学校里的趣事不无夸张地跟我说一通："刘志高的儿子没白养活，一道应用题，'地主平均每个月剥削贫下中农二百四十五斤粮，一年剥削多少斤粮'，他掰着脚丫子算了一节课也没算明白。我换一种说法，'你大平均每个月挣二百四十五工分，一年挣多少'，这小子用了五分钟，算对了。我说那第一道呢，他说一满不晓得该用加法还是减法。我说这第二道呢，他说这样的题他大常叫他做哩，用加法。我一看他的草稿纸，这小子是个天才，把二百四十五加了十二遍居然没出错儿。"我们笑了一阵。白老汉说：

"实际的工分不是一个月跟一个月都不一样吗？山里的娃娃脑憨得危险。"

"把徐悦悦收拾得怎么样了？"我问金涛。

"什么？"

"装什么傻，十天已经过去了。"

"噢。"他安静了一会儿。

"五元儿更神，"他又说，"五百六十五加二十七，他居然算出得八百三十五。我琢磨了半天才弄明白，他列竖式时是把前头对齐了……"

我说："咱们别打岔。说徐悦悦呢。"

"找不着碴儿。"

"这么说，关系不错？"

"别神了你。"

上课的钟声敲响，他跑回去。敲钟的是徐悦悦，一边敲一边朝饲养场上望。我忽然觉得喂牛是寂寞了些。

有一天，金涛慌慌地跑来跟我说："一会儿徐悦悦没准儿要来跟你借象棋。她跟我借，我说那棋是你的，我不管，把她干了一愣儿。""那我借给她不借？""那我管不着。"他说完跑回去。这一下午我喂着牛，似乎每一分钟都有着盼望，寂寞少些。然而徐悦悦并没来借象棋。

小学校放了学，我路过教室窑前回自己的窑去，觉出里面有响动，扒窗一看，教室里只有金、徐二人，正对面而弈。金涛低着头费思考，徐悦悦的目光却全投在金涛身上，我以为那目光在徐悦悦来说是罕见的深情。

晚上我问金涛："怎么个意思？"他说："这家伙太狂，说要杀我三盘不开张。""结果多少？""一比一。×！我走了一步大臭棋，不然二比零。"我们俩坐在场院里，风很爽，带了雨水打过的麦秸味。从这儿可以望见女生窑里的灯光，和窗纸上晃动的人影；也望见男生窑里的灯光，听得见仲伟的琴声。我们俩好一会儿没再说这事，在平平的场院上拿了几个大顶，又坐在麦垛旁。清平河轻缓的水声，像为静寂的群山唱着眠曲。

"我看，徐悦悦真对你有点儿意思。"

"别神。"他的语气有些含混。

"你走棋的时候，她不看棋，一直看着你，脸特红。"

"你他妈老逗。"

"我要逗，我是孙子。"

"你看见了？"

"当然我看见了。"

他没话说，就吹起口哨，吹的是《让我们荡起双桨》，我们童年时的歌。

"她今天教学生唱这歌，你听见了吗？"

"听见了。"

没过多久，一到晚上男生窑里就不见了金涛。他和徐悦悦一块儿去"家访"，徐悦悦的新点子，就是到学生家里去，要求家长支持学生好好学习，再宣传一通教育的深远意义，告诉人家不要鼠目寸光只看见那几个工分。一到晚上金涛就往外溜。

"干吗去嘿，又往外溜。"

"去家访。"

"美其名曰家访？"

"向毛主席保证，真是家访。"

金涛往村子中心走，几个男生在后面悄悄跟着。村子中心那片空地上，淡淡的月光照见一个人影。金涛走近去。"今天去怀月儿家吧。"徐悦悦的声音。金涛就跟在徐悦悦身后走，相距三米远。大家有点儿扫兴，侧耳屏气再听，两个人再没别的话。几个人再跟踪走一阵，见两个人果然进了怀月儿家。

怀月儿大要让怀月儿退学，说怀月儿妈也要山里受苦去，不然工分就不够，这样窑里短下个做饭的人手。徐、金二人全力说服张富贵，把学校的成绩册拿来给他看，说怀月儿聪明得危险，又肯下力气学，各科学习成绩都是全校第一，将来肯定能考上初中、高中，说不定能上大学，张富贵是个见过世面的，又让二人说得高兴，于是答应："那就让这鬼女子上吧，要真能上了大学，她老子要饭去也供养她。"

我喂牛，很晚才睡，有时发现徐悦悦和金涛站在小学校的窑前说话。这办法好，比躲到犄角旮旯儿去让人少生猜疑。我一边给牛添草，一边心不在焉地跟喂牛老汉搭讪着，耳朵却注意着小学校窑前。两个人的说话声也大（又使人少生怀疑），总是说着村里的事、教学上的事、经济基础和上层建筑的事，"马列主义认为"或者"用唯物主义的观点看"。一会儿，金涛冲我喊："马尔萨斯是哪国人？我一下想不起来了。"分明是想向我证明，他们俩实在都是说的正事。偶尔，小学校窑前好一阵没了说话声，我就叫白老汉的小孙女留小儿去看看。"看啥？""看他们俩在干啥。"留小儿跑去又跑回来，说："二人站着看星星哩，一满不言传。"我悄悄绕到小学校的窑顶上，往下看，见两个人东一个西一个，间隔仍是三米，都站着，仰脸想什么。我在窑顶上等一会儿。徐悦悦终于说话了，说的却仍然是提高农村教育水平的重要性。

这两个人平时都伶牙俐齿，却在双边关系上都畏缩不前。直至都离开清平湾，两个人谁也没把心愿说明，以致成了双方永远的谜。

金涛对自己现在的家庭生活不大满意，抱怨他妻子比他小了六岁，没插过队，什么都不懂，时常感觉像是隔代人；两口子一度吵到要离婚的地步。去年徐悦悦来，我偶然说起金涛的这些事，徐悦悦说根本不在于他爱人插没插过队，金涛这人不太懂感情，对人太冷。金涛知道后说："什么，倒是我太冷？"之后笑笑，挥一下手，意思是：往事再提也无益。

/二十八/

去年回清平湾去，见到怀月儿。她已经二十四岁，还没有结婚。"问下婆家没有？"我问。"没嘛。"她忸怩地绞一下手，又说："晚婚哩嘛，倒不行？"二十四岁的女子还没结婚，在我们那地方就太特殊。

晚上住在疤子家，成群结队来看我的乡亲们都散尽，怀月儿还不走。明娃妈说："先叫这睡吧，有话明儿个再拉，他有病哩。"怀月儿说："要你老婆儿说咋？我晓得。我就再说上一句。"然而她又半天说不出一句，欲言又止的样子，两只手左绞右绞，表情有些忧郁。明娃妈说："噫，看这女子是咋啦，憨啦？"怀月儿也笑，说心里有话要说哩，一满不晓得咋价说。我说，你想咋价说就咋价说，怕什么。她又愣半晌，忽然说一句："我把金老师和徐老师都欺骗了。"说得我摸不着头脑。我说："这倒怪哩，他们俩都精得跟鬼似的，能让你给骗了？"她说："不是的。是我没本事，考上了初中，考上了高中，白念了一顿，也没考上大学。考了三年，考得一年不胜一年。把金老师和徐老师都辜负了。就这，你回北京见了金老师和徐老师就说给，说怀月儿没本事，把他们给欺骗了。咋你睡，我走呀。"她爬起身就走出去。

我躺在炕上，抽着烟发愣。

明娃妈说："唉，这女子。她常说对不起金涛和徐悦悦的话哩，说要不是他们去跟她大说，他大就不能让她上学。这女子就想上学哩。考了几年没考上，不晓得这程儿心里想些甚。她大给她说了几回亲，她一满不同意，见也不见，说要个人做主寻婆家。我说是这女子上学上憨了，倒不胜不上的好，看把自个儿熬煎的……"

人的命运真不知在什么时候，因为什么事情，就被决定了。金涛和徐悦悦带给怀月儿的，是幸福还是痛苦？假如没有上山下乡运动呢？怀月儿现在是什么样呢？

"看留小儿这会儿，两个娃了。"

"她嫁到哪村儿了？"

"高家圪垯。"

明娃妈在灯下给我铺被，背微驼了，有了白发，脸上的皱纹散开还是道道白痕。

"她爷爷死的时候，她出嫁了没？"

"留小儿出嫁第二年，白老汉就殁下。"

我想，我那位喂牛的老伙计临终时一定是松心的，这也好。

/二十九/

去年，回清平湾之前我给随随写了信去，说我要来村里住几天。

据说随随当了大队书记。然而直到起程之日还没收到随随的回信。也许是县城到清平川的路断了？发了洪水，邮件送不去？也许是随随拆开信，却记不起我是谁了？坐在火车上，我忽然觉得此行未免太孩子气，也许那儿根本没有人记得我了。同行的那位"太行山人士"又说："放心，老乡肯定记得你。我离开太行山已经十五年，我现在要是回去，至少当年跟我学琴的那个小女孩肯定记得我。"我不知道他为什么那么有信心。

天黑时经过一个小站。客车乱哄哄、吵嚷嚷地靠在站台边。另一边的路基上走着一个汉子，时而弓了腰，用榔头在车轮上敲。车窗里透出的灯光照亮那汉子的脸，木然，眼睛只注意看车轮，绝不对车窗里的人感一点儿兴趣。他有自己的生活。火车又乱哄哄、吵嚷嚷地离开小站，我一直看着那汉子走上站台，走进一间黄色的小屋去。

清平湾的人凭什么要记得我们呢？有过那么一群北京学生，少男、少女，乱哄哄地来了，吵吵嚷嚷地住了三四年，又一个一个都走了。来去匆匆，都不晓得为了什么。清平湾还是清平湾，在那偏僻的大山里，看着日出日落，做着一年四季的营生，过着自己的日子。

/三十/

六九年底回北京探亲时是二十个人，在家住了两个月，过了春节又回清平湾的只有十七个了。男生里有两个转到河北老家去落户，一样是插队，平原上的日子总比山里好过，又离北京近。女生中是刘溪，随父母去了干校，在南方。

又要回陕北了，母亲为我收拾行装，无论什么都嫌带得太少，挂面、红糖、荤油，想尽办法往提包里塞；一会儿又跑到商店去，捧着抱着回来：罐头、奶粉、麦乳精……"行啦，带多少也不够一年吃。"我说。她又在行李的缝隙间塞上巧克力，东一块西一块。"带这么多这个干吗！""在山里干活饿了吃一块。"逗得我直笑："您真该去接受接受再教育。"母亲误会了，说："也给贫下中农尝尝嘛。"我拍拍她的肩膀，歪着头看她："行。不会有人怀疑您的阶级感情。""别跟我贫嘴。多带一点儿又有什么关系！""关系是没有，可下了汽车全得我自己扛。"母亲不言声了，记起了有三十几里山路要靠腿走，她又把不要紧的东西往外掏，颠来倒去，偷偷地抹眼泪。

离京的前一天，我们还不知道刘溪转走的事，袁小彬还很快活。"嘿驴奔儿，你不如去问问，没准儿刘溪她们愿意跟咱们一块儿走。""高！大包儿小包儿的，路上帮人家扛着点儿，你那么壮。"我们实在不完全是开玩笑。我们又都长了一岁，十八了，心底的那种愿望大约也长大了，有点儿要暴动似的。但是那愿望还必须以开玩笑式的语气表达，以便需要时可以声明"我不过是开开玩笑"。

第二天我们在北京站的大钟下集合。李卓来得最晚，嘻嘻哈哈了一阵子，忽然对小彬说："哟，对了，听说刘溪跟她们家去干校了。"

小彬先还不信，见李卓确乎一本正经，便"刷"的一下把脸色弄白。

"你听谁说的？"我问。

"郭大脸。"那家伙脸长得大，和我们一个公社插队，不在一个村。

"说明白点儿，"仲伟说："是去了就不回来了吗？"

"废话。不信你们去问郭大脸。"

"他怎么知道的？"小彬强作镇静，脸上的肌肉已经绷紧了。

"他舅妈的姐姐跟刘溪的二姨在一个教研室。要不就是刘溪她舅妈的姐姐跟郭大脸的二姨。我没记清楚。"

"什么时候？"

"什么什么时候？"

这时候大喇叭里开始"请到太原去的旅客上车"了。那回我们走山西，先要经过太原。车票都是家里逼着买的，我们本打算退几张，每人一张车票实在花钱太多，结果让刘溪的事给搅得上了火车才想起来。

"你什么时候知道的？"

"昨天晚上。"

"你去郭大脸那儿了？"

"他来找我。"

"还说什么？"

"什么还说什么？没说什么了。"

小彬无心再问，再问也是枉然。

残冬未尽，火车在光秃秃的原野上走。铅灰色的天空正酝酿着一场春雪。

大家一致认为刘溪太不像话，继而又认为这人本不怎么样，长得也不过一般，个子虽然合适，可太瘦，皮肤也白得太过。"像她那样儿的多着呢。""比她强的有得是！"

小彬呆坐着，像是没了魂儿，一会儿又附和着我们笑，笑得驴唇不对马嘴，以报答我们的好意。

"这事也不能怨刘溪。"有人说了句公道话。"刘溪知道什么？"

沉默了一下，大家又都埋怨小彬了。"让你早点儿给她写封信，你不写。""我都说给你送去，你都不写。""那回捞河柴时，刘溪直要跟小彬说话，这小子什么也看不出来，光顾着拽那只死羊。"……

/三十一/

我们六个人正好占据了一个窗口。对面窗口的四个座位上是一男三女，一看便知也是插队的。车厢里随处可见北京知识青年，多数是回山西的，回陕西的多不走这条路；打扮都相近，蓝色的或军绿色的棉大衣，白塑料底的黑灯芯绒棉鞋、一顶栽绒棉帽，女的只需把棉帽换成围巾。烟气腾腾的一伙，或大嚷大叫的一帮，如同一车开往前线去的兵痞。只一年，学会抽烟的人已占多数。女的也是成群结伴，但都牢记了离家时父母的叮嘱，静静地坐着，熬着旅程。

有一帮家伙从北京站一上车就开始喝酒，这会儿到了高潮，吹着口琴唱：冰雪覆盖伏尔加河……

对面那一男三女中的一男，看样子比我们年龄还小，长得像个小姑娘。他不时望望小彬，望望我们，想要跟我们说话的样子。三个女的轮番管教他，但他却总想摆出男子汉不屈的架势，手插在裤兜里，脚踏着拍子，尽力把三位女士的教导当耳旁风。那边的口琴声和歌声愈见高亢，他听得忍不住笑。"一群走调儿大爷。"他冲袁小彬说。小彬没理会，双目无神地呆坐着。"少讨厌！"三女同声呲儿他。那群"走调儿大爷"还是让他忍不住笑，但不出声，像是回忆着什么纯洁又美好的事。三个女的还说他"讨厌"。他仰脸看着车厢顶，深呼吸，想把笑憋回去。

"你看吧这匹可怜的老马，它跟我走遍天涯……"一群声音，什么调儿都有，我也忍不住笑。

他像得救了，把目光转向我："是不是走调儿大爷？"

"少讨厌！"三个女的几乎同时说。

"嘿，哥们儿哪儿的？"他冲我说。好家伙，要打架是怎么着？插过队的人多半知道，这句话可以算"叫碴巴儿"——就是找碴儿，挑衅。他自己也一愣，觉出话说得不对劲儿，忙改口："你们在哪儿插队？"

"陕北。"

"哟，你们哪个县的？"

我告诉他。

"哟！咱们是一个县。你们哪个公社的？"

"清平川。"

这回让他失望，却又说："我去过清平川，咱们离得不远。"然后他又说了几个在清平川插队的人的名字，问我认不认识。我都不认识。

三女中的一个在偷偷搋他。三个女的都瞪他。"你少讨厌！"三女中的一个低声说他。三个女的都显得比他大，都不正眼看我们。

过了一会儿，我到两节车厢交接处的门廊里去站站，他也跟过来。

"哥们儿，抽烟不？"他掏出一包"牡丹"，撕开锡纸。

"不抽，我不会。"

他便难为情地把烟盒上的锡纸又包好，收起来。"其实我也不会。"

天阴得很沉，空气湿漉漉的。

"没准儿要下雪。"

"没准儿，嗯，得下。"

"要不就抽一根儿。"我伸出两个指头碰碰嘴。

"哈，你会！"

我们俩一人点上一根。看来他抽烟的水平还不如我，只是让烟在嘴里过一遍，不敢往肺里吸，唾沫把烟弄湿小半截。

"真抽没意思。"他说，帮我掸掸落在身上的烟灰，似乎与我的关系已经亲密。"我叫王建军。"他说。

"你哪届的？"

"高六七。"

"高六七？！"

他又改口："初六六。"

"别逗了，你比我还大？"

"初六七，这回是真的，骗你是孙子。"

我上下打量他一回，看见他的裤脚接了一截，颜色比原来的深。

"嘿，你们那个大个儿真够奘的。"他说的是小彬。他好像对小彬有特殊的兴趣。"他得有一米八五吧？"

"差不多，一米八七。"

"嗬！"

"怎么啦？"

"不怎么。得留神前头那帮又抽烟又喝酒的家伙。"

"他们怎么？"

"想找不痛快。"说这话时的口气，仿佛那一帮人加起来也不是他的对手。

"什么时候？"

"在北京站。老往我们这边瞟，老想跟我姐姐她们搭话儿。"

"说什么？"

"倍儿流氓。问我姐姐她们十几了。"

"哪个是你姐姐？"

"个儿最高的。那仨窝囊废！还真告诉人家，'十八——'顶他妈我姐姐傻。"

"十八岁应该是初六八的。"

"那帮小子，抽烟抽得油着呢。"

"你姐姐是初六八的，你倒是初六七的？"

他一愣，笑了。

"我看你也就十五。"

"十六。真的！还差一个月。"

"你干吗也来插队？"

他满脸嘎笑顿时凝固，又慢慢消失。

门廊里，车轮轧在铁轨上的声音特别响，"咔嗒嗒——咔嗒嗒——"火车又经过一个小站，变换轨道，车厢摇摆得厉害，过道处的门晃来晃去"砰"地关上。一会儿，声音变成"空通通——空通通——"火车开上一座桥。

"瞧他妈这烟，还'牡丹'的呢。"王建军从烟卷里揪出一根烟梗子，乘机冲我笑笑，那神气彻底是一个孩子。我忽然觉得我是很大了。

过道的门开了，三女中的一女来叫他回去。

"你姐姐找你半天了。"

"等会儿。"他慌忙把大半截烟扔掉，踩灭。

"快着！"

他只好回去，对我说："咱们一路走，有你们那个奘哥们儿就行了，没人敢废话。"

"没的说！"我说。

那时候，知识青年中打群架的事不少。满怀豪情壮志去插队的人毕竟是少数。将来如果有人研究插队的兴亡史，不要因为感情而忘记事实。那时候，工宣队为了让大家都去，就把该去的地方都宣传得像二等天堂，谁也不愿意敬酒不吃吃罚酒，也就都报名，也就对工宣队的话相信一半，心想敢于百分之百说瞎话的人还没有出世。其实呢？出世已久。结果到了插队的地方一看，就都傻眼。譬如清平湾，简直没什么东西可以证明那不是在上一个世纪，或上几个世纪。种地全靠牛、犁、镢头，收割用镰刀，脱粒用连枷"呱嗒呱嗒"地打，磨面靠毛驴拉动石磨"嗡嗡"地转，每一情景都在出土文物中有一幅相同的图画。分到手的粮又很少，预示了前途的不妙。被欺骗感就变成愤怒。这愤怒便取了一种可行的方式发泄，一些知青就开始胡折腾、打群架、拍婆子。心中空落，百无聊赖。拍婆子就是交女朋友，但不是谈恋爱，带了玩世不恭的色彩。有人羞于谈恋爱，却敢拍婆子。路上碰见个漂亮的女知青，走过去跟人家没话找话说，挨人家一顿骂也觉得心里热烘烘乱跳，生活像是有了滋味。

王建军想与我们结伴而行，格外看重小彬一米八七的块头，主要是想给他姐姐及另外二女找到保护。他觉得自己应该保护她们，又觉出自己难于保护她们，大约还看准我们几个挺老实。这孩子可谓用心良苦。

/三十二/

到了太原，开始下雪。在车站蹲了几个钟头，转慢车到了介休。买到了第二天的汽车票，又在小城里逛了一圈，天色已晚，觉得再去住旅店实在不合算。——光是睡一觉也得花六毛，决定还是在车站候车室去熬一宿。既然节约了三块六毛钱，大家又都赞成买点儿熟鸡吃。"买三只，每人半只吧。"卖熟鸡的老头儿提个匣子，点一盏小油灯，昏暗的灯光下是一面油污的玻璃，透过玻璃隐约可见四只鸡安稳地躺着。老头儿从来没做过这么大笔的买卖，高兴得胡子发抖，说随便再给他添几毛，四只鸡就全是我们的，他也愿意赶紧回家去吃一口热饭，睡一个好觉。我们又给他添了四毛，托着四只鸡回车站。

王建军和他的三位女当家，正坐在候车室里发呆。

王建军立刻迎上来："你们找到住处了吗？我们去了几家旅店，都客满。"

"正合适，省下钱吃鸡！"小彬说。

"嗬！真没少买。"

"合一块钱一只。"

"够值的。"

"嘿，哪儿去？别走，一块儿吃！"小彬已不再沉默，想抓住一切人、一切机会，来冲淡刘溪留给他的忧伤。

王建军朝他姐姐那边望望，有些犹豫。

小彬使劲一按他的肩膀："少废话，坐下！"

四只鸡摊开，转眼间被大卸八块。插过队的人都知道，此刻谁斯文谁倒霉。这还是刚刚离开北京，要是在村里，这时大约连鸡骨头也嚼碎。在村里，谁家里寄钱来谁就请客，至少要花掉汇款的一半。几个人兴冲冲到公社去，眼睁睁在邮局取了钱，眼巴巴在供销社买了罐头，急匆匆找一眼闲窑，把罐头打开，想得周到的带了勺子，粗心的只好下手抓，顷刻间肉尽汤干，咂吧咂吧嘴，一脚把空罐头盒踢下崖去，听一会儿狗在崖下的厮打声，只把另外一半汇款拿回村去慢慢享用。这会儿肚子里毕竟还有油水，吃得慢多了。仲伟心细，想起那三位女士。

"嘿，给你姐姐她们拿点儿去。"

"对对对，她们也没吃晚饭呢吧？"

"不用，不用，她们不饿。"

"你这小子没良心，你姐姐对你多好！"

我们是有点儿羡慕王建军，有那么一个好姐姐在身旁。他姐姐长得并不十分漂亮，脸色有些苍白，个子虽高，但身体显得纤弱。她看王建军的时候，目光简直像个母亲。这时候，她正和两个女友挤在一起，三个人静悄悄的仿佛连呼吸也没有。她们这么放心王建军跟我们在一起，让我们感动，心里暖暖的。她的两个女友，一个长得算漂亮，另一个算得上丑。

"你要是不去送，"小彬晃晃拳头，"你盯着。"

仲伟拣了几块好肉，放在一张干净纸上。王建军只好送去，刺溜一下跑过去，刺溜一下又跑回来。太简单了点儿。

一会儿，算得上丑的那个姑娘走过来，也在我们面前放下一个纸包，一句话不说，以更快的速度走回去。有那么半分钟的寂静。随后我们都喊起来：

"嘿，烧饼！"

"北京的烧饼！"

"还是热乎的。"

"别神了。"

"不信你摸摸！"

我们朝三位女士那边望。她们正偷偷地笑，也朝我们望，见我们正望她们，又都低下头。她们身旁有一个大铁炉子，炉壁的某个地方被烧红了一块。

吃着热烧饼，吃着鸡，时而还感觉到三个女性的目光。窗外漆黑，窗台上落了一层薄雪，玻璃上蒙了一层水汽。候车室里人不多，这个小站没有几班夜车。有几个农民裹着羊皮袄，或者抽烟，或者打呼噜。

我抹抹嘴，问王建军："你那包'牡丹'呢？"

"哟，让我姐姐给拿走了。"

"没事儿，我就问问。"

"我给你要去。说是你抽，她多半儿给。"

"别价别价，坐下坐下。"

"你们在村里，敢当着女生面抽烟吗？"他问。

"有什么不敢的？"

"我们村的男生就不敢。"

"怕什么。"

"怕她们给传到家里去。"

其实我们也不敢，倒不是怕别的，是因为女生们都有个偏见，认为抽烟一定是学坏的开始。其实抽烟真是有些好处，每天晚都喝稀的，几泡尿一撒，一会儿就又饿了，买鸡蛋吃又太贵，一包烟几个人抽，整晚上嘴里都有事干。单是怕她们给传到家里去？王建军到底小几岁，没悟透这中间的妙处。

王建军靠在小彬身上吹口哨，吹的是《星星索》，吹得缓慢、缠绵，倒不像只有十五岁。

"你的乐感真不错。"仲伟说。

王建军又笑了："车上那帮走调儿大爷也不知是哪儿的。"

小彬直着脖子唱《三套车》。

"行了你！"仲伟拦住小彬。"你就是走调儿二爷，听王建军的。"

"唱什么？"

"随便，越黄越好。"

他唱了《鸽子》《喀秋莎》《罗梦湖》《桑塔露琪亚》……开始我们都跟着唱，慢慢逐个被淘汰，只剩了王建军和仲伟。他会的黄歌真不少。那时一切外国歌——除了《国际歌》——都算黄歌。不过"黄歌"二字在知青嘴里正失去着贬义。

"在那一八九五年的时候，芒比他离开了家园，穿过了马雅里大森林，走向那无边的草原……"

"不知道？古巴的《芒比》。"王建军说。

"月光照在科罗拉多河上，我愿回乡和你在一起。当我独自一人多么想念你，记起我们往日的情意……"

"这也不知道？《科罗拉多河上的月光》。"

"世界上无论天涯海角，我都走遍，但我仍怀念故乡的亲人，和那古老的果园……我家在丛林中的小屋，我多么喜欢，不论我流浪到何方，它总使我怀念……"

"这是美国歌，《故乡的亲人》。"他的神情有些黯然。

"我看你真有音乐天才。"仲伟说。

"妈的，不唱这种歌了。难受。唱点儿别的。"

"我曾走过许多地方，把土拨鼠带在身旁，为了生活我到处流浪，带土拨鼠在身旁……妈的，光想起这些歌！嗯——"

"妈妈她到林里去了，我在家里闷得发慌。墙上镜子请你下来……"

这歌大家都会，于是都唱：

"镜子里面有个姑娘，那双眼睛又明又亮……"

忽然传来一声姑娘的尖细的笑，笑声又立刻被什么堵住。我们回头去看，见那个丑姑娘正在受另外两个姑娘的责备。很快，三女士又都正襟危坐了，仿佛什么也没发生。

"别唱了，一会儿你姐姐该骂你了。"

"没事儿，她们也会唱。"

"是吗?!"我们村那些女生，以徐悦悦为首，坚决打击我们唱黄歌。

"她们会什么?"

"嗯……譬如《海港之夜》。"

"唱吧，朋友们，明天要远航，是吗?"

"没错儿。快乐地歌唱吧，亲爱的老船长……"

"当天已发亮，"大家都会唱，"在那船尾上，又见那蓝头巾在飘扬……"

李卓捅捅我："去去去，唱个别的。"

小彬又两眼发直，发愣。不知道蓝头巾正在哪儿飘呢。刘溪真把小彬坑苦了。

"怎么了你？啊？他怎么了？"王建军还一个劲儿问。

"没你事，你不懂。"

"再唱吧，唱点儿别的。"

我们又唱了些别的，但情绪再热烈不起来。仿佛每个人都有一桩心事。后来就横七竖八地挤着、靠着，把头缩在大衣里都睡了。

夜里我被冻醒了几次，看见小彬一个人在抽烟。

"哪儿的烟？"

"买的。外头有个卖夜宵的小店儿。抽吗？"

"来一根儿。"

我们俩默默地抽烟。外面传来火车的喷气声和挂钩的碰撞声，还有检修工人的笑骂声。那边，三位女士的睡姿要文雅得多，趴在膝盖上，头枕着胳膊。

"真他妈够冷的。"我说。

"嗯。"小彬心不在焉。

一缕缕轻烟飘起来，成一层在半空停着。外面的那列火车起动了。

"对了，刚才那仨女的说，要跟咱们换换地方。"

"干吗？"

"说那儿有个火炉子，让咱们过去暖和暖和，我说不用了。"

"你小子真笨。她是怕她弟弟冻着。你没叫醒王建军？"

"我哪知道？她说让咱们都过去，我说……"

"废话！她能光叫她弟弟过去吗？"

"这女的真不错。"

"废话，比刘溪强的有的是。"

"我不是那意思。"

"你说比刘溪怎么样？"

"×，你小子真没劲。"

"得得得，刘溪有劲，你他妈始终不渝去吧。"

我们俩又都闷头抽烟。我挺后悔刚才说的话，好像我是个不珍重感情的人。

"小彬，嘿，驴奔儿！"

"嗯？"

"等回村，找郭大脸问问。"

"嗯？"

"让他给打听打听，刘溪去的干校在哪儿。"

小彬摇摇头，不说话。

"天快亮了吧？"

"四点半。"

"怎么着，就这么算了？"

"什么？哦。我说你别老跟我说这件事了成不成！"

又一列火车进站了，明晃晃的灯光在玻璃窗上滑过。是一列货车，拖着几十节灰黑的车皮。

"雪停了。"

"嗯。"

"要是我，打听到地址给她写封信。"

"嗯？"

"反正她也走了，就是她回信说不行，也没别人知道。"

"我估计，她压根儿对我的印象就不好。"

"我估计不会。"

小彬立刻睁大了眼睛盯着我，巴望我说下去。可我不过是想使他宽慰，再没别的要说。

"就有一件事，我不知道她是什么意思。"小彬说，"有一回在苦行山锄地，饭送到山里，她主动叫我，跟我说……"

"什么？她找你说过话？"

"就那么一回。"

"那就是有意思！你小子还一直瞒着我。说什么？"

"那天仲伟做的饭，玉米黄儿根本就没蒸熟。女生灶上做的也是玉米黄儿，当然熟。刘溪把她的分给我一半，然后就说……"

"是吗？有这么回事？那天我哪去了？"

"你拉稀，没出工。"

"仲伟呢？"

"仲伟做饭。她说，男女生不如不分灶。她主动跟我说的。"

"噢——"

"你'噢'什么？"

我不忍心告诉他，只说"没什么"。我想起，刘溪也曾跟我和金涛说过这句话，也是主动的。分灶的时候，男女生吵成一锅粥，只有刘溪一句话不说。为了分灶具的事，徐财让男女生各派两名代表到灶房去，在队干部的公证下谈判。我和金涛去了。女生也派了两个伶牙俐齿的角色——徐悦悦和沈梦苹。刘溪在灶房里做分灶前的最后一顿饭。四个代表龙争虎斗一番，只恨水缸不能锯成两半。徐悦悦和沈梦苹气哼哼地走了，到底不是对手。我和金涛故意吹着口哨，在灶房里再巡视一回，看还有什么便宜可占。这时刘溪忽然说："其实，男女生不如不分灶。"口哨声戛然而止，我看看金涛，金涛看看我，再吹起口哨，不是耳朵的问题？"干吗非分灶不可？"刘溪又说，但眼睛不看着我们。灶房里再没有别人。耳朵也没问题。站在女生的立场，她这可是背叛，是一句服输求和的话。却正是这样的话，险些把我和金涛打败。我们俩呆愣几分钟，赶忙出了灶房，一路上谁也没说话，没吹口哨。

现在已经记不清为什么要分灶了。好像还是因为仲伟做了一顿生饭。女生中有人嘟囔："这家伙专门儿会做生饭。"其实，嘟囔之中还夹着窃窃的笑声。仲伟正为又做了生饭而恼火:"哪家伙嫌生哪家伙别吃!"又一天轮着沈梦苹做饭,做了一锅掺了麸子的窝头。男生中有人说:"干了一天活儿,就他妈给喂麸子!"其实想博一阵喝彩。不料沈梦苹却不好惹,立刻嚷:"少废话!穷日子长着呢。这帮少爷!"后来就逐步升级,她们骂我们是"一帮阔少爷,光想吃好的。"我们对骂曰:"这群娇小姐,挣不了几个工分,饭也不好好做。"继而"少爷"之前冠以"混","小姐"之上封以"臭"。我们又乘她们全体去赶集之机,大吃了一顿白面糖包,却不慎走漏风声。她们又于我们不在村里的时候,吃足一顿白面葱花饼,而且为了报复并不把保密看得多么重要。终至有一天酿成了分灶的局面。

有一本心理学的书中说,少男少女在互相吸引之前,会有一段互相憎恨的过程。按我的经验看,相憎绝不在相吸前,保险是在其中,那炽热的相吸一时难于表达,便只好找碴儿打几回架。

/三十三/

又坐了一天汽车。雪又飘起来,越飘越大。好不容易到了黄河边。这个季节的黄河,水不多,显得安分。去年夏天和秋天,他带领着儿孙闹得太凶了。山峦被春雪覆盖了,雪盖不住的地方,泥土的颜色变深。高原默默的,难得黄河在她身边这么驯顺地躺一会儿。

过了黄河是吴堡县城。这里积压了不少探亲回来的知识青年。前面的路坏了,雪又太大,汽车开不了。

"哥们儿!路什么时候坏的?"王建军问。被问的人注意到,他身后站着个一米八七的大个。

"三天啦!我们他妈在这儿窝了三天啦!"

"那怎么办?"

"那不怎么办!等着!"

"有地儿住吗?"

"说的!这么大的地球,会没地儿住?"一阵笑声。

这回旅店是真的全部客满了,能过夜的地方只剩下车站。候车室里横躺竖卧的全是人,几乎下不去脚。我们好不容易在靠近门口的地方拱出一块地盘,十个人只好挤在一起坐,再不能分男女。这倒别有一番滋味在心头,是以前没体验过的。我的右边是王建军的姐姐,所以我的右半拉身子总绷紧着。左边的李卓还老说我挤了他。

"这可熬吧,谁知道路什么时候能修好。"

"我眼看就快累死了。"

"甭多,再像昨儿晚上似的冻一宿,咱们就全省得回去吃糠了。"

三个女的不说话。谁说话她们就一齐把目光投向谁,好像是说,一切全瞧我们的了,而且相信我们准有办法。

我们哪来的办法?不过我们倒是赞成她们目光中的意思——我们应该有办法。决定派两个人进城去再找找旅店,其余的人看守行李和这块地盘。三个女的要去,被大伙否决了。王建军要拉着小彬去,小彬说那不如猜丁壳。六个人分成两组:"手心手背!""单拨儿倒霉!"结果倒霉的是我跟李卓。三个女的这回不加掩饰地笑。称得上漂亮的那一个,笑得头巾也散开。

我和李卓本打算随便问上两家旅店,然后找个厕所蹲一会儿,就回去交差。不料我们却走运,有个旅店刚空出来一间两个床位的屋子。"多住几个人行不行?""那得多交钱。""多交多少?""多几个人就得多交几份。"李卓刚要发作，我连忙把他推到一边去，交了三个人的钱。

"你们仨去住。"

"不！"三个女的说。

"要不，王建军和你姐姐去住。"

"废什么话哪？我是男的，她是女的！"

最后谈妥：十个人分成三拨，轮流睡，头一拨是三个女的。每拨睡五个钟头，反正明天也走不成。

好说歹说，三个女的走了。晚上显出寂寞。在候车室里过夜的知青不少，打牌、抽烟。出来进去的人不断，别想把门关住。风把雪吹进来，在我们脚下变成水。昨天晚上太令人怀念，又有鸡吃，又有热烧饼吃。这会儿，越坐越冷，冻得人根本睡不着。

"王建军，再唱个歌儿嘿。"

"在这儿可不敢，人太多。"

"人多怕什么？谁要打架，我盯着！"小彬说。这小子纯属虚张声势，他要敢打架，兔子也能吃人。不过这会倒难说，他的悲伤正变成邪火。

"有个知青自己作的歌儿，你们知道吗？"

那是当年在知青中很流行的一支歌。关于这支歌，还有一段美好的传说。

　　　条条锁链锁住了我，锁不住我唱给你心中的歌，歌儿有血又有泪，伴随你同车轮飞，伴随你同车轮飞……

据说，有几个插队知识青年，当然是男的，老高中的，称得上是"玩主"。"玩主"的意思，大约就是风流倜傥兼而放荡不羁吧！大约生活也没给他们什么好脸色。他们兜里钱不多，却几乎玩遍了全国的名山大川，有时靠扒车，有时靠走路。晚上也总能找到睡觉的地方，凭一副好身体。有一天他们想看看海，就到了北戴河。在那儿他们遇见了一个小姑娘。小姑娘从北京来，想找她父亲的一个老战友打听她父亲被关在哪儿，但没找到，钱又花光了。

> 生活好似逆水行舟，刻下了记忆在心头，在心头啊，红似火，年轻的伙伴你可记得？可记得？

北戴河也正是冬天，但他们还是跳到海里去游了一通。远处的海滩上，站着那个茫然无措的小姑娘。"看来，那个丫头不俗气。"他们说。他们正想吸收个把女友参加他们的"旅游团"，那会更浪漫些。"不行，那才是个十四五岁的小孩儿。""你想要什么？老太太？""说真的，那小丫头儿可是长得够精神。""离这么远你就看出来了？""昨儿我在饭馆里就看见她了，一个人坐着，光喝水。"

当天，他们在饭馆里又碰见了那个小姑娘。"哎嘿，你吃点儿什么？"其中一个跟她搭话。"我不，我就是渴。"小姑娘说。"跟我们一块儿吃点儿吧。""我不，我有话梅。"小姑娘说。"话梅？"几个小伙子笑起来："话梅能当饭吃？"

> 袋中的话梅碗中的酒，忘不掉我海边的小朋友……你像妹妹我像哥，赤心中燃起友谊的火……

他们和她相识了，互相了解了。他们和她一块儿在海边玩了好几天。爬山的时候，他们轮流搀扶她。游泳时，她坐在岸边给他们看衣服。她说，她哥哥也去插队了，如果她哥哥在这儿，也敢跳到那么冷的水里去游泳。她吃他们买的饭，他们也吃她的话梅。"哎嘿，你带这么多话梅干吗？""我爸爸最爱吃话梅。和我。""说中国话，什么和你？""我爸爸和我。这你都听不懂呀？""我以为你爸爸最爱吃话梅和你呢。"小姑娘就笑个不停。"我说，你妈就这么放心？""不是。妈妈不让我来，妈妈说张叔叔可能不会见我。"小伙子们都不笑了，含着话梅的嘴都停了蠕动，仿佛吃话梅吃出了别的味道。他们沉默一阵，望着海上的几面灰帆。"你应该听你妈的话。"其中一个说。"不会的，我小时候，张叔叔对我特别好呀？""小时候？现在你长大了？""我说的是更小的时候，这你都不懂？""今天你又去找他了？""他还是没回来。""他不会回来了。听我的，没错儿。""不是！他真是没在家。""他家里的人怎么不让你进去？""只有张叔叔认识我，别人都不认识我。这你都不信？"……

   人生的路啊雪花碎，听了你的经历我暗流泪，泪水浸湿了衣衫，相逢唯恨相见晚……

  据说，他们之中的一个深深地爱上了那个小姑娘，只是得等她长大。他就写下这歌词，另一个人给谱了曲。

  他们和她分手了。他们回到插队的地方去，给她买了一张回北京的车票，那是他们头一回正正经经地花钱买了一张车票。

/三十四/

后半夜雪停了。听说六十里外的义合通了车，人们都决定步行到义合去。我们想，也只有这办法。行李成了麻烦，六十里雪路，空手走尚且不知会不会累死。附近的老乡早看下了这个赚钱的机会，扛着扁担的、拉着架子车的，都来揽营生。这段路大约常出毛病。

你伸一只手，我伸一只手，在老羊皮袄底下互相摸指头，名之曰"掐码"。陕北人做买卖都这样。你出三个指头，意思是，你认为这事得给三块钱；我少出一个，意思是，这么几步路两块钱足够了。都不明说，怕让围观的人捡了便宜，也怕让哪个冤大头漏了网。

白色的群山越来越清楚了。从夜里走到天亮。到处是赶路的知识青年，都累得疲惫不堪。还有担着行李或拉着行李的老乡。猛看去，如同逃避战乱的流民。

"歇会儿嘿！歇会儿再走嘿！"认识不认识的，都打招呼。

"别歇啦！天都亮啦！"大家走着一条路。

太阳出来了，路开始变得泥泞。但是太阳出来了，天不再那么黑了，也不再那么冷。太阳从白皑皑的山顶上，把光亮撒开。

给我们拉行李的是个四十几岁的汉子，大下巴，一脸胡茬。十个人的行李加起来得四五百斤，他一个人拉着，靠一辆破车。他只要了五块钱，却相信自己占了大便宜。上坡时我们帮着推一把，倒让他很不安，一个劲儿跟我们说他窑里的病着，意在说明他是多么需要这五块钱。

"车是生产队的，还要给队里交半块钱咧。"

王建军的姐姐掏出烧饼来给他。

他脸上焕发出光彩，两只粗手在腿侧反复搓擦："能行哩？"

"咋，操心吃。"她的陕北话学得漂亮。

他转眼间吃了六个，又咬一个在嘴上，便拉起车来又走。

金涛在后边喊我，让我等等他。

"你猜王建军他爸爸是谁？"金涛在我耳边说，又是满脸神秘。

"谁？"

他说了一个吓人的名字。

"又他妈牛。"

"牛是孙子，嘿，牛是孙子。给咱们送烧饼的那个女的跟我说的。"

"那他怎么姓王？"

"他改姓他妈的姓了，他妈姓王。"

"我早看出他们家里有事儿。"

"我也是。"

"要不他这么小干吗来插队。"

"后来他妈也失踪了。"

"失踪了？"

"不知道给弄到哪儿去了。"

"我早就看出来了，他们家准有事儿。"

"嘘——轻点儿。她们就在后头呢。"

当时我们急着赶路，怕误了义合的班车。

几年后听说王建军的父亲又恢复了工作。后来又听说他上了大学。前两年我遇见过一回王建军的姐姐，在美术馆，我认出她来，她认不出我了。"忘了那年回陕北，咱们一块儿蹲车站了？""哎哟！是你呀。"她又看了我一会儿，似乎还有怀疑，"你的腿怎么啦？""王建军现在在哪儿？"我问。"在国外。哦，使馆里。哦，当翻译。你这腿是怎么啦？"我稍微解释一下，又问起另外两个女的。"一个在当大夫，另一个……你不知道？死了。死了八年了。"我们在美术馆的游廊里坐了一会儿，说些往事，说着高原上的那条雪路。我心里似乎惴惴的，有个问题。"怎么死的？"不对，不是这个问题。"打窑时塌死的。她硬要进去掏土，窑塌了……""是哪个？她们俩，是哪个？""靳秀芳。""哪个是靳秀芳？那个挺漂亮的？"对了，是这个问题。"秀芳可不漂亮。"她说，望着街上往来的人流。我竟然松了口气，天！就因为她长得丑？ "夏天死的，运不回来，只好埋在了村后的山坡上。"我想着那个风雪之夜，那个小车站，靳秀芳给我们送烧饼来，放下就赶紧跑了，还红了脸。她已经死了，埋在了黄土高原上。她只不过长得不太好看，其实根本算不上丑。

/三十五/

四元儿也长大了。去年回去，省作协的汽车把我们一直送到县里。在县上的饭馆里吃饭时，正碰上四元儿带着婆姨也来吃饭。我一眼认出他来，有小时候的嘎样儿，长得像疤子又比疤子魁伟，俨然一条陕北大汉；穿的也像样，腕子上闪闪的，只是皮肤晒得黑。他身边坐一个女子，抓一把花阳伞在手上。女子边吃边窃窃地说着什么，四元儿便摆出不以为然的样子说几句干脆话，女子就笑。

"四元儿！"我喊。

他张望一阵，愣愣地离了座位，向我走近。

"你不是清平湾的？"

"嗷嘛。"他再愣一会儿，忽然一把抓住我的胳膊："咳呀！随随说你要来哩，真格倒来了。多会儿到？"

"才到。"

他却再寻不出别的话来，光是抓住我的胳膊定睛看我。

"还认得出我吗？"

"咳呀，不是随随说你要来，就不敢认。腿一满不得动？"

"随随收到我的信了？"

"嗷嘛。都说你是虚说哩，腿不得动咋能来成？倒真格来了。走！庄里回！"

"吃完饭吧。那是谁？"

他笑了："我婆姨。我来县上开会，这人就要跟得来。"

四元儿现在是村里的会计。五元儿去了青海，前几年招工招走的，开汽车。二元儿、三元儿都成了家，分出去单过。六元儿还在上中学。

"还能记得我？"

"噫！那程儿你不是喂牛着？"

和我一起喂牛的白老汉前年死了。他那小孙女出嫁了。当年每天晚上坐在饲养场上，她总问我北京的事，问我电视机是什么，望着天上的星星，想半天想不出个头绪。

"这程儿咱庄里也有了电视机了，黑白的。公社里就有五彩的。"四元儿说。

"通了电了？"

"通了多时了。你写的小说我看过，看得人笑哩。亮亮妈不识字，识字嘛要揍你咧。"

"咋？"

"把人家那号事写在书上给众人看，咳呀——"

"小说嘛……"

"我晓得。你就把咱山里人看得啥也解不开？"

"我写的白老汉也是综合了白金玉和田秀山，写小说得用点儿虚构。"

"这我解开。"

现在谁喂牛？现在单干了，牛都分开，各家喂各家的。疤子还在炭窑上？还在，当了窑头，不用下窑掏炭了，只在井上动动口。炭窑上有了柴油机、电动机。栓儿呢？栓儿也老了，有一年捞河柴时摔断了腿，老了，再不敢捞河柴。瞎老汉殁了吧？在哩！平八十岁了，每日在村里走走串串，深喜自己的命好，偶尔还到那高高的土崖上去张望。那土崖上的鸽子愈多了，唯瞎老汉知道有多少只。随随箍了三眼新石窑，有了两个儿、两个女子。碧莲养了七十只鸡，成了养鸡专业户，可是运输不便，销路不算好。陕北什么时候能修铁路呢？我又记起当年和白老汉一起拦牛时，站在山坡上唱着信天游，互相说着心里的愿望：这山峁上、沟壑里要都长的是杨树、柏树，够咋美气！

那位"太行山人士"说，这儿为什么现在还不造林呢？同行的几个人都说，这真是件怪事，国家每年花很多钱治理黄河，为什么不下大力气在黄土高原上造林呢？林牧业搞起来，于黄河的治理大有益处，这儿也才有修铁路的价值，人才不光能吃饱，还能有钱。

我们的汽车出了点儿毛病，司机正修得满头冒汗。四元儿说他先回村去，报个信让随随预备一下。他骑了一辆崭新的自行车，婆姨坐在车后，渐行渐远，忽地那婆姨支开了红花阳伞，远远的十分鲜艳。这又让我想起明娃，想起碧莲第一回来清平湾相亲时的样子，那稚嫩而羞涩的声音仍在我耳边："看把人家的鞋踩掉了没嘛……"

/三十六/

在县里耽误了一天。接待我们的是一位副县长。我们这帮写小说的家伙，观察力都极佳，一进县委大院先都注意到了这个漂亮的女干部，几个人窃窃耳语，惊讶此地竟有这么一位文雅又美貌的女干部。她正在和几个粗壮的农民谈话，愈显出身材的柔美，说话时的动作也——怎么说呢——很帅；衣着剪裁得合身且讲究，让我们几个北京人惭愧。

一问才知道，她原是上海知识青年，"文革"前就去了新疆农垦兵团，一九七二年随爱人来到陕北，她爱人的老家在这儿。来了之后先当了几年农民，又当了几年工人，再当了两年干部，去年被选为副县长。

"孩子呢？几个？"

"两个。一个跟我在这里，一个在上海跟着外婆。"

"不想吗？"

她笑，笑得很潇洒："我想他，他不想我，从小跟着外婆，不愿意到陕北来。在这儿的这一个又不愿意到上海去。"

"哪年到的新疆？"

"六三年。"

"石河子？"

"对，石河子。"

"总理当年不是去过？"

"对，当时我就在。"

"自愿去的？"

"对，自愿。"她稍犹豫一下，又说："也不完全是。我的出身不好，考大学时虽然分数名列前茅，但我的出身不行，没上成。我当时觉得这也没啥了不起，干什么不是一样？让党看我的真心好了。现在有些遗憾，就是没有上过大学。我现在正在上业余大学。"

"您的上海口音并不重。"

"南腔北调。陕北话我也能说，上海话也能说，维族①话也能说几句。"

"三十几？"

"噢——四十几了！"

"不像。"

"不像吗？"这回笑得却不像个县长，像个女人。从那笑中能感到她多么希望自己还年轻，多么高兴自己还只像三十几岁。"不，老啦——"她又说。当然，她想起自己十八九，二十几岁时来，难免会有万千感慨。

"不想调回上海吗？"

"现在不想了。这儿有我的事业，也很好。"

女县长走后，我们几个人说："嘿，这就是一篇小说。"

"太行山人士"说："你们他妈的就知道小说，听来一点儿事，加上些美哉壮哉的文学词汇去制造一篇小说。抽风。"

"废话。你说怎么写？"

---

① 维吾尔族。——编者注

"我说咱们都别写了，不如改行当小偷儿。你能写出她心里的一切来吗？外表的和藏在心底的，眼前的和那四十几年的，加在一起才是她这个人。你能吗？你只能偷人家点儿东西，于你制造一篇小说有用的，先定下个原则，要写成一个什么样的，强者文学吧，阳刚之美吧，乐观坚强忠诚深刻高昂……要不你吃什么！"

同行的几个人都说这小子酒喝多了。而后大家都躺下，抽着烟，默默地望那窑顶。

/三十七/

弄不清是不是在梦里。

清平河还是那么轻缓地流着，在村前"哗哗啦啦"地诉说着日月光阴。

我们当年住过的那眼石窑静静地坐在阳光里。窑前的小枣树长大了些，枝叶摇曳，在窑门和门前的空地上投下碎影，窑洞就更显得沉寂。窑门上了锁。木门上隐约辨出当年的墨迹："是七尺男儿生能舍己，做千秋雄鬼死不还家。"金涛写的。还记得我给他端着墨汁瓶，称赞他的字写得漂亮，墨汁溅了我一脸。仲伟正脚踏着拍子吹口琴，吹的《霍拉舞曲》，吹得浑身乱颤。那是一九七〇年国庆，村里不放假，我们自己给自己放了假。小彬蹲在窑前逗狗。那只狗叫"玩主"，会两腿站，会打滚，会玩很多花样；其父是"黑黑"，其母是"花脑"，父母原都老实巴交的。李卓从河边洗衣服回来，把衣服晾在小枣树上，每一枝头挂一件，飘飘扬扬如同五彩旗。秋阳温暖、不燥。欢快热烈的"霍拉"飘过河去……

现在这窑前可真冷清。窑已做了仓库。那群吵吵嚷嚷的少年都到哪儿去了？好像根本不曾来过。好像他们还在窑里，睡着懒觉。好像他们都去赶集了，买几筒罐头，吃罢就回来。好像他们都上山受苦去了，剩我一人在家做饭，一会儿就都会喊着饿回来的……所能清楚的只一件事：他们都远离了清平湾，但他无论在这星球的什么地方，都终生忘不了这窑洞、这山川、这天空、这土地和人……

疤子家的磨坊已经废弃了，石磨愣在那里驮满尘土。现在都用电磨了。"嗡嗡"的推磨声在我心头震起。李卓说："一人一百圈儿，我先来。"金涛喊："才他妈九十八！还差两圈儿。"仲伟和小彬搭伴，两个人推二百圈。金涛又说："仲伟真机灵，找了条'大驴'搭伴儿。"那时队里的驴不够用，时常就要人推磨。这一天就全体歇工，推一天，天黑时磨坊里挂一盏马灯，大家都累得不说不笑了，驴一样地默转那一百圈，盯着面粉不慌地落，窑顶上是鬼似的人影在转……

我又到了饲养场。饲养棚都拆了，光剩一片空地，堆满柴草、石料。我寻着残留的地基，找到我当年的领地，跟同行的几个人说：老黑牛就在这儿，红犍牛就在那儿，老生牛在这儿，花牛在最边上……我记得它们的样子，盼着我给它们拌料，高兴得前蹄上石槽，亮亮的眸子望着我。白老汉哑着嗓子又唱：你看下我来，我也看下个你……

那年我住在医院里，有人给我介绍了个偏方：穿肠骨，焙干研碎了吃。穿肠骨就是狼粪中没有消化的碎骨头。我写信到陕北去。白老汉拦牛时漫山遍野地找，找到一小把，托仲伟给我捎了来。这地方的狼不多，他一定费了大力气……

那位"太行山人士"忽然说:"我决定了。"

"决定了什么?"

"回北京时我在山西下车,去我们太行山看看。"

/三十八/

有人会说我:"既然对那儿如此情深,又何必委屈到北京来呢?用你的北京户口换个陕西户口还不容易吗?"更难听的话我就不重复了。拍拍良心,也真是无言以对,没话可说。说我的腿瘫了,要不然我就回去,或者要不然我当初就不会离开?鬼都不信。

那儿需不需要知识青年?说老实话:需要。那儿最缺的是知识,缺老师,缺大夫,缺学农的、学林的、学机械的、学配种的、学计划生育的……除了不缺学原子弹的。

于是心里惶惶的,似乎连这思念也理不直,气不壮,虚伪。

有个也是当年插过队的人跟我说:"甭管那个,反正咱们他妈的没理。当年当了红卫兵,肯定是没理;后来去插队也没理,要不为什么插队不算工龄呢;然后转回来还是没理,有理就不用偷偷摸摸给人家送礼了;那些猫争狗斗上了大学的以为这下子还不得有理?结果工农兵大学生现在不算数;后来真正考上大学的也没多少理,三十好几了,老婆喊孩子哭,屁股大的一间房,只好蹲到路灯底下去背书,因为工龄不够,一上大学还把工资免了;还有些人为了转回来,为了上学,不结婚,忽然想起得结婚了,又没理了,成了大龄男女青年。你干脆放心得了,反正咱们不想有理了。"

话虽这么说,心里依旧惶惶的。

陕北的变化确是不小。没有要饭的了。没有人吃麸、吃糠了。没有人穿得补丁摞补丁了。饭馆里卖的饭菜也不光是两面馍和粉汤了。插队那时，偶尔到县城来，我们几个就先奔饭馆，筹了十儿块钱想大吃一顿，可无论如何花不了那许多钱，无非两道菜：素粉汤和肉粉汤。素粉汤就是漏粉、豆芽、豆腐合在一起熬，加上几片肉便为肉粉汤。现在呢，七八种炒菜写在黑板上，过油肉、宫保肉丁、木樨肉、大拼盘，啤酒也有。我对那个大师傅说："咱们这儿也会这么炒菜了。"他说："不是你们北京知识青年传来的？"嗬！这可是对我们的充分肯定。吃饭也确是一种文化。我还不曾想到过上山下乡运动的这一作用。历史常常有趣，先定的目的没达到，却有了意外的收获。

前不久在报纸上见了一篇报道，标题是《经济发达地区商品、人才、技术涌向大西北》，说"西北过去经济落后，一个重要的原因是商品经济不发展……现在情况开始发生变化，经济政策放宽以后，经济发达地区的大批小商小贩、推销员、建筑队，以及有各种各样技术的人，带着时装、日用品，带着手艺、技术，潮水般地涌向大西北……"这才是真正的开发。历史上真正的开发，似乎都是这样自发的。也许上山下乡运动之所以失败，正是因为那是一场人为的运动吧？我这样想。

/三十九/

从县里开车去清平湾的那天，蒙蒙地下着小雨。满山的麦子正要抽穗，最上头的一片片叶子高高挑起，正如民歌中所唱：四月里麦子挑旗旗。麦子都密植了，不像过去那样，隔一大步种一撮。

山川都变了模样，认不出了，因为还是水土流失严重。女县长陪我们一起去清平湾，她说，这地方如果连着几年遭灾，老乡们的日子还是不好过。

汽车沿着山道颠簸，山转路回，心便一阵阵紧，忽然眼前一亮：那面高高的黄土崖出现在眼前，崖畔上站满了眺望的人群……

一九八五年七月三十一日

礼拜日

最后到了现在，这个男人只记得那个女人对他说过一回，"我就住在太平桥"。

他慢慢地把这句话又默念了一遍。这时候空中有了光亮，仿佛天在升上去，地在沉下去，四周的一切看得清楚了。不过当初忘了问她太平桥在哪儿。想到这儿他爬起来披上衣服，东翻西找从床底下捅出一本地图，弹去上面的尘土。横的竖的斜的弧形的街道密密麻麻，像对着太阳看一片叶子时看到的那些精致的网脉，不同型号的铅字疏密无序又像天上众多的星座。找不到太平桥。

夜里做了好多梦。夜夜如此。一个梦醒了又是一个梦，一个接一个，一个接一个没完没了。都是很精彩很有意思的梦，可是记不住。自己做的自己又记不住，天一亮就全忘了，光记得都很有意思，都很精彩。

有两个孩子在窗根下说话，一个总是说："哟——真叫多哟！"另一个老说真长："哎呀，真——长。"这声音随着安静的湿漉漉的黎明一同流进屋里，又干净又响亮，搅起回声流得到处都是。

他又拿起地图小心翼翼翻了一遍。还是没有太平桥这么个地方。有那么半支烟的工夫，这个男人认真地怀疑那个女人是否也是一个梦。为了这个愚蠢的怀疑，他叼着另外半支烟开始穿衣服，顺便在身上掐了一把，被掐的地方确实很疼。

这个男人第一次见到那个女人是在很久以前了，在一个朋友家。这朋友叫天奇。天奇的妻子叫晓堃，晓堃刚好是那个女人的朋友。只一间小屋，似乎是说只有这一个世界，夫妻俩各占一角和自己的朋友倾心交谈——一边是"阿波罗登月以及到底有没有飞碟"，一边是"要孩子还是不要孩子"。叽里咕噜嗡嗡嘤嘤，中间隔了三米飘忽不定的浩瀚宇宙，谈话声在那儿交织起来使空气和烟雾轻轻震动，使人形失去立体感。在两边的话题碰巧都暂停的时候，发现这屋里还有一座落地式自鸣钟，坦荡而镇静地记录着一段过程。这时男人和女人互相看一眼，既熟悉又陌生。叽里咕噜嗡嗡嘤嘤空气和烟雾又动荡起来，淹没了钟声。"既然我们可以到月亮上去，更高级的智能为什么不会到我们这儿来？""这已经不是问题了，问题是他们来干吗。"女人们还是说孩子："要是让一个生命来了，你就得对这生命负责。""你也是一个生命，你也来了，谁对你负责？"……那是在他们的朋友刚刚结婚不久的时候。

第二次见面竟是在差不多十四年以后，在法院的大门口；他的朋友和她的朋友在大门里的某个地方办理离婚手续。太阳又升起来，照着门旁的卫兵和灰色高墙上的爬山虎。爬山虎的叶子正在变红，不久以后将变成黑褐色然后在这一年里消失。他比她来得晚。

"是您？您还记得我吗？"男人问。

女人把他看了好一会儿："喔哟，有十好几年了吧？"笑一笑伸出手来。

"可不是吗，十四年了。"男人说，"他们在里头吧？"

"进去好一阵子了。"

"情绪怎么样，他们俩？"

"好像没有什么特别。看不出来。"

"到底怎么回事？"

"您指什么？"

"他们俩，怎么会闹到这一步？"

"怎么您不知道？您是他们家的常客呀！"女人说。

"我这几年去得少了。总有事，也说不清有什么大不了的事。"

"最近又写什么呢？我看过您的小说。"

"是吗？"男人笑笑，退步到墙边的阴影里，太阳一直晃得他睁不开眼睛。"我也正在想我写的都是什么。"

女人也走到阴影里，两个人在法院对面的大墙下并排站着。爬山虎在风中轻轻抖动，整座墙都在动。每年的这个季节都有挺长一段好天气，鸟儿飞得又高又舒缓，老人和孩子的说话声又轻又真切。

"前些年他们倒总是吵。"男人说，"吵起来凶得一个要把一个吃了，恨不能吞了。"

"是吗？可真想象不出来。"

"我也不说谁更凶，半斤对八两。"

"嗯，我想是。我想准是旗鼓相当。"

"这几年好像不了，哎？好像不怎么吵了，是不是？"

"这两年他们可简直是相敬如宾。"

"是吗？这么严重？"男人说，"这我还不知道。"

女人很快地仰起头看了男人一眼，头一回看得这么认真，这么不平静。

"要是这样就没什么可奇怪了。这就快完了。"

"已经完了。"女人说，"没办法了。"

大门里，也许是在白色的走廊上，也许是在别的什么地方，有一只钟，不动声色地走个不停。大墙下的阴影渐渐窄了。

"您得等他们出来吗？"男人问。

"得等。晓堃得有人陪她一段时候。您不吗？"

"不。我只是来看看，没什么事也没什么办法就行了。天奇最不愿意在他倒霉的时候有人特意来陪他。"

"男子汉，是吗？"女人说，语气不大客气。

他惊讶地扭转脸看她："不，我没这么说。"目光磕磕绊绊地下移，停在她胸前的扣子上。"不过是各人有各人的方式，可能有的人更习惯一个人听听音乐，喝喝酒。"

"真多，哟，真多哟！"

"真长，是吧？真——长。"

原来是一对双胞胎兄妹蹲在窗根下数蚂蚁。两个孩子和一幕蚁群迁徙的壮观场面：千万只蚂蚁一只挨一只横着铺开纵着排开，一支浩荡的队伍弯弯曲曲绵绵延延不见头，每只都抱了一份口粮或一只白色的蚁卵，匆忙赶路。

孩子问一个过路人："它们在干吗呀？"

"大概是搬家。"

"干吗搬家呀？"

"也许是去旅游。"

"上哪儿去呢？"

"无所谓。说不定就是出去逛逛。"

"逛逛呀？"

两个孩子正正经经地想了一会儿，想蚂蚁出去逛逛的事，也想起自己出去逛过的事。一个男孩，一个女孩，几乎是同时来到这世上，之后在某一个早晨，父母打发他们到院子里去玩，在那个令人惊讶的窗根下，世界变得更真实更具体了，更美妙也更神秘。孩子的父亲有一回说起这两个孩子："本来没想这么早要他们。"这句话其实不能成立，如果晚要的话就不再是他们了，是另外的两个，或者一个，也没准是三个。年轻的父亲说："其实是一次失误。""失误？""以为是那种药，结果不是，是治感冒的。"这一失误不要紧，看起来是上帝的事，结果呢，就有两个灵魂在那儿认认真真地数蚂蚁了。不过数来数去还是二十，"二十七、二十八、二十九、二十……"

"嘿，你们俩怎么没去幼儿园？"

"今天是礼拜日！"

"给我说个歌谣，听见没有？说个歌谣。"

孩子不说，又强调了一遍礼拜日，语气神态都极虔诚，生怕这不是礼拜日。阴蒙蒙的天，湿润的空气中有煤烟味，萌动着淡淡的绿色。

男人又把地图册翻过两遍了，毫无结果。他站在屋子中央反复回忆着女人在说那句话时的表情，唯一可以确定的是他绝没有记错：是太平桥。背后的玻璃窗越来越亮，地上有了他模糊的影子。四壁间回旋着一连串空幻的噼啪声，是他把手指关节扳得响。

淡淡的绿色之中，有斑斑块块忧郁的鹅黄；当他离开家的时候，连翘花正在开放。那时节细雨霏霏，行人寥寥。什么时候杨树备下了新鲜的枝条，现在弯曲着描在天上，挂一串串杨花，飘飘摇摇如雨中的铃铛。单薄的连翘花，想必有一点儿苦味。在冬天里，在以往的日子，譬如寂寞的黄昏，譬如夜里北风刮得门窗突突作响，那时你干什么呢？它们却已经准备好了有一天和你相见，在礼拜日的早晨，在路上。

两个人第三次见面是偶然碰上的，在夜行火车里。两个人从不同的地方回来，回相同的地方去。火车在夜里经过许多大站小站，一些人下去，又一些人上来。夜很长，路也很长。人都稀里糊涂地睡，用大衣把自己蒙起来，也是因为冷，也是因为人睡着了样子都挺俗气，像傻瓜，像可怜虫。等到车厢里的灯光刷地灭了，窗外现出远山和田野上的雾。人们推开大衣，找白天的感觉，尽快使自己懂得这是在什么地方，什么年代。两个人醒了的时候互相发现了对方，原来一直面对面坐着，原来夜里还都听见过对方的梦呓。

"怎么会是您？"几乎同时说。

又几乎同时问："到哪儿去？"

回家。都是回家。大概就是在这时候，女人说起过她就住在太平桥，说得漫不经意，眼神恍惚还像在梦里。随后两个人又说起他们的朋友。

"这一宿睡得好吗？"男人问。

"那天，您刚走，"女人说，忽然瑟缩着望了望窗外。那儿，一团团淡紫色的阳光正在雾气中洇开。

男人不由得也朝女人望过的地方望去。

"那天您刚离开，他们俩就出来了。"女人说，回过头来，"哦，我睡得挺好，做了一宿梦。"她见男人望得那么专注，倒不知外头究竟有什么了。

"没什么。野外的早晨快给忘光了。"他也回过头来，望着她，仍同望着那片雾。"那天，我是怕我碰上那种场面不知道该说什么。"

"还是您聪明。"

"我怕那种时候有别人在场，是不是好。"

"您干吗不也提醒我一下？"女人说。

"到底好不好我吃不准。谁也不知道谁是怎么回事。照我想天奇顶多一个人听听音乐喝几天闷酒，可他失踪了。"

"失踪了？您说什么，天奇失踪了？！"

"您还不知道？"

"什么时候的事？"

"那天之后我见过他一回，后来就不知他到哪儿去了。"

"怎么会呢？"女人说，"别人也不知道？"

"谁也不知道。有好久了。就好像忽然间没了。"

车厢里还很安静，有喊喊喳喳的低语声和火车的行驶声混合在一起。某一处行李架上吊着一只玩具帆船，和窗外的雾气一个颜色一样朦胧。

"晓堃说，其实他们俩有一年多谁也不跟谁说话了。"

"她是怎么说的？为什么？"男人问。

"是天奇先有什么话都不跟她说的，她怎么知道为什么？"

"是吗？她这么说。"男人无可奈何地笑笑。

"他怎么说？天奇这家伙是怎么说？"

"这么问，咱们俩也快打起来了。"男人笑笑，这一回笑得挺宽厚，又说："咱们俩要是吵起来，最后也是弄不清是谁先吵的。"

女人笑起来，突然停住又突然大声笑起来，终于醒了，又漂亮又有生气。在她背后不远的地方，那只玩具帆船有节奏地荡，像一只钟摆。

然后她觉得自己太放纵了。

"晓堃告诉我,"她说,"天快黑的时候屋里还没有点灯,她常趁天奇不注意半天半天地偷着看他,不是在看,是在读,读不懂他。"

"天奇也一样,真想把她读懂。"

"可她读了这么多年,还是没读懂。"

"天奇也是一样。"

两个人沉默了一会儿,看着田野村庄和太阳都在亮起来。

"刚才您说什么? 做了一宿梦,您?"

"我要么整宿整宿失眠,要么睡着了就整宿整宿做梦。"

男人眼睛一亮:"怎么您也这样?"仿佛他一直期待的就是这个,却又不期而至。

"您也是吗?"

"嗬,简直!"

"是——吗!"女人含笑甩一下头发。

"我平生最遗憾的一件事,不,是之一,最遗憾的事之一就是所有我做的那些千载难逢的好梦全都记不住。"他想了一下,看见女人的目光一直没有离开他。"吹个牛吧,要能记住哪怕十分之一,我的小说就会写得比现在强一百倍。"

女人笑得又倾心又着迷:"我的梦倒是全都能记住,您先听我说,可我一点儿都不懂我怎么会做那样的梦,稀奇古怪简直不着边际。"

"说一个行吗?"

"譬如,我梦见自己长了条尾巴,上面全是鱼鳞。"

"还有呢?"

"我浑身湿淋淋的冷得发抖,到处不见一个人。"

"嗯。然后呢？"

"记不清了。好像是……不行，实在是忘了。"

男人把一支烟捏来捏去，想这个梦，把烟放在鼻子下闻，把烟捏软了从中抽出烟梗。这期间女人做着自己的事，但注意力都在他那儿。

"这样不行。"男人说。

女人立刻停下手里的事。

"光说这么一点儿不行。"他把那支烟点着，透过烟雾看了她一会儿，"有一种释梦的方法，您知道吗？"

女人坐在太阳里。还有她背后那只帆船，也被太阳染成金黄，安安静静，飘飘荡荡。

有个养鸟的老人坐在一块大树根上。树早不知道被运到哪儿去了，说不定已经被做成了什么。鸟笼子挂在离他一箭之遥的几棵小树上，这样他觉得跟他那些鸟更近了，每一只的叫声都意味着什么就更清楚了。

女人对年仅十四岁的女儿说："那么你觉得什么有意思呢？"她把"有"字说得又长又重。

女儿背对母亲站在阳台上，不停地踢脚下的水泥栏杆。

"我想，"母亲又说，"总还有些事是有意思的。总会有些事你觉得有意思吧？"

女儿仍不回答，低头瞧瞧自己的鞋尖儿，不踢了。

"譬如，你喜欢什么，爱好什么。再譬如说，你想没想过将来要干什么呢？"

女儿做了个不耐烦的表示，又开始踢栏杆。

"哪能觉得什么都没意思呢？你刚这么小，你才十四岁……"

女儿转身走进屋里去，经过厨房时把什么东西碰了一下，然后是砰的一声门响。

夜晚漫长得失去节奏。楼下，松墙围起来的空地上孤零零地坐着一个雪人。屋子里静悄悄的，自来水管不时轰隆轰隆响一阵。听不见女儿在干吗，女儿仿佛不在家。女人站在阳台上，站到月亮升高了，她使劲裹了裹身上的衣服。雪人正在消融。

过厅里的水仙花悄悄开放。六片白色的小花瓣，不引人注目。

她推开女儿的房门。一束橘黄色的灯光里，女儿懒洋洋地倒在床上看小说，四周都暗。桌上摊开一大堆作业。"你怎么才回来？"女儿问她，没有抬头。一瞬间，她也觉得自己刚从一个遥远的地方回来，风尘仆仆。

她定了定神："我记得从你一懂事我就跟你说，而且一直是这么说，我们首先是朋友，其次才是母女。"

女儿放下小说坐起来，开始踢桌子腿，很抱歉地对着母亲打了个哈欠，低下头，不停地踢着桌子腿。

"无论你想什么，"母亲说，"你都可以跟我说。"

"不管是什么，你都可以说。"母亲说。

"怎么想都没关系。我们首先是朋友。以前你不是有什么都跟我说吗？"

"我没想什么。我就是觉得没意思。"

"什么？什么没意思？"

"什么都没意思。"

"像我这样呢？像妈妈这样每天都能治好很多人的病，救活很多人呢？有意思吗？"

女儿摇摇头。

"也没意思？"

"不是，我是说我也不知道。"女儿又是那么抱歉地看着母亲。这时候只要母亲多露出一点儿伤心的样子，女儿就会改口，但那就更不是真的。

水仙花的幽香一阵阵流进屋里，若有若无。

男人说："您总算还记住了您长过一条尾巴，可我，所有的梦都记不住。"

"您别笑。"他又说，"为了回忆起那些梦，您不知道我白白浪费了多少个白天。"

"想起来多少？"她问，兴趣很浓的样子。

"总在快要想起来的时候，忽一下又全没了。"

"既然您说的那种释梦的方法，可以把忘记的事引导出来，您干吗不自己试试？"

"自己跟自己？"

"那怎么不行？行吗？"女人的目光里抱着相反的期望。

"就是说，自己想跟自己说什么就说什么，是吗？好主意。自己跟自己胡说八道一通，同时自己听自己胡说八道一通，然后一本正经地去吃喝拉撒睡，井井有条。您这主意好。这一下就太平无事了。您信不信？要能这样，世界上就保险什么问题都没有了。"他每说一句，她就笑得更厉害一点儿。

"也许您行。"男人又说，"嗷，这么坐着可真他妈冷。"

天空光秃秃的，展开在树梢上。树枝细密如烟，鸟儿寥寥落落地叫。

"天奇还没有回来？"

"无影无踪。"

不知在什么地方，或许有一个年轻的樵夫，远远的有清脆的劈裂声传来。细听，又像没有。

"其实这方法本身倒是挺不错，不必非释什么梦不可。"女人说，然后突然被自己的想法震动了，变得生气勃勃："要真能那样可真不错，想说什么就说什么，说什么都行。"

"自己跟自己？"

"当然不是。互相，人和人互相，想说什么说什么。"

"说什么？"

"就按您说的那个释梦的方法，百分之百怎么想就怎么说。"女人惊愕地看着男人，仿佛想了一下遥远的往事。"啊？您说是不是？是不是挺棒的？"

"是挺不错，倒是挺不错的。"男人故作镇静。他讨厌故作镇静，在这个意义上他羡慕女人。

"真太棒了。"女人说，"嘿！其实我觉得那真太棒了！"

"不过你也许没明白，我说的百分之百是什么意思。"男人站起来使劲跺脚，"哎哟，咱们遛遛吧，脚都冻麻了。"

方砖小路，干冷、空净。老麻雀瑟缩着时起时落，熬着冬天。轻轻的劈裂声，很远。

"我当然明白。真的，我确实觉得那太够意思了。我明白你说的百分之百。"

"连自己挺糟糕的念头也能说。"

"就是就是，连那些丑恶的想法也可以说。"

"连那些有失尊严的事。"男人说。

"甚至一闪念的罪恶心理。可惜我一会儿还有事。"她捏着手表算了一下，又抬起来。"嗬，那可太棒了！真是太棒了。"

"我不知道你是怎么理解百分之百的。"

"甚至胡说八道都行。"

"对对对，胡说八道。胡说八道都行，只要想。"

"其实人需要有这样的时候。"

"需要这样的机会。""太需要了。""真是，是。""老那么戒备森严的……""老那么仪表端庄的受不了。""就是，太受不了。""等于自找苦吃而且……""其实没必要。""而且，对了，根本没必要。""况且活得就够不容易的了。""还得提心吊胆小心谨慎，他妈的要是那样还不如……""不行，我的时间快到了。""我是说，要是那样还不如谁也不认识谁。""对了，那样倒还好受，说不定。""要不就什么都可以说，不必在乎。""什么都行，完全随便，再说……""谁也不用担心说得不合适。""再说人和人太需要这样了。""太需要了。""其实非常需要。"

"我不知道你是不是觉得这样挺棒的。"

"是挺棒的。"

"其实是挺棒的。"

"甚至包括心里一些阴暗的东西，都可以说。""都可以。""连他妈的一些绝对算不上高尚的想法。""都可以，全都可以。""连一些他妈的……嗻，我今天脏话真多。""这挺好，真的，骂得又真诚又坦率。""是吗？""当然，人有时候得想说什么就说什么。""是。""想怎么说就怎么说，毫无顾忌。""谁也不怕谁看不起，因为谁也不会看不起谁。""噢！我就是这么想的，我正要这么说呢。""一套一套的礼貌让人发晕。""没错儿没错儿，晕过去，而且不是心理的简直是生理的。""生理的，直接恶心你的肠胃。""唉，我真得走了，下午还得上班，还有一个手术得做。"

黑色的树干成群地默立，徒然高举着密匝匝的枝条。老麻雀出没其间。还有冻硬的土路，在林间蜿蜒，挂一层往日的苔藓。果真有一位樵夫的话，必是一位年轻的樵夫，清脆的劈裂声响在苍白的天空里。

"天奇会上哪儿去呢？"她问。

"不知道。"

"没再问问别人？"

"没人知道，"男人说，"谁也不知道。就像写小说。"

"像写小说？"

"上帝把一个东西藏起来了，成千上万的人在那儿找。"

"找什么？"

"问得真妙。问题就是，不知道上帝把什么给藏起来了。谁也不知道。"

或者是一位号手。果真是一位号手的话，肯定是位年幼的号手，手艺极不精到，躲在哪一片灌木丛里不知疲倦地吹着，把清脆的劈裂声吹给空旷的冬天。

在冬天的末尾，鹿成群结队北上，千里迢迢日夜兼程。在北极圈附近，它们要涉过冰河赶往夏栖地。太阳的角度变了一下，它们感觉到了。冰河已经解冻，巨大的透明的冰块在蓝色的激流中漂浮旋转、翻滚、撞击，野性的呼喊震撼着冻土，沿着荒莽的地平线一直推广到远方的黑色的针叶林，在那儿激起回声。鹿群惊呆了。继而嘶鸣。听不见。全是浪声，浮冰的碰撞声和爆裂声。

十四岁的女孩子，心怦怦跳，为那些可爱的鹿担心。"不能等冰化完了吗？"她心里说。

不能等了。鹿群镇定下来，一头接一头跳入冰河，在河那边，有整整一个夏天的好梦。它们游泳的姿态健美而善良，又心焦又认命。巨浪和浮冰不怜悯任何一点点疏忽，连偶然的意外也不饶过。

过道的门响，妈妈回来了。

每年的这个时候，在这条河上，都有些美丽的尸体漂散在白冰碧浪之间。有些已经年老，有些正年轻，有些尚在童年。美丽的河上，自古以来就渴望这些美丽的灵魂……

妈妈回来了，再说也不想再看，她关上电视机。

"今天是礼拜日，想看就看吧。"妈妈在厨房里说。

女孩子已经走到街上。

她在街上整整逛了一个下午：吃了十二根冰棍；踢遍了路边所有的邮筒；替一个老太太买上了电影票，老太太挤不到人堆里去够不着售票窗口；买了一份报纸看，看完忘记丢在了哪儿；然后在马路牙子上走，至少走了有两站地才掉下来；最后来到一片空场上看别人驯鸟，那鸟叫蜡嘴雀，飞起来可以一连叼住主人抛上半空的三颗骨头球，她跟在人家屁股后头问人家那鸟要多少钱才卖，人家顾不上理她，因为她年纪太小。驯鸟的人走了，围观的人群也都散了，她还在空场上坐着不想回家。

这时候，那个老人向她走来。老人把鸟笼子挂在远处的几棵小树上，走来找他那块大树根，看见这小姑娘正坐在上面。

细雨无声，且无边际。男人一路走一路打听，问了多少人都说不知道太平桥在哪儿。"太平桥？不知道。"把他上下打量一番摇摇头走开。

灰色的天底下几条灰色的小街。他站在街口，还没拿定主意怎么走，已经听见路面上响起一个人孤独的脚步声，才知道是自己的。细雨无声，无边无际。

河水流过城市的时候变得污浊，解冻的一刻尤为丑陋。但春天的太阳在哪儿都是一样，暖和而又缥缈。

"你那些梦，怎么样，想起一点儿来没有？"

"没有。一点儿也想不起来。记性坏透了。我甚至有这样的时候，到很远的地方去找一个人，东打听西打听，等到了地方却一点儿也想不起为什么要来了，只好又回去。"

女人吃惊地看着他，然后又看着那条河。

"写起小说来也常这样。兴致勃勃地写，兴致勃勃兴致勃勃，忽然间，假如意识真像一条河流的话，这时候准是遇到一片沙漠，全被吸干了，既想不起为什么兴致勃勃，也想不起为什么不兴致勃勃。想一个下午也想不起来。"

"可还写。"女人说，带着同情。

"可还写。"男人说得漠然，"像是上了贼船。"

正在消融的冰雪像一团团陈年的棉絮，在河上缓缓浮游。清新而凛冽的空气中，或者是太阳里，一缕风琴声重复着一首儿童的歌。

"我不知道你是不是还……"男人正要说什么，被女人打断了。"唉——都这样，"女人说。

"什么都这样？"他问。

"都是不知道为什么，可还干。"

"好像是，为了，晚上，"他一步一步推想着说，"睡觉的时候，睡觉的时候你得能觉得，觉得自己还是干了点儿什么的。就是这么回事。"

"干了点儿什么呢？"

男人点上一支烟。风琴声无比宁静。这附近应当有一所小学校。应当有一个梳辫子的年轻女教师，在练琴。

"我不知道你是不是……"男人要说什么又被女人打断了。"那天我们抢救一个病人，"女人说，"在抢救之前我们就知道，即使救活了他也肯定是个白痴了，甚至又傻又瘫。"

"活了？"

"活了。"

"怎么样？"

"跟我们抢救之前知道的一样。"

"混蛋你们。"

"可在医学上，这是个出色的抢救。"

"说不定正有人把他写成论文呢吧？"他说。

"这样将来的抢救才可能更好，不傻也不瘫。"

男人抽着烟不说话。

女人说："你不能不说，这是个站得住的理由。"

她又说："只要你不再往下想。只要你不再想那个被救活了的人。只要你不想，一个人，即便不瘫不傻又怎么样。"

"我不知道你是不是还对我们上次说的事感兴趣？"男人终于说，说得很快很突然。

"什么？哦，当然。"

"我想你没准儿已经觉得没劲了吧？"

"没有。"

"可是看样子你兴趣不大似的。"

"没有没有，我还怕你觉得没劲了呢。"

"你还觉得那样很棒吗？"

"没有。哦，不不，很棒，还觉得很棒，我是说我没有兴趣不大似的。"

"你好像在想别的。"

"噢，我在听这琴呢。"她说，声音很轻，伸起一个指头指一下，阳光里的琴声仿佛都集中到她这个指头上。

无缘无故地相信那是一个梳辫子的年轻女教师，在练琴。礼拜日，孩子们都回家了，她独自走进教室，在这之前她梳洗过了，现在坐在琴前，按动琴键，满室阳光，一排排小桌椅如同所有的男孩子和女孩子……

"其实不对，我知道了！"她霍地转过身来看着他，"不是得能够觉得自己还是干了点儿什么的，不是，不是这么回事。"

"嗯？说呀！"

她又想了一下。"是得能够觉得，自己是还干了点儿什么的人。差一个字懂吗？"

半晌，男人张着嘴，让烟自己一点点冒出来。两个人一块儿看着那烟一点点冒出来，飘散。然后男人说："懂。只差一个字，可意思差得多了。"

"是吧？"女人说，像是解开了一道题那样有点儿轻松。

"这样就可以睡一个安稳觉了。"男人说。

"这样早晨起来一出门你就能结出一层硬壳把你罩住，防着有人看不起你。"男人说。

"如果你觉得有人看不起你……""如果有人看不起你，你就想一下，我是还干了点儿什么的人。""对对，就这么回事。""如果再有人看不起你，你就再想一下，他还不知道我他妈的是作家呢，或者是他妈的别的什么呢。""就是就是，就是这么回事。""你就瞅机会让他知道知道。"女人连连点头，笑着。"可是他妈的人家先让你知道了，人家是干了两点儿什么的人。"女人笑得厉害。"得，你就下决心跟傻瓜似的没日没夜地干吧，干两点儿干一百点儿让他妈的谁也别瞧不起咱们。""最后连自己是什么全忘了。""不不，没忘，是干了一百点儿什么的人。""一百点儿什么呀？""对了，就是这个，他妈的老闹不清楚。"

"唉——硬壳。"

"盔甲。"

"我是用假面具这个词儿。"

"嗯！这词儿好。假面具。这词儿好。"

"因为你还得能随时换一套。"

"嗯！有时你得装得像是满腹经纶不动声色，有时候，又得装得豁达大度虚怀若谷。"

"或者是信心百倍毫不含糊。""或者是稳重，他妈的我得深沉点儿显得有分量。""还有乐观，虽然一会儿你没准儿想自杀。""还有幽默，不过幽默是没法儿装的，一装就像傻瓜。""还有坚强，还有和蔼。""假面具，这词儿真他妈用得棒！""装得浑身酸疼，晚上往被窝里一钻盼着天别亮。""你还得装得就像根本没装。""装得像是根本不会装。""装得像是最讨厌装的人。"

"那……咱们俩呢？"

"咱们俩要是不装怎么会知道得这么清楚。"

"真他妈对。"

琴声。一阵快板之后又是慢板，缓缓如伴流云。河里，云在走，水也在走。有几个孩子，来到教室外面的窗根下，心想这是什么歌呢？他们一个驮一个，轮流扒着窗户往教室里看。女教师闭上眼睛弹，沉醉在自己的琴声里。孩子们想，明天就要学这支歌了，明天……

"好多年以前，晓堃就说，得找一个把所有假面具全都摘下来的地方。"

"那时天奇也是这么说。"

"全摘下来，休息休息，得有一个能彻底休息休息的地方，那时她说。"

"那时天奇也是这么想的。在那儿你怎么想的就怎么说，你是什么就是什么，用不着防备。"

"用不着维护尊严。"

"主要是用不着维护。"

"维护可太累了。"

"因为在那儿压根儿没有丢人这么个概念。"

"嘿，那可太棒了。不过可不是在一个没有人烟的荒岛上。"

"当然不是。嫦娥其实是被罚到广寒宫去的。"

"可是据说，他人即是自己的地狱。"

"可你别忘了，在哪儿碰到地狱，在哪儿才可能找回天堂。"

"广寒，唉——这名字。"

"'阿波罗'带去了人的标志，金子铸成的一个标志，上面是一对赤身裸体的男女。"

"那时晓堃说，连男女之间那种赤裸的相见都是为了这个，为了彻底的自由，彻底的理解。"

"至少，你觉得男女之间那种事很美，主要是因为这个。"

女教师弹琴，一直弹到月亮升起来。几个孩子趴在月光里，听得入迷。树影轻摇，弄不清这琴声来自哪里。

女人说："噢，我又记起一点儿我的梦来了。"

男人在夜色里看着她。

"我走出森林，"她说，"走下山，走下山然后走出森林……"

第二天，孩子们坐在教室里学那支歌。女教师弹着琴唱一句，孩子们跟着琴声唱一句。唱的是五月，到河边去，看紫罗兰开放。来吧，亲爱的五月，给树林穿上绿衣，让我们在小河旁，看紫罗兰开放。我们是多么愿意，重见到紫罗兰……

十四岁的女孩子和那个养鸟的老人认识了。一老一少坐在那块大树根上，谈得挺投机。她问老人，他的鸟叫什么名字。老人说，是画眉。

"您有蜡嘴雀吗？"

"没有。你有？"

"我也没有。我看见有一个人有，蜡嘴雀飞起来，那个人就把三个骨头球儿扔上天去，蜡嘴雀就这么在半空里嗒嗒嗒把三个骨头球儿全叼住，飞回来吐在那个人手上。您干吗不养蜡嘴雀呀？"

"我喜欢画眉。"老人说。觉得这孩子眼熟。

"我问那个人那只蜡嘴雀要多少钱才卖，那个人没听见。"

"人家不会卖。"

"再说我也买不起呀。我就是问问。蜡嘴雀可真不错。再说我也没钱。"

"你要是想买本正经书什么的，你妈大概多少钱都给。"

"唉！您怎么知道的？"女孩子惊奇地看着老人。老人笑笑，觉得她这神气可真熟悉。

"我妈是个老朽。"她开始用脚后跟磕那树根。

"我呢？"老人说。

"我看您还行。我妈是个老朽，连我给同学写封信都不行。"

"给男同学写还是给女同学写呀？"

"男同学，怎么了？！我们光是谈学习上的事。您不信？"

"我干吗不信呀？我信。"

礼拜日，母亲一个人待在家里，不知道女儿上哪儿去了。她打扫了一下女儿的房间，又找到女儿的书包看了看女儿的功课。夏天来临了，一只小蜘蛛在纱窗上飞快地爬。她弹了一下纱窗，小蜘蛛立刻拉起一条长丝滑下去，不见了。然后飞来一只蝴蝶。

在其他的地方也有蝴蝶。在山里，在山脚下开满野花的坡地上，在沼泽，在河的源头，在遥远的不为人知的地方，也有蝴蝶。也有小蜘蛛。

两头幼狼蹲在草丛里，热切地观察着这个世界，有一种使命感。

男人还在四处打听太平桥，差不多从城东走到了城西，从早晨走到了中午。

"这没什么，依我看这没什么。"老人对女孩子说。她从那块树根上跳下来，一会儿又坐上去。

"我十岁时就喜欢上一个十岁的小姑娘，"老人说，"现在我还记得怎么玩'跳房子'呢。"

"我们可光是谈学习上的事。"女孩子说。

"把一块石片扔进'房子'，双腿叉，单腿跳，把石片踢进所有的'房间'不能压线。对不对？"

"我可不是光玩。您爱看小说吗？"

"年轻的时候爱。"

"作家可真了不起，一会儿让你整天都高兴，一会儿让你整天都……唉，说不出来的那么一股滋味儿。"

"我们那时候都十岁——我，和那个小姑娘。倒不是因为'跳房子'，是因为她会唱一支歌。"

"什么歌？您唱一个，我看我会不会。"

"头一句是，"老人咳嗽一下，想了想，"当我幼年的时候，母亲教我歌唱，在她慈爱的眼里，隐约闪着泪光。"老人唱得很轻，嗓子稍稍沙哑。

"下面呢？"

老人想了一会儿，说："你得让我好好想想，好些年不唱了。"老人又想了一会儿，说："这么着吧，回头我好好想想，想起来告诉你。"

"这歌挺好听。"她说。

"噫——得你们这样的唱才好听呢。"老人看着她，终于明白她像谁了。"那大概是在过一个什么节的晚会上，舞台的灯光是浅蓝的，她这么一唱，那些小男孩都不嚷嚷也不闹了。"

女孩子得意地"嘿嘿"笑，看着老人。

"在那以前我几乎没注意过她。她是不久前才从外地转学到我们这儿的。"

"那些小男孩，也包括您吧？"

"那时候我们都才十岁。晚会完了大伙都往家走，满天星星满地月光。小女孩们把她拥在中间，轻声密语的一团走在前头。小男孩们不远不近地落在后头，把脚步声跺出点儿来，然后笑一阵，然后再跺出点儿来，点儿一乱又笑一阵。"

女孩子又从那块大树根上跳下来，站在老人对面，目光跟着老人的手势动，想象着，在这个世界上还没有她的时候所发生的事。

"有个叫虎子的说，她是从南方转来的。小不点儿说，哟哟哟，你又知道。有个叫小不点儿的。虎子说，废话，是不是？小不点儿说，废话南方地儿大了。小男孩们在后头走成乱七八糟的一团，小女孩都穿着裙子文文静静地在前头走。那时候的路灯没现在的亮，那时候的街道可比现在的安静。快走到河边了，有个叫和尚的说，她家就住在桥东一拐弯儿。虎子说五号。小不点儿说哟哟哟，你又知道了。虎子说，那你说几号？小不点儿说，反正不是五号，再说也不是桥东。和尚说，是桥东，不信打什么赌的？小不点儿说，打什么赌你说。他让和尚说。和尚说打赌你准输，她家就在桥东一拐弯那个油盐店旁边。小不点儿又说，哟哟哟——五号哇？和尚说五号是虎子说的，是不是虎子？他问虎子。虎子说，反正是在桥东。小女孩有几次回过头来看，以为我们这边又要打架了呢。"

女孩子笑着："打架了吗，你们？"

"没有。"老人说。他在想，那支歌再往下是怎么唱的呢？他在心里把前面的又唱了一遍，可再往下还是记不起来。

"我喜欢虎子。"女孩子说。

"是吗？"

"我不喜欢小不点儿。"

老人看着她，觉得她们长得太像了，说不定世界是在反反复复做着同一件事。

"不过……"女孩子想了想，"没准儿我也能喜欢小不点儿。我也不知道。"然后她问老人："她们家是住在桥东吗？"

"是。"

"是桥东一拐弯儿的油盐店旁边吗？"

"是。哎哟，时候可不早了。"

"是五号吗？"

"记不清了。我得回去了，家里还有几只鸟呢。"太阳还没有落尽，月亮已经出来了。

"明天您还来吗？"

"我没有别的地方去。我是个老朽了。"

"不过我看您还行。"

男人和女人频繁相见的时候，远方的鹿群早已来到夏栖地。它们贪婪地吃着青草和嫩枝，一心一意准备着强壮的体魄，夜里也在咀嚼。与此同时，可爱的幼狼也在盼望着长大，不断嗅着暖风里飘来的诱人的气息。

对一个人来说，这个星球还是太大了。在这个椭圆的球面上，每时每刻都发生着数不尽的似乎是绝不相同的事情。虽然对宇宙来说这个星球小得可以忽略不计。

在这个季节，城市时而在烈日里喧嚣，时而在暴雨里淹没。

暴雨倾泻的时候两个人站在城郊的山岗上，站在两顶雨伞下，周围只有雨没有别的。只有雨声，只有被雨激起的泥土味草木味，没有别的。只有两个人站在雨里，其他什么都没有。

"你觉得那样可能吗？你觉得两个人无话不说，这可能吗？"

"我觉得那样确实挺好的。"

"我没说不好。可你觉得这可能吗？"

"你觉得不可能？"

"大点儿声，你说什么？！"雨声很大。

"我说！你觉得不可能吗？！"

"我不知道。不过我想照理说应该是可能的。"

"照理说怎么啦？！"雨声很大，雷声也很响。

"照理说！我想应该是可能的！"

"照理说。是呀，照理——说。"

"不对吗？"

"我不是说不对。对。可实际上呢？"

"我说的就是实际上。实际上能吗，你觉得？"

"我觉得我能，我不知道你。"紧密的雨点打在伞上像是敲鼓，很响。"我说我觉得我能！我不知道你！不知道你觉得能不能！"

"我没问题，我一直希望人和人能这样。"

"我也是。"风声，或者是漫山遍野草木的欢呼声。"我也是！一直觉得那样非常难得！"

"光说好听的高尚的光明的，那很容易。"

"那还叫什么无话不谈呀？那没劲。"

"那样的话到哪儿说去都行。"

"大声点儿！我没听见！"

"我说！要说那种话到哪儿去说都行！"

雨声，雷声，山下的水声，大极了。

"就是，到哪儿去说不行啊？何必非……"

"人这一生中，绝大多数的时候倒像个囚犯。"

"什么？！"

"我说人活一辈子！倒是像个囚犯的时候多，不能乱说乱动。"

"就是。我说你说得对！我常常觉得我自己就像个囚犯，这个世界处处得小心！"

"所有的人差不多都像囚犯。"

"又都像看守。"

"嗬，说得太对了。不过看守更是囚犯，看守更得随时小心着，更没有自由。"

"噢！我还没想到这一层。"

"是不是？"

"是。所以好多年以前晓堃说，人干吗非要爱情不可？就是为了找一块自由之地。"

"那时候，天奇也这么说。"

"在那儿谁也不是囚犯，谁也不是看守。"

"彻底自由，互相又彻底理解。"

"不对不对，是因为互相彻底理解，才彻底自由。"

"是是，天奇也是这个意思。"

"唉，为什么不能那样呢？"

"为什么不能？龟孙王八蛋的，我说能！"

"嘿，我能不能也骂一句人？"

"你说什么？！"

"我说！我也想像你那样痛痛快快骂一句！"

"什么你说？！"

"咳呀——"

雨又紧起来。雨大一阵小一阵，两个人等这一阵过去。

"说吧。你刚才要说什么？"

"没什么。"

"不对！你想说就应该说！"

"我说，我也想骂一句人，行吗？"

"当然可以。"

"有时候真想也像你们男人那样使劲骂一句。"

"骂吧，我听着。这太棒了，冲着全世界骂。"

女人笑着。

"骂呀！"

"可骂啦？非常非常难听的？"

"非常非常响亮的。我洗耳恭听。"

"真的？"

"真的。骂呀！"

暴风雨里响彻了女人的笑声。"这就行了，这已经就行了！"笑声又纯正又疯狂。

这时候女儿坐在教室里。教师的课讲完了，离下课时间还有几分钟，老师出一道智力题给全班的学生。"世界上有几种人？要求十秒钟回答。"学生们抢着回答。有说三种的：黄、白、黑。有说五种的：白、黄、棕、红、黑。老师笑笑："两种，同学们，两种——男人和女人。下课！"

雨小了，渐渐看清了城市，不久雨停了。

"你的女儿还是那样觉得什么都没意思？"

"还是那样。唉，还是那样。"

两个人穿大街过小巷。一路上有人跟他打招呼，也有人跟她打招呼。一会儿是她不得不停下来跟人应酬几句，男人在一旁等着。一会儿又轮到他必须跟几个人点头微笑，女人站得远远的听不见他们说什么。

在一处安静一点儿的冷饮店里坐下，两个人都有一种重返尘世的感觉。屋子里很凉快，有隐隐约约的钢琴声，旋律很简单。窗外是轰轰烈烈的太阳，是河水一样翻涌的人流，无数鲜艳夺目的阳伞在上面漂浮，像碰碰车那样碰来碰去似乎没有目标。

"不是出了什么事吧？"女人问。

"没有。"男人说，"这是礼拜日。"

饮料的泡沫响起一片沙沙声。

在有地毯的屋子里，人们的谈话声都显得温文尔雅，动作都小心翼翼，表情都不过分。只有一个小孩出声地嗑着一块雪糕，吃得醉心，掩饰不住自己的愉快。母亲在告诫他。他不断扭转身子，盯着所有桌上的所有的好吃的东西，奇怪别人为什么都不喜欢吃，一边把自己的雪糕吃得满身满脸都是。母亲强压着怒火，在轻声告诫他。

"我想，我们说过的那些话，你最好别对别人说。"女人对男人说。

"当然。我不会对别人说的。"

"不是最好，是绝对，绝对别对别人说。"

"放心，我懂。"男人说。

"你懂什么？"

这时服务员把点心端来了。两个人看着服务员把点心一碟一碟放在桌子上，又沉默了一会儿，估摸服务员已经走远。

"你懂什么？"

"别人也许不会理解。我们说的那些话恐怕很少有人能理解。"

"不理解就会把这想得很坏。"

"其实是很高级的事，要是能理解的话。"

"不过你别跟别人说。"

"这我知道，这你放心。"

"对谁也别说。"

"当然。我还能对谁说呀？"

"就连你认为能够理解这事的人，你也别说。"

"你放心好了，没问题。"

"我跟你说那些话是因为我对你特别信任。"

"那你就信任我吧，我不会对任何人说。假设我要对谁说，我也会事先征得你的同意的。"

"不，对谁也别说。"

"我是说假设，假设我要对谁说我也会……"

"别假设，连假设也别假设。就是对谁也别说就够了。"

"那好吧。"

那个小孩的雪糕吃完了，磨着母亲再去买一块。母亲低声斥责他："看下回还带你来吗？下回哪儿也不带你来了。"小孩只想再吃一块雪糕，完全顾不上下一回的事。母亲又去买了一块回来。小孩继续吃得津津有味。"下回还带我来。""不带。""带！""你这么不听话。""带！！""好好好，那你听话。"小孩赶忙坐得端正些，像大人那样长出一口气由衷地看着母亲，不再把雪糕嗑得那么响。

"也许真的是不可能。"

"我绝不对任何人说就是了。"

"也许只有两个完全不相识的人，才能想什么就说什么。"

"完全不相识？"

"你不知道我是谁，我也不知道你是谁，说完了，你走你的，我走我的。"

"你还是不相信我。"

"我认识的人你都不认识，你认识的人我也都不认识。说完了，各走各的路。"

"你还是不相信我，这我可没办法。"

"我不是这意思。我愿意相信你。"

"你呢？你会把这些事跟别人说吗？"

"我？我当然不会。我怎么会？"

"那好，你就像相信自己那样相信我吧。"

街上，沥青马路被晒软了，留下车辙和脚印。一把钥匙嵌进路面，不知是谁丢的。

母亲不在家，女儿也不在家。过厅里的吊兰垂下柔韧的枝条几乎抚到地面，开着白色的小花。傍晚的阳光在窗帘上布满橘红，窗帘微微飘动。厨房或是厕所里，传出有节奏的滴水声。不久，那座落地钟简单地敲了一下，分针叠在6上。

老人继续给女孩子讲他少年时的故事。

"她家确实就在桥东，油盐店旁边，两扇脱了漆皮的小门。门常开着，门道里总停着一辆婴儿车。我家住在桥西。打那以后，我挺愿意帮家里去打酱油。沿河边走一阵子，过了石桥，到那个油盐店去就得经过那座小门。有时候能瞅见她在门道里哄着弟弟玩。打完酱油我就把装满油瓶的草篮子搁在她家的台阶上歇歇。她瞅见我说：'你又买酱油呀？'她在门道里踢毽儿，一把薅住踢在半空的毽儿走过来瞅瞅，说：'买这么多呀？'我说我们家人也不知怎么回事，特别能吃酱油。"

女孩子被逗得笑："真是吗？"

"为了证明这个，我打开一瓶喝了一口。'不咸哪？'她说，皱眉咧嘴地看着我。那模样儿我现在记得清清楚楚的。我就又喝了一大口，说，你要吗？你要就拿一瓶，我们家有的是呢。她说不要，就又开始踢毽。我说我还能一口吃一整瓣儿大蒜呢。这会儿有人喊她，她就跑进院里去了。我坐在台阶上等了一阵子不见她出来，提起草篮子磨磨蹭蹭往回家走。"

"一口吃一瓣大蒜一点儿也不难，我也行。"

"你吃过？"

"吃过。我们班男生说我们不行，我就当场给他们吃了一瓣。其实一点儿都不难，只要忍着点儿，一会儿就不辣了。"

老人默默地想了一会儿，说："这她跟你可不一样。"然后继续讲他的故事。"小门里总停着一辆婴儿车，站在桥头也能看见。我绕到石桥底下，杂草老高可是不算密。我用石笔在桥墩上写下她的名字，写得工工整整，还画了一个自以为画得挺好看的小姑娘。头发可是费了工夫，画了半天还是画不好。头发应该是黑的，画成白的怎么也好看不了，我就东找西找捡了一块煤来。"

"煤呀？"女孩子格格地笑。

"怎么啦？"

"用煤画头发呀？"她还是笑个不停。

"有一天我把这个秘密告诉了小不点儿。那天我们俩在城墙上逮蚂蚱。城墙下不远就是那条河。开来一辆娶媳妇的花汽车，在城墙下的一个小院前停下了。五彩的绸子扎成彩球铺满车顶再悬挂下来。我们跑下城墙去看，怎么也弄不清哪个是新娘子。"

女孩子说："要是我，我一眼就能看出来。"

"看了一会儿我们又去逮蚂蚱。我问小不点儿，你长大了结婚吗，小不点儿说不，我也说不。我又问小不点儿，你长大了不结婚？小不点儿说不，我说我也不。逮了一阵子蚂蚱我又跟小不点儿说，你坐过花汽车吗？他说没有。我说结了婚就能坐，那你结婚吗？他说你呢？我说你呢？他说你先说，我说你先说。他说：'我就是没坐过花汽车。'我说：'反正我也结婚。'我就带他去桥底下，把那个秘密指给他看。小不点儿说：'你要跟她结婚哪？'我说：'你可别跟别人说。'他说行，还说她长得是挺好看的。我说，她长得比谁都好看。然后我们俩就在桥底下玩，一到夏天那儿特别凉快。我们用树枝划水，像划船那样，划了老半天，又给蚂蚱喂鸡爪子草狗尾巴草。喂各种草，还喂河水，把结婚的事全忘了。那时候我们才十岁，知道什么叫结婚呀？"

"后来呢？"女孩子问，严肃起来。

"后来不知道为什么事，快回家的时候我们俩吵了一架，小不点儿就跑到堤岸上去，说要把这件事告诉虎子去，告诉和尚，告诉所有的人去。'哟哟哟——你没说呀？''哟哟哟哟——你再说你没说！'他就这么冲我又笑又喊特别得意。我只有一句话说，我说：'你还说你要坐花汽车呢！'他说：'我也没说我要结婚哪！'我说：'那你干吗要坐花汽车？'他说：'哟哟哟——桥墩上的美妞儿谁画的？'说完他就跑了。我站在桥底下可真吓蒙了，一个人在桥下待到天快黑了。"

女孩子同情地看着老人。

"一个人总有一天会发现自己是孤零零的一个人。"老人说。

"他告诉别人了吗？"女孩子小声问。

"我想起应该把桥墩上的字和画擦了，一个人总会有一天忽然长大的。"

"这不对！"女孩子说，"您不用怕他们。"

"用野草蘸了河水擦，擦成白糊糊的一片。然后沿着河岸回家，手里的蚂蚱全丢了。像所有的傍晚一样，太阳下去了，一路上河水味儿、野草味儿、爆米花和煤烟味儿，慢慢儿地闻见了母亲炒菜的香味儿。那时候我妈还活着，比我这会儿还年轻得多呢。一个人早晚会知道，世界上没有比母亲炒菜的香味更香的味儿了。"

"那个臭小不点儿，他去告诉别人了吗？"

老人没听见，笑眯眯地想着往事。

"他要敢告诉别人，要是我我就让他也活不好！"

老人心里一惊，想到了一件没想到的事。

"他告诉了没有，那个臭小不点儿？"

"没有，他没有。"

"真没有？"

"一个人最终懂得原谅别人才行。"老人说。

"真没有还是假没有？"

老人想了一会儿说："真没有。对，是没有。不过你得学会宽容。你自己也不见得全好。"

女孩子余怒未消。

老人笑笑："可惜那支歌往下怎么唱我还是没想起来，你容我慢慢儿想行吗？"

女孩子点点头，一心只遗憾自己不会唱那支歌。

在一片楼群中间的草地上，男人躺在那儿，用那本地图盖上眼睛，听蜂飞蝉鸣。向日葵展开一圈耀眼的花瓣，追踪太阳。

不久，一个老太太拄着拐棍走到他身旁，不出声地惊愕地看了他好一会儿，然后把拐棍在地上使劲戳响。男人一骨碌坐起来。

"我当你是病到这儿了。"老太太说。

"我走得有点儿累了，躺在这儿歇歇。"

老太太依然心有余悸地盯着他："不要紧的？"

"不要紧不要紧。"他说，伸伸懒腰打了个冷战，站起来跺跺脚。"您知道太平桥在哪儿吗？"

老太太或者有九十岁，或者更多，眼睛是灰白的。"太平桥？"灰色的眼珠转动一下，"怎么还有人问这个地方？"

"您说还有人？"

"多少年没人问啦。"她的脸不住地晃，上唇裹一裹下唇，仰脸看看四周的高楼。"这地方儿原本就叫太平桥来着。"

"地图上写的可不是。"

"地图？"老太太极轻蔑地瞥一眼他手里的地图，说："早多少年就不这么叫啦。你找谁？叫得上太平桥来的人我全认得。"

"一个女的，三十多岁。"

"三十多？三十多岁的人谁还知道太平桥？"老太太在心里哼了一声。

"她说她常到那座桥上去站一会儿的。"

"什么您说？"老太太嘀儿喽带喘地笑起来，"我都没见过太平桥，早拆啦，我奶奶的奶奶怕都没见着过。"

"会不会现在还有个太平桥，不在这儿？"

"那我可不敢说。我就知道有一个太平桥。"老太太一路笑着走远了。

海潮淹没了太阳，接着又呼唤月亮。

"晓堃说这不可能。晓堃说，好多年以前她和天奇也是这么打算的，他们结婚的时候都以为是找到了这样的地方。"

"是，这我都知道。"男人说。

"后来证明不是。后来证明这不可能。"

"他们不能，不证明这不可能。"

月光很亮。月亮里那些稍暗的部分，据说是"海"，是一片荒原。"阿波罗"带上去的那座人类的标志就在那荒原上。

"也许我们也是被什么更高的智慧送到地球上来的，为了一件我们不可能理解的事。"

"这很可能。很可能我们也是一种标志。上帝把他的动机藏起来了。"

"你最近又写了吗？"女人问。

"小说？没有。我不知道上帝是什么动机。"

"不管是什么动机，我们来了。人，来了。晓堃说，来了之后发现太孤单……噢！你等一下，我的梦又想起一点儿来了。我出了森林，在一条路上，走，一个人，看见很多房子很多非常漂亮的房子……对，我想起来了。我走进那些房子，房子里没人，所有的房子里都摆设得非常华丽，床啊桌椅啊灯呀地毯呀都布置得非常舒适，可是没有人。"

"然后呢？"

"我看遍了所有的房子，都没人。"

"然后呢？"

"我直发慌，使劲喊，还是没有人。没有人。"

"然后呢？"

"记不清了。"女人叹口气，看着月亮。

月亮挑逗着海，海便不得安静，焦灼地涌荡。这是潮汐，是月亮和海的摩擦。在月亮和海之间，有一股无形的力量。这力量开始于何时是一个问题；这力量将结束于双方的安息之日，是没问题的。

"我有点儿明白我的梦了，就因为一个人太孤单了所以到处找人。晓堃说得真对，最后找到了爱情那儿。"

"天奇也没有说错。天奇也是这么说的，也是真心这么去做的。"

"可是能够互相彻底理解的人实在是太少了，都戴了假面具。在父母那儿是一种，在朋友那儿又换上一种，在男人那儿一种，在女人那儿又是一种，大家都把自己包裹上一层东西再见人。""这我们已经说过了。""最后就只剩了一个指望，爱情，一个彻底自由的地方，什么都可以说，什么什么都可以说，什么都可以做。""这太难得了。""可这不可能。""他们没做到，并不证明不可能。""你就像在海上，在无边无际的水呀浪呀里，漂呀颠呀摇呀想找到一个岛。把船拴起来，你躺在沙滩上也行，礁石上也行，不遮不掩地随心所欲地歇一会儿。连男女之间赤身裸体地在一起，连那种事都是一种象征，彻底的给予和彻底的接受，整个一个人整个一颗心，不需要任何乱七八糟的玩意儿来掩饰，不需要，完全不需要。""这太棒了，你知道吗？这太棒了。""可以随意说点儿什么，不必用脑子，不必思前想后的怕哪一句说得有损自己的形象，又怕哪一句显得不够尊重对方。""这不是不可能的。""是不可能，晓堃说得对。"

"晓堼？"男人不以为然地笑笑，"晓堼还知道什么？"

"还知道天奇现在到哪儿去了？"女人说。

"嗯？"

"她知道他还在找，找那不可能找到的东西。"

"可怎么见得就找不到呢？"

"你刚才说那样的地方太难得了吧？好。你承认那样的地方太少太少了吧？好。我想你会同意，找到一个那样的地方实在是太不容易了吧？甚至错过一个机会这一辈子就可能再也找不着了，是吧？那好。"

"又怎么样呢？"

"你好不容易找到的，你会轻易把她失去吗？"

"当然不。我凭什么要失去？"

"但是你可能失去。"

"我可以不失去，我可以尽我的努力不失去。"

"唉，可惜让晓堼说对了。你怎么努力？你一旦感到可能失去，一旦怕她失去，你就会想把握住她，你就开始要猜疑了，你就会对她的一句话想很多很多，拼命想弄清楚她为什么那么说，你想不清楚你就拼命让她解释清楚，可她只不过是随便说说而已的，没动脑子，根本没动那么多脑子，连她自己也不清楚为什么要那么说！"

"好不容易找到了，"男人说，"不愿意轻易失去。这总不算错吧？"

"问题就在这儿，问题就是这并不错。"

"互相解释一下，这不对吗？否则怎么彻底理解？"

"这也对，可糟就糟在这也对。一切都对，可到最后就是没完没了的猜疑和解释不完的解释，成了习惯，成了习性。成了条件反射。其他的倒都忘了。"

"这不是猜疑。"

"也可以不叫猜疑，可你总在想对方的话到底是什么意思，这意思会不会使我失去她。不叫猜疑也可以。可是最后你就不敢想说什么说什么了，因为有些想法你自己也无法解释，你还敢说吗？"

海潮涌起来又落下去涌起来又落下去，落下去又涌起来，对着月亮叹息。叹息声不知几万里远。月亮只好按照自己的轨迹运行。

"老天，我不知道错在了哪儿。"男人说。

"不知道。"女人说。

"也许万恶之源就在猜疑。"

"你害怕失去她，这一点儿都不错。"

"也许应该相信根本不会失去？"

"凭什么呢？什么可以保证根本不会失去？"

"也许不想解释就别解释？"

"不是不想，是不能！是无法解释。"

"那就别解释。"

"可他想知道。不解释只会使猜疑加重。"

"他可以不问。"

"他可以嘴上不问。他眼睛里和心里不可能不问。另一方呢？随时感觉到他在问。"

"心里也别问。心里也不问，行吗？"

"咱们又说回来了。除非你不怕失去她，这办得到吗？你要是不怕失去她，你也就不会那么想要得到她了。"

夏日的长昼为荒原提供了充足的阳光，上千种植物纵横挥洒把天底下的地方全部变作绿色，上千种野花怒放。雪水融成的溪流在草下伸展开，四处闪光。鹿群自在徜徉，偶尔踏入溪中便似拨响了原野的琴弦，金属似的震颤声久久不息。

公鹿的犄角已经长成，剥落着柔软的表皮变得坚韧了。它们有一种预感：冥冥中有种神秘的东西将要降临；搅扰得它们又焦躁又兴奋。这东西是什么，还不知道。它们一有工夫就在带刺的矮树丛上磨砺自己的双角，也是听凭了冥冥中神秘的指使。母鹿们悄悄观察着公鹿的举动，安详地等待着某一天的到来。

半山腰上，懒洋洋的狼群在晒太阳，或卧或躺眯缝着绿幽幽的眼睛傲视一切，除了太阳的移动，其他都不放在心上。幼狼不见了，有的已半途夭折，活下来的都长大了，长得无比健壮，混同于它们的父母。唯皮毛的色泽显示着年轻的欲望，没有老狼身上的累累疤痕，偶尔爆发出来的低嗥也缺乏老狼眼睛里的沉稳。老狼转动着耳朵养精蓄锐，对周围发生的事了如指掌。

男人说，我并不是要占有一个人。

女人说，你要只是想得到一个人那倒好办了，可能有那样的人，一辈子都是你的。可你做梦也想要的是一块自由之地，这样你一旦害怕失去，她就已经失去了。

中午的太阳"轰炸"着城市。最热的时候，到处都是太阳的声音。人差不多都躲起来了。洒水车无精打采地开过去，敷衍着响几下铃铛。水就像是洒在烧热的炉壁上那样，变薄、缩小，说不定还有几个水珠嗞嗞地滚动几下然后消失。水泥路面上浮着一层抖动的蒸气，使一只过街的野猫变得弯弯曲曲。

野猫仓皇奔逃，窜进一幢大楼的阴影里卧下来喘息，回过头去望，不明白那些闪光的地方是不是一条路。

路边，树荫遮不到的地方有一条石凳。

"站会儿吧。"

"就站会儿吧。"

两个人站在梧桐树的影子里。

"如果稍微解释一下呢？"男人说。

"稍微？"女人看着他的影子。"怎么稍微？"

"主要是表明愿意解释，是否解释得清楚倒不重要，倒在其次。"

男人的影子像一个日晷。女人说："那不知又会引出多少需要解释的东西来。"

"会吗？"

"解释不清的解释就又是一个新问题，新问题又需要解释，又解释不清，这就没完了。"

"我们干吗一上来就不相信，是可以解释得清的呢？"

"太阳解释得清吗？太阳？"

太阳自古以来就待在那儿，像现在一样坦坦然然不隐瞒什么。万物都与它有关。关于它，一定有一个清楚的解释默默地存在着——不妨这么相信。可是，自古以来，关于它，有多少回解释就有多少回尚待解释。

"那回，晓堃只是对天奇说她想一个人待一会儿。她说'你该干什么干什么去，我想一个人待一会儿'，她就说了这么一句。她确实只是想一个人待一会儿。"

"天奇说什么了吗？他不是什么也没说就立刻到过厅里写他的东西去了吗？还要他怎么样呢？"

"关键就是这句'还要他怎么样'。晓堃要他怎么样了吗？她完完全全就是想一个人待一会儿，没有其他意思。"

"可天奇什么也没说就出去了呀？"

"是什么也没说，可你看他那脸色吧！他把门使劲一关，砰！使劲那么一关，心里就是说的那句话——'看你还要怎么样'。"

"不不不，这是晓堃的误会，天奇绝不会说看你晓堃还要怎么样，绝不是这个意思。""那是什么意思？""他是说，意思是说晓堃你还要我天奇怎么样呢？""这不一样吗？""这不一样。""我看不出有什么不一样。好吧。关于这件事他怎么跟你说的？"

"天奇说，他知道是因为什么。"

"什么因为什么？"

"他知道晓堃为什么说想一个人待一会儿。就因为上午天奇要写东西，那天是礼拜日，第二天他必须把那篇东西写完，交稿，他就对晓堃说，你带着女儿出去玩玩吧，或者上谁家去串个门吧。就因为这个，下午晓堃回来就不搭理天奇，就说她也想一个人待一会儿，让天奇该干什么干什么去。是不是这样？"

"根本不是。她就是随便那么一说，她那会儿心烦想一个人待一会儿。""说漏了，心烦？心烦什么？""咳哟！请问人可不可以有心烦的时候？""当然可以，天奇也没说不可以。可天奇不知道她为什么心烦，问她她也不说，就让天奇出去。""心烦什么？天奇一写东西其实就烦晓堃，不想让晓堃在他身边。这样的事好几次了，好几十次了，好几百次了！"

"写东西的时候怕人打扰，这我懂。"

"你是这样，可天奇不是。"

"是怕人打扰，对这点晓堃应该能理解。"

"对这点，开始晓堃非常能理解，可后来发现不是这么回事。实际上天奇认为他干的事晓堃一点儿都不懂，其实他根本就看不起晓堑。""这不对。天奇总是跟我说，他心里要是没有爱情，他简直就不知道为什么还要写诗写小说。""心里的爱情！可这不一定是指晓堑。""这你可错了。他总是说真正的爱情只有一次。""也许是下一次，为什么不可能是下一次呢？也许他已经感到这一次不是真正的了。"

"那是晓堑要那么想。"

"晓堑不会无缘无故那么想的。譬如说，那心里的爱情要是指晓堑，天奇为什么还担心没有爱情？"

"他担心了吗？真是怪事，他什么时候担心了？"

"他说心里要是没有了爱情，干吗还要写诗写小说。这话他说了吧？这不是担心是什么？""他说的是'要是'，是说如果是说假设。""假设！他根据什么做这样的假设？一切都是平平安安的，会想到要假设人类毁灭吗？""他随便一说罢了。""爱情可不是随便一说的，你这么随便一说，她心里会怎么想？""那怎么说？一说爱情就得像写一本书那样字斟句酌再加上一二三四一大堆注释吗？"

"我没说要那样。可随便一说跟随便一说可以完全不一样。天奇要不是感到他心里的爱情已经不那么来劲儿了，他不会这么随便一说的。任何看来偶然的东西都有必然的原因。"

"你只听了晓堑一面之词。"

"对不起，你也是，你也只听了天奇一面之词。"

"天奇不是担心自己不爱晓堑了，而是担心晓堑不像过去那么爱他了。"

"这种担心完全没必要。这担心一点儿根据也没有。事实是只可能天奇腻了晓堑，不可能晓堑不爱天奇。"

"晓堑担心会这样？"

"当然。哦，你别钻空子，她这担心是有根据的，你别笑。天奇既然总是担心，晓堃当然就会担心。"

"天哪天哪……"

"这一点儿都不可笑！天奇既然总是担心晓堃不像过去那么爱他了，你让晓堃怎么办？晓堃不知道怎么办才能让他感到还是像过去那样，事实上还是跟过去一样。晓堃就会担心，怕哪句话说得不合适又加重他的担心。晓堃是担心这样时间长了，天奇就不会再像过去那样爱她了。"

"好了，咱们都别把自己的感情加进去，你就客观地说说晓堃的那一面之词吧。"

一座座高楼在烈日下昏睡。有家阳台上挂了一串小尿布，低垂着一动不动。有人在屋子里伸懒腰，书掉在地上，没有声音。

"有些话，只是我们女人之间才能说的。"

"我懂你的意思。"

"是只有我们女人才能感觉到的。"

"那不见得。譬如说那天晚上，天奇希望他们能好好地亲热亲热，可晓堃一晚上都不理他。"

"那是因为天奇一下午都不理晓堃。"

"天奇正是想这样来打消白天的误会。"

"希望，打消。出于这样的考虑那简直像一个谈判会了，一个交易会了。""好家伙，没想到晓堃会这么想。天奇可是真心的。""每次都是吵了嘴，天奇就变得更亲热。""这不对吗？""你一想到对不对就已经不自然了，已经不敢为所欲为想说什么说什么了，生怕这个谈判会失败。小心翼翼小心翼翼，所有的动作都不对劲儿，都像隔着一层什么，都是技术性的没热情，每时每刻都有一种做戏感。"

男人不说话。

女人希望他能反驳她。

"天奇是在应付她。"女人说，仍然希望男人能反驳她。

男人看着楼顶上落着的一只鸽子。

"至少晓堃是这样，"女人说，"生怕哪儿做错了，总以为已经做错了，生怕他已经看出来她是在应付他。"她仍然给男人留着反驳的机会。

"天奇不知道他还能怎么办。"男人说。

"晓堃现在还盼着天奇回来呢，可是不知道他在哪儿。"

"他就像在梦游，自己也不知道自己在哪儿。"

"他回来又能怎么样呢？晓堃又怕他回来。"

"天奇要是知道这一切都错在了哪儿，他就会回来。"

"他要是能找到最初的那个梦就好了。"

"那就好了，就可以慢慢全都回忆起来了。"

荒原变成黄色，变黄的速度非常之快。公鹿猝不及想，一夜之间领悟了冥冥中神秘的安排。它们赞叹并且感恩于那神秘的旨意，在秋天的太阳里引吭高歌。公鹿的嗅觉忽地百倍敏锐，母鹿身上浓烈的气味赋予它们灵感，启发它们的想象力，弄得它们激情满怀。公鹿一遍又一遍地唱着情歌，意欲拜倒在母鹿脚下，抛弃以往的威严。纤巧的母鹿狡黠地躲避着公鹿的祈求，但只要发现公鹿稍有怠顿，母鹿们又及时地展示自己的魅力，引诱得公鹿欲罢不能。她们要把他们的欲火烧得更旺更猛些，上帝要求她们造就出坚忍不拔的英雄，造就真诚的情人，造就热情不衰的丈夫和强悍而智慧的父亲。鹿族的未来要求公鹿具备这些气概，要求母鹿在这黄金的季节里卖弄风情。

公鹿知道，它必须赶快找一片开阔地，必须在那儿迎候优秀的敌手，必须振作起雄风来赢得它的意中人。

牵牛花不知疲倦地吹着号角，前赴后继。

向日葵热烈的情怀甚至烤焦了自己的花瓣。

夜里，夜来香芬芳四溢，浓郁而且沉着。

日日夜夜。

母亲对女儿说："你最近活得好吗？"

"还可以。"女儿回答。

"你觉得有意思点儿了吗？"

"我也不知道。"

"也许我不该反对你给那个男孩子写信。"母亲低着头说，在给女儿织一件毛衣。

"友谊是件非常好的事。"母亲又说。

"不过你还不到十五岁，"母亲说，"你们还都不懂爱情有多么严峻。"

"你们将来会懂。你们现在还只是友谊。"

母亲抬起头，发现女儿已经不在跟前。大门"咔嗒"响了一下。母亲走到过厅里侧耳细听，一串轻捷的脚步声下楼去了。

"当我幼年的时候……"女孩子唱道，然后问老人，"对吗？"

"对。"

"当我幼年的时候，母亲教我歌唱……"

"对对，就这样儿。"

"在她慈爱的眼里，隐约……是隐约吗？在她慈爱的眼里，隐约闪着泪光。"

"唉，你唱得可真像。"老人说，"还是你行。"

"下面的歌词还没想起来呀？"

"没有。"

女孩子又把前面的四句唱了一遍。

"人这一老可真麻烦。后头的词儿我怕是再也想不起来了。"

女孩子又唱了几遍，发觉自己原来能唱得这么好听，一时也感到惊讶。

"我想送给你一只鸟。"老人说。

"送给我？真的！我随便挑吗？"

"嗷嗷老天爷。你慢点儿，慢点儿。不是这些。这几只跟我熟了，给你你也养不活。"

"那给我哪只？"

"我家里有只鹦鹉新近孵了几只小鹦鹉，等再长大点儿，我给你带来。那些小家伙儿准保你更喜欢。"

"我们同学家就养着鹦鹉，哎呀——"女孩子像大人那样摇头咋舌，"真叫好看。什么时候给我带来？"

"别忙，等它们再长大点儿。"

"要不我自己去您家拿吧？"

"你也是个急脾气。"老人笑笑。

女孩子也笑了："都是让我妈说的，我妈老说我是急脾气，我就真是个急脾气了。"

他们坐在那块大树根上，看着那些鸟。画眉在夏天的末尾叫得更加婉转，悦耳，变化万千不辞辛劳。暑气消散。行人的脚步显得悠闲。

"该你给我讲个故事了。"老人对女孩子说。

"我？讲个故事给您？干吗呀？"

"不干吗。我都给你讲了，我还给你鸟，你也该给我讲一个了吧？"

"那行。讲什么呢？"

"你看了那么多小说，你还不知道？"

"好吧。可我不知道您想听什么。"

"什么都行。你要想当作家，你就得会讲故事。"

"那好吧。嗯……"

"甭那么认真，随便讲一个就行。"

"行。嗯……《老人与海》行吗？"

"我就知道你憋坏主意呢，那你还不如讲个老人与鸟呢。"

"真是老人与海我不骗您！好吧，那就讲个别的吧，《老人与海》也太长了。行！我想起来了。"女孩子理理头发，坐得端正些，仿佛将要做一件极其严肃的事了。

"有个卖棺材卖花圈的商店。"女孩子讲道。

"好丧气，你怎么想起要讲这个？不不不，没关系，谁早晚不得死呢？"

"有一天晚上这店里来了个顾客，是个老头。"

"小伙子谁去那儿呀。讲吧讲吧，我爱听。"

"胖老板娘就问，'您买点儿什么呀？'"

"没这么问的，你当是平常的商店哪？"

"要不您讲！"

"好好好。人儿不大脾气可不小。我听着。"

"老头说要买花圈。胖老板娘问他买几个。"

"买一个还不够还买几个？你可真会糊弄我。"

"真的，书上就这么写的！老头跟老板娘说，您帮我算算得买几个吧，一个母亲送给儿子的，一个儿子送给父亲的……"

老人不再打岔了，盯着他的鸟，听着。

"一个哥哥送给弟弟的，一个妹妹送给哥哥的，一个外甥送给舅舅的，一个姑姑送给侄子的，一个孙女送给爷爷的，一个表姐送给表弟的……哎呀我都说乱了，多少个了？"

"没记住，你说这么快。"老人觉得这故事倒真是新奇得很，出乎意料。

"人一共能有多少亲人吧，您说？"

"哎呀，那可就多了，没算过。"

"反正他就要买那么多花圈，一辆汽车也拉不完，缎带上的称谓都不一样。"

"怎么会所有的亲人一下都死了呢？这事可太惨了。"

"胖老板娘差点儿乐疯了。"

"胖老板娘都不是好东西。"

她一年也未必卖得出去这多花圈，她店里所有的花圈加起来还不够呢。她就跟老头说，您把住址留下来吧，等我们做够了一块儿给您送去。老头说什么也不留住址，说他过几天自己来取。

"这为什么？"

"是呀，老板娘也有点儿疑心了。她先是以为一架飞机失事了，正好老头的亲人都坐在上面。老头走后老板娘越想越不对劲儿，怎么死的都是男人呀？爷爷、父亲、儿子、舅舅、侄子、哥哥、表弟……怎么全是男人呀？"

"这可倒是。"老人连连点头。

"他是不是要把他家所有的男人都杀了，把所有的财产都留给一个坏女人呢？"

"哎哟！"老人紧张地看着女孩子，头和身子都有些抖，"这么大岁数了，可别这么着。"

"后来老板娘就跟踪那个老头，终于弄清楚了其中的秘密。您猜是怎么回事？"

"怎么回事？"

"您猜。"

"我猜不着。不是像老板娘想的那样吧？"

"是，就是像老板娘想的那样——"

老人盯着女孩子，蒙了半晌。最后拍着腿说："这是何苦呢，唉，这是干的什么呢！"

女孩子格格格地笑起来，笑得蹲在地上："不是！我骗您呢！"她笑够了，就势坐在地上，继续讲："那老头其实是什么亲人都没有。压根儿就是他一个人。他怕将来没人给他送花圈，那些花圈都是他给自个儿准备的。"

出乎女孩子意料，老人一点儿都没笑。

"您听明白了吗？爷爷、父亲、侄子、舅舅什么的都是他自个儿一个人。"

老人还是不说话，单是动了动鼻子。

又过了半天，老人咳嗽了一阵还是不说话，光是挪了挪腿。女孩子有点儿心慌。

"这小说叫什么名儿？"

"我也忘了，我看书从来不记名儿。"

"你说这事是真的吗？"

"反正书上是这么写的。没准儿瞎编的吧？"

画眉不住地啼啭。

一轮巨大无比的落日里，一个人在拉琴。

男人寻找太平桥经过这个人身旁，便向他打听。拉琴的人不回答，只顾埋头拉琴。

别人告诉这个男人："你怎么问他呀？你仔细看看他。"

拉琴人的目光呆滞得像是已经死了，凡世的景物只不过在他的瞳孔里流过罢了。

"你再仔细听听他的琴声。"

琴声永远重复着那七个或八个音符，间隔长短亦为一律，凡世的音响不再惊动他。这是个傻子，很美很动人的一个白痴。

男人只好继续走自己的路。太平桥必定在某个地方。

"我找遍了所有的屋子，都没有人。我走过街道，穿过花园，走上长长的走廊、又高又陡的台阶，走到大墙的拐角、假山背后、草坪上和草坪上的树丛里，到处都不见人。然后……我可以如实说吗？"

"当然得如实说。"男人说，"那种释梦的方法唯一的要求就是实话实说。"

"然后我又走进一座大厅，这时候，我忽然看见一个人向我走来，一个女人。那我可就如实说啦？"

"是怎么就怎么说。"

"那女人赤身裸体一丝不挂，身体的每一部分都非常丰满非常成熟，你懂吗？非常匀称、健康，你懂吗？焕发着光彩、焕发着欲望，连我心里都一震。她从幽暗中向我走来，无声无息的一道白光，走得极其散漫极其舒展，极其不管不顾肆无忌惮，极其……"

"什么？"

"不。"女人想了一下才又说："当我们走到一起的时候，我才发现那是一面镜子。你懂吗？"

"镜子。我懂。"

"好大好大的一面镜子。"

男人点一下头，抽着烟。

"把我吓坏了。吓得我赶紧跑开到处去找衣服，这时候我已经听见四处都有人声了。所有的屋子里都挂着衣服，可都是别人的衣服没有我的衣服，我想不起来把自己的衣服都脱在了哪儿，所有的衣服我穿着都不合身，挺费劲地套上一件又挺费劲地揪下来，这时候人声越来越嘈杂了。我顾不了那么多，东找一件西找一件好歹穿起来。总算松了一口气。可就在我这么一回头之间，发现原来在我穿衣服的屋子里早都坐满了人。幸好人们都在啜茶聊天，像是没注意到我。我慌忙往外溜，贴着墙往外溜，有人挡我的路我也不敢出声，提心吊胆地等着，等人走开时瞅准机会溜了出去。咳呀，心想这下喘口气吧，找个地方歇会儿吧。忽然又听见笑声，所有的人都在笑，都看着我，原来他们不是没注意到我，而是一直都盯着我，看我做出多么可笑的表演。我那身衣服确实花花绿绿的不伦不类，像个马戏团里的丑角，我越是想把衣服抻抻平，整理得像点儿样子，笑声就越是一浪高过一浪。"

女人停一下，吁一口气，吁一口气也似潮水那样不平整。

男人靠眼神安慰她。

还有秋光，在安慰她。

她就又说下去。

"然后我走在城郊的路上。然后我走在野地里。然后我蹚过河，上了山坡。很高的山腰处是黑色的森林，我往那儿爬。我在一条土路上爬，一边是峭壁寸草不生，一边是悬崖，悬崖下云缭雾绕，峭壁随时要倒下来，悬崖随时要塌下去。前面出现一个隧道拱形的洞口，我爬进去，心想只要能再爬出来就是森林了，森林那边就是海。可这洞并不像我想的那样是隧道，而是一个没有出口的洞，数不清的金属拱架支撑着圆形的穹顶。我只好又往回爬，可是回去的洞口也被封死了，拱架支撑不住洞顶，整个洞就像一口大锅扣下来把我扣在了里头。我看见那教堂一样的穹顶上有一个洞，我攀着拱架爬上去，挣扎着想挤出来，洞口很小，把身上的衣服又全都挤掉了，这才算出来了，又是那么赤身裸体地掉在地上。回头看那洞口，又有一个人挤出来，也把全身的衣服都挤掉了，挤得浑身鲜血淋淋，她长得很像我，但我知道那不是我。那幸亏不是我，那个人挤出洞口一下子掉下悬崖去了。"

"你的女儿最近情绪稳定点儿了吗？"

"不，那不是她！绝对不是，这我非常清楚。我爬到悬崖边往下看，深渊里竟是一片和平景象，炊烟袅袅，房舍错落，鸡犬声此起彼伏，车水马龙秩序井然。有个男人拿着麦克风在唱，歌声悠扬又凝重，姿态又放荡又真诚。我在悬崖边想寻一条路下到深渊里去，可是找不到，一看见一条路，悬崖就轰隆隆塌下去一大块，把路塌没了。"

"那个男人唱的什么？"

"很多。也听不太清。"

"可这很重要。对解释这个梦很重要。"

"好像有这么一句，我听不太清，可我感到总是有这么一句：今天你来了我不再忧伤，让我忘掉你曾漂泊远方。"

又到了一年当中最好的季节。鸟儿在天上飞得舒缓，落叶在脚下嬉戏。落叶就像玩累了的孩子，躺在床上还不死心，还要一直玩进梦乡去。（之后将没有什么再能打断孩子的好梦。）

山里的山楂红透了。山里五彩斑斓。

庭院中的柿子树硕果累累，使人想起春天的连翘，但比连翘黄得沉重。偶尔一两个柿子落地，砰然有声。

河水又深又宽阔，流得平稳。忽然一天，记不住是哪一天，蜻蜓都不见了，知了也不叫了。

男人说："再没有比梦更诚实的事了。那大概免不了是深渊。"

"就算是吧。"女人说，"可在梦里我还是诚心诚意想要找一条路下去。"

"我想不必，既然你看出是深渊就不必。"

"我不是这个意思。我要下去，我是想下去，只是希望那不是深渊。"

"这样就好办。我也是这个意思，咱们可以不让它成为深渊。"

他们看见一个老人推着婴儿车走在一棵大树下，树冠如一项巨伞支开，漏下斑斑块块的秋阳。（车里的孩子将会记住那金黄的树叶和枝叶间的蓝天，等他长大了，他将到处去找那棵树却到处也找不到了。）

男人说："依我看，天奇和晓垫的全部错误就在于他们一定要结婚。"

"噢？"

男人又说："结婚这东西纯粹是一种人为的保证，天真的愚蠢的条约。"

"问题怕不在这儿。"女人想：可能没这么简单，就怕没这么简单。

"这东西压根儿就不该有。一有它，人就害怕失去它，一有它就说明人害怕失去它，结果反而失去它。所以不如干脆没有这个形式，这样就能打消怕失去的心理。对吗？"

"我不知道。你先往下说吧。"

"要是能彻底理解，要真是自由之地，就不需要这条约来维持，要是没有彻底理解根本不是自由之地，这条约就压根儿是狗屁。"

"这对。"

"要想不失去，先就别怕失去。"

"这行吗？"

"行不行也是它。你越怕失去你就越要失去。"

"这不错。"

推婴儿车的老人走过一棵小树，一片树叶落进车里，老人把它捡出来。（当孩子长大了，小树也长大了。当他千百次走过一棵大树的时候，他已经认不得这棵树，他已经忘了那个秋天这棵树上的一片叶子，在梦里抚摩过他。）

"天奇和晓堃互相失去了，就因为他们曾经太怕失去了。""他们现在又在互相寻找，是吗？""这样他们失去的只是那种怕失去的心理。""天奇也在盼望回到晓堃身边来，是吗？"

"你有一万块钱你就怕丢，你丢了你就难过得要死，你没丢你也紧张得要命。"

"你真的不知道天奇现在在哪儿？"

"你不如相信那一万块钱根本就不是你的。你本来就没有。结果你有了，你就喜出望外了。一样的事。"

"真对，真对。"

"咱们反正是什么都没有了，来到这世上一无所有。咱们不怕失去，失去顶多还是像刚来到世上时那样。""咱们本来已经失望了，结果咱们又找到了希望，是吗？""正是，正是这样。""噢，太棒了。"

他们看见那老人走在河边，河水里映出老人和那婴儿车的影子。老人走得那么缓慢，车里的孩子大概在这温馨的秋风里睡着了。（梦里他听见潺潺的流水声，多少年以后他在所有的河上找那声音，却再也找不到。）

"行了，我想咱们可以开始了，咱们可以毫无顾忌了。""我不知道这是不是梦。""这不妨就是你那梦的继续，你的船终于找到了那个岛。""那个港湾吗？那片沙滩？""你可以随心所欲自由自在地歇歇了，不管是躺在沙滩上还是趴在礁石上。""我怕这是梦。""你别怕这是梦，这就不是梦了。""我可以相信这不是梦吗？""或者不如像你说的那样，就当咱们是陌生人，那就可以想说什么说什么了，说完了各走各的路。""可以想什么就说什么吗？""完全可以。""唔，我要的只是这个。"

那个老人推着婴儿车走过树林，走过他们身旁。车里并没有孩子，而是五六只鸟笼。笼子上罩着粗针大线缝成的笼套，画眉都不叫。

溪流和钢琴。山谷和圆号，无边的原野和小号。落叶与长笛。月光与提琴。太阳和铜钹和定音鼓。公鹿的角斗声像众神纵情的舞步，时而稍停时而爆发，开天辟地。

狼群屏息谛听。那角斗声远远传来，也令年轻的狼胆战心惊。它们不禁信服了老狼的忠告。老狼偶尔看一眼太阳，教会年轻的狼识别山和溪流的色彩，识别原野的风：这是鹿的节日，在这日子里，鹿拥有着天地万物乃至整个宇宙。

开阔的角斗场四周，母鹿们显得不安，也不时遥望太阳，白昼越来越短了。公鹿也注意到了这一点，大地再偏斜一点儿的话北极的寒风就将到来，那时一切就都来不及了；它们必须尽快战胜对手和自己的情人欢聚一堂。以往的艰辛的迁徙和跋涉都是为了现在，它们记得遗留在冰河上的那些美丽灵魂的嘱托。鹿族的未来将嘲笑任何胆怯，将谴责哪怕一秒钟的松懈和怠惰。它们拼着性命要留下英名，它们的身体里流着祖先的血液，千万代祖先曾经就是这么干的。

公鹿用前蹄跑土，把土扬得满身都是，舞动着华丽而威武的双角如同舞着祭奠的仪仗。它们跪倒，祈求苍天再多赐给它们些智慧和力量，苍天默默不语只让秋风一遍一遍地扫荡一丝一缕的愚昧。公鹿幡然猛醒抖擞着站起来，存心忘掉失败的可能，把天地之气推上胸膛，推向肩头、颈项，集中到角上又运遍全身，狂吼着冲向对手。公鹿的性子暴烈起来甚至不亚于狮子，整整一个夏天的贮备使它们的力量不亚于一头熊，吼叫声搏斗声似风卷万千旌旗猎猎不息。有过发情的公鹿杀死狼的记载。

老狼站起来，不露声色，带领它的部族悄悄向下风头转移，在那儿鹿群闻不到狼的气味，狼却可以知道鹿的日子还剩多少。鹿的节日终归会过去的，那时候，幸运之神将垂青于狼。

此刻人间，男人和女人形影不离，自在周游，不舍昼夜。窃窃私语融为秋声，魂销魄荡化作落叶猩红。

寒冷到来之前，鹿的营地上开遍最后一批花朵。得胜的公鹿昂首阔步，角上挂着失败者的带血的毛，和最漂亮的母鹿们成亲。公鹿终于博得了母鹿的赞许，日月轮流做它们的媒人。

小号轻柔地吹响，母鹿以百般温存报答公鹿的骁勇，用舌尖舔平铁一样胸脯上的伤痕。

圆号声镇定如山。公鹿甚至傲视苍天。

母鹿并不急于满足公鹿的欲望，让它平静下来平静下来，听一听落叶中的长笛吧，再去领悟自然的命令。

战败的公鹿渴望来年，大提琴并不奏出恨怨。年幼的鹿在溪边饮水，在钢琴声中对未来浮想翩翩。

傲慢的公鹿有些惭愧，母鹿这才授予它权利。公鹿便把日赐其精月赐其华全部奉献给母鹿，奉献给后世子孙，在那一刻体尝了雄性的辉煌与快乐，胸腔里喉咙里发出阵阵鼓声构成四季的最强音。母鹿在喜庆的日子里不禁忧伤，它们知道这奉献对公鹿来说意味着什么，母鹿凭本能觉察到不远处的狼群，在这欢乐的交响之中闪烁着不祥的梆声。

天上人间，男人和女人神游六合，似洪荒之婴孩绝无羞耻之念，说尽疯话傻话呆话蠢话；恰幽明之灵鬼，不识物界之规矩，为所欲为。

酒神把舞神灌得酩酊大醉，舞神给酒神套上了魔舞鞋。舞得秋风大作时，枯枝败叶漫天飞卷。舞得秋雨缠绵，成熟的种子落入水中，随之漂流，将在一个命定的时辰，一个命定的方位，埋进土地，注定未来的生活将有另一种结构。

女儿为那座古老的落地钟上弦。她和那座钟一般高了。钟的旁边有一盆白色的菊花。钟在夜里敲响总是吵醒她，一醒来便看见钟摆上跳着月光，有些害怕。幸亏还能看见这白色的花瓣也在月光下洒开，便觉得明天准有好事等着她。

老人身着黑色秋装，给女孩子带来一对白色的鹦鹉。女孩子穿了一身红。

"两只哪，都给我？"女孩子喜出望外。

"这是一对儿，分开了哪只都活不长。"

"我们同学家的鹦鹉是带色儿的，有绿的，有蓝的。"

"那样儿的好找。"老人说，"白的你问问有几家有？我的鸟都是好品种。"

"真白呀，像雪一样。"

"那是当然。等下了雪你比比去，把雪都比黑了。"

"我能拿起来瞧瞧吗？"

"拿吧，就是给你的。"

女孩子把插在婴儿车上的两根木棍摘下来，每根木棍上站着一只白鹦鹉，腿上都挂着金属链。

"您家也有这样的婴儿车呀？"

"我的孙子自小跟着我，这会儿都大了，这车没用了，冬天出来遛鸟我用它当拐棍儿。"

"我们家也有跟这一模一样的婴儿车，是我小时候坐的，现在也没用了。"

老人把画眉笼子挨个挂在树上，摘下笼套，画眉愣一会儿，一声一声叫起来。

"你妈一个人把你带大可不容易。"老人说。

"可不吗？上班下班她推着我，有一回下雪天，她摔了一大跤，把嘴都摔流血了。那会儿我光会哭。"

"可你还说你妈是个老朽。"

"我什么时候说了？"

"没说就好。"

"我光是说她有时候有点儿保守，那怕什么的？当她面我也这么说。我们俩还是最要好的朋友。"

"带大一个孩子你以为容易吗？"

女孩子把两根木棍并拢，让两只鹦鹉靠近，一只稍微大一点儿，一只小一点儿。

"夏天怕热着，怕中暑。中了暑就拉稀，得吃藿香正气水，孩子懂什么？不喝。不喝就得狠狠心往下灌。"

"我最不爱喝那种药，又辣又呛嗓子。"

"天凉了又怕得感冒。打针吃药，孩子知道什么？打着挺儿哭，哭也不行呀，针还是得打，打得小屁股肿成疙瘩。"

两只鹦鹉互相啄了啄嘴，换了个位置，这只跳到那根木棍上，那只跳到这根木棍上。女孩子再想把两根木棍分开可不行了。

"最怕得肺炎，喘气儿又急又不吃东西，身子缩成一团儿像个绒球儿，没精打采的。得用葡萄糖水把土霉素化开，掰着嘴一滴一滴往里喂，弄不好能要了命走。"

"我得过肺炎，我还住过院呢。我妈说我差点儿死了。"

"饿瘦了，身子虚了，再光给苏子吃可不行了。"

"给苏子吃？苏子是什么呀？"

"苏子都不知道？苏子还不好买呢。前些日子我托人在乡下买了十斤好苏子，等回头我给你点儿吧。"

"我没吃过苏子。也许小时候吃过我给忘了。"

"要是大便干燥，得喂苹果泥。要是消化不良闹肚子，就给喂点儿大蒜泥。要是身上脏了，你就弄盆水在太阳底下晒一会儿，它们会自个儿跳进去洗，洗一会儿就得，别让身上都湿透了。"

"您说谁哪？"

"听着别打岔。经常也得吃点儿荤腥儿，蝲蝲蛄、知了、油葫芦、蜘蛛什么的都行。有种叫三道纹儿的蜘蛛，脊背上有三条纹儿，最好了。"

"吃蜘蛛哇？"

"冬天没这些东西了，就养点儿黄粉虫，就是粮食里长的小虫。放在瓦罐里养，温度在十五到二十五度之间就行。"

"您是说鸟呢吧？"

"是呀？你这老半天听什么呢？"

女孩子大笑起来："我还当是说您孙子呢！我说的呢，怎么给人吃蜘蛛吃蝲蝲蛄呀。"她又笑得蹲在地上，两只白鹦鹉有些惊慌。"还说什么三道纹儿蜘蛛，您可真逗，几道纹儿的人也不能吃呀。"

老人的脸腾地红了，呆愣着说不出话来光咽唾沫。他才想起来，原来是要说自己的孙子来着，怎么就说到蝲蝲蛄去了呢？一瞬间他真感到自己是老了，说着说着就弄不清在说什么了。近来他常常把人和鸟弄混，把年月弄混，把天和地都能弄混。

老人闷闷寡言，一直到和女孩子分手。女孩子一直在笑，和那两只鹦鹉玩得开心极了。

"我得走了。一会儿我得练嗓子，我决定学唱歌了。"

看着女孩子端着白鹦鹉走远，老人心里空空落落。这时他忽然记起那支歌后半部分的歌词来。他在心里唱了一遍，分明丝毫不错。他想喊住女孩子，喊她回来告诉她往下怎么唱，那样女孩子又可以跟他多待一会儿了。可是，那红色的身影和那两个小白点儿已经走得看不见了。那支歌的后半部是这么唱：如今我教我的孩子们，唱这首难忘的歌曲，我辛酸的眼泪，滴滴流在我这憔悴的脸上。

终于，狼的日子来了。老狼猛地站起身，眼睛里焕发出绿色的光彩，刹那间便发动起全部力量，展臂舒腰，敏捷的脚步富于弹性，喉咙里响着喜悦的鼓点，翕动鼻翼甚至向年轻的狼们笑了笑。年轻的狼们一开始有些惊慌，不知发生了什么。老狼便立起耳朵，示意它的部下们细听：远处的角斗声早已停歇了，疯狂的婚礼也已结束，荒原上唯余寒风一阵紧似一阵，风中有疲惫的公鹿的喘息声。年轻的狼们欣喜若狂，不能自制。老狼却又蹲下来，把自己隐蔽在山石后面，但浑身的筋肉都绷紧着，胸脯急剧起伏。年轻的狼们好不容易安静下来，也都找到了各自的隐蔽所，本能教会它们拉开距离，形成一个包围圈，听觉、嗅觉、视觉不放过一丝风吹草动。

公鹿把体内的全部精华都奉献出去之后，迅速地衰老了，力竭精疲，步履维艰了。鹿群要往南方迁移了，到越冬地去。公鹿跟在浩荡的队伍后边，蹒跚而行，距离越拉越大，母鹿回过头来看它，恋恋的，但知道在自己的腹中寄托着鹿族的未来，于是心被撕成两半。公鹿用视死如归的泰然的神情来安慰母鹿，并以和解的目光拜托它往日的情敌。当它确信自己绝无力气在冰封雪冻之前赶回家园的时候，它停下了脚步，目送亲朋好友渐渐远去。它知道狼已经准备好了，它还记得父亲当年的壮烈牺牲，现在轮到它了。公鹿都有一天要做那样的父亲，这不值得抱怨，这是神赐予雄性的光荣的机会。不如把所余的力气积攒起来，以便对付那些等了它一夏天的狼。公鹿钦佩山腰上它的敌人的韧性和毅力。

老狼看见了老鹿。老鹿知道老狼看见了它。老狼一秒钟之前还蹲着，一秒钟之后已如离弦之箭飞下山岗。年轻的狼们一呼而起，从四面八方包围过去，即便是要杀死一头羸弱的老鹿，没有这样的集体行动也办不到。漫山遍野回旋着狼的气息和豪情。

老鹿明白，末日已来临，但它仍旧飞跑，它要领狼群到一个它愿意死在那儿的地方去，或者它要证明自己的死绝不是屈服，它朝与鹿群远去的相反方向跑，它要在最后的时刻尝够骄傲。

狼群把老鹿包围了。老狼坐下来，指挥年轻的狼冲上去。它要让儿孙们领教领教老鹿的厉害，以便这些小子们将来能懂得天高地厚。老鹿看出这些毛头小子的狂妄和轻浮，瞅准机会只一冲，便撕豁了一头狼的鼻子。它遗憾自己的气力不够了，否则不要了这家伙的命才怪。又一头不要命的扑上来了，老鹿把双角一扫，把那个愣小子扫了个滚儿。老狼暗暗称赞这一冲一扫，并觉得这招法非常熟悉，它看了看自己前胸的伤疤，认出眼前这头老鹿是谁的儿子了。老狼狞笑一回，看出老鹿的腿劲儿已经不济，便冲上去，避开锋利的鹿角，从横里猛撞老鹿的身子，老鹿一晃险些跌倒。这一下年轻的狼们被提醒了，接二连三地去撞老鹿的肩、腹和腿，老鹿左闪右挪没有还击之力了。这些狼可真年轻啊，老鹿羡慕它们的年轻，心想，到了把肉体也奉献出去的时候了。

就快结冰的溪流中，殷红的鹿血洇开了，散漫到远方去，连接起夕阳。鹰群在天上盘旋，那是上帝派来的死亡使者，迎接老鹿的灵魂安然归去……

"我想，我们大概还是弄错了。"女人说。

男人不语，抽着烟，望着街上的人群。

当若颠若狂的爱情之火稍稍平稳的时候，在如醉如痴似梦非梦的神游之后，男人和女人又似从天堂重返人间，落到地上，坐在一家小酒店里。

"给我一支烟。"女人说。

"你要烟？抽？"

女人点上烟，抽得很在行。

"喝酒吗？"男人问她。

"不。"

"女儿怎么样，情绪？"

"好多了。"

"怎么回事？"

"弄不太清。好像是从那次我同意她跟那个男孩子通信之后，她的情绪一下子就全好了。她决定学唱歌。"

"这挺好，她的嗓子从小就不错。"

"你呢？又开始写什么了吗？"

"写了一篇。就快结尾了。"

"知道为什么要写了？"

"知道了。不过是因为活着。"男人仰脸看看窗外的天。

"要下雪。"女人说。

"你倒是不如喝点儿酒。"男人说，给女人斟满一杯红色的葡萄酒。

女人光是看着那杯酒，把酒杯在手里转动着，一个红色的小酒店也随之转动。"不过，我们也许还是错了。"

"说说看。"

女人叹一口气，然后每说一句话都是由衷的感叹："我没有怨你。我是说我自己。我老是摆脱不了那种恐怖感。我怕再一次失去你。"

男人的酒是白的。他已经接近知道他们错在哪儿了。

女人说："你说要想不失去，先就不要怕失去。可这本身就是怕失去。你说越怕失去就越要失去，可这本身正是怕失去。"

男人不说话。

"你说别怕这是梦，这就不是梦了。实际上你也是怕这是梦。我呢，当我说我可以相信这不是梦吗？实际上我等于是在说，没有什么东西能保证这绝对不是梦。对吗？"

男人不回答，有节奏地喝着酒。

"你说错就错在一定要结婚，结婚纯粹是人为的愚蠢的保证。可两个人相爱既然不是由结婚来保证的，也就不是因为结婚才使两个人担心互相失去的。"

男人点一下头。

"爱得越深越怕失去，越怕失去说明爱得越深。"

男人又点一下头。

"你干吗不反驳我？"女人使劲吸烟。

"我反驳不了你。"男人说。

酒店外面，飘起了雪花。紊乱而无声。

"可你越怕失去你越要失去，"男人说，"这并不错。"

"并不错，是并不错。"

"因为你一怕失去，你就不能自由自在想说什么就说什么了。这也不错。"

"确实也不错，我懂。"

"我们要找的，不是一个提心吊胆地互相搂抱着的机会。"

"我们要找的是彻底的理解彻底的自由。"女人说，"这总不错吧？"

"我正在想这件事。"男人说。

"我找到了，好不容易找到了，怕失去，这有什么不对的呢？我知道我知道，一怕失去就已经失去了。天哪，到底怎么办才对呢？"

"你是说，怎么办才能不失去吗？"

女人紧张地盯着男人："怎么办？"

"天知道。你再想想你问的这句话是什么意思吧。"

"�’！"女人沮丧地闭上眼睛。再睁开眼睛的时候，她大声嚷："可我不想再否认我怕失去。我怕，我怕！我怕！！我知道你不怕，我就知道你才不怕呢！"

男人把杯里的酒一饮而尽，然后再斟满。

"你不怕，你多镇静你多理智！告诉你，我也不怕！你爱到哪儿去就到哪儿去吧，你一辈子不回来我也不怕！当然，即便这样你也还是不怕，你这个老混蛋！"

雪编织着天空，又铺展着大地。白色的世界上，人们行色匆匆，都裹在五颜六色的冬装里，想着心事。

"喊够了吗？"

"够了。"

"能听我说一句了吗？"

"你说吧。"

"能相信我说的是真的吗？"

"我愿意相信。"

"事实上我比你还怕，实际上我比你还害怕。"男人说。

男人从春天走到冬天，从清晨走到了深夜。他曾走遍城市。他曾走遍原野、山川、森林，走遍世界。地图已经磨烂了，他相信在这地图上确乎没有那个地方。

最后他又走回海边，最初他是从那儿爬上人间的。海天一色。月亮和海仍然保持着原有的距离，互相吸引互相追随。海仍然叹息不止，不甘寂寞不废涌落；月亮仍然一往情深，圆缺有序，倾慕之情化作光辉照亮海的黑夜。它们一同在命定的路上行走，一同迎送太阳。太阳呢？时光无限，宇宙无涯。

在月亮下面，在海的另一边，城市里万家灯火。

随便哪一个窗口里，都是一个你不能清楚的世界。

一盏灯亮了，一会儿又灭了，一会儿又亮了，说明那儿有一个人。那个人终于出现了，走出屋子，一会儿又进来坐在灯前翻一本书。有朝一日你和他在路上擦肩而过，你不知道那就是他，他更不知道你曾在某一个夜晚久久注视过他。

两颗相距数十万光年的星星，中间不可能没有一种联系。在这陆地还是海的时候，在这海还是陆地的时候，那座楼房所处之地有一头梁龙在打盹，有一头食肉的恐龙在月光下偷偷接近了它；或者是一头剑齿虎蹑手蹑脚看准了一头柱牙象——你现在这么想也仿佛在远古之时就已注定。人什么时候想什么，不完全是自由的。

男人走累了，想累了，躺在礁石上睡去。天在降下来，地在升上去，合而为一。然后男人开始做梦。

漫无边际的黑暗中，有谁吹起一支魔笛，他不由得跟着那笛声走。只有一件黑白相间的长斗篷在他前面飘动，缓缓前移。他很想超越过去看看这吹魔笛的是谁，但他紧走慢走还是超越不过去，看不见那斗篷里到底是谁或者是什么，只见几根灵巧的手指伸而屈，屈而伸，所吹的曲子令人神往。他就那么一直追着那笛声向前走。很久很久之后，他看见一点儿曙光，看见广袤无垠的荒漠，看见大大小小的环形山和环形山的影子。那件黑白相间的长斗篷渐渐隐去不露形迹，魔笛声却回旋飘荡不离不散愈加诱人。在山脚下，放着两本书。他拿起一本来看，讲的是天堂里美丽的神话，他看懂了。他又拿起一本来看，说的是地狱里残酷的鬼语，他也能看懂。但当他拿起这一本书去看那一本书的时候，他却什么也看不懂了；相反，拿起那一本书来看这一本书时，也是茫然不知其所云。

他在梦里梦见了以前忘记了的梦，于是记起：两本书互相是不可能完全读懂的，正如两个人。这样他又想起把书颠倒过来读一回，从结尾读向开头。他发现，自由是写在不自由之中的一颗心，彻底的理解是写在不可能彻底理解之上的一种智慧。

一个巨大的火球在荒漠之边寂静升起。

而在月亮上，"阿波罗"带去的那座人的标志，仍在渴望更高的智慧来发现他们。

而在地上，大雪覆盖荒原，老狼也走到了生命的尽头。鹰群在高处向它炫耀新鲜的精力，在窥测它的行踪，并将赞美它所选择的墓地。老狼也要追寻着老鹿而去了，无论是谁，包括这些正在高傲地飞旋着的鹰，早晚都要去。不久将再来，在以往走过的路上重新开始展现和领悟生命。

而在家中，古老的大落地钟旁，菊花白色的花瓣散落一地，在根部保存起生机。

而在山里，在山下开阔的坡地上，在林间，在沼泽，在河的源头，在遥远的不为人知的地方，种子埋进冻土，为了无尽无休的以往继续下去成为无尽无休的未来。花开花落，花落花开，悠悠万古时光。

一九八六年十二月二十七日

原罪·宿命

/原罪/

　　我要给您讲的这个人以及我要讲的这些事，如果确实存在过的话，也是在好几十年前了。我这么说，是因为那时我还太小，如今他们在我的记忆里已经模糊到了这种程度：假如我的奶奶还活着，跟我说，"哪儿有这么个人呀，没有"或者"哪儿来的这些事呀，压根儿就没有过"，那样我就会相信我不曾见过这个人，世上也不曾有过这些事。然而我的奶奶已经去世多年。

　　因此您对这个故事的真确性，不必过于追究。不妨权当是曾经进入了他的意识而后又合着他的意识出来的那些东西，我只能认为这就是真确。假如当一个故事来说，这理由也就很充分了。

　　这个人姓什么叫什么，我看也不重要；重要也没办法，我反正是一点儿印象也没有了。我只记得奶奶让我管他叫十叔。那时我们住在同一条街上，差不多在街的正中间有一座小庙叫净土寺，我家住在街的南头，他们家挨近街的北口。他的父亲在那儿开着一爿豆腐坊，弄不清什么岁数上死了老婆，请来个帮工叫老谢。老谢来的时候，据说我爸跟我妈还谁都不认识谁呢。

十叔整天整夜躺在豆腐坊后面的小屋里。他脖子以下全不能动，从脖子到胸，到腰，一直到脚全都动不了。头也不能转动。就是说除了睁眼闭眼、张嘴闭嘴、呼气吸气之外，他再不能有其他动作。可他活着。他躺在床上，被子盖到脖子，你看不出他的身体有多长，你甚至会觉得被子下面并没有身体。你给他把被子盖成什么样就老是什么样，把一个硬币立在被子上，别人不去动就总不会倒。他就这么一年一年地活着。现在让我估算一下的话，他那时总也有十六七岁了，不会再小，否则奶奶不至于让我管他叫十叔，而且他能像大人那样讲很多有趣的故事。正是因为这后一点，我极乐意跟奶奶到豆腐坊去，去打豆浆要么去买豆腐。奶奶说我是喝十叔他爸的豆浆长大的。几十年前天天都喝得起牛奶的人家还不多。那时我六岁，正是能记事而又记不清楚事的年龄。

甚至也记不清楚我是不是六岁，单记得比我大四岁的阿夏早就上了小学，她弟弟阿冬比我小一岁和我一样整天在家里玩。阿夏阿冬和我家在一个院子里住。他们家天天都喝得起牛奶可还爱喝豆浆，奶奶和我去打豆浆时，阿夏阿冬的妈妈就让他俩也跟我们一块儿去，让阿夏提一个小铁桶。阿夏管十叔叫十哥，她说是她爸爸让这么叫的，可见那时十叔的年龄再大也不会比我估计的大很多。阿冬有时随着她姐姐叫十哥，有时又随着我叫十叔。为什么是十叔我也不知道，我记得他连一个哥哥姐姐弟弟妹妹都没有。

街不宽，虽然长却很直，站在我家院门口一眼就能望到十叔家的豆腐坊。午后的街上几乎没人，倘净土寺里没有法事，就能听见豆腐坊嗡隆嗡隆的石磨声，听久了，竟觉得是满地困倦的阳光响，仿佛午后的太阳原是会这么响的。磨声一停，拉磨的驴便申冤似的喊一顿，然后磨声又起。直到天要黑时，磨才彻底停了，驴再叫喊一回，疲惫、舒缓，悠悠长长贯过整条苍茫了的小街，在沿途老墙上碰落灰土，是月亮将出的先声。

我和阿冬在院门口的台阶上跳上跳下，消磨我们的童年。净土寺的两个尼姑在南墙下的阴凉里走过，悄无声息仿佛脚并不沾地。我和阿冬就站到门两旁的石台上去，每人握一把"手枪"朝她们瞄准，两个尼姑冲我们笑笑仍不出丁点儿声音，像善良的两条鱼一样游进净土寺去。阿冬的枪是铁皮做的是从商店买来的，可以噼噼啪啪响，我的枪是木头削的而且样子不像真枪。我跟阿冬说："咱俩换着玩一会儿吧？"他说："老换老换老换！"我只好变一个法儿说。

我说："可惜你昨天没听见十叔讲的故事。"

"什么故事？"阿冬说。

"可惜昨天是你家阿姨打的豆浆，你和阿夏都不知道十叔讲了什么故事。"

"什么故事？"阿冬说。

我"哼！"一声，看着他的枪。阿冬一点儿都不笨，装出不在乎的样子说："可惜十叔讲的故事我也听过呀，可惜呀。"

我说："可惜昨天那个你没听过呀，可惜昨天那个故事才叫棒呢，是新的不是老的。"

阿冬闷了一阵，然后问："是讲什么的？"

"是神话的。"

"什么神话？"

"嘿哟喂！"我说，"那个神话又好听又长。"

阿冬把他的枪掂来倒去，我知道我很快就能玩到它了，但我故意不看它。我说："才不是你听过的那些呢，才不是讲耗子跳舞的那个呢。"阿冬就把他的枪递给我，说："换就换。"这样，我就玩着那把铁皮枪开始给阿冬讲那个故事。

"你知道为什么会刮风吗？"阿冬摇摇头。"你不知道吧？刮风是老天爷出气儿呢。你知道为什么会刮特别大特别大的风吗？"阿冬又摇摇头。"那是老天爷跑累了喘呢，不信你试试。"我把嘴对着阿冬的脸，呼哧呼哧大喘气，吹得他直闭眼。"你看是不是？"阿冬信服地点点头，等着我往下讲。可我已经讲完了，十叔讲了老半天的故事让我这么两句话就讲完了。阿冬问："完啦？"可我还没玩够那把枪呢，我就说："没有，还长着呢。"但是十叔讲的那些我都不会讲，老天爷怎么跑哇，跑到了哪儿又跑到了哪儿呀，看见了什么呀，山怎么海怎么云彩怎么树怎么，我都不会讲。"没完你倒是讲啊。"阿冬催我。我就瞎胡编："你知道为什么会下雨吗？""为什么？"我随口说道："那是老天爷撒尿呢。"不料阿冬却笑起来对此深觉有趣，于是我也很兴奋而且灵感倍增。我又说："下雪你知道吗？是老天爷拉屎呢。"阿冬使劲笑使劲笑。"打雷呢？打雷你知道吗是老天爷放大屁呢！""老天爷——放大屁——"阿冬就喊，笑个没完。"轰隆轰隆，老天爷放屁可真响，是吧阿冬？""轰隆——轰隆——"我们俩便坐在台阶上齐声喊，"老、天、爷！放、大、屁！轰隆——轰隆——老、天……"这时候阿夏跑出来了，站在门槛上听我们喊了一会儿，让我们别胡说八道了。我们反而喊得更响，更高兴了。她就回过头去喊她妈妈和我奶奶："快来看呀，你们管不管他们俩了呀？！"我和阿冬赶紧闭了嘴，跑回院里去。这时豆腐坊那边的磨声停了，驴叹气般地拖长着声音叫，家家都预备吃晚饭了。

阿夏却不回来，一个人在幽暗的门道里轻轻跳舞，转着圈，嘴里低声哼唱，浅颜色的连衣裙忽而展开忽而垂下，一会儿在这儿，一会儿在那儿……

十叔的小屋只有六平米，或者还小，放一张床一张桌子，余下的地方我和阿冬阿夏一去就占满了。但那屋子特别高，比周围的屋子都高好多，所以我说站在我家院门口一眼就能望到。唯一的小玻璃窗高得连阿夏站到床栏上去都够不着，有一回她说她准保能够着，可她站到床栏上使劲够还是差一大截。十叔急得喊她快下来，可别摔坏了腰。

"十叔让你快下来呢，阿夏！"我说。

"十叔叫你快下来呢！"阿冬也说。

"你又叫十叔，"阿夏说阿冬，"爸让咱们叫十哥你怎么老记不住。"

正对着窗户的墙上挂了一面镜子，窗户下又挂一面镜子对着第一面镜子，第一面镜子下再挂了一面镜子对着第二面镜子，这样，两面墙上一共挂了七面镜子，一面比一面矮下来，互相斜对着，跟潜望镜的道理是一样的，屋顶上还有两面镜子，也都斜对着墙上的镜子，这样十叔虽然不能动却可以看见窗外的东西了，无论怎么躺都能看见。是老谢给他想出这法子来的，老谢不识字也根本不知道什么叫潜望镜。阿夏回家把这事讲给她爸爸听。阿夏阿冬的爸爸是大学教授，整天埋头在书案上不是写就是算，这时抬起头来笑笑说："哦，是吗？老谢没上过学真是可惜了。"

从那些镜子里可以看到：墙头上的一溜野草（墙的这边想必是一条窄巷，偶尔能听见有人从那儿走过），墙那边的一大片灰压压的屋顶和几棵老树，最远处是一座白色的楼房和一块蓝天。再没有别的了。十叔永远看到的就只是这些东西，但那儿有他永远也讲不完的故事。

"你们看见树梢都绿了吗？"十叔说。

我说："看见了，怎么啦？"

阿冬也说："看见了，怎么啦？"

"阿冬就会跟人学，"阿夏说，"笨死了快。"

"看没看见有一棵还没绿？"十叔说。

"我看见了，怎么啦？"阿冬抢先说，然后看看阿夏。阿夏这时偏不注意他。

十叔说："那是棵枣树，枣树发芽晚。看那上头有什么？"

阿夏说："一条儿布吧？是一条破布条儿。"

阿冬也说是一条破布条儿。"我没跟你学，我也看见了！我就是也看见了，干吗就许你一个人看见呀！"阿冬冲阿夏喊，差点儿要哭。

"娇气包儿，笨死了。"阿夏说。

阿冬把眼泪咽回去。

"你们都没说对，"十叔说，"是纸条儿。是一个风筝，一个风筝挂在树上挂坏了就剩下那么一绺纸条儿。是昨天下午的事。画得挺讲究的一个大沙燕儿，准把他心疼坏了。"

"谁呀十叔？把谁心疼坏了？"我问。

"他应该到南边空场上放去。"十叔说。

"谁呀？谁应该到南边空场上放去呀！"

"那儿多宽敞，是不是？"十叔说，"就是使劲跑那儿也跑得开，闭上眼跑都保证撞不上什么东西。等风筝升高了你就把它拴在树上，一点儿甭管它它也不会掉下来。拴在一块石头上也行，然后你就坐

在石头上，你看着那风筝在天上一动也不动，你就可以随便干点儿
别的事了。就是枕着那石头睡一觉也不怕，睡醒了你看见那风筝还
在天上。唉，要是我，反正我宁可多走几步路到南边空场上放去。"

"十叔，南边哪儿有空场呀？"我问。

十叔便望着镜子老半天不说话。枣树上那纸条儿飘呀飘的，一
会儿也不停。

阿冬说："十叔你讲个故事吧。"

"你又叫十叔。"阿夏打阿冬屁股一下。

"十哥你讲个别的讲个故事吧。"阿冬说。

十叔出了一口长气，说："你还要听什么故事呢？"阿冬说听
神话的。"好吧神话的。"十叔说，又出一口长气，"知道人有下辈
子吗？"

"没有，十哥没有。"阿夏说，"那是迷信。"

"什么是迷信呀？"阿冬问，然后嚷开了："不不！就讲这个十
哥你就讲这个，敢情阿夏她听过了。"

"我给你讲个别的，讲个更好的。"

"不！我就要听这个，阿夏都听过了。"

"你要是捣乱咱们就回家吧。"阿夏说。

阿冬这才不嚷了，说讲一个别的也得是神话的。十叔说行，沉
一下，讲："看见阳台上那个姑娘没有？三层，三层的那个阳台
上？"十叔说的是远处那座白色的楼房。

"是穿红衣服的那个吗？"我说。

十叔闭一下眼，如同旁人点一下头。"每天这时候她都站在那儿
往楼下看。从她还没有阳台栏杆高的那会儿，我就天天这时候见她
站在那儿。那会儿她是两手抓住栏杆从栏杆的空隙里往下看。下雨了，

她就伸出小手去试试雨的大小，雨大了她就直抹眼泪。她是在等母亲下班回来。"

我问："你怎么知道是？"

"因为过了一会儿就见她高兴地跳，然后蹲在窗台底下藏起来，紧跟着阳台的门开了，母亲就走出来还没来得及放下手里的书包呢。母亲装着在阳台上找她，她就忍不住跳出来大喊一声，喊声又尖又脆连我都听见了。母亲就抱起她来使劲亲她。"

"她大概还没我高吧？"阿冬说。

"是，那时候还没有。后来她长得比阳台栏杆高了，她就扒着横栏欠起脚往下看，还是都在每天的这会儿。还是像先前那样，一会儿母亲回来了，已经顾得上先把手里的东西放下了，她还是藏在窗台下这时候跳出来，喊声又清又柔，母亲弯下腰来亲她。"

"这有啥意思呀，十哥你讲个神话的吧。"

"少捣乱你，听着！"阿夏说。

"再后来她就长到现在这么高了，比她母亲还高半个头了。她还是天天这时候都在那儿等母亲回来，胳膊肘支在横栏上往下看，两条腿又长又结实。可她还是有点儿孩子气，窗台底下藏不下了就躲在门后头，母亲一回来一走上阳台，她就从后面捂住母亲的眼睛，她不再那么大声喊了，可她的笑声又圆又厚，母亲嗔怪她的声音倒像是男孩子了。"

"这不是神话，根本就不像神话。"阿冬说。

"有一天又是这时候她又在阳台上，一会儿往楼下看看，一会儿来来回回走，拿着一本书可是不看，隔一分钟就对着窗玻璃拢拢头发。她有点儿心神不定，她确实是有点儿心神不定，我应该想到可我一点儿也没想到。然后就见她轻轻跳了一下，我知道她又要跟母亲捉迷藏了，可这一回她好像忘了该躲在哪儿，在阳台上转了好几圈儿还是没找好地方。我算计着母亲上楼的脚步。最后她还是又躲在了门后头。这时门开了，可出来的不是她母亲，是个我从来没见过的高个儿小伙子。"

"他是谁？"阿夏轻声问。

十叔闭上眼睛不讲了。

"这不是神话。"阿冬说。

我跟阿冬说："这回没准儿是神话了。"然后我又问十叔："这个小伙子是王子吧？"

"他是勇敢的王子吧？"阿冬也问。

我说："是'白雪公主'里那个王子吧？"

阿冬也说："是'灰姑娘'里那个王子吧？"

十叔仍闭着眼，说："这下我才想起来，一转眼都过去这么多年了。"他是说给自己听。

"这到底是不是神话呀，十哥？"

"就算是吧。"十叔说。

"那后来呢？后来他们怎么啦？"

"后来，白天晚上小伙子都在那儿了。"

"完了？这就完了呀？"阿冬轻叹一声，又对我说："这不像神话是吧？一点儿都不像。"

"可这是神话。"十叔说，"是。"

我看见十叔用上牙使劲咬自己的下嘴唇，都咬出挺深的牙印来了，都快咬破了。

回家的路上，阿冬还是一股劲儿念叨："这根本不是神话，这有什么意思呀。"

"笨死了你，自己听不懂你怨谁。"阿夏说。

阿冬委屈得直要哭。

我问："阿夏，他们后来到底怎么啦？"

阿夏不吭声，低着头走她的路。

这样看来，十叔当时的年龄就与我估计的有些出入了。细算一下的话，他那时至少该有二十多岁了，甚至可能在三十岁以上。我跟您说过，我的奶奶已去世多年。一个人早年的历史只好由着他模糊的记忆说了算，便连他自己也没有旁的办法。对您来说，只有我给您讲过这么一个故事——这件事本身才是真确的。倘您再把它讲给别人，那时就只有您给别人讲了一个故事——这才是真确的了。历史都不过是一个故事，一个传说，由一些人讲给我们大家，我们信那是真的是因为我们只好信那是真的，我们情愿觉得因此我们有了根，是因为这感觉让人踏实，让人愉快。

那时奶奶领着我们三个往家走，小街又是黄昏。走过净土寺，两个尼姑正关山门，朝我们笑笑依旧无声息，笑脸埋没在苍茫里。

我问奶奶："十叔的病还能治好吗？"

"能。"奶奶说。

阿夏却说不能："我爸说的，不能。"

阿夏阿冬的爸爸是科学家，光是书就有好几屋子，他说什么，没有人不信。

"你可千万别跟十叔他爸这么说。"奶奶说阿夏。

阿冬说："我们叫十哥，是不是阿夏？"

阿夏问奶奶："为什么别说呀？"

"反正你别说，要说你就说能治好。"

"那不是骗人吗？"

"那你就什么都别说，行不？"

"可是为什么呀？"

奶奶说过，十叔他爸从早到晚磨豆腐挣的钱，全给十叔瞧病用了，除去买黄豆和给那匹驴买草料，剩下的钱都送到药铺去了。奶奶说过，要不他挣的钱再续弦一个也够了，再盖几间大瓦房也够了，再买十匹驴也够了。"奶奶，什么叫续弦呀？"奶奶不理我。十叔他爸的那匹驴已经老得皮包骨了，只能拉半天磨了，剩下的半天十叔他爸自己推。老谢专管滤豆浆、煮豆浆、点豆腐，永远在蒸腾的热气中忙得顾不上说话。

阿夏阿冬的爸爸说："十哥的父亲太不懂科学了，科学才不管人的感情呢。"

"你也叫他十哥吗？"阿冬问。

阿夏阿冬的爸爸说："这么多年了，既然毫无效果，何苦还总把钱往药铺送呢？"

阿夏说："要不要我去告诉他？"

"告诉什么？"

"十哥的病治不好了呀，干吗撒谎？"

"我也去！"阿冬说。

阿冬阿夏的爸爸说："我问过最有名的大夫了，脊髓要是完全断了，简直一点儿办法也没有。"

"我去告诉他们吧？"阿夏说。

"我也去！"阿冬说着跳下床，往屋外跑。

"回来，阿冬！"他妈妈喊住他。

阿冬阿夏的爸爸说，不应该让十叔这么整天躺在床上什么都不干，得给他想个别的办法活下去。可是，就连阿夏阿冬的爸爸自己也想不出还能有什么别的办法。很少有阿夏阿冬的爸爸也不知道的事。他偶尔闲了，也给我们讲故事，讲月亮之所以亮不过是反射了太阳的光；讲一共有九颗行星围着太阳转，地球不过是其中一颗；讲银河系中的恒星少说也有一千亿颗，而银河系在宇宙中不过像一片叶子长在大树上。"十哥讲过，星星都在跳舞。"阿冬说。他爸爸便笑笑，说："这说法也不坏，它们确实像在跳舞。"

除去冬天最冷的时候，十叔的小窗不分昼夜总是开着的，为了看清外边的事为了听清外边的声音，成了习惯，他倒也不因此受凉生病。对于十叔，无所谓昼夜，他反正是躺着，什么时候睡着了便是夜，醒了就在镜子里看他的世界，世界还通过那小窗送给他各种声音。他常从梦里大叫几声惊醒，叫声凄长且暴烈，若在深夜便听得人发瘆。"什么叫哇，奶奶？""还有谁？又是豆腐坊那边儿。"奶奶说，叹一口气。我便知道，此刻十叔又在看那些镜子了。我便也掀起窗帘看天上，我很想看看夜里星星怎么跳舞，可是这夜星星都不动，满天的星星各自悄悄待在自己的位置上。即便是冬天最冷的时候，太阳一上来，十叔也要叫老谢把他的小窗打开一会儿。您能想象，他不能太久地不看到什么不听到什么。您可以想象，他独自在那儿同世界幽会，不知是它们从那儿来了还是他从那儿去了。您想象一道阳光罩住一张木床，在阳光中飞舞的是他的灵魂，在阳光中死去的是他的肉体。待夕阳把远处那座白楼染得凄艳，十叔就盼着我们去听他的故事了。要是我们不去，要是晚上老谢没事了，十叔憋了一整天的故事便讲给老谢一个人听。当然，十叔屋里有一个非常旧非常旧的无线电，可他没法去扭那两个旋钮，要是他爸和老谢都忙着，他不想听的他也得听，所以十叔不怎么爱听它。十叔更乐意自己讲故事。自己想听什么自己讲来听，这有多好。当然，他更盼着我和阿冬阿夏去听。

"十哥你昨天又做噩梦了吧？我妈说你夜里又做噩梦了。"

"阿冬你胡说什么！"阿夏搡了他一把，"什么都不懂什么都不懂，简直快笨死了你。"

"我是叫的十哥我没跟人学。"阿冬分辩说。

"都快笨死了你知道吗，还不知道呢！"

"阿夏！"十叔喊。然后他闭了一会儿眼睛，仿佛有个噩梦在他脸上很快地跑了一圈，之后他猛地睁开眼睛问我们："今天想听什么故事呀？"完全换了一副神情。

"神话的！"阿冬说，"听那个耗子跳舞的。"

"光会听一个，你都快笨死了。"

"嘘——"十叔说，"你们听。"

一个男人轻轻地唱着歌从窗外走过去了，从镜子里看不见他，声音跟牛似的。

"他又去演出了。"十叔自言自语地说。

"演什么？你怎么知道他去演出？"阿夏问。

"一到这时候他就走了，半夜里准回来。你听他的嗓子有多好，是不是？"

"他唱的什么呀？"阿冬问。

"我也听不清。"十叔说，"他总唱这支歌，可我总也听不清这歌里唱的是什么。"

阿夏说："我倒听清了一句，好像是——'你可看见了魔王'。"

"他的嗓子真是好，你说呢阿夏？"

"他是谁呀?"

"他就住在那座楼上,四层,从左边数第三个窗口。每天夜里他从这儿过去不一会儿,那个窗口的灯就亮了。"

十叔指的还是那座白色的楼房。从早到晚,那楼房在阳光里变换着颜色,有时是微蓝的,有时是金黄的,这会儿太阳西垂了它是玫瑰色的。楼下几棵大树,枝繁叶茂,绿浪一样缓缓地摇。

"他长得什么样儿?"阿夏问。

十叔想了想,说:"嗯,个子长得真高。"

阿冬说:"有我爸高吗?"

"当然有。他比谁都高,也比谁都魁梧,腿比谁都长肩比谁都宽,噢对了,他是运动员,也是歌唱家也是运动员。"

"那他跑得快吗?"

"当然,当然快,特别快。他跳得也特别高。你说什么,跳起来摸房顶?当然能,这在他算什么呀。你们会打篮球吗?"

"我会!"阿夏说。

"他一跳你猜怎么着?头都碰着篮筐了。"

"十叔你也会打球?"我问。

"可我听说过,那篮筐高极了是吧阿夏?"

"高极了高极了的,"阿夏比画着说,"连我们体育老师使劲跳都够不着篮板呢!"

"都快有天高了吧?"阿冬说。

"可我轻轻一跳,连头都能碰着篮筐。"

"十叔你怎么说你呀?你怎么说'我'呀?"

"我说我了?没有没有,我哪儿说我了?"

"十哥,我想听个神话的。"阿冬说。

"他又特别聪明，"十叔继续讲，"跟他一般大的人中学还没毕业呢，他都念完大学了。等人家大学毕业了，他早都是科学家了。想跟他结婚的人数也数不过来，光是特别漂亮的就数不过来。可他还不想结婚，他想先得到全世界去玩玩，就一个人离开家。他也坐过飞机也坐过轮船，也会开汽车也会骑马。他还是最喜欢骑马，他有一匹好马，浑身火红像一个妖精，跑得又快又通人性，是一个好妖精。"

"那只会跳舞的耗子也是好妖精。"阿冬说。

"是，也是。"

"你还说有一只猫和一只狗都是好妖精。你还说有一棵树和一个虫子也都是好妖精。"

"这匹马也是。不管到哪儿它都不会迷路。高兴了我就和它一起跑，累了就骑一会儿。"

"十叔你又说'我'了，你说'高兴了我就'，你说了。"

"噢是吗，我说错了。"十叔停了一会儿，又说："我讲到哪儿了？噢对了，他就这么绕世界玩了一个痛快。还记得我给你们讲过风的故事吗？他就像风一样到处跑到处玩儿，想到哪儿去就到哪儿去，一会儿在深山里，一会儿在大道上。江河湖海他也都见了。当然，当然会划船，再说他也会游泳，多深多急的河里他也敢游。废话，淹死了还算什么，他能在海里游三天三夜也不上岸，他能一口气在水里憋好几分钟也不露出头来。当然是真的，不是真的我还给你们讲什么劲儿？他也到大森林里去过，十天半个月都走不出来的大森林，都是十好几丈高的大树，一棵挨一棵一棵挨一棵。不累，他从来不知道累，更不知道什么叫生病。他哪儿都去过，哪儿都去过什么都看见过。告诉你阿夏，他的腿比你的腰还粗一倍呢，你想想。"

阿夏问："他去过非洲吗？"

"怎么没去过？"十叔说，"那儿有沙漠有狮子，对不对？当然得去。他还有一杆枪，他的枪法没问题，一枪撂倒一头狮子，要不一头狗熊，这对他根本不算一回事。"

"十哥，我也有一杆枪！"阿冬说。

"哈，你那枪！"十叔笑起来，"阿夏，要是我我没准儿把阿冬也带上。夜里就住山洞，阿冬你敢吗？用火烤熊肉吃你敢吗？狼和猫头鹰成宿地在山洞外头叫，你敢吗阿冬？"

"阿冬这会儿就快吓死了。"阿夏笑着。

"还说什么你那枪！"十叔也笑着。

阿夏又问："十哥，那他去过南极洲吗？见过企鹅吗？"

"什么你说？什么鹅？"

"怎么你连企鹅都不知道哇？"

十叔脸上的笑容渐渐消失，那个噩梦好像在别处跑了一圈这会儿又回来了。

"企鹅是世界上最不怕冷的动物，"阿夏还在说，"南极洲是世界上最冷的地方，一年四季都是冰天雪地。"

"那有什么。"十叔低声自语，"只要他想去他就能去。"

"那他去过美洲吗？还有欧洲？"

"他想去他就能去。"十叔又闭上眼睛。

"还有澳洲呢？他去过吗？"

"只要他想去，阿夏我说过了，他就能去。别拿你刚学的那点儿玩意儿来考我。"

"十叔，他去过天上吗？"我问。

"十叔，我爱听星星跳舞的那个故事。"

"阿冬你又叫十叔，你少跟人学行不行！"

这当儿十叔一直闭着眼，紧咬着下嘴唇。

阿夏看看阿冬和我，愣了一会儿，趴到十叔耳边说："十哥你生气啦？我没想考你。"

十叔松开牙但仍闭着眼，出一口长气有点儿颤抖："没有，阿夏，我不是生你的气。我不是生别人的气。我凭什么生别人的气呢？别人想到哪儿去就到哪儿去，跟我有什么关系？我就在这儿。"

十叔虽这么说，可我觉得他还是生了谁的气了。他一使劲咬下嘴唇而且好半天好半天闭着眼睛，就准是生谁的气了，可我不知道他到底是生谁的气。太阳又快回去了，十叔的小屋里渐渐幽暗。在墙上，你几乎分不清哪是窗口哪是镜子了，都像是一个洞口一条通道，自古便寂寞着待在那儿，从一座无人知晓的洞穴往旷远的世界去。那儿还有一块发亮的天空，那座楼变成淡紫色，朦朦胧胧飘忽不定。阿夏轻声说："咱们该走了。""不，十哥还没讲神话的呢！"阿冬不肯走。磨坊里的驴便亮开嗓门叫起来，磨声停了。然后那驴准是跟了老谢踱到街上，叫声在古老的黄昏里飘来荡去，随着晚风让人松爽，又伴了暮色使人凄惶。净土寺那边再传来做法事的钟鼓声。

十叔好像睡着了。

阿夏拉起阿冬和我，让我们不要出声，轻一点儿轻一点儿，悄悄地，往外走。

"别走阿夏，我答应了阿冬，我得给他讲一个神话的。"十叔睁开眼，像是才睡醒。

我们等着。连阿冬都大气不出。很久。

"有一天夜里，满天的星星又在跳舞。我这么看着他们已经看了好几十年，一天都没误过。就是阴天，我也能知道哪片云彩后面是哪颗星星。这天夜里，星星上的神仙到底被感动了，就从这窗口里进来，问我，要是他把我的病治好，我怎么谢谢他。"

"十哥这是迷信，"阿夏说，"你的病治不好了。你的病要是治不好了呢？"

"你的性子真急阿夏，我还没说完呢。我的病治不好了这我不比谁知道？所以我说我讲的是个神话。"

"让我告诉你爸去吗？"阿冬说。

"噤可别，阿冬你千万可别。"十叔说。

"干吗撒谎？"阿冬学着阿夏的语气。

"这你们还不懂，你们还小。一个人总得信着一个神话，要不他就活不成，他就完了。"

暗夜在窗外展开，又涌进屋里，那些镜子中亮出几点灯光，或者竟是星星也说不定。净土寺那边的钟声鼓声诵经声，缈缈缥缥时抑时扬，看看像要倦下去却不知怎样一下又高起来。

十叔苦笑道："要是神仙把我的病治好，我爸说要给他修一座比净土寺还大的庙呢。"

"十叔你呢？你怎么谢他？"

"我？我就把他杀了。他要是能治这病，他干吗让我这么过了几十年他才来？他要是治不了他干吗不让我死？阿冬，他是个坏神仙，要不就是神仙都像他一样坏。"十叔的语气极其平静，像在讲一个无关痛痒的故事。

"你也信一个神话吗，十哥？"

"阿夏，平时你可不笨。"十叔说，"人信以为真的东西，其实都不过是一个神话；人看透了那都是神话，就不会再对什么信以为真了；可你活着你就得信一个什么东西是真的，你又得知道那不过是一个神话。"

"那是什么呀？"

"谁知道。"黑暗中十叔望着那些镜子。

　　我们去问阿夏阿冬的爸爸，他摇头沉吟半晌，最后说，一定得想个办法，让十叔能做一点儿有实际价值的事才行。

"什么是实际价值？"

"就是对人有用的。"

"什么是有用的？"

"阿冬！别总这么一点儿脑子也不用。"

　　可结果我们还是给十叔想不出办法来。他要是像阿夏阿冬的爸爸那么有学问也好办，可他没有，没有就是没有甭管为什么，也甭说什么"要是"。但从那以后阿冬阿夏的爸爸不让他们去十叔那儿听故事了，说那都是违反科学的对孩子没好处。阿冬阿夏的爸爸便尽量抽出些时间来，给我们讲故事，讲太阳是一个大火球，热极了热极了有几千几万度；讲地球原来也是个火球，是从太阳身上甩出来的后来慢慢变凉了；讲早晚有一天太阳也要变凉的，就像一块煤，总有烧乏了的时候。阿夏说："那可怎么办呀？"她爸爸说："放心，那还早着呢。"阿夏说："早晚得烧完，那时候怎么办呢？粮食还怎么长呀？"她爸爸笑笑说："那时候还有地球吗？地球在这之前就毁灭了。"阿夏说："那可怎么办？"她爸爸说："那时候人类的科学早就特别发达了，早就找到另外的星球另外的适合人类生活的地方了。"阿夏松了一口气。我也松了一口气。阿冬问："要是找不着呢？"阿冬阿夏的爸爸说："会找着的，我相信会找着的。"

我还是能经常到十叔那儿去。奶奶不在乎什么科学不科学，她说谁到了十叔那份儿上谁又能怎么着呢，死又不能死。

这一来我反倒经常可以玩到阿冬那把枪了，还有他妈妈给他买的各种各样好玩的东西。我只要说，"十叔昨天又讲了一个神话的"，阿冬就会把他所有的玩具都端出来让我挑。对我们来说，阿夏阿冬的爸爸讲的和十叔讲的，都一样都是故事，我们都爱听。

我问阿冬："你还记得十叔家窗户外的那座白楼吗？"阿冬一点儿也不笨，阿冬说："你想玩儿什么你就玩儿吧，这些玩具是咱们俩的。"我说："你还记得那座楼房旁边有好几棵大树吗？上头老有好些乌鸦的？"阿冬说："我记得，十哥说它们都是好妖精。"我说："十叔说它们没有发愁的事跟咱俩一样，一早起来就那么高兴，晚上回来还是那么高兴。"阿冬说："那些乌鸦，啊——啊——啊——的老叫是不是？"我说："你还记得楼顶上老落着一群鸽子吗？""那也是一群好妖精，十哥说过。""十叔说它们也没那么多烦心事，它们要是烦心了就吹着哨儿飞一圈，它们能飞好远好远好远也不丢。"十叔的故事都离不开那座楼房，它坐落在天地之间，仿佛一方白色的幻影，风中它清纯而悠闲，雨里它迷蒙又宁静，早晨乒乒乓乓的充满生气，傍晚默默地独享哀愁，夏天阴云密布时它像一座小岛，秋日天空碧透它便如一片流云。它有那么多窗口，有多少个窗口便有多少个故事。一个碎了好几块玻璃的窗口里，只住着一个中年男子，总不见女人也不见孩子，十叔说他当初有女人也有孩子，偏他那时太贪杯太恋着酒了，女人带着孩子离开了他。十叔说："不过他的女人就快回来了，女人一直在等着他，现在知道他把酒戒了。"我说："要是她还不知道呢？"十叔说："那就去找她，要是我我就把酒戒了去找她。"我问："她在哪儿呀？"十叔想了一会儿，说："也许，就在那一大片屋顶中的哪一个屋顶下。"另一个窗口里，有一对老人。老两口整日对坐窗前，各读各的书或者各写各的文章，很久，都累了，便再续一壶茶来，活动活动筋骨互相慢慢地谈笑。十叔说他们的儿女都是有出息的儿女，都在外面做着大事呢。十叔说："他们的儿子是个音乐家。"我说："你怎么知道？"十叔说："他们的儿媳妇是个画家。"我说："你是怎么知道的？"十叔说："他们的女儿是个大夫，女婿是个工程师。"我问："你到底是怎么知道的呀？"十叔便久久地发愣……还有个窗口里住着个黑漆漆的壮小伙子，一到晚上就在那儿做木工活。十叔说他就快结婚了，未婚妻准是个美人儿。我问："怎么准是呢？"十叔闭一下眼睛如同旁人点一下头，说："准是。"表情语气都不容怀疑。还有一个窗口白天也挂着窗帘，十叔说那家的女人正坐月子呢，生了一对双儿，一个男孩一个女孩。十叔说："当爹的本想要个闺女，当妈的原想要个儿子，爷爷呢，想要孙子，奶奶想要孙女，这一下全有了。"还有一个摆满了鲜花的窗口，那儿有个白发苍苍的老太太。十叔说她都快一百岁了，身体还那么硬朗，什么事都不用别人干。那些花都是她自己养的，几十种月季几十种菊花，还有牡丹、海棠、兰花，什么都有，天天都有花开，满满几屋子都是花都是花的香味儿。十叔说："她侍弄那些花高高兴兴的一辈子，有一天觉得有点儿累了，想坐在花丛里歇一会儿，刚坐下，怎么都不怎么就过去了。"我问："过哪儿去了？"十叔说："到另一个世界去了。"我说："到天上去了吧？"我说我知道了，这是个神话。十叔笑一笑，叹一口气又闭上眼睛……

白色的楼房，朝朝暮暮都在十叔的镜子里，对十叔的故事无知无觉。那些窗口里的人呢，各自度着自己的时光，日复一日年复一年，不曾想到世上还有十叔这么个人。

阿冬阿夏终于耐不住了，有一天我们又一起到十叔的小屋去。我们进去的时候，正好听见那个男人又唱着歌从窗外走过。

阿夏说："十哥我又听清一句了！他唱的是，'你可看见了魔王？他头戴王冠，露出尾巴'。"

"谁呀？阿夏，他是谁呀？"阿冬问。

"阿冬你这么笨可怎么办！就是那个又高又大全世界哪儿都去过的人。这都记不住。"

阿冬说："十哥，我好些天没来我真想你。"

"阿冬就会甜言蜜语。"阿夏撇一下嘴。

"我就是想了，我没骗人我就是想了。"

"怎么想的你？"

"我，我想听个神话的。"

只有十叔没笑，他说："我正要给你们讲件怪事呢，我发现了一件特别奇怪的事。"

"十哥我爱听奇怪的事，我爱听神话的。"

"你们看最顶层尽左边那个窗口。"十叔指的还是那座白楼。"那儿总也不亮灯，晚上也从来不亮灯，真是怪了。"

"大概那儿没人住吧？"阿夏说。

"可你们看那窗帘，多漂亮是不是？窗台上还放着两个苹果呢。看见墙上那个大挂钟没有？钟摆还来回动呢。"

太阳这时正照在那面墙上，好大好大的一只挂钟，钟摆左一下右一下，闪着金光。

"也许晚上没人在那儿住吧？"

"我原来也这么想，"十叔说，"可是有天晚上月亮正好照进那个窗口，我看见那儿有人。我明明看见有一个人，一会儿坐在窗前，一会儿在屋里走动，可就是不开灯。这下我才开始注意那儿了，原来每天夜里都有人，我看见他点火儿抽烟了，我看见烟头儿的红光在屋里走来走去，可他在那黑屋子里就是不开灯，从来都不开。"

阿冬说："十哥，我有点儿害怕。"

"胆小鬼，又笨胆儿又小。"阿夏说。

那座楼房这会儿是橘黄色的。楼顶上的鸽子探头探脑地蹲在檐边，排成行。乌鸦还没回来，老树都安静着。

"我们去那楼里看看吧。"阿夏说。

阿冬说："我不想去。"

"你不想去因为你是个胆小鬼！十哥，我们到那楼里去看看吧？我们还从来没到那楼里去过呢。"

十叔说："我早就想到那儿去看看了，可是阿夏，我怎么去呢？"

"要是有一辆车就行了，我们推你去。"

"我早就想去了，可是不行阿夏，我想过多少遍了，那么高我可怎么上去呀？"

"让老谢抱你上去，我们再把车抬上去。"

"阿夏你要是去，我就告诉爸爸。"

"胆小鬼，你敢！"

我记得是老谢给十叔做了一辆小车，不过是钉了个大木箱又装上四个小轱辘，十叔躺在里头，我们推着他到那座白色的楼房去。小车轱辘"叽里嘎啦叽里嘎啦"地响，十叔的身体短得就像个孩子，轻得就像个孩子。老谢跟在我们身后走，什么话也不说。

奇怪的是，我们在那些七拐八弯的小胡同里转了很久，也没能接近那座白楼，我们总能看到它却怎么也找不着通到那儿去的路。阿冬不停地说，咱们回去吧咱们回去吧。阿夏便骂他是胆小鬼，仍然推着车往前走。阿冬紧拽着阿夏的衣襟不松手。残阳掉在了一家屋顶上，轻轻的并不碰响什么，凄艳如将熄的炭火，把那座楼房一染呈暗红色了。我们推着十叔再往西走了一阵，又往北走，那楼房像也会走似的，仍然离我们那么远。阿夏问老谢："到底该怎么走呀？"老谢说他没去过他不知道，说："问你十哥，他要去他想必知道。"十叔让我们再往东走。乌鸦都飞回来，在老树上吵闹不休。暮霭炊烟在层层叠叠的屋顶上，在纵横无序的小巷里，摇摇荡荡。看看那座楼像是离我们近了，大家欢喜一回紧走一阵，可是忽然路到了尽头，又拐向南去，再走时便离那楼愈远了。阿冬还是不住地说，回去吧，阿夏咱们回去吧。阿夏说："要回你自己回去！"阿冬只好念念叨叨再跟了走，不断回头去望。离家已是那么遥远了，仿佛家在千里之外。天便更暗下来，四周模糊不清，那座楼由青紫色变成灰黑。"老谢，到底怎么走才对呀？""问你十哥，他要来他就应该知道。"老谢还是这么说。可是无论我们怎么走，总还是那些整齐或歪斜的屋顶、整齐或歪斜的高墙、整齐或歪斜的无数路口，总是能看到那座楼也总还是离它那么远。天黑透下去，乌鸦藏进老树都不出声。阿冬说："阿夏咱们别走了，一会儿该迷路了。"阿夏没好气地说："我们已经迷路了，我们回不去家了！"阿冬愣一下，蒙了，转身就跑，看看不对又往回跑，然后站住，"哇"的一声哭出来。十叔忙哄他："阿冬别怕，阿夏吓唬你玩儿呢。"阿冬才慌慌地住了哭声，紧跑到阿夏身边抱住阿夏，抽噎着再不敢动。阿夏把他搂在怀里。

这时候传来一阵歌声，低沉浑厚得像牛一样："……啊父亲，你听见没有，那魔王低声对我说什么？你别怕，我的儿子你别怕，那是寒风吹动枯叶在响……"

"十哥，是他！"阿夏说，"是那个人。"

"噢！他在哪儿？"十叔说。

从一个巷口拐出一个人来，他手里拎根竹竿探路，边走边轻声唱。走近了，我们听得更清楚了："……啊父亲，你看见了吗？魔王的女儿在黑暗里。儿子、儿子，我看得很清楚，那是些黑色的老柳树……"他从我们面前走过，我们也看清他的模样了，他长得又矮又小又瘦，而且他手里拎了根竹竿探路。他大概觉出有几个人在屏住呼吸看他，便朝我们笑笑点一点头，不说什么，一心唱他的歌一心走他的路去。

阿夏对十叔说："咱们问问他，往那个楼去怎么走吧？"

十叔不吭声。

"十哥，你不是说他就住在那座楼上吗？他能知道到那儿去怎么走。"

"不。"十叔说。

"他不是住在四层左边第三个窗口吗？"

"不，那不是他。"十叔说，"他不是那个人，他不是！那个人不是他，不是……"

在黑得看不见的地方，仍传来那个人的歌声："……啊父亲，啊父亲，魔王已抓住我，它使我痛苦不能呼吸……"渐行渐远，渐归沉寂。

渐归沉寂，我们还在那儿坐着。

我们还在那儿坐了很久。满天的星星都出来，闪闪烁烁闪闪烁烁，或许就是十叔说的在跳舞吧。净土寺里这夜又有法事，钟声鼓声诵经声满天满地传扬，噜噜呔呔伴那星星的舞步。那座楼房仿佛融化在夜空里隐没在夜空里了，唯点点灯光证明它的存在，依然离我们那么远。

"老谢，咱们还去吗？"

"问你十哥，他应该知道了。"

十叔的眼睛里都是星光。

阿冬已经困得睁不开眼了，不住地说，十哥咱们回家吧，咱们回家吧十哥。

十叔说："回家，阿冬咱们回家，我以前给你们讲的都是别人的神话。"

我们便往回家走。阿夏背着阿冬，告诉阿冬别睡，睡着了可要着凉，"马上就到家了，快醒醒阿冬。"声音无比温柔。老谢背着我，又推着十叔。我不记得是怎么回到家的了，很可能我在路上也睡着了。

我说过，我不保证我讲的这些事都是真的。如果我现在可以找到阿冬阿夏，我就能知道这些事是不是真了，可我找不到他们。好几十年过去了，我不知道阿冬阿夏现在在哪儿。我看这不影响我把这个故事讲完。您要是听烦了您随时都可以离开，我不会觉得这是对我的轻蔑——请原谅，这话我该早说的。人有权利不去听自己不喜欢的故事，因为，人最重要的一个长处，就是能为自己讲一个使自己踏实使自己愉快的故事。

那夜归来，十叔病了。第二天我和阿冬阿夏去看他，他那小屋的门关得严严的。耳朵贴在门上听听，屋里静得就像没人。"十哥，十哥！""十叔！"叫也没人应。我们正要推门进去，老谢来了，说十叔病了正睡呢，叫我们明天再来。这样有好多天，每次去老谢都说十叔正又睡呢："他刚吃了药，正睡呢。""他什么时候醒啊？""你们看这门什么时候开了，他就醒了。"

也不知又过了多久，终于有一天那门开了，我和阿冬阿夏跳着跑进去。阿冬喊："十哥！这么多天没见你我可真想你。"阿夏撇一下嘴。阿冬说："我没甜言蜜语！我也想听神话的我也想十哥了。"

小屋里稍稍变了样子，所有的镜子都摘了下来，都扣着摞在墙旮旯。十叔平躺在床上，头垫高起来，胸上放一只小碗，嘴上叼一根竹管，竹管如铅笔一般长短一般粗细。见我们来了他冲我们笑笑，笑得很平淡。然后，他上嘴唇压过下嘴唇把竹管插进碗里，再下嘴唇压过上嘴唇把竹管抬起来，轻轻吹出一个泡泡。泡泡颤几下脱离开竹管，便飘飘摇摇升起来，晃悠悠飞出窗口去，在太阳里闪着七色光芒。

"我能吹一个非常大的。"十叔说。

他果然吹出了一个挺大的。

"这不算，"十叔说，"这不算大的。"

他又吹出了一个更大的。

"我也会。"阿冬说，"让我吹一个行吗？"

"少讨厌你，阿冬！"阿夏把阿冬拉在怀里。

十叔说："我得吹一个比磨盘还大的，那才行呢。"

"你能吹那么大的吗？"

"我要能吹一个比这窗户还大的就好了。"

"怎么就好了呀，十叔？"

"下辈子就好了。"

"十哥，那是迷信。"阿夏说。

十叔不理会阿夏的话，专心地吹了一个泡泡又吹一个泡泡，吹了一个又一个。

"嘿，快看这个！大不大？"十叔兴奋地喊。

满屋里飞着大大小小七彩闪耀的泡泡，忽上忽下忽左忽右轻盈飘逸，不断有破碎的，十叔又吹出新的来。我和阿冬满屋里追逐它们，又喊又笑又蹦又跳。十叔吹得又专心又兴奋。

"都太小了。"十叔说，"我要能一连吹出一百个像刚才那个那么大的，就好了。"

"什么就好了，十哥？"

"像我这样的病就都能治好啦。"

"这也是迷信，十哥，这也是，"阿夏说。

"明天我让老谢给我找一根再粗一点儿的竹管来，"十叔说，"那才能吹出更大的来呢。也许我能一连气儿吹出一万个来呢。"

"吹那么多呀！"阿冬说，高兴得不得了。"吹一万一万一万一万个，是吧十哥？"

"那就没人得病了，就没病了。"

"十哥，我觉得这还是迷信。"阿夏说。

"这不是迷信，阿夏你说这怎么是迷信？"

阿夏怔怔的，回答不出来。

泡泡一个又一个，一个又一个，飞得满屋，飞出窗口，飞得满天。十叔说："阿夏你看哪，飞得多漂亮！"

阿夏回家又去问她爸爸，什么是迷信？她爸爸说："盲目，盲目地相信一件事。"

阿冬问："什么是盲目？"

"就是没有科学根据。"

"什么是科学根据？"

"好啦阿冬，你这脑子又动得太多了，这你还不懂。还是我来多给你们讲些故事吧。我以后一有时间就给你们讲些科学的故事，好吗？"

阿夏阿冬的爸爸又给我们讲月亮、讲太阳、讲银河、讲宇宙、讲一光年是多远；讲宇宙一直在膨胀一直都在膨胀，讲所有的天体都离开我们越来越远越来越远；讲总有一天宇宙也要老的，要走完生命的旅程，要毁灭。

"那可怎么办？那我们到哪儿去？"阿夏问。

"那时候人类的科学已经非常非常发达了，人早就又找到一个可以生存的地方了。"

"要是找不着呢？"阿冬问。

"会找着的，我相信会找着的。"

"为什么会找着？"

"我想会的。"

/宿命/

1

现在谈谈我自己的事，谈谈我因为晚了一秒钟或没能再晚一秒钟，也可以说是早了一秒钟却偏又没能再早一秒钟，以致终生截瘫这件事。就那一秒钟之前的我判断，无论从哪方面说都该有一个远为美好的前途。截至那一秒钟之前，约略十三人十八人次主动给我提过亲，其中十一回附有姑娘的照片，十一回都很漂亮，这在一定程度上或可说明问题。但我当时的心思不在这上头，我志向远大，我说不，我现在的心思不在这上头。提亲的人们不无遗憾，说，莫非（莫非是我的姓名），莫非我们倒要看你找个什么样的天仙。然后那一秒钟来了。然后那一秒钟过去了，我原本很健壮的两条腿彻头彻尾成了两件摆设，并且日渐消瘦为两件非常难看的摆设，这意味着倒霉和残酷看中了一个叫莫非的人，以及他今后的日子。我像孩子那样哭了几年，万般无奈沦为以写小说为生的人。

曾有一位女记者问我是怎样走上创作道路的，我想了又想说，走投无路沦落至此。女记者笑得动人：您真谦虚。总之她就是这么说的，她说您真谦虚。

2

实际无关谦虚。

说不定，牵涉十叔的那些懵里懵懂似有若无的记忆，原是我童年时的一个预感。据说孩子的眼睛可以洞察许多神秘事物，大了倒失去这本领。自然这不重要。要紧的是我的腿不能动了随之也没了知觉，这不是懵里懵懂似有若无的记忆，这一回是明明白白确凿无疑的事实，而且看样子只要我活下去，这一事实就不会不是个事实。

我以前从不骂人，现在我想世上一切骂人的话之所以被创造出来就说明是必要的。是必要的，而且有时还是必然的结论。

3

不过是一秒钟的变故，现在说它已无多少趣味。是个夏夜，有云，天上月淡星稀，路上行人已然寥落，偶有粪车走过将大粪的浓郁与夜露的清芬凝于一处，其味不俗。我骑车在回家的路上，心里痛快便油然吹响着口哨，吹的是《货郎与小姐》中货郎那最有名的咏叹调。我刚刚看完这出歌剧。我确实感觉自己运气不坏。我即将出国留学，我的心思便是在这上头，在地球的另一面，当然并不限于那一面，地球很大。我的腰包里已凑齐了护照、签证、机票以及与此相关的一系列文件，一年又十一个月艰苦奋斗之所得。腰包牢牢系在裤腰带上，除非被人脱了裤子去这腰包是绝不可能丢的，这腰包的设计者今生来世均当有好报，这是我当时的想法。气温渐渐降下来，且有了一丝爽风。沿途的楼房里有人在高声骂娘又有人轻轻弹奏肖邦的练习曲，外地小贩便于路旁的暗影中撒开行李，豪爽地打响一串喷嚏有如更夫的钟鼓。平凡的一个夏夜。我吹着口哨。地球是很大，我想在假期里去看看科罗拉多河的大峡谷，在另一个假期里去看看尼亚加拉大瀑布，平时多挣些钱且生活尽可能地简朴，说不定还可以去埃及看看胡夫大金字塔去威尼斯看看圣马可大教堂，还有法国的罗浮宫英国的伦敦塔日本的富士山坦桑尼亚的塞卢斯野生动物保护区等等，都看看，都去看一看，机会难得。我精力充沛我的身体结实如一头骆驼，去撒哈拉大沙漠走一遭也吃得消，再去乞力马扎罗山下露营，我不打狮子，那些可爱的狮子。我吹着口哨，我吹得不很好，但那曲子写得感人。我不是个禁欲主义者。莫非不是个禁欲主义者，他势必会有个妻子。她很漂亮很善良，很聪明，很健康很浪漫很豁达，很温柔而且很爱我，私下里她不费思索单凭天赋便想出无数奇妙的爱称来呼唤我，我便把世间其他事物都看得轻于鸿毛，相比之下在这方面我或许显得略笨，我光会说亲爱的亲爱的我最亲爱的，惹得她动了气给我一记最最亲爱的小耳光。真正的男人应该有机会享受一下软弱。不过事后他并不觉得英雄因此志短，恰恰相反，他将更出类拔萃，令他的妻子骄傲终生！凉爽的夏夜使人动情，使人赞美万物浮想纷纭，在那一秒钟之前有理由说莫非不是在梦想。我骑在车上，吹响一路货郎的那段唱。我盘算以四年时间拿下博士学位，然后回来为祖国效力。我不会乐不思蜀，莫非不是那种人，天地良心，知道我出去学什么吗？学教育，祖国的教育亟待改革迫切需要人才。莫非不是没能力去学天体物理抑或生物遗传工程，但莫非有志于祖国的教育事业，在那一秒钟之前我一直在一所中学里任教。我骑车拐上一条稍窄的街，那是我回家的必由之路，路面上树影婆娑，以后会证明这树影婆娑可与千刀万剐媲美。我依然吹着口哨。我是一个无罪的人。我想四年之后我回来，那时我就可以要一个儿子（当然在这之前需要结婚），抑或是一个女儿，设若那时政策允许也可以是一个儿子又一个女儿，哪个在先哪个在后完全不在考虑之列，我看男女应该平等，唯愿儿子像我女儿像母亲，唯望这一点万勿颠倒了。这样想不对吗？我看不出这有什么错。我是个无罪的人，在那个夏夜以及那个夏夜之前我都是一个无罪的人。无罪，至少是这样。

我吹着《货郎与小姐》中最著名的唱段，骑车朝那万恶的一秒钟挺进。与此同时有一位我注定将要结识的年轻司机，也正朝这一秒钟匆忙赶来。

4

照理说，那不是个能给人留下深刻印象的夏夜，如果不是有人在马路上丢了一只茄子的话。我吹着口哨吹着货郎的唱段，我的前车轮于是轧到那只茄子，事后知道那茄子很大很光又很挺实，茄子把我的车轮猛扭向左，我便顺势摔出二至三米远，摔进那一秒钟内应该发生的事里去了。只听一声尖厉的急刹车响，我的好运气就此告罄，本文迄今所说的那些好事全成废话，全成了废话一堆。成了一个永久的梦例。

否则也就无事，问题出在它不把你撞死而仅仅把你的腰椎骨截然撞断。以往的一切便烟消云散烟消云散，烟消云散之后世界转过身去把它毫无人味的脊梁给你看，我是说给我看，给莫非。

5

在以后的日子里我常想起一只电动玩具母鸡，在沙地上煞有介事地跑，碰上个石子颠了个跟头翻了个滚儿，依然煞有介事地往前跑，可方向与当初满拧（有可能是前翻一周半加转体一百八十度）。我见人玩过那样一只电动玩具母鸡，隔一会儿下一个假蛋。

6

我躺在马路中央，想翻身爬起来可是没办到。前面提到过的那个年轻司机跑过来问我，您觉得怎么样？我说很奇怪好像我得歇一会儿了。司机便把我送到医院。

我说大夫我什么时候能好，我很快就要出国没有很多时间可耽误。大夫和护士们沉默不语，我想他们可能没弄懂我的意思。他们把我剥光了送上手术台，我说请把我裤腰带上那个腰包照看好，我还把机票的有效日期告诉了他们。一个女护士说哎呀呀都什么时候了。我心想时间是不早了，我说是不早了不过我这是急诊。女护士一动不动看了我有半分钟。这下我明白了，他们一时还不可能了解我，不了解我多年来的志向和脚踏实地的奋斗历程，也不了解那一年又十一个月的奔波和心血，因而不了解那腰包对我意味着什么。我鼓励大夫，您大胆干吧不要发抖，我莫非要是哼一声就不算是我。

大夫握了握我的手说，我希望您从今天起尤其要时时保持这种勇气。我当时没听懂他这话中的潜台词。

7

事实真相不久便清楚了：我已经被种在了病床上，像一棵"死不了儿"被种在花盆里那样。对那棵"死不了儿"来说世界将永远是一只花盆、一个墙角、一线天空，直至死得了为止。我比它强些。莫非比它强些。"莫非我们倒要看你找一个什么样的天仙"——那样一个莫非，将比"死不了儿"强些。我于是仰天号啕大放悲音，闻其声恰似回到了自由自在的童年，观其状惟妙惟肖一个大傻瓜。我有个姐姐，她从遥远的地方赶来，紧紧把我搂住像小时候那样叫着我的小名儿，你别着急你别担心，你别这样别这样，无论如何我会照顾你一辈子的（你别哭你别闹，蚂蚱飞了，不就是蚂蚱飞了嘛姐姐明天再给你逮一只来）。但这一次不是童年，蚂蚱也没飞，根本没有什么蚂蚱。飞了的是一条很好很好的脊髓。我把姐姐搡开，把我的手从她冰凉的手里掰出来，走！走开！所有的人都给我出去！！姐姐再度将我抱住，她的劲儿一时大得出奇。我看了一眼太阳，太阳还是原来的太阳，天呢？也还是在地上头。母亲没来，还没敢让母亲知道。父亲像个不会说话的瘦高的影子，无声地出去，又无声地回来，买了好多好吃的东西放在桌上；又无声地出去无声地回来，买了更多更好吃的东西放在我的床边。我吼一声，父亲激灵一下惊得闪开，我把花瓶打进痰桶，把茶杯摔进便盆，手表砸扁扔进纸篓，其余够得着的东西横扫遍地然后开始骂人，双手垫在脑后，看定了天花板，尽情尽意尽我所知的脏话向世界公布数遍，涕泪纵横直到天昏地暗时，然后累了，心如千年朽木糟成一团。偷偷在自己的大腿上掐一把，全无知觉，慌得紧把手缩回深恐是调戏了别人。这他娘的到底是怎么了呢？漫长的寂静中，鸽子在窗外咕咕咕地嘶鸣，空旷、虚幻，天地也似无依无着。

到底是怎么了呢？无人肯告与莫非。

8

警察向我说明出事的情况。那个年轻司机没什么错儿，您那么突如其来地蹿向马路中央是任何人所料不及的。司机没有超速行驶，没喝酒，刹车很灵也很及时，如果他再晚一秒钟踩刹车，警察说恕我直言，您就没命了。我说谢谢。警察说那倒不用，我们来向您说明情况是我们的工作。我说请问我有什么错儿没有，姐姐说你有话好好说。警察说，您也没什么错儿，您在慢行道内骑车并且是在马路右边，您是个自觉遵守交通规则的好公民，可谁骑车也不见得总能注意到一只茄子，而且那条路上光线较暗。我说，树影婆娑。什么您说？是的树影颇多，从出事现场看您绝不是有意去轧那个茄子的。我说，废话！姐姐说，莫非！警察叹口气，可您摔出去得太巧了，要是再早一秒钟的话，汽车就不至于碰到您。大夫也这么说过，太巧了，刚好把脊髓撞断，其他部位均未伤及。照您说这是我的错儿？警察说我没这么说，我只是说路上光线较暗，注意不到一只茄子是可以理解的。那么到底是谁的错儿？姐姐说，莫非——我说，姐，难道我不能问这到底是谁的错儿吗？警察说，莫非同志你可以要求一点儿经济赔偿。滚他妈的经济赔偿，我眼下只缺一条完整的脊髓！莫非同志您这是无理要求，并且请您注意您对一个正在执行公务的警察的态度。我说既然如此，您有义务向我说明这到底是谁的错儿。茄子，警察说，如果您认为这样问很有意义的话，那么，茄子，您干吗不早不晚偏在那一秒钟去惹它？

9

日子便这样过去。每天所见无非窗外的旭日到夕阳。腰包里的文件犹在，默默然一部古书似的记载了无数动人的传说。

人类确凿不能将人类被撞断的脊髓接活，日子便这样过去。医学院的实习生们常来围了我，主治大夫便告诉他们为什么我是一个典型的截瘫病例：看看，上身多么魁伟，下身整个在萎缩。

日子便这样过去，消化系统竟惊人的好，毫不含糊地纳入各种很香的东西，待其出来时都变作统一的臭物。日子便这样过去。

向日葵收获了，夜来香的种子落在地上，随风埋进土里。天上悬了几日风筝，悬了几日，又纷纷不见了踪影。雪无声飘落。孩子们便嚷着在雪地上飞跑，啃着热气腾腾的烤白薯。我说哎，烤白薯！我是说世界并没有变，烤白薯仍旧还是烤白薯。父亲瘦高的身影却应声蹒跚于雪地上，向那卖烤白薯的炉前去……

日子便这样过去了又过去。苍天在上，莫非过上这样的日子实在是冤枉的。哭一回想一回，想一回哭一回，看来那警察的最后一句问话是唯一可能有道理的。

10

渐渐地我想起来了，在离出事地点大约二百米远的时候，我遇见了一个熟人。我记起来了，我吹着口哨吹着货郎的咏叹调看见了他，他摇着扇子在便道上走，我说嘿——他回过头来辨认一下，说噢——我说干吗去你？他说凉快够了回家睡觉去，到家里坐坐吧？他家就在前面五十米处的一座楼房里。我说不了，明天见吧我不下车了。我们互相挥手致意一下，便各走各的路去。我虽未下车，但在说以上那几句话时我记得我捏了一下闸，没错儿我是捏了一下车闸，捏一下车闸所耽误的时间是多少呢？一至五秒总有了。是的，如果不是在那儿与他耽误了一至五秒，我则会提前一至五秒轧到那只茄子，当然当然，茄子无疑还会把我的车轮扭向左，我也照样还会躺倒在马路中央去，但以后的情况就起了变化，汽车远远地见一个家伙扑向马路中央，无论是谁汽车会不停下么？不会的。汽车停下了。离我仅一寸之遥。这足够了。我现在科罗拉多河大峡谷或在地球的其他地方而不是被种在病床上。不是。绝不是被种在病床上。那样一个莫非。那样一个令人以为要娶一个天仙的莫非。

11

顺便提一句：至今仍只是十三人十八人次主动给莫非其人提过亲，其中十一回附有姑娘的照片。这三个数字以后再没有增长，这从一个侧面反映了今日之莫非与昨日之莫非断不是同一个莫非了。天地翻覆，换了人间。

我说这些没有其他意思，虽则莫非事实上是无辜的。

话说回来，姑娘们也是无辜的。一个姑娘想过一种自由的浪漫的丰富多彩的总而言之是健全的生活，这不是一个姑娘的过错。一对父母希望自己的女婿站在别人的女婿面前，更体现出自己晚年的幸福与骄傲，这不是一对父母的过错。析此理而演绎开去，上述三个数字的不再增长，不是媒人的过错，不是朋友们的过错，不是谁的过错。天高地厚，驴比狗大，没错。

12

莫非之不幸，盖自那一至五秒的耽误。

我们不禁要问，我们也完全有理由这样问：是什么造成了莫非在距出事地约二百米处遇见了那个熟人的？

这样我又想起来一件事，在我遇见那个熟人前三至五分钟时，我在一家小饭馆里吃了一个包子。我饿了，不是馋了当真是饿了，一个人饿了又路经一家小饭馆，吃便是必然的。上帝如果因此而惩罚我，我就没什么要说的了。我走进那家小饭馆，排在六个人后边成为第七个等候买包子的人。我说，包子什么时候熟？第六个人告诉我，您来的是时候，马上就要出笼了，我从上一锅等起已经等了半小时了。我便等了一会儿，心想这么晚回家去也不再有饭，而我还是九小时以前吃的午饭呢。包子很快出笼了，卖包子的老妇人把包子一个个数进碟子，前六个人有吃四两的有买五斤拿走的。轮到我，老妇人说没了还有一个。我探头在筐箩里搜看，说，厨房里还有？老妇人说没了，就这一个了您要不要？我说还蒸吗？她说明天还蒸，今天到点了。我看看墙上的大表：二十二点半。我就吃了那一个包子。现在让我们计算一下：如果我不是吃了一个包子而是吃了五个包子（我原打算是吃五个包子），按吃一个费时二分钟计，我至少要晚八分钟离开那小饭馆。而我遇到那个熟人时，熟人正往家走且距家只有五十余米，一个正常人走五十余米是绝然用不了八分钟的。我那熟人很正常，这一点由我来担保。这就是说，如果我早些到那小饭馆排在第五或第六位，我必吃五个包子，就不会遇见那个熟人，不会喊他，不跟他说那几句话，不必捏一下车闸，不耽误一至五秒从而不撞断脊髓，今日之莫非就在地球的另一面攻读教育学博士，而不是在这儿，更不是坐在轮椅里。

13

到现在问题已经比较明朗了。请特别注意小饭馆里第六个买包子的人所说的那句话，他说他从上一锅等起已经等了半个小时了。这就是说我若不能提前半小时到达那家小饭馆，则我必排名第七，必吃一个包子，必遇见那个熟人，必耽误一至五秒从而必撞断脊髓，今日之莫非就还是坐在轮椅里。

我们必须相信这是命。为什么？因为歌剧《货郎与小姐》结束的时候，是二十二点整。无论剧场离那家小饭馆有多远，也无论我骑车的速度如何，我都不可能在二十二点半之前半小时到达那家小饭馆，这是一个最简单的算术问题。这就是说，在我骑车出发去看歌剧的时候，上帝已经把莫非的前途安排好了。在劫难逃。

14

现在就要看看上帝是用什么方法安排莫非去看那歌剧的了。

我说过我一直在一所中学里任教。出事的那天我本该十八点一刻下班的，历来如此，这儿看不出上帝的作用。下午第四节课是我的物理课，十八点一刻我准时说道：下课！学生们纷纷走出去，我也走出去。我走到院子里找到我的自行车，我准备直接回家，我希望在出国之前能和二老双亲多待一会儿。这时候我听见身后有个学生问我：老师，我能回家了么？我才想起，这个学生是我在上第四节课时罚出教室的。事情是这样的：课上到一半时，这个学生忽然大笑起来，他坐在最后排靠近窗户，平时是个非常老实的学生，我有时甚至怀疑他智商不高。我说请你站起来。他站起来。我说请你解释一下你为什么笑？他低头不语。我说好吧坐下吧注意听讲。他坐下，但还是笑。我说请你再站起来。他又站起来。你到底笑什么？他不说话。我看得出他非常想克制住自己不笑，他用手捂住自己的嘴像女孩子那样，我一直怀疑他智商偏低。我说你坐下吧不许再笑了。他坐下但仍止不住地笑，课堂秩序便有些乱，淘气的学生们借机跟着大笑。我没办法只好请他出去，我说请你出去镇静镇静，否则大家都不能听课了。他很听话，自己走出去。放学时我几乎把他忘了，我相信他至少是性格里有些问题。可怜的孩子。我说你可以回家了，以后注意课堂纪律。结果他又开始笑，不停地笑。这下我有点儿生气了，我说到底有什么可笑的？就这样我问了他约二十分钟，毫无结果，他光是笑不肯回答。这时候，我们可敬的老太太校长喊我：莫老师，有张戏票你看不看？我问是什么。歌剧《货郎与小姐》，看不看？怎么想起来给我，您不去吗？她说她非常想去，可是刚刚接到教育局的电话有个紧急会议要她去参加，看不成了，你看不看？我说好吧我看。以后的事情我都说过了。

15

之后我出院了。医院离家不远。我坐在轮椅里，二老双亲轮换着推我在街上走。杨树又已垂花，布谷鸟在晴朗的天上"好苦好苦"地叫得悠远，给人隔世之感。风吹鸟啼，渐悄渐杳，又听得有人喊我，莫非，莫非！是莫非么？我说没错儿是我。大学时的一个女同学站到我面前。怎么，莫非你怎么在这儿？我说依你看我应该在哪儿？你不是出国留学去了吗？你这是怎么了？我说你问我，你让我去问谁？她睁大了眼睛，她好像才注意到我的两条腿：这是怎么弄的？我说这很简单，再容易不过了。她脸红一下，在上大学时我常对她这么说，在她经常解不出一道数学题的当儿。母亲又忍不住落泪，拉了父亲站到远处去。五个包子的问题，我说，或者一个茄子。我便把事情的经过简要地告诉她。她说真是真是，唉——我说我们必须承认这是命。她说，莫非你别这么想，莫非你要坚强，她眼泪汪汪的，莫非你要活下去。

遥远的姐姐来信也是这么说：你要活下去。谁也没说活下去是指活到什么时候，想必是活到死，可有谁不是活到死的呢？姐姐说，别担心，姐姐有一个窝头就有四分之一是你的（另外三个四分之一分别是姐姐、姐夫和小外甥的）。可我担心的是比窝头更重要的一些事，在活到死这一漫长的距离内有一些更重要的东西，那是贤惠的姐姐无法给我的。

所以后来我就写写小说。所以后来女记者采访我的时候，我说是万般无奈沦落至此。如同落草为寇。

16

多年以来我一直暗自琢磨，那个后排靠窗户坐的学生为什么突然笑起来没完？那是我命运的转折点。那孩子智商肯定偏低，但他笑得那么莫测高深，恰似命运的神秘与深奥。孩子的眼睛或许真有超凡的洞察力？不知道他在那一刻看见了什么。我想我要是能把他当时的笑态准确地画下来，我就能向各位展示命运之神的真面目了。

若不是那神秘的笑，我便不可能在那天晚上有一场《货郎与小姐》的歌剧票，我莫非博士今天已是衣锦还乡功成名就老婆孩子一大堆了。

17

在那艰难岁月，我喜欢上了睡觉。我对睡觉寄予厚望，或许一觉醒来局面会有所改观：出一身冷汗，看一眼月色中卧室的沉寂，庆幸原是做了一场噩梦，躺在被窝里心咚咚跳，翻个身踹踹腿庆幸那不过是个噩梦，然后月亮下去，路灯也灭了闹钟也叫了，起床整理行装，走到街上空气清新，赶往飞机场还去赶我的那次班机……

应该说会做噩梦的人是世上最幸福的人，因为可以醒来，于是就比不会做噩梦的人更多了幸福感。

在那些岁月，我每每醒来却发现，我做了一个想从恶梦中醒来的美梦。做美梦是最为坑人的事，因为必须醒来。

要么从噩梦中醒来，要么在美梦中睡去，都是可取的。可在我，这事恰恰相反。

躺倒两年后，我开始写小说，为了吃，为了喝，为了穿衣和住房，还为了这行当与睡觉有异曲同工之妙，而且比睡觉多着自由——想从噩梦中醒来就从噩梦中醒来，想在美梦中睡去就在美梦中睡去，可以由自己掌握。同是天涯沦落人，浪迹江湖之上，小说与我相互救助度日，无关谦虚之事。

18

终于有一天我又见到了我的那个学生，那个一向被我认为智商不高的学生。他在一本刊物上见了我的小说，便串联起一群当年的同学来看我。孩子们都长大了，胡子拉碴的，有两个正准备结婚。大家在一起回忆往事，说说笑笑很是快活。学生们提议，为莫老师成了作家，干杯！我这才想起问问那个学生，你那天为什么笑个没完呀？他仍羞羞怯怯推说不为什么。我换个问法，我说你看见了什么？他说，一只狗。一只狗？一只狗值得你那么笑吗？他说那只狗，说到这儿他又笑起来笑得不可收拾，但他终于忍住笑镇定了一下情绪，他毕竟是长大了，他说，那只狗望着一进学校大门正中的那条大标语放了个屁。大家都说他瞎胡编。他说我就知道说出来你们都不会信，反正那只狗确实是放了个屁，我听见的我看见的，很响但是发闷。大家还是不全信，说他有可能听错了。他便问我，莫老师您信吗？我没听错真的我没听错，确实是因为那个狗屁莫老师您信吗？

过了很久我说我信。我看那孩子的神情像个先知。

19

如今当我做任何一件事情的时候，我都听见那声闷响仍在轰鸣。它遍布我的时空，经久不衰，并将继续经久不衰震撼莫非的一生。

为什么为什么为什么？为什么要有这一声闷响？

不为什么。

上帝说世上要有这一声闷响，就有了这一声闷响，上帝看这是好的，事情就这样成了，有晚上有早晨，这是第七日以后所有的日子。

一九八七年八月二十七日

中篇1或短篇4

/边缘/

那湖，并不大，十几个足球场的样子。差不多，也就这样。

离开喧哗不息的市区几十公里，地势变化，起伏跌宕。山在前面大起来。能见度好的天气里，从市区也可以望见的那一脉远山，膨胀似的，大起来。山的各个部分，千姿百态相当复杂，山的整体却给人十分简单的印象。尤其是冬天。尤其在一夜罕见的大雪之后，到处是荒茫的白色，仿佛世界要回到初始的混沌。

前面的什么路段上交通发生故障。往山里去的车到这儿停下来，不走了。从山里来的车呢，一辆也没有。否则很少会有人在此逗留并注意到那一块小湖，不到中午也很少有人光顾路边的那家快餐店。

湖面，当然早已经冻硬。湖上、岸上、大路小路上、山和快餐店的屋顶上，到处都盖着厚而且平坦的雪层。汽车孱弱地停在雪野里，被衬比得毫无尊严。旅客们纷纷朝那家快餐店走去，一路大声抱怨；嘴上的哈气一冒头，刚来得及抖一下，便被刺骨的严寒吞灭掉。雪，柔软洁白绵延无际，把一切嘈杂都压盖住或吸收去了，留下无比透彻的安静。但湖上似乎出了点儿事，接近对岸的地方有两棵并排的大树，有一堆人，远远地能看出其中有警察——一个或者两个穿警服的人；厚而平坦的雪层上明显画出一个大圆圈，不可能很圆，但很大，几乎把整个湖面都包括进去。

"这儿怎么啦？"最先进来的一个小伙子问。

"哪儿？说清楚。"快餐店的老板娘说。

"湖上，湖上不是出了什么事？"

"对了，是湖上，说清楚，不是这儿。"老板娘用指尖点一点她的柜台。

"怎么回事？"

"死了个人。"

"什么人？"

"喂，喝杯热咖啡，还是来点儿酒？"老板娘招呼随后进来的一群人。

有个五六岁的男孩儿站在后窗前的一把椅子上，举着一只小小的望远镜。刚才他可能正朝远处的湖面上瞭望，现在转过身数着进来的人："一、二、三、四五六、七，没了。妈！七个！一共来了七个人！"

"知道了儿子，你跑一趟去叫你爸回来行不？"老板娘顾不上回头，又赶忙招呼围拢来的客人，"对不起啦各位，吃饭还得等一会儿。"她抬头看看钟，自语道："还不到十点呢，谁想到今天人来得这么早！"

"嘿，我问你哪，"最先进来的那个小伙子说，"那个人是什么人？"

"您要是也不知道，这会儿就还没人知道呢。"老板娘扭开头，对他的语气明显地表示不满。然后她飞快地换成一副笑脸，向围在柜台前的其他人再说一声对不起："快餐还得等一会儿，有各种饮料和各种酒。这么冷的天气，先都喝一杯吧。"

"好吧，"那个小伙子掏出一张钞票放在柜台上，"你给我来半升啤酒。"

老板娘量好半升啤酒，端给小伙子，目光中也带出一些歉意。

"请问死的是男的还是女的？"小伙子的语气客气了许多，但仍不免流露着焦虑。

"男的。一个老头。"

"有多大年纪？"一个戴眼镜的女人紧跟着问。

"那谁知道呢？"

"大概。"那女人往前两步，靠近柜台。

老板娘盲目地想一下。

戴眼镜的女人不眨眼地望着老板娘："大概，估计一下，有多大岁数？"

"五六十？要不，七八十？"

那个小伙子已经松下心来，对老板娘笑道："不愧是老板娘你真说得对，管他五十还是一百，只要是男的就都是老头。"

老板娘竟有些恼，红了脸："我说了我不知道。我们那口子光告诉我是个老头。"

小伙子顾自哧笑着离开柜台，端着酒杯想找一个角落里的座位。但他发现两个最不惹眼的角落里都有了人，西北角上不声不响地坐着一个男人，东南角上同样静静地坐着一个女人，他们好像都对湖上的事缺乏兴趣。整个店堂呈正方形，有八九十平米，要在市区可以开一家大买卖。小伙子转了一圈，注意到后窗前的那个男孩，走过去。

一对温文尔雅的老人站在柜台前，面面相觑，望望窗外，又互相唏嘘。

老板娘："还提呢！昨儿，天擦黑的时候，那会儿雪越下越大，看看不会再有人来了，我们那口子出去正要关门上板，就在这门口碰见一个老头。老头背了个大背包，呼哧带喘地往湖那边去。我们那位好心好意地问他，天这么晚了您这是要上哪儿呀？那老头头也不抬，说是去太平桥。哎哟喂老天爷我们孩子他爸说，上太平桥您怎么走到这儿来了？走错啦您，这儿方圆几十里没有我不知道的地方，哪有个太平桥哇！"

南方口音的男人："那么，太平桥在哪儿？"

"不知道。"老板娘接着说昨天晚上的事，"可您猜怎么着？那老头破口就骂，说这条道儿我走了一辈子了他妈的用得着你管？说，你瞎啦前头这不就是太平桥了吗？还说，我乍走这条道儿的时候你他妈的还不知道是个什么呢？您瞧瞧您瞧瞧，好心当成了驴肝肺……"

温文尔雅的老两口连连摇头叹气："唉，这个人哪！""这人可也真是老糊涂了。"

"也不知道他从哪儿来吗？"戴眼镜的女人问，脸色有些苍白。

"不知道。"老板娘继续说昨天晚上的事："这您说我们那口子还怎么管？回来跟我说，我说随他去吧。我们那口子还直不放心，说你看这么大的雪。我说你缺骂啦？他到前头找不着太平桥他还死在那儿不成？嗨嗨，可谁想到真就……今儿天刚蒙蒙亮，我们孩子他爸一开门，雪停了，远远地就见湖上不知怎么回事划了个老大老大的圆圈儿，这么早，平展展的雪地上怎么会冒出来个大圆圈儿呢？跑去一看，有个人躺在对岸那两棵大树底下，推推他，您猜怎么着？死了。"

老板娘的儿子——那个五六岁的男孩，举着望远镜向湖上瞭望；后窗的玻璃被雪色辉映得白亮耀眼，把他小巧的身影衬照得虚虚暗暗。那个小伙子挨近男孩，也向湖上望。接近湖对岸的那一堆人缓缓蠕动指指划划，但听不见声音。

小伙子："把望远镜让我看一下好吗？"

男孩不理他，也不朝他看一眼。

小伙子再说一遍："把望远镜让我看看，行不？"

"不。"男孩一动不动地望着湖上。

戴眼镜的女人、那对老人、南方口音的男人，便离开柜台都到男孩这边来。

老板娘于是喊："儿子！不是让你去叫你爸爸快回来吗？"

男孩不吭声，仍旧不动。

"我跟你说什么呢儿子，听见没有？"

男孩举着望远镜，连姿势也丝毫不变："不也是你，不让我到湖上去吗？"

老板娘茫然地想一想，理屈词穷，走出柜台，也到后窗边来。除去角落里的那两个人，大家都聚在这儿向湖上张望。

云，渐渐地稀薄，变白，天地茫茫一色。风，在湖面上、湖岸上、山脚下和树丛间卷扬起层层雪雾，一浪一浪地荡开，散落。

南方口音的男人："确实奇怪得很，到底为什么会有那么一个大圆圈嘛？"

"都是脚印，"男孩说，"那个大圆圈上面都是他的脚印。"

"都是他踩的，"男孩说，"踩成了一道沟。"

戴眼镜的女人："谁？谁踩的？"

男孩不回答，神秘地笑了一下。

小伙子："是那个老头？"

男孩松开手，让望远镜掉落在胸前，依然望着湖上："废话，还能是谁？"

大家都愣了一会儿，然后"噢——"似乎有点儿明白。老板娘拍拍男孩的小屁股，得意于儿子的聪明，然后看看每一个人，但是没有谁去理会她的骄傲。

南方口音的男人："给我用一用你的小望远镜好不好？"试图摸一下男孩的头。

"不。"男孩早有准备似的一弯腰，躲开他的手。

戴眼镜的女人："我呢，给我用一下行吗？"这一回还不错，男孩总算扭头给了她一眼，但仍然是一个字："不。"

老板娘更加骄傲起来，笑得厉害。

小伙子把酒杯倒过来扣在桌上，向门外走："去看看。"

戴眼镜的女人望着小伙子的背影，紧紧张张地不能决定，直到店门在小伙子身后摆来摆去摆来摆去慢慢停住，她才慌慌地追上去："哎，等我一下。"

男孩转过身，环顾店堂一周："一、二、三四五，妈！还剩下五个人！"然后从望远镜中饶有兴致地看每个人的脸。

温文尔雅的老两口随便拣了个座位坐下，各自要了一杯茶。南方口音的男人把头探进柜台，眼睛几乎贴在货架上，像一匹警犬那样上下左右琢磨了很久，最后什么也没买，退几步在两位老人近旁坐下，抽自己的烟。老板娘在他身后狠狠地盯了一眼，转出柜台，重又堆起笑去招呼角落里的那两个人。

"这位先生，您喝点儿什么不？"

"喝什么？"西北角的男人仿佛一惊，站起身，"噢噢，一杯咖啡吧。"

老板娘再返身在店堂中走一条对角线："您呢，想要点什么？"

东南角的女人说："随便什么吧。好的，就要杯咖啡。"

店堂里一时安静下来，只有匙杯相碰发出的微细声响。只有茶杯轻轻地脱开桌面又落回桌面的声音。

老两口中的一个："你也不记得太平桥在哪儿吗？"

老两口中的另一个："不记得。"

"也没有印象，大概在什么方向吗？"

"我现在想，是不是真有那么个地方。"

老板娘给录音机接通电源，随手拣了一盘磁带装上，按下一个键。

"要我看，"老板娘说，"那老头准是碰上'鬼打墙'了。"

南方口音的男人："是的是的，他在湖上有可能是'鬼打墙'了，但是在这之前呢，他说要去太平桥，他还说前面就是太平桥，这怎么理解？"

老板娘："那，依您的高见呢？"

"我很怀疑，他到底看见了什么？"

钢琴声，似有若无。确实是钢琴声，轻轻的，缓缓的，一首非常悠久的曲子。窗外的雪地上有了淡淡的阳光。店堂里的光线随之明亮了许多，雪反射了阳光，甚至把窗棂的影子朦朦胧胧地印上天花板。钢琴声轻柔优雅，在室内飘转流动，温存又似惆怅，仿佛有个可爱但却远不可及的女人迈动起纤纤脚步。

后窗前的男孩忽然转回身，喊道："妈！我害怕！妈——我害怕——"

几个人急步向窗边去，悚然朝湖上望。

"怎么啦儿子？"老板娘搂住男孩，觉出他在发抖。

湖上没有什么明显的变化。

老两口互视片刻，安慰男孩也安慰自己："不怕，没有什么事，别怕。"

男孩："把录音机关了，妈，你把它关上。"

"为啥呢倒是？"

"你把它关上，关上——"

"这孩子今儿可真是怪了，平时你不是爱听它吗？"老板娘说着走过去关了录音机，再回到儿子身边来。男孩偎依在母亲怀里，安稳了些。

南方口音的男人眯起眼睛望着湖上，侧耳谛听很久。然后他弓下身，目光仍然不放弃白皑皑的湖面，在男孩耳边问道："告诉我，你都看见了什么？"

过了差不多两小时，风大起来，前面的交通故障还不能排除。又一辆面包车在快餐店门前停下。

男孩举起望远镜。"一二三、四五六、七八、九。妈，妈——又来了九个！"现在他显得很快活，站在椅子上手舞足蹈，并且哼唱起一支古老的儿歌。后窗灿烂的光芒勾画出他幽暗的身形，就像个皮影。

九个人先后进门。老板娘团团转："喂，有快餐盒饭，有荤的有素的。"

"听说那边大树下，死了个人？"

"对，一个老头。喂，有酒，还有各种饮料！"

"怎么回事呢，凶杀还是自杀？"

"请坐吧，都请坐吧。这么冷的天儿，先都喝杯热饮再吃饭吧。"

新来的几个人不急于落座，围着老板娘，围着那对温文尔雅的老人和那个南方人，询问湖上的事，叽里呱啦南腔北调一团嘈杂：……噢，是吗……昨天晚上？对，开始下雪了……太平桥。什么太平桥……不，不记得。真的有这么个地方……没人认识他？到底怎么回事呢……他从哪儿来……

老板娘冲出重围："劳驾劳驾，怎么回事我也不知道。"这时她见那个小伙子和戴眼镜的女人回来了，就说："要问就问他们吧，他们刚从湖上回来。"

"喂，怎么样了？"老板娘自己先问。

戴眼镜的女人好像把离开时的惶恐和焦虑都丢在湖上，微笑着，一边踢踢踏踏地跺脚一边擦眼镜上的水雾："冷死啦冷死啦，湖上好大的风噢。什么？哦，让他先说。"她望一眼小伙子，那光景他们已经很是熟悉了。

小伙子："不错，你那宝贝儿子说对了。那圆圈整个是那老头踩出来的。"

戴眼镜的女人："他在湖上一圈一圈整整走了一宿，把那一圈雪踩得又平又硬。不不，不像是'鬼打墙'。"

小伙子："不是'鬼打墙'。他不像是迷了路。他肯定是以为走到了他要去的地方，这才躺下来。喂老板娘，再给我一杯酒。"

戴眼镜的女人也要一杯。她很美，皮肤很白，带一副细边眼镜，很文雅。

小伙子："他在湖上一圈一圈至少走了有四五十公里，最后在岸边看见了一块大石头。对，就在那两棵大树下。那石头两米多长一米多宽平平整整，邪门儿了，正好像一张床。看得出，他死前并没有迷了路的那种惊慌失措，他完全相信那是一张床。"

戴眼镜的女人："他走到床前，他以为他走到床前，脱了鞋，还把一双鞋端端正正地摆好——想必这是他几十年里养成的习惯，然后爬上床，脱了棉大衣把棉大衣当被子，躺下，把自己盖好。就这样。"

"有条不紊，看不出他有过一点儿慌张。"

"睡之前他还吸了一支烟。就这样。"

"他身上、衣兜里，什么也没有。没有一点能说明他身份的线索。"

"发现时，他死了并不久。就这样。"

"是我们那口子最先发现的。"

"那时候天也就是刚刚亮，对吗？"

"天刚蒙蒙亮。"

戴眼镜的女人看看手表："就这样。现在是一点，他死了七八个小时了。"

没有人说话。都望着后窗。

过了一会儿，小伙子也看看手表："噢是吗？老板娘，给咱们开饭吧！"

"喂，都有哪位要快餐盒饭？该死的我们那口子怎么还不回来！"老板娘满腹怒气地朝湖上望望，顺手在录音机上换了一盘磁带，按下一个键。"有酒，也有烟，有各种饮料！"

　　这一回是一首提琴曲，开始的节奏急切、跳跃、断断续续，继而低回旋转、悠悠荡荡连成一气，反反复复地加强着同一个旋律。仿佛在一片大水之上，仿佛有一条船，仿佛是一个水手驾了一只木舟。窗外，丝丝缕缕的残云在天上舒卷厮缠，风刮起雪尘肆无忌惮地扬洒在空中，太阳把它们照耀得迷蒙灿烂。一只提琴孤独地演奏，拨弦，弓在弦上弹跳，似乎有些零乱，然后是一阵激动的和弦、变奏，渐渐又透出初始的旋律，缠绵如梦……仿佛有桨声，有水声，有船头荡破水面的声音，仿佛有喁喁的话语。

　　男孩又喊起来："妈我害怕！妈——我害怕！我害怕——"

　　人们呼啦一下又都聚向后窗。除去西北角那个男人和东南角的那个女人。

　　"妈你把它关上！把它关上——"

　　"天哪可真是怪了，今儿这孩子是怎么了？"老板娘说，忧心忡忡地看着众人。

　　"关上！快把它关——上——"

　　老板娘赶紧过去关了录音机，回来，搂住瑟瑟发抖的儿子，轻轻抚摸他的头，攥住他冰凉的小手，大气不出地盯着湖上。

　　湖上仍然看不出有什么特别的变化。

　　新来的一个人问："湖上那些人，他们在等什么？"

　　"可能在等新的线索。""可能，正与电视台联系，寻找老头的亲人。""等他的亲人，或者朋友。""也可能等运尸的车来。"

　　新来的人中有七个出了店门，到湖上去。

　　老板娘喊："喂，见着我们那口子让他快回来！你们就问谁是快餐店的老板，对，那就是我们孩子他爸，让他马上回家来！"

　　南方口音的男人也走到门外，站在台阶上抽了一支烟，又回到店堂里。他看着男孩已经又在母亲的怀中玩耍了，便凑近来盯住男孩的眼睛问："你看见湖上都有什么？别害怕，告诉我，你还看见了什么？"

文质彬彬的老两口颤颤地说："别，别再问他。""你看他刚刚好些了。"

老板娘茫然无措，不知该听谁的。

男孩似乎把刚才的恐惧全忘了，又高兴起来，举起望远镜看屋子里的每一个人："一、二、三……妈，现在还剩九个。"

一个新来的人："把你的望远镜让我看一下，行吗？"

男孩端着望远镜看，不理他。

另一个新来的人："给我看一下就还给你，怎么样，行不行？"

男孩从望远镜中看每一个人，对上述请求毫无反应。

最先来的那个小伙子喝着酒，笑笑："你们休想。这孩子邪门儿了，老板娘你这儿子将来是个人物。"

"至少，"戴眼镜的女人说，"你这个儿子能把你的小店守得牢牢的。"

但这时男孩从母亲怀中挣脱出来，下地，径直朝东南角走去。他走到那个女人跟前，站下。东南角的女人仿佛很疲惫的样子，从始至终一声不响，让人担心她是不是病了。男孩站在她跟前注视了她好一会儿，她才发觉。

"噢你好！"她说，"有什么事吗？"

男孩："你想不想用一用我的望远镜？"

"喔，当然好。可用它看什么呢？"

"湖上，你可以用它看看湖上。"

"对对。好，让我来看看。"

　　下午四点多钟，湖岸上又来了一辆警车。红色的警灯一闪一闪，灭了。几个警察再次围着死者拍照：全景，近景，局部。摄像机对准老头平静的脸，推近拉开，推近，拉开，然后摇拍远景。

　　鲜艳的落日挨住了山顶。山的某些被照耀的细部，更加复杂、真切。风把天空刮得非常干净，山的全景依旧十分简单、甚至抽象。大山的影子倒下来，渐渐淹没了那两棵大树的影子，像黑色的油那样缓缓浸染着雪层。湖面上一半晦暗阴郁，一半灿烂悦目。雪层，和雪层上的那个大圆圈一点儿也不融化。

　　没有迹象表明前面路段上的交通故障可以很快排除。快餐店门前，有些汽车掉转头准备往回走了，发动机隆隆作响，排气管喷出一股股白烟。

　　"一、二、三、四、五、六、七，妈！走了七——个！"老板娘的儿子说。阳光斜进快餐店的窗口。窗棂的影子一条一道，起起伏伏落在店堂中央的地上、桌椅上，落在人的身上、脸上。

　　从湖上回来的人说，在一尺多厚的雪层下，找到了老头的那个大背包。

　　"怎么知道一定是他的呢？"

　　"背包里有一张他年轻时的照片。很旧了，已经发黄，表面布满了裂纹。"

　　"是他？"

　　"很明显，那是他，是他年轻的时候。"

　　"是从一张合影上剪下来的。"

　　"噢？"

　　"照片的一侧，残留了一个女人的肩膀。"

"肯定是一个女人?"

"看得出,她穿的是一件碎花旗袍。"

"他呢?"

"他嘛,看样子那时他有三十多岁,很普通,一张最容易被人忘记的脸。"

老板娘一次次到门外去,张望她的男人。"该死的,还想不想回来!到底是上哪儿去了……"

男孩又唱起那支古老的儿歌,唱得零零落落,不时向他的母亲报告湖上的情况。"妈,妈!他们把他抬上汽车啦。"

人们喝着酒,喝着咖啡和茶,漫不经心地扭转脸看一看窗外。往山里去的路还没有修好,往山里去的车无声无息还停在雪地里。

"没有他的地址吗?背包里有没有什么可以证明他身份的东西?"

"没有。"

"背包里有一袋米、一罐油、一盒糕点和一包糖果。就这些。"

"还有几只漂亮的发卡。就这些。"

"对啦,还有几个红色的纸袋,每个纸袋里一沓崭新的钞票,一元一张的,十张。"

"会不会是压岁钱?"

"是压岁钱,再有几天就过年了。"

"哦对,还有些烟花爆竹。再没了。"

"还有一个礼拜,就要过年了。"

"这条路常出故障吗?"

"但愿今天夜里咱们都能回到家吧。"

男孩像模像样地扭着胯,扭着小屁股,扭出欢快的节奏,把那支陈旧的儿歌唱出崭新的激情。阳光不知不觉地消逝，昏昏暗暗的后窗把男孩的身影融化进去，风更大了，风声很响。"汽车开啦，妈！他们把他运走了。"几乎分辨不出这声音是从哪儿发出的。

老板娘扭亮了灯，昏黄的灯光让人打不起精神。老板娘走近录音机，但偷看一眼她的儿子，踌躇片刻，又战战兢兢地走开。

天黑起来的时候，往山里去的路通了。一二三四五六七，有七个人站起来，依次出门，打算进山去。男孩从望远镜中看他们怎样走出去，看店门在他们身后怎样摆来摆去摆来摆去，看风怎样把碎雪从门隙间吹进来并且在门前化成水。男孩看见东南角上的那个女人还在，望远镜从那儿走一条对角线，男孩看见西北角里的那个男人也没走。

老板娘思虑良久，对男孩说："我出去看看，不知你爸爸到底哪儿去了。"她看看角落里的两个人，把话甩给他们听，"我不会走远，我就到门前的大路上，绝不走远。"

"一、二、三。"男孩子把他自己也数进去，店堂里连他总共剩下三个人。

男孩从望远镜中看到：东南角的女人终于向西北角走去。

男孩看到：她走到西北角那个男人近旁停下脚步，站着，一言不发。

男孩看到：男人点了一支烟，吸了两口，才转过脸来，望着女人。

窗外一团漆黑，风声压倒一切。

男孩听见女人说："这么久，你还没有认出我吗？"

男孩听见男人并不回答。男孩看见，男人的眼睛里和女人的眼睛里，都有一层亮亮的东西涌起，涌得厚厚的。

男孩悄悄溜进柜台，按响了录音机，躲在柜台后面。窗外，漆黑的雪地上走过漆黑的风声。然后是一把吉他，一把要命的吉他，响起来，颤抖着响起来……仿佛在那颤抖的琴声前面和后面，都有着悠久的时间。男孩像那琴声一样，颤抖着，蹲下，把双膝紧紧抱在怀里。

很久很久，男孩听见那女人对那男人说：

"我等你，我们一直都在等你。"

"我们等你，我们到处找你。"

"我们找你找了，一万年。"

/局部/

我知道，这之前他们一直都在找我。

这么多年他们一直也没放弃找我。

我知道早晚他们会找到我。他们找到我就是把我杀了，说实在的，我嘛，我也没有什么好抱怨的，换了我是他们我又能怎么办呢？杀一个叛徒不像杀一个别的什么，无论怎么讲，于情于理都是讲得通的。

我是个叛徒。叛徒，我看不用再怎么解释了，叛徒这两个字家喻户晓。

不不，不是冤案。可能有些"叛徒"是冤案，我不是，真的我不是。没人冤我，没有，真没有。我真是叛徒，不骗你。唉，但愿还能有人信我的话，我希望不要因为我曾经是个叛徒，就再也没人肯相信我。相信我，至少我不是无赖。我认账。我罪恶深重我死有余辜，我都承认。我干过的事我一件都不抵赖。不翻案，我不翻案。

当然，也翻不了。

尽管如此我还是想说：该平反的平反，该翻案的翻案，我不浑水摸鱼；我知道自己是怎么回事。世上确实有冤狱，也确实有真正的叛徒，实事求是。从小，母亲，还有父亲，就希望我长大了至少做一个诚实的人，不管发生了什么都要实事求是。那时候，每逢过年，父亲给我买一些烟花爆竹，母亲给我一点儿压岁钱，我伸手去接，他们先不给我，他们先问我：在过去的这一年里你是不是一个诚实的孩子？我说是。他们说：再想一想，要实事求是。我再想一下，说是，或者说不是但明年我会是的，然后父母才把那些过年的礼物送到我手里。

我这么说，并不是要求宽恕。

自打我成了叛徒，多少年来——多少年了？有一万年了吧？我心里非常清楚，就剩下实事求是能让我保存住一点点良心了，也是我唯一的赎罪方式。只有这样，我偶尔才能睡一宿好觉；才能在夜深人静却无法入睡的时候喝杯酒，指望随后可以梦见那些唾弃了我却总让我想念的人；才能在每年的清明，为我的父母和被我所害的人烧几张纸；才能稍稍地舒一口气，才能活下去。

够多滑稽是不是？总能找到活下去的理由。我的一切罪恶就出在这儿：贪生怕死。

照理说，我还活个什么呢？

有很多年，我从这儿跑到那儿，从那儿跑到这儿，隐姓埋名怕有人认出我，怕他们找到我。想象他们找到我的情景，比想象他们怎样处决我，还可怕。与其让自己人把我处死，真不如当初死在敌人手里。当然，他们早就不把我当自己人看了。我不敢想象怎么面对他们，我不敢想象在哪一年哪一天，在什么地方、什么情况下，他们忽然找到我。但是每年每月每时每刻，我都强迫着做这样的想象。一种强迫症。理智上并非不知道应该怎么办；应该不想，或者，应该去死。清醒起来，我知道我不如尽快去死，像我这样的人只有死路一条早晚还不是一样？那么麻烦别人倒不如自己干还要光彩些。让自己人——我是说让那么多好人——恨着、骂着，蔑视、唾弃然后把你找到，就像找一只史前动物那样惊异于你怎么还能活着，与其这样，真不如自己知趣早早地去死了吧。活得没有一点儿让人看得起的地方，就不能死得勇敢一点儿至少爽快一点儿么？想是想得挺好，可一着手去做我就又害怕了，下不去手，自己下不了自己的手。刀子、绳子、河边、楼顶、毒药……办法是不少，决心也不小，关键是得真干哪。真要去干了这才看出我是个天铸地造的叛徒坯——贪生怕死，禀性难移。一个人像我这么怕死真是无可救药了，活到我这个份儿上还怕死，真让人失望。你有多怕死你就有多愚蠢，这是说我。人的怕死和人的愚蠢，你怎么估计都不过分；当然，并非所有的人都是这样，我是指我自己，并不是所有的人都像我这么废物。好人们看我活得就像条狗。我自己最明白，我活得未必比得上一条狗。我的那条狗活得比我有道理。我到这大山里来之后养了一条狗，我东躲西藏了好多年然后在这片大山里住下了，养了条狗，它活得比我有用比我自信。它无条件地跟着我，除了春天它不知跑到哪儿去疯一阵子它从不离开我，它除了离不开我就只醉心于那片大山，它每天望着四周的大山玩一会儿然后睡一会儿，活得坦然自在。唉，但愿来生吧。但愿那时我能做到宁死不屈，但愿来生我能有这样的品质，能够那么勇敢和那么明智。宁死不屈，确确实实是明智的：死了，是无比的光荣，没死呢，得到大家的尊敬和爱戴，自己也更信任自己，自己也更看得起自己。关键是你得经得住打，经得住各种刑法的折磨，不怕死。

那座城市，我已经有很多很多年没去过了。我在那儿出生，在那儿长大，又在那儿成了叛徒。自从我成了叛徒逃出那座城市，很多很多年里我没有回去过一次。起初我是觉得没脸见人，没有比叛徒更卑鄙更丑恶的东西了；我从小就知道，谁都是从小就知道。而后我才意识到他们不会饶过我，他们必定在全力寻找我，在没有证据说明我已经死了之前他们不会放弃这样的努力。这是对的，这完全应该理解：当然不能让一个出卖了别人也出卖了自己的灵魂的人，就这么逍遥法外。我不敢回去。

不敢回去的原因还在于，我不想触景生情又回忆起我被敌人抓住，以及此后种种可怕的情形。我一心想到大山里去，到深山野林里去，越是荒凉偏僻越是人迹罕至越是交通闭塞风气不开，越好。到一个没人认识我的地方，开荒种地自食其力了此一生，我以为这样就能把一切都忘掉，把善与恶都忘掉，把所有的人都忘掉包括把自己也忘掉，统统忘掉。

事实上这办不到。除非去死，你什么也忘不了。良心的规则跟下棋的规则类似，即便是棋错一步满盘皆输，那你也不能悔棋。然而生命的规则又不同于下棋，生命已经被开垦过了，除非去死你不可能重来一盘。可我正是因为怕死才成了叛徒的呀。实际情况很可能就是这样：你要是看重良心你就别怕死，你要是怕死你就别在乎良心。可是，你又牵挂着良心又舍不得性命，我是说我，像我这样的人可还有什么出路么？

很多年很多年以前敌人把我抓住，先是劝导我，说我年轻无知受了人家的骗。实事求是地说，那阵子我表现得很像回事。我一一驳斥敌人，历数他们的罪行，揭穿他们的谎言，以严谨而且精彩的逻辑证明他们的虚伪，我那时生气勃勃才思敏捷滔滔不绝——可不像现在这么没用，质问得敌人瞠目结舌理屈词穷。好歹我这一辈子也算大义凛然慷慨陈词过那么一回。那感觉真不错，觉得自己是那么崇高，真是一种幸福。我想，我那时看上去一定是非常勇敢。事实上不是那么回事。我想我有幸能够勇敢了那么一阵子，归根到底是因为我坚信我的信仰是对的。但正是因为这样，我才是一个货真价实的叛徒。或许有必要把叛徒的概念界定一下：一种情况是，经过劝导，你真的相信是你错了，你真的认为你是受了骗，于是你放弃了你原来的信仰，那么你不应该算叛徒，你只是改变信仰罢了，信仰和改变信仰那是一个人的自由不是吗？另一种情况是，敌人，譬如说用高官用金钱或用美色来引诱你，于是你就放弃了你原来的信仰，那么依我看你也不是叛徒，因为这说明你原来就谈不上有什么信仰，你只不过是找错了升官发财和享乐的途径，你本来就是个利禄熏心贪图享乐的人，现在你只是调整了你的经营方式你并没有背叛你的初衷。再一种情况也就是我的情况，我一点儿不怀疑我的信仰，我懂得那是唯一正确的道路，我至今都相信那是人间最最美好的理想，可是，在死的威胁下我放弃了它，背叛了它，为了活命我出卖了它，这就是彻头彻尾的叛徒。

铁案如山。

劝导无效，他们就打我。我是说敌人。敌人开始打我，给我用刑。

我不想说这些事，不想说那些细节。残酷残酷，无非是说那些刑法有多么残酷，说这些干吗？为自己开脱罪责？不管多么残酷，不是有人挺住了吗？那就是说人是可以挺得住的。人折磨人的方法，和人经受折磨的能力，都是能让人自己为之震惊的。我不想说那细节还主要不是因为这个，主要是因为那场面太让人觉得屈辱。他们就像揍一条畜生那么揍你，就像打一只苍蝇那样恨不能一下子就打死你，就像摔一堆破盆子烂罐子没头没脑地把你摔来摔去，就像猫摆弄一只耗子，他们一踹就把你踹得跪在地上，你好不容易又站起来那好他们再踹再把你踹得趴下，你别指望还能保持什么尊严，他们把你围在中间像轮奸似的那么轮流着揍你，东一鞭子西一棍子，揍得你满地乱滚，浑身是土是汗，满脸是血是泥，你不可能不呻吟不可能不把身子蜷缩起来，别相信电影里那些有分有寸的拍摄，你的衣裳不可能只是在肩膀上或后背上撕破那么一小块，你被打得连裤子全都掉下来这一点儿都不算新鲜，甚至那个最要命的玩意儿都哆哆嗦嗦的上面沾满了土，他们就用不管是鞭子还是棍子去拨弄它还他妈的笑着，你想想看那原本可是为了做爱的呀。这时候，你要是还能相信，你是人，说实在的，那也就不算是，一件很容易的事了。这时候，你要是还清醒，你会觉得以往的人间很可能全是幻觉，什么上学啦你要衣着整洁尊师爱友那些小时候的事，后来长大了又是什么要注意言谈举止彬彬有礼要尊重别人也要自尊，什么文明礼貌什么文雅潇洒风度翩翩什么讲究卫生注意营养还有什么什么——碰破块皮还要小心翼翼地上一点儿药？那全是假的，全是幻觉，是梦，要么就是谣言。人哪，真是神秘真是不可思议，任何时候你都不敢说你是在梦里还是从梦里醒来了，你在梦里是不是也可以再做梦呢？你醒来了是不是还可以再醒来呢？别再说这些事了，我怕我又糊涂了，又不知道自己这是在哪儿了。我一度精神不大正常。我老是得不时地这么掐一掐自己的大腿，感觉一下疼不疼，等一等看，会不会又醒过来。习惯了，其实没用。

　　我说我精神一度不大正常没别的意思。我不要求宽恕。请相信我。

　　其实在梦里你也能想起来掐一掐自己的大腿，你也能有疼的感觉，于是你欣喜若狂以为这一回不是梦了，可这么一欣喜若狂那才妙呢，忽悠一下你就醒了。有一回，我梦见我爱过的那个女人在大山脚下的那个小湖边把我找到了。我的那条狗把她领来，把我找到了。湖水清冽，波光潋滟，小时候读过的那篇古文中怎么说的？"近岸，卷石底以出，为坻，为屿，为嵁，为岩。青树翠蔓，蒙络摇缀，参差披拂。潭中鱼可百许头，皆若空游无所依。日光下澈，影布石上，怡然不动；俶尔远逝，往来翕忽……"正是那样。绿草茵茵，山青水碧，轻风徐徐，树影婆娑，正是这样。湖岸上，她向我走来。我那条狗走在她前面，想必是它领她来的。她走到我跟前沉默着看了我很久，然后说："我一直在等你，我们到处找你。"她含着泪对我说："你不是叛徒，真的你不是，你弄错了。"可我干过的那些事呢？"那是假的，"她说，"那是梦，是你做过的一个梦。"可我怎么才能知道现在这不是梦呢？她叹一口气："你看。"她让我看她身上那件碎花的旗袍。细细碎碎的小花真真切切，一团团一片片都带着她的体温和汗香，连贴边上密密的针脚我都一一看过。这是真的？这真是真的？她擦去泪水，微笑着："你真是梦怕了。"我仍然不敢相信，就掐着自己的大腿，围着那片湖水满腹狐疑地走。她跟在我身后，说："跟我回家吧，回太平桥去。"她这么一说，我想我倒得先验证一下她是否真是我爱过的那个人，我猛地转回身问她：

"你还是在太平桥经营着那个小酒吧？"她点点头说："这么久你都到哪儿去了？我们一直在等你回来。"我低头想了一会儿，心里盘盘绕绕的有点儿糊涂。她又说："不信你看呀。"我寻着她所指的方向看去，看见我的父母、亲人一二三四五六七都来了，看见我的朋友，一二三四五六七八九，他们都来了，他们毫无恶意毫无轻蔑毫无仇恨地望着我，他们有说有笑互相随随便便地交谈着向我走来。真的这回真是真的啦我想，我再把他们一一从头到脚看个仔细，抓住他们的手抓住他们的胳膊抓住他们的衣襟这回错不了啦我想，这回到底是真的了我说，是真的当然是真的他们也都说。"回家吧，"他们说，"再有几天就要过年了。"我就在那边的一块大石头上坐下，痛痛快快地哭。我那条狗蹲在我身旁一会儿看看这个一会儿看看那个，嗓子里哼哼唧唧的，眼神也是那么又悲又喜似的，我想这还会错吗？我哭了又哭心里那个舒坦、那个轻松、那个庆幸、那个高兴呀……然后忽悠一下，醒了。还是醒了。就这么忽悠一下，睁开了眼，非常简单。

忽悠一下。一秒钟都没用。

甭提有多简单了。

醒了，还是那条结结实实的炕，还是那间空空落落的屋子，还是我，一个人，后窗外是那片湖，一片白，远处是大山，白茫茫天地一色，下雪了，下了一宿大雪这会儿已经停了，太阳出来，雪地上和山谷里，飘浮起空蒙寂寥的光芒。有个孩子的声音，也许一个也许几个，在说歌谣：一一、一二三，打江山；二二、二三四，写大字；三三、三四五，烤白薯；四四、四五六，亲骨肉；五五、五六七，七七四十九，九九八十一，捡个骡子当马骑！童谣，没人知道是什么意思。阳光照进屋里，门前两棵老树，树干的影子倒进来，斜着，把屋子分开成三块；早晨是西边的一块最小，中午有那么一会儿三块一样大，然后树影继续移动、延长，傍晚时东边的一块最小，越来越小变红变暗，每天都是这样。我的那条狗卧在院前，卧在两棵老树之间，每天都这样。它不叫，它已经老了，很少有什么事还能让它大惊小怪。并没有院墙，一直可以望到大山，四周连绵不断的大山，没有公路通到这儿。太阳东山出，西山落，每天这样。月亮圆了，月亮缺了，月影走过湖面，月月如此。那片湖并不大，几十个足球场的样子，差不多也就那样。山绿了山又黄了，湖水封冻了，湖水融化了，年年如此。沿湖岸，错错落落十几户人家，春种秋收生儿育女，祖祖辈辈就这样。

说实在的，严刑拷打我还是经受住了不少，有个把月我什么都没说。实事求是，我不是想要求宽恕。可是慢慢我明白了，就这么打下去非把我打死不可。最后无非两种结果：要么我招供；要么我以后的日子就只剩了坐牢和挨打，不打死我就不算完。敌人明确地说："你别以为我们不敢打死你，你不算个什么重要人物。"这下我害怕了，我相信他们会的，会打死我，我无足重轻。

不知道为什么一听见死我就害怕了。只知道这一害怕，把我全毁了。

越害怕就越害怕，越想越怕。

我那时候二十一岁。我躺在牢房里越想越委屈，就这么就完啦？所有的愿望，所有的准备，所有的梦想令人激动的种种梦想，长大吧快点儿长大吧一天天盼着长大去实现那些梦想，终于长大了接近那些期待了，按捺不住的期待眼看着就来了……然后忽悠一下就这么全完了？再也没有了再也不可能有了？黑暗，无穷无尽的黑暗、虚无、无着无落，噢天哪那是什么？也许连黑暗连虚无都没有，那会是什么？什么也没有，谁都没有，自己也没有，没人知道你到哪儿去了，你死啦，死啦死啦死啦，死啦，什么也没有死啦，什么也看不见也摸不着什么也干不了，死了……这时候我才懂了活着有多么好，我才发现我是多么想活。

小时候，我这么想象过一回死，想到最后我赶紧跑到母亲身边偎依在母亲怀里："妈，我害怕。"父亲走过来问我："怕什么？你看见了什么？"我不回答，母亲搂住我我觉得安全了。我问母亲："妈，死疼吗？"母亲愣一下，望望窗外，把我搂得更紧些，说："想那个干吗，那还早着呢，还早着呢。"我想是呀还早着呢，还有好多好多年呢，这样，很快我就不去想它了。

可现在，死这么快就来了，没想到会这么快。我才二十一岁。我躺在牢房里委委屈屈地哭起来，一边哭我一边想到我甚至还没结过婚呢。我爱着一个女人，就是我梦见在湖边把我找到的那个女人。事实上，我还没来得及对她说过什么。我有把握她对我印象不错。在漆黑的牢房里我肆无忌惮地哭着，想着，越想越相信她对我印象不错，要是我对她表白她不会拒绝我。我真后悔为什么我早点儿没对她说，有什么可不敢对她说的呢，要是我知道我这么快就要死了我一定敢对她说。至少她不会一下子就拒绝我。有一次好几个朋友一起吃饭，她一定要挨着我坐，那不像是偶然的。人多，坐得很挤，我们俩几乎是紧挨着了，我先还尽量躲开一点儿，后来我发现她并不躲，好吧我也不躲试试看，结果我不躲她也没躲，那不像是无意的。我永远都记得她的体温和汗香。那一天有点儿让我神魂颠倒，夜里想起来觉得很紧张。她长得很美，皮肤很白，戴一副黑边眼镜很文雅，不不绝不是什么"情人眼里出西施"，第一次见到她我就发现她很美，不是漂亮而是美，很美，而且很文雅。她年龄比我大，这并不重要。我第一次见到她是在长途汽车上，汽车在半路停下来，下着大雨，前面的什么路段上交通发生故障，汽车都停下来。旅客们都到路旁的一家咖啡店里去。咖啡店很小，所有的座位上都有了人，上帝的安排只有我和她没有座位。有一扇后窗，很高，很窄，窗台却很宽。我把咖啡放在窗台上。她走过来也把咖啡放在窗台上。雨很大，窗外是茫茫雨雾和隆隆的雷声。我和她站在后窗前，上帝的安排，我们必然要互相说些话。雨一直没停，前面的交通故障一直到天快黑时才排除，上帝的安排，我们俩先是站在后窗前，后来就轮流着在窗台上坐一会儿。她很美，很有文化很有思想，很有修养，又很有激情性格很开朗。我呢，我那时才思敏捷自命不凡，不管什么事一点就通，不仅理解得快还能加以引申，虽不免有穿凿附会之嫌但凭着机智总能跟上她的思路。她坐在窗台上。她身后的玻璃上，雨水一层层抖开、一浪一浪地铺落，闪电不时照亮那面玻璃，照亮她和我。我对她一见钟情。雷声雨声一刻都不减弱，为了听清我的话或是为了让我听清她的话，她一次又一次把头凑近我，我感到了她的呼吸，甚至听见唾液在她喉咙里纤柔地滚动。渐渐地，我头一次感到自惭形秽，感到自己才学疏浅却还自以为是，不懂装懂，真是可怜可笑。不过看来她挺喜欢我。天黑前我们成了朋友，我胆怯地问，我们可以做朋友吗？她说，当然。这是上帝的安排。正是她的引领和介绍，使我找到了我信奉的终生的理想……不不，是信而未奉，我是个叛徒。

有一回我到她的住处去。

晚上，她正在浴室里。她在浴室里喊："请进！"

她在浴室里说："你先在客厅里等一下。"水声，喷洒溅落的水声。她说："你坐，我马上就好了。"

我坐下。水声不断。水落在地上的声音，和不是落在地上的声音，使我想入非非。那浴室的六面想必都应该是墨绿色的，墨绿的和雪白的，都挂了晶莹的水滴，灯光在水雾中尤其飘幻宁和，深暗的影子摇动着那墨绿的和勾画出雪白的……我觉得身体里和灵魂里都一阵阵颤抖，慌忙地抽烟、看报纸，然后不得不跑到阳台上去，努力驱除对那色彩和对那些水声的渴望。我躺在昏暗的牢房里，铁窗外有几盏星光，心里又翻动起那样的渴望。"喂，你干吗呢一个人在阳台上？进来。"水声停了，她从浴室里出来，头发还是湿的，穿一件紫红色睡袍。她舒舒坦坦地坐下，散散漫漫地跟我谈话。我想，对啦，应该是紫红的，紫红的和雪白的，我眼前便出现那样的画面：紫红的、静的、浑然缥缈的和雪白的、动的、真实的鲜活……我害怕我的眼睛里已经流露出了亵渎。"喂你怎么走哇？"我走了。我这辈子，什么都让这"害怕"二字给毁了。我成年累月地渴望那水声和那水声停下来的时刻，想象墨绿的、紫红的、和雪白的。躺在清冷的牢房里，晨鸟开始啼鸣，我知道如果不招供我也许都活不到夜鸟归巢的时候，我将死去，我将没有结过婚就死去，我将没有感受过女人就这么死去，我将没能对我所爱的女人表明我的心意就死去，永恒的黑暗和无边无际的虚无那是什么？天哪，那些墨绿的、紫红的和雪白的……

第二天敌人再拷打我，那些刑具一摆出来我就哭了。这一下全完了，这是我毁灭的开始。这一下敌人知道他们很快就要赢了。他们更加自信了：就这么打下去，变本加厉地打，打下去，用不了很久他们就要赢了。果然，我没能让他们失望，就这样。

　　我只想到，我要是就那么死了我就再不可能得到她了。我竟然没想到，我叛变了我也一样不可能得到她了。事实上，当我疏忽大意地在那趟车上胡言乱语让敌人盯了梢的时候，这件事就已经注定了。当我走进那家小饭馆，还是那么放松着警惕，自命不凡地跟一群人高谈阔论的时候，一切就都安排定了，我已经再不可能得到她了。

　　敌人把我放出来的那天我才明白这一点。

　　那是个阴云密布的下午，看样子就要有一场大雪。我听见路上的人说，就快要过年了。敌人把我入狱时的那个大背包还给了我，里面还有一点儿钱，我买了一袋米、一罐油、一盒糕点和一包糖果，心想快过年了，回家去应该给父母买些年货。买了，这才想起父母每年都要问我的话："在过去的这一年里你是不是一个诚实的孩子？"虽然我已经不是孩子了，但二十一年中这已成为父母向我祝贺新年的习惯。我这才想起我是不能回家了。

　　我出了城，无目的地沿着公路走。天快黑时下起雪来。

　　我独自在大雪中走了一夜，并不考虑方向。从我被敌人抓住的那一刻始，一切就都晚了，我无论如何都回不了家了。也许这件事决定得还要更早些。在我还没有看出保持警惕是多么重要、在我还没来得及改掉自命不凡的坏习惯就有了自己的信仰之时，这件事就已经决定了。

　　天蒙蒙亮时，雪停了。公路上有了汽车。我用尽身上所有的钱买了一张车票。售票的老头问："去哪儿？"无所谓去哪儿，我想，越远越好。

　　我在东北的大森林里待过几年，在那儿伐木。我到过南方的海岛，打过几年鱼。我还到过西北，黄土高原，贩过几年盐和牛。我跟着一个江湖医生学了些医道，先只是为了自己的保健（我一度病得厉害差点儿死在滇西的一个小寨子里），后来也给别人治治病，要一口饭钱，不多要，我是个罪孽深重的人。闲了闷了或是病倒在床上了，时间多得打发不完，我就读读医书，也读史书，什么书都读，找见了就读，并无计划，也无章法，不过是一种消磨光阴的方式。有《四郎探母》那么一出戏，我看了那么多书，只在那个戏本上发现有人给过叛徒一点儿同情。当然那不是一本好书。我这么说可没有别的意思，我说过了，我自己都不会宽恕自己，四郎虽也是贪生怕死，但他没出卖过别人。我山南海北地走了好多年，还是想念家乡，就又回来，在离那座城市几百里外的大山里住下了。

养了条狗，盖了间房，我们一起在大山里，一住几十年。

几十年中，数不清有多少次我想到那座久别的城市里去看看，但一次都没去。这真是糊涂。

我那条狗，可真是条长寿的狗。它老得连叫都懒得叫了，甚至到了春天它也不出去跑了。它整天整天就守着我，整天整天就趴在门前那两棵老树之间，永不厌倦地瞭望四周大山。它年轻时可不这样，一到春天，它就呜呜咽咽地叫几宿，我拍拍它的头说"你去吧"，它就去上十几天，十几天我们不见面，夜里我偶尔能从风中听见它在山里跑，追着它的相好，漫山遍野地叫。十几天后它准回来。

每次它准时回来，我都感动得想哭，同时相信我不如一条狗。并不是说我不如它快乐，而是说我不如它忠诚不如它心怀坦荡。

如果，小时候，是因为离死还太远太远，在这漫长的时间里，你不知道会有什么美妙的事在等着你，所以，死虽然毕竟是你的方向，你也先不去理会它，你偶尔想它一下就把它抛在脑后一心一意去享受生，那是有道理的。

如果，二十一岁那年，你还太年轻，你还不知道命运早已决定，你爱着一个女人，一个美好的女人，至少你想得到一个女人的爱，因此你想活下去，即便你是被命运蒙蔽着而选择了不死，你也是有道理的。

可现在，谜底早已揭穿，终点也已经看得见了，从现在到终点的这段很短很短的距离中，肯定来不及出现什么奇迹了，一切都能够预见了，不过是取这几十年中的若干分之一再重复一下罢了，再这么怕死再这么怕他们找到我是没道理的。

不要再美化自己了。不要为自己的怕死找理由了。我就是常说的：怕死鬼。

树影消失了。门前那两棵老树，我越来越对它们怀着恐惧又对它们抱着希望，他们早晚会从那两棵老树后面转出身来，找到我，我害怕他们找到我因为我害怕看他们仇恨、轻蔑的眼睛，但我希望他们处死我，快些处死我。

尽管我自己还是下不了自己的手，但我对我的这个下场心悦诚服。

未来是什么且不去管它了。问题是过去无法更改。关键是，现在应该结束。

在所有我看过的那些书中，都没有叛徒的天堂。这我知道。即便是在《圣经》上，也没有，没有叛徒的天国之路。这我都明白。

那天，那是春天，奇怪，我的那条狗又呜呜咽咽地叫起来。它已经好多年不这样了。我想，说不定要有事了。我拍它的头说："去吧。"它就去了。我明白，这是天意，肯定要出事了。它向暮色的山中跑去了。我很高兴不让它看见我被抓住，不让它看见我也许被处死。否则它会受不了的。

月亮出来了。月色下，那两棵老树的影子指向黑黝黝的大山。他们是从左边这一棵后面出来，还是从右边这一棵后面出来，只剩下这个问题悬而未决。

到底我也没弄明白他们是从哪一棵后面来的。

我想，唯一的悲哀是等了这么多年，何必要白白等这么多年呢。自从我疏忽大意被敌人盯了梢的时候，或者再晚一点儿是我被敌人抓住的时候，或者再早一点儿，是我认识了我终生所爱慕着的那个女人的时候，我就注定应该去死了。或者更早一点儿，是那场大雨把前面的路冲坏了的时候，是我走进那家小咖啡店发现所有的座位上都有了人的时候，是我和她都看中了那扇又高又窄的后窗的时候，我已经非死不可了。

可供选择的仅仅是：一种死法可以上天堂，另一种死法只能下地狱。

这么多年来，我却怎么也回忆不起，那个大雨天，我坐了长途汽车，是要到哪儿去？

他们来了。他们早晚会找到这儿来的。

我点了一把火，烧了那间房子。这样，那条狗回来找不到我，也就不必总在这儿瞎等了。它会想明白。它没办法它总得离开这儿，到别处去度过它最后的生命。

/构成/

甚至可以这样认为：你们不期而遇，你对她一见钟情，你至死不渝地爱着那个女人，这件事，还在你五岁那年就已注定。

你五岁那年的一天早晨，也许你还能记得也许你早已忘记，那时，太阳刚刚从对面的山梁上升起，你站在门前端着一只小小的望远镜，望着你的父亲爬上对面的山梁，望着你的父亲背着一个大背包，沿着唯一的羊肠小道爬上那道山梁，朝你们挥手。照理说你不会忘记，那时你问母亲，父亲他要到哪儿去？母亲摇摇头眼里有泪光，顾不上看你，说："父亲，他要去找他想找的东西。"你再举起那只小小的望远镜：父亲不见了，父亲消失在那片苍茫的大山里。当然当然，这你忘不了。父亲那一走，就再没有回来。

就是在那时候，已经注定了，在你身后在人群密聚的城市里有一个小姑娘，未来她要使你坠入情网。

因为父亲再没有回来。因为，将来，某一天傍晚，会有一个人从大山里来，无意中给你带来父亲的消息。因为，那时候，母亲已经老了，你已经到了父亲当年的年龄，只好是你到大山里去跑一趟，证实那个消息。

但是现在你还看不见那个人，这时候你还看不见他。

你正在写你那篇小说，标题是：众生。但这时候那个人正朝你走来，带着有关你父亲的消息。

你坐在写字台前，面对敞开的窗户，窗外，阴凉的南墙上挂满了牵牛花浓绿的叶子，花已蔫萎，一批崭新的花蕾正在悄悄地膨胀。你并未注意那些花，但事后你会回忆起它们。房门在写字台左边，离你大约三米远，也敞开着。这座房子没有什么变化，跟若干年前一样，房门直对着那道山梁。那道山梁，是远方那一片层峦叠嶂的大山的余脉。推敲词句的当儿，你有时朝山上望一眼，有时侧过脸，目光在那山上呆呆地停留很久。不管你看见了什么，你只能看见山的正面。你看不见它的背面。你看不见，在山的背后正有一个人在往山顶上爬，看样子他是要翻过这座山。

如果他翻过那座山，那，他就一定要从你门前经过。那山梁上，唯一蜿蜒而下的小路，穿过一大片水田，经过你的门前，然后连接起大路，连接起条条大路，通向市区。

阳光，曾经从敞开的门中，落在你近旁，然后不知不觉在地上转了一个弧，像一把折扇那样收拢，在门脚下收拢成一条线，退出门去。南墙下的阴影便展开，齐齐的一线向前推进，在一个由季节所规定的位置上停下来，犹豫片刻，转移角度又开始收缩。在这过程中，盛开的牵牛花渐渐凋残。你一直坐在写字台前写你那篇小说。这会儿，对面的山梁上全是夕阳橘红色的余晖了，满山的鸟啼虫鸣。水田里，蛙声渐渐高亢。

那个人，正在山的阴影里往上攀登。他要翻过这座山，尽管这件事尚未验证，但看不出他有其他企图。他显然是要翻过这座山，而且看不出他有改变主意的迹象。

一俟他翻过那座山，他别无选择，他就要从你门前的这条小路上走过。望着远处浩如烟海的城市，从山里来的这个人，他要向他遇见的第一个人问路，这再合情合理不过。一俟他翻过那座山，注定，他要向你问路，那时你也别无选择。他是个喜欢传播消息的人，一俟他翻过那座山这就是命运的选择，他永远不会想到，他的嗜好会给别的命运造成什么样的转折。

但这会儿你看不见他。这时候，他以及他将要带来的消息，对你来说还都不存在。他将告诉你一件在深山里已经发生了的事情，但这会儿对你来说，那件事尚未发生。

但只要山背后的那个人能够翻过那座山，你就会在天黑之前听说那件事。那件事将引得你做出一个决定：明天一早到山里去，乘长途汽车，到很远很远的深山里去。虽然这会儿你完全没有这样的打算，但只要山背后的那个人能够翻过那座山，你明天乘长途汽车到那片莽莽苍苍的大山里去——这件事，就正在发生。

他翻不过那座山的可能性，差不多没有。

与此同时，在你这间房子以西在喧哗不息的市区，在纵横交错密布如网的街道上，在林林立立的高楼中，在飞扬的歌声、蒸气、烟尘的笼罩下，在成群成片的蚁穴一般的矮屋里，和在一些相对幽静的地方，分布着十几个也打算明天到大山里去的人。明天，天一亮就动身。你们，你，和那十几个人，都已在这个世界上生活了很久，但素昧平生，明天，你们将有机会见面。除去其中的一个，那十几个人和你，你们互相说几句无关痛痒的话，那是你们一生中相距最近的时候。那十几个人，除去其中的一个，你们互相不会留下什么印象。正如天文学家有时候发出预言，一颗不知名的小彗星，什么时候，在什么方位，经过它离地球的最近点，然后离去，直到它毁灭再没有机会回来。

除外的那一个，就是那个女人。就是当年的那个小姑娘。只不过现在她长大了。等待了这么多年，她长成了一个美丽而且文雅的女人。

此时此刻在市区中心，在四周喧喧嚣嚣的包围之中，有一条安静的小街，小街上有一座更为安静的院落，院子里有两棵高大的梧桐，和一栋西洋式的小楼。红砖的楼墙，墙根下长满了绿苔，砖面有所剥蚀。窗框都是白色的，都有百叶窗，百叶窗也是白色的。门廊的台阶很高，一、二、三、四、五、六、七，七层，花岗岩廊柱的顶端有涡旋状翻卷的纹饰，沾染了斑驳的锈色。从楼门到院门之间，在梧桐树巨大的影子里，一条石子铺成的甬道，差不多呈 S 形。甬道两旁的土地，想必曾经是草坪，想必原来是绿茵茵的草坪并且时常开放几朵淡黄的野花，但非常遗憾，现在都裸露着。

她就在那儿，在其中的一扇玻璃窗后面。她一直就在那儿，这么多年过去，她从小姑娘长成了女人。

你和她之间，一条无形的路，早已注定，等了这么多年，这条路是否能够疏通？还要等一会儿看。

现在，她正在梳洗打扮。

夕阳照耀着你对面那道山梁的同时，也透进她的卧室，在紫红色的地毯上投下一块整齐的光芒。你窗外的那一墙牵牛花开始蔫萎的时候，她正在午睡。那时，有一只蝴蝶在院子里飞来飞去，在树荫里，在门廊下，在裸露的土地上，在她窗前，飞。然后在她的窗台上落下也睡了一会儿，在梦中翅膀仍然一张一合，一张一合。她醒来之前，那只蝴蝶飞走了。那只蝴蝶越过院墙，一直向东飞，这会儿飞近市区的边缘，在离你不远的一棵合欢树周围流连。合欢树上的那户人家，注定与你无关，无论山背后那个人打的什么主意，也不管未来和远方正在如何编排你的命运，此生此世你都不会与那一家人有任何关联，你们也许偶尔会离得很近，比如在市场上，但你们之间有一道无形的墙，你们相当于在两座相邻的但事实上没有出口的迷宫里，走着。

蝴蝶飞走后不久，那个女人醒了。她醒来的时候，正是你窗外南墙的阴影开始退缩的时候，你全神贯注于那篇小说——《众生》。一个长久以来的问题吸引着你，可是想不清：一旦佛祖普度众生的宏愿得以实现，世界将是什么样子？如果所有的人都已成佛，他们将再做些什么呢？这时候她醒了，她看看太阳，又看了看表，起身转进浴室。

墨绿色闪现一下，随即浴室的门关了。

隔着门，水细密地喷洒，像雨，水落在地上的声音像雨，水不是落在地上的声音令人想入非非。但是屋里没有别人。屋里有两盆盛开的瓜叶菊，分别安放在屋子的东南角和西北角，相距仿佛很远。屋里有一排书柜。书柜旁有一台落地式电风扇。中间的书柜里，有一只装上电池就又会叫又会翻跟头的小布狗。对面墙上挂了一幅很大很大的油画，画的是：湖岸；冰消雪化的季节，残雪之中可见几片隔年的枯叶；落日时分，背景上山峦起伏，山的某些被夕阳照耀的局部描绘得相当精细，山的整体晦暗不清只是一脉十分简单的印象。屋里，最不惹人注意的地方，有一只老座钟。当——声音沉重、深稳，当——当——当——当——当——当。七点。

七点，你正在城区的边缘，离那只蝴蝶不太远的地方，侧脸呆望那座山，沉浸在你自己编织的故事当中：设若有一天，佛祖的宏愿成为现实……

七点钟，水声停了。浴室的门轻轻推开，从墨绿当中脱颖出一缕如白昼般明朗灿烂的光彩，在幽暗的过道里活泼泼地跳了一下，闪进卧室。随之，很多人（以前有很多人，以后还会有很多人）的梦想就在紫红色的地毯上无遮无拦地呈现。乌黑的和雪白的、飘洒的和凝重的、真切地隆起和虚幻地陷落，都挂着晶莹的水滴，在那两盆盛开的瓜叶菊间走着对角线，时而迈过那块阳光，时而踩进那块阳光，打开电风扇，蜂鸣似的微风吹着真实抑或梦境的每一个细节，自在徜徉毫不经意，使很多人的梦想遭受轻蔑，轻蔑得近于残酷。

她戴上眼镜，坦然坐在床边，腹部叠出两条细细的折皱，修长的双腿绞在一起不给任何淫荡的联想留有余地。她摘下眼镜，在床单上擦一擦镜片，再戴上，看那幅很大很大的画。她的模样很美，很文雅，很沉静，久久地看着那幅画，目光生气勃勃。

七点，山背后的那个人爬到了半山腰。那儿有一块青条石，就像一条石凳。那个人卸下肩上的大背包，坐下来歇口气。

天空碧透，万里无云。远远近近高耸的山峰，顶部还留着一抹残阳，矮山全部沉暗了。山谷中暮霭缭绕，流漫着草木被晒烤后的苦热的味道。往低处听，掠着草叶或贴着地面听开去，是各种小虫子"唧唧吱吱嘟嘟"的聒噪，此起彼落如同那大山一般绵延不绝。往高处听，是千篇一律的蝉鸣和灰喜鹊的吵闹声。再往高处听，有一只布谷鸟独自飞着，飞一会儿便简单地唱一句，但弄不清它在哪儿。头顶上有一只鹰，稳健地盘旋，盘旋，盘旋……更为深远的高空，清清寂寂。

清清寂寂，但绝非无声无息，或许倒更是轰轰烈烈。但是你听不见。

七点钟，天空碧透万里无云。但这时候你看不见（至少还包括明天与你同车进山的那十几个人，其中当然有那个戴眼镜的女人，你们都看不见），在万里之外，"万里"是一种夸张，实际是在百里之外，在山区，在那层峦叠嶂的大山脉的上空，你看不见，你们都看不见，在六公里以上的高度，那儿，出现了一层薄薄的白丝状的云彩。

这会儿它还称得上是一片美丽的云霞，夕阳和微风把它映照得吹拂得妩媚多姿。

但这是一个气旋，也叫低压。就是说，两小时之内，薄幕般的云层将布满整个天空。那时你在百里之外，你可能看见月亮周围有一圈朦胧的光晕，并且感到有凉爽的晚风吹来。那时在山区，在你明天将要经过的路上，风开始强劲，气压再度降低，天空中乌云滚滚而来，会越聚越厚，再过几个小时，到半夜，一场大暴雨在所难免。

当然你看不见。对此你一无所知。

未来的大暴雨将大到什么程度，人们无法料定。

那个气旋的形成，是多种因素的整体效果，是多种因素的随机构成，是上帝没有乐谱的即兴的演奏。多种因素，可能包括远古留存的一缕信息，也可能包括远方一只蝴蝶的扇动翅膀。这你当然无法知道。就在你专心致志地构想那篇《众生》，设想佛祖所许诺的那个没有痛苦的极乐世界的时候，在这颗星球上，在这个姑且被称之为地球的地方，已经有人接近猜到了佛祖的悲哀：一只蝴蝶的扇动翅膀，可以是远方一场大暴雨的最初原因。

是那只曾在那女人的窗台上睡过一会儿的蝴蝶吗？可以肯定，不是它。但那只蝴蝶，当它在窗台上落下，翅膀一张一合一张一合进入梦乡的时刻，它正在创造着什么，现在谁也不知道。

现在，那个女人穿一件碎花旗袍，走出楼门。不慌不忙，走下七级台阶，走上 S 形甬道，高大的梧桐树下，挺直粗壮的树干之间，碎花旗袍飘飘摆摆。你不久就要见到那件飘飘摆摆的碎花旗袍，并且，它要在你的眼前、心中和梦里，飘飘摆摆飘飘摆摆伴随你的一生。在她的房间里，电风扇还在循规蹈矩地转着，唯两盆花团锦簇的瓜叶菊响应它的吹拂。地毯上，阳光已经退尽，紫红色愈加浓重。书柜中的那只玩具狗，一双忠厚的眼睛，永不厌倦地瞭望对面墙上那幅油画：湖岸、残雪、远山。

阳光差不多没了，水田里的青蛙快活起来，愈唱愈烈。你偶尔发现，对面的山梁上冒出一个人来。这会儿你还看不出他的出现有什么重要。如果，你明天到大山里去并不需要过一条河，或者河上并不止那一座老桥，那，这个人的出现只不过是一件无关宏旨的小事，与一只飘然而到又飘然而去的蝴蝶没什么两样。

那个女人出了院门，往西走，看似离你越来越远了，事实上她正一步步走近你的命运。她能否走进你的命运，现在，决定于那座老桥了。

决定于那座老桥。决定于老桥一座桥墩上的一条裂纹。决定于一对青年恋人和一个老年养路工。

在那片美丽的云霞下面，一对青年男女正走向那座老桥，他们沿着河边走，一前一后，走下河堤，分开没膝的荒草，走到老桥底下。

这时候，那个养路工，那个老头，也正从河对岸朝老桥走来。

那对青年男女一走到桥下，什么都来不及说，就搂抱在一起。老桥有三座桥墩，他们靠着北边的一座，疯狂地亲吻，发出焦渴的叹息。那片美丽的云霞倒映在河中，给绿腻腻的河水添一片明快的色彩。在晴朗的日子，这条河一向很安稳，甚至是很沉闷，水流很柔弱、很浅、流速缓慢，但三座桥墩都很高，这说明它必是有奔腾咆哮狂暴不驯的时刻。正是这对恋人身旁的一座桥墩，在荒草掩盖的部分，有了一条裂纹，表面看并不严重，但这裂纹已经延伸进桥墩的内部很长也很深了。小伙子正年轻,有的是力气,他把姑娘抱起来,把头埋进她的怀里,姑娘目光迷离任他摆布。潺潺的流水声中,隐若可闻快乐的呻吟。

老年的养路工,那个老头,这时走到了桥上,他耳也不聋眼也不花,什么都看得见什么都听得着。他不想冲散这对痴男恋女,便在桥头坐下,心想等一等,等那两个孩子度完他们最要命的时刻。老头抬头看天,凭着几十年的经验,他相信头上这一缕美丽的云彩不是什么好兆,十有八九是要有一场大水了。他就是为看看这座老桥来的,看看它有什么问题,经不经得住洪涛巨浪;没想到会碰上桥下这两个小疯魔。"小疯魔",老头在心里说,笑笑,想起自己早年也那么疯魔过,一点儿不比桥下这两个来得规矩。老头抽了一袋烟,尽量不去偷听桥下的动静,桥下都是怎么回事老头一清二楚,时光如飞,他自己做那样的事仿佛就在昨天,现在他已经没兴致了,但他记得那对一个人来说是多么要命的时候。可是桥下娇声嗲气地开始有说有笑了,虽然那两个孩子以为他们的声音很轻,但含含混混的话语流进老头的耳朵都变得清清楚楚,老头极力忍住笑,驱逐开想往桥下看一眼的欲望。这两个孩子他认识,仿佛前两天还见他们为一只蝴蝶打架呢,怎么?老头愣愣地想,这么快他们就长大了?到了懂这种事的年纪了?老头掐指算了算,仰天叹一口气,习惯地在桥面上磕了磕烟锅儿。这一下,桥下的窃窃私语戛然而止。半天没有动静。

"谁呀?"小伙子的声音。

老头心里很抱歉,不言语。

"没人。"小伙子对姑娘说。

"有,肯定有。"姑娘的声音,很轻。

姑娘从小伙子怀里跳下来的声音。

"桥上有人吧？"小伙子又问。

老头屏住呼吸，不敢动。

"没人。"

"喔哟——吓得我……"

"怕什么？"

"我的心这会儿还咚咚跳呢。"

"是吗？我听听。"

"你听。去！别动……"

又没声音了。老头把烟锅插进腰间，慢慢站起身。这时桥下又传上来快乐的呢喃和呻吟，一阵一阵，娇痴或者蛮憨，一阵强似一阵，一阵长似一阵。老头看看天色，心说，我还是回家去吧。

老头走了，沿着河岸走了很久，融进暮色之中。这一来，年轻恋人身旁那座桥墩上的裂纹，在大暴雨到来之前就不可能被发现了。

这一来，你和那个女人之间的一条无形的路，就完全疏通了。这么多年来，一点儿一点儿，到那老头离开这座老桥，你们之间的阻碍才算全数排除了。

那场大雨一到，半夜，山洪就会下来。水从大山的每一条沟壑中蹿跃而来，灌进这条河，聚成浩荡洪流，掀起排天大浪，一路翻滚咆哮轰轰烈烈经过这座老桥，桥墩上那条裂纹被冲撞得不断延长、加深，顶多挨到拂晓那桥墩就挺不住了，老桥势必坍塌，往大山里去的路在这儿阻断。而你们，你和那个女人之间的路将彻底连通。你们一同乘坐的那趟汽车，在半路听说了河上的消息，停下来。路边有一家小饭馆。河上来的消息不太明确，只知道在前面的什么路段上交通出现故障。你和车上的十几个人都到那家小饭馆里去。那时你将发现，所有的座位上都有了人，只有你和那个女人站着。你们，你和那个女人，同时看中了那扇很高但是很窄的后窗，把烫烫的咖啡放在窗台上，站在后窗的两侧。她很美，她的皮肤很细很白，戴一副黑边眼镜，仍然穿着那件碎花旗袍……剩下的事你都知道了。

现在，山背后的那个人走到了你的门前。

"请问，太平桥怎么走？"他在门外问。

天黑下来，昏昏暗暗的你看不清他的面孔。

他把肩上的大背包放在台阶上，跟你要一杯水。

你的母亲在里间屋问："谁呀？是谁来了？"

这个从山里来的人很爱说话，或者是孤零零的一个人走了这么久，很想找人说说话。他一边喝水，一边给你讲大山里发生的那件事。

你的母亲在里间屋问："你在跟谁说话？"

暮色沉沉，你扶着门框站在门里，那个过路人坐在门外的台阶上，在晚风掀起的欢快的蛙鸣中，你们一起谈论大山里发生的事：

"这么说，他在那湖上整整走了一宿？"

"对。谁也不知道他从哪儿来。"

"他身上，没有什么能说明他身份的东西么？"

"背包里有一张他年轻时的照片。很旧了，已经发黄，表面布满了裂纹。"

"是他？"

"是他，是他年轻的时候。是从一张合影上剪下来的。"

"噢？"

"照片的一侧，残留着一个女人的肩膀。"

"肯定是个女人？"

"看得出，她穿的是一件碎花旗袍。"

"什么颜色？"

"墨绿色的衬底，紫红色的碎花。"

"他呢？"

"他吗？看样子那时他有三十多岁，一张最容易被人忘记的脸。"

山里来的这个人走后，你回到写字台前，看那篇已经接近完成的小说——《众生》。看了很久，反复看了几遍，然后你相信，除了其中的一句话，其余的都应该作废、重写。那句话是：终于有一天，弟子们会看见佛祖所处的两难境地。

南墙上层层叠叠的叶子在晚风中抖动。蔫萎的花朵缩得更小，将被半夜的狂风吹落。那些崭新的花蕾信心十足地生长，将在天明时的暴雨中开放。

你走进里屋，对母亲说："明天我要进山去，天一亮就动身。"

/众生/

一

〔注〕此一节全文引自道格拉斯·R.霍夫施塔特和丹尼尔·C.丹尼特所著《心我论》第十八章"第七次远足或特鲁尔的徒然自我完善"中所引用的斯坦尼斯瓦夫·莱姆的一篇文字（《心我论》，译者陈鲁明，上海译文出版社出版）。

宇宙无限却有界，因此，一束光不管它射向哪一个方向，在亿万年之后，将会回到——假如这光足够强有力——它的出发点。谣言也同样，从一个星球到另一个星球，传遍每一处。有一天，特鲁尔听远处的人说，有两个力大无比的建造者兼捐助人，聪明过人，多才多艺，谁也不是他们的对手。他赶忙跑去见克拉鲍修斯。后者向他解释说，这两个人并不是什么神秘的敌人，而正是他们自己，因为他们已经遐迩闻名。然而，名声有一个缺点，即它对人的失败只字不提，尽管这些失败正是极度完美的产物。谁若是不信，就请回忆一下特鲁尔七次远足的最后一次，那次他没与克拉鲍修斯结伴同行，后者因有要事而不能脱身。

在那些日子里，特鲁尔非常自负，他接受了各种各样应得的荣誉和称号，这都是十分正常的。他驾着飞船向北飞去，由于他对这个区域不熟悉，飞船在渺无人烟的空间航行了好一段时间，途中经过了充满战乱的区域，也经过了现已变得荒芜寂静的区域。突然，他看见了一颗小星球，与其说是一颗星球，倒不如说是一块流失的物质。

就在这块大岩石上，有人在来回奔跑，奇怪地跳着脚，挥着手。对这个无比孤独、绝望、也许还是愤怒的人，特鲁尔感到惊讶，也感到关切，于是他立刻把飞船降落了。那个人就向特鲁尔走来。此人显得异常傲慢，浑身上下都是铱和钒，发出丁零当啷的金属碰撞声。他自我介绍说，他是鞑靼人埃克塞尔修斯，曾是潘克里翁和西斯班德罗拉两大王国的统治者。这两个王国的臣民一时疯狂而将他赶下王位，放逐到这颗荒芜的小星球上，从此他便永远在黑暗和流星群中飘游。

当这位被废黜的国王知道了特鲁尔的身份后，就一个劲儿地要求他帮助自己马上恢复王位，因为特鲁尔做起好事来也是个专家。

那位国王想到王位，眼中燃烧着复仇的火焰，他那双高举的铁手紧握着，仿佛已经掐住了那些可爱的臣民的脖子。

特鲁尔并不想按照国王的要求行事，因为那样做会造成极大的罪恶和苦难，但他又想安慰一下这位蒙受耻辱的国王。思索片刻之后，他觉得事情还有补救的希望，因为完全满足国王的心愿还是可能的——而且不会让那百姓遭殃。想到这里，他卷起衣袖，施展出他的全部本领，给国王变出了一个崭新的王国。新王国里有许多城市、河流、山脉、森林和小溪；天空中飘着白云；军队骁勇无比；还有许多城堡、要塞和淑女的闺房；繁华的集市在阳光下喧嚣不止，人们在白天拼命干活，到了晚上则尽情歌舞到天明，男人们还以舞刀弄剑为乐。特鲁尔想得很细，还在这个王国里放进了一座大理石和雪花石膏建造的豪华首都。在这里，聚集着一群头发灰白的贤人；还配有过冬的行宫和消夏的别墅；这里也充斥着阴谋家、密谋者、伪证人和告密者；大路上奔驰着浩浩荡荡的骑兵队伍，红色的羽毛饰迎风招展。特鲁尔别出心裁，使嘹亮的号声划破天空，紧接着是二十一响礼炮，他还往这个新王国里扔进一小撮叛国者和一小撮忠臣，一些预言家和先知，以及一个救世主和一个伟大的诗人。做完这些之后，他弯下腰，发动起机关，并用微型工具做了最后的调整。他给那个王国的妇女以美貌，给男人以沉默与酒后的粗暴，给官吏以傲慢与媚骨，给文学家以探索星球的热忱，给孩子们以擅长吵闹的能力。所有这些都被特鲁尔有条不紊地装进一个盒子，盒子不太大，可以随身携带。他把这个盒子赠给可怜的国王，让他对它享有永久的统治权。他先向国王介绍了这个崭新王国输入和输出的所在，教他怎样编制关于战争、镇压暴乱、征税纳贡的程序，还向他指明了这个微型社会的几个关键之处，哪些地方最容易发生宫廷政变和革命，哪些地方则最少有这类变动。特鲁尔把一切有关的情况都做了仔细介绍，而国王又是统治王朝的老手，马上就领会了一切，于是在特鲁尔的监督下，他试着发布了几个号令，他准确地操纵着控制杆，控制杆上面雕刻着雄鹰和勇狮。这些号令一宣布，全国便处于紧急状态，实行军事管制和宵禁，并对全体国民征收特别税。王国里的时间过去了一年，而对在外面的特鲁尔和国王来说，还不到一分钟。国王为了赢得仁德之君的声名，用手指在控制杆上轻轻拨了一下，便赦免了一个死刑犯，减轻了特别税，撤销了紧急状态，于是，全体臣民齐声称谢，欢呼声如同小老鼠被倒提着尾巴时发出的尖叫。透过刻有花纹的玻璃你可以看到，在尘土飞扬的大道上，在水流缓缓的河边，人们在狂欢，齐声歌颂统治者的大恩大德。

由于盒子里的王国太小，就像小孩的玩具，起先这位国王还颇不满意，但是当他透过盒子的厚玻璃顶盖看去，发现盒中的一切看上去都很大时，他慢慢地有所领悟，大小在此无关宏旨，因为对政府是不能用公尺和公斤来衡量的，对感情也同样，无论是巨人还是侏儒，他们的感情很难有高矮之分。因此他感谢了制造这个盒子的特鲁尔，尽管态度多少有点儿生硬。又有谁会知道这位狠毒的国王在想些什么呢？也许此刻他正在肚子里盘算着将他的恩人特鲁尔套上枷锁，折磨至死，杀人灭口，免得以后有人说闲话，说这位国王的王朝只不过是某个以四海为家的补锅匠的微薄施舍。

然而，由于他们大小悬殊，这位国王很明智，认为这是绝不可能的，因为还没等他的士兵抓住特鲁尔，后者放几个跳蚤便可将他们统统抓住。于是，他又一次冷淡地向特鲁尔点了一下头，把象征王权的节杖和圆球夹在腋下，双手捧起盒子王国，咕隆一声，走向那流放时住的小屋。外界，炽热的白昼与混沌的黑夜交替着，这位被臣民们认为是世界上最伟大的国王，根据这颗小行星的旋转节奏，日理万机，下达各种手谕，有斩首，也有奖赏，使得百姓对他忠心耿耿，百依百顺。

特鲁尔回到了家中，不无自豪地将这件事告诉了克拉鲍修斯，他将事情的经过一一讲出，说起他如何略施小计，既满足了国王的独裁欲望，又保障了他以前的臣民的民主愿望，言谈间不禁流露出得意之情。但令他吃惊的是克拉鲍修斯并没有赞赏他，反而脸上显出责难之色。

沉默片刻之后，克拉鲍修斯终于开口了："你是不是说，你把一个文明社会的永久统治权给了那个杀人不眨眼的暴君，那个天生的奴隶主，那个以他人的痛苦取乐的虐待狂？而且，你还对我说他废除了几个残酷的法令便赢来了一片欢呼声！特鲁尔，你怎能做出这样的事？"

"你是在开玩笑吧？"特鲁尔大声说道，"事实上，这个盒子王国才二英寸长，二英寸宽，二点五英寸高……这只不过是个模型……"

"什么东西的模型？"

"什么东西？当然是一个文明社会的模型，只不过缩小了几亿倍。"

"既然如此，你又怎么知道天下没有比我们大几亿倍的文明社会？如果真有的话，我们这个文明社会不就成了模型了？大与小有什么关系？在盒子王国中，居民们从首都去边远的省份不也要花几个月的时间吗？他们不也有痛苦，也有劳累，也会死亡吗？"

"请等一下，你很清楚，所有这些过程都是根据我设计的程序进行的，因此它们不是真的……"

"不是真的？你的意思是说盒子里是空的，里面发生的游行、暴力和屠杀都是幻觉？"

"不，不是幻觉，因为它们具有实在性，只是这种实在性完全是我通过摆弄原子而导致的微型现象。"特鲁尔分辩说，"问题的关键在于，那里发生的生生死死、恩恩怨怨，只不过是电子在空间的轻微跳跃，完全听从我的非线性工艺技术的安排，我的技术……"

"行了行了，别再吹了！"克拉鲍修斯打断了他，"那些过程是不是自组的？"

"当然！"

"它们是在无穷小的电荷中发生的？"

"你知道得很清楚，当然是的。"

"那么，那里发生的黎明、黄昏、血腥的战争都是因真实变量的相互作用而产生的？"

"正是的。"

"如果你用物理、机械、统计和微观的方法来观察我们这个世界，不也是些电荷的轻微跳跃吗？不也是正负电荷在空间的排列吗？我们的存在不也是亚原子的碰撞和粒子的相互作用的结果吗？尽管我们自己把这些分子的翻转感知为恐惧、渴望或静思。当你在白日里遐想时，在你大脑里除了相联与不相联环路的二进制代数和电子的不断游动外，还有什么呢？"

"你说什么，克拉鲍修斯？难道你认为我们的存在与那个玻璃盒里的模拟王国是一样的？"特鲁尔慷慨陈词，"不，不一样，这完全是风马牛不相及的！我只不过想制造一个国家的模型，这个模型只从控制论的角度来看是完美的，仅此而已！"

"特鲁尔！我们的完美正是我们的灾难，因为我们每前进一步，都将招致无法预料的后果！"克拉鲍修斯的声音越来越大，"如果一个拙劣的模拟者想要折磨人，会制造一个木偶和蜡像，然后使它大概有个人样，这样，不管他怎样拳打脚踢，也完全是微不足道的讽刺而已。但如果这场游戏有了一系列的改进，情况就会大不一样。比方说，有这样一个雕塑家，在他的塑像的肚中安装了一个放音装置，只要照准它的腹部打去，它就会惨叫一声。再比方说，要是一个玩偶挨了打会求饶，就不再是个粗糙的玩偶了，而是一个自稳态生物；如果一个玩偶会哭，会流血，知道怕死，也知道渴望安宁的生活，尽管这种安宁只有死亡才能带来！你难道看不出，一旦模拟者如此完美无缺，那么模拟和伪装就都变成真实了，假戏就会真做！特鲁尔，你想让多少个血肉之躯在一个残酷的暴君手下永远受折磨……特鲁尔，你犯下了一个弥天大罪！"

"这纯属诡辩！"特鲁尔厉声喊道，因为他此刻已感到了他朋友话中的含义。"电子不仅在我们的大脑里游动，它们同样也在唱片中游动，这并不能说明什么问题，当然也不能证明这种类推！那个魔鬼国王手下的百姓们被杀了头也确实会死，也知道伤心、战斗，还会爱，因为我建立的参数正是这样。但是，克拉鲍修斯，你不能说他们在这个过程中会有什么感觉，因为在他们大脑中跳跃的电子不会告诉你这方面的知觉！"

"但是，如果你窥视我的大脑，也只能看到电子，"克拉鲍修斯反驳说，"好，不要再装傻了，别假装不明白我的意思了，我知道你不至于那样愚蠢！你想想，一张唱片会听你差遣，会跪地求饶吗？你说你无法分辨那些臣民挨了打之后是真哭还是假哭，因为你不知道他们是因为电子在身内跳跃而发出尖叫，还是因为真的感觉到了疼痛而失声痛哭。这个区别好像很有道理，但是特鲁尔，痛苦是看不见、摸不着的，只要一个人的行为有痛苦的表现，那他就是感觉到了痛苦！你此时此刻请拿出证据给我一劳永逸的证明，他们没有感觉，没有思维，没有意识到他们在生前死后之间的这段空白。特鲁尔，你把证据拿给我看看，我就算服了你！你把证据拿出来，证明你只模拟了痛苦，而没有创造痛苦！"

"你心里太清楚了，这是不可能做到的。"特鲁尔平静地回答道，"即使当盒子里还一无所有，我还没拿起工具的时候，我就预料到有这样一种求证的可能性，我的目的是为了消除这种可能性。不然，那个国王迟早会发现他的臣民不是真人，而是一群傀儡，一群木偶。你应该理解，没有其他办法！一旦让国王发现半点儿蛛丝马迹，那就会前功尽弃，整个模拟就会变成一场机械游戏。"

"我明白，我太明白了！"克拉鲍修斯大声说道，"你有崇高的愿望，你只想建造一座能以假乱真的王国，鬼斧神工，没有人能辨出真假，我认为在这一方面你成功了！你虽然回来了才几个小时，但是对于那些被囚禁在盒子里的人们来说，几百年的光阴已经流逝了，有多少生灵遭到蹂躏，而这纯粹是为了满足那个国王的虚荣心！"

听到这里，特鲁尔二话没说，拔腿就向他的飞船跑去，并发现他的朋友也紧随其后。特鲁尔的飞船直驶太空，开足马力，朝远处两大团火光之间的那条彩虹飞去。在路上，克拉鲍修斯对他说："特鲁尔，你真是不可救药。你做事总不三思而行。到了那儿之后，你打算怎么办呢？"

"我要把那个王国从那个国王手里夺回来！"

"夺回来以后又怎么处置呢？"

"毁了它！"还没等话说完，特鲁尔已经意识到这话的意思，赶紧住了口。最后他喃喃地说道："我要举行一次选举，让百姓们从他们中间选举出公正的领袖。"

"你的程序把他们设计成为封建君主的顺民，选举又能解决什么问题？首先，你必须砸碎整个王国的结构，然后从头建立起一个新秩序……"

二

C：你首先要把这盒子里的"封建程序"删除，然后建立起诸如自由、平等、民主、解放等新的程序。或许这两件事是要同时进行的，因为你千万不能使这个盒子里出现片刻的零值，出现零值就意味着毁灭。只有这样，盒子王国中的人民才能摆脱那个暴君的压迫，一个民主和法制的国家才能诞生。

T：你是说，盒子里的百姓会奋起推翻这个封建王朝？

C：是的。当然，这需要设计一整套相当复杂的程序。如果你要挽回你的过失，你就只有这样去做了。这盒子里现在已经遍布着生命和情感了，如果你毁了它，则无异于一场灭绝种类的大屠杀，你当然不能这么干。那么你就只好多费费心，向这个盒子里输入科学、哲学、文学艺术、一切灿烂的思想、不断更新的生产力、最最美丽的理想以及为此理想而奋斗的持久不衰的热忱，等等一整套复杂的程序。然后等待盒子里的百姓觉醒，自己起来推翻这个封建王朝。

T：这并不复杂。这对我来说轻而易举。但是，那个国王呢？

C：看来他最好的命运就是被废黜。

T：然后再把他流放到另一个荒无人烟的地方去？

C：除非他不再想复辟，否则怎么办呢？

T：但是这样我岂不是等于什么都没干么？在我来到这儿之前，这样的事不是已经发生了吗？

C：你以为你多么伟大？你想要干什么？

T：难道没有一种办法可以拯救所有的生命和灵魂么？难道那个国王的痛苦就不是痛苦？你刚才说得对，只要一个人的行为有痛苦的表现，那他就是在痛苦着。

C：也许可以不流放他，但只允许他做一个与大家平等的公民，自食其力。

T：这也不难办到。但是你所说的那个"法制"到底意味着什么？它的存在，难道不说明仍然有罪恶、丑行、贫富之分、利害冲突存在，因而必然有痛苦存在么？连那个恶贯满盈的国王都知道——无论巨人还是侏儒，他们的感情没有高矮之分。如果我们仅仅是消灭了这样的痛苦，而依然保存了那样的痛苦，仅仅使这些人不再痛苦，而使另外一些人依旧痛苦，那我们岂不是等于什么都没做么？假如这个世界上还只剩一个人痛苦着，难道其他人就可以心安理得地享受快乐了吗？我们为什么不去设法消灭所有的痛苦呢？

C：T，我的好朋友！现在我真正理解你了，你虽然莽撞地闯下了大祸，但谁都应该看到你有一颗至善至美的心。

T：谢谢。但是我们现在怎么办？

C想了很久。

C：只有一个办法可以试试了。

T：什么？

C：佛法。使芸芸众生皈依佛法。

T：什么是佛法？

C：据说，佛祖为了寻求痛苦的解脱与人生的真理，曾抛弃了王位、财富和父母妻子，走遍了深山旷野，最后渡过连禅河，到了迦耶山附近的菩提迦耶，在一棵菩提树下，用草铺了一个座位，他就在这座位上坐下，并发出坚强的誓言："我不成正觉，誓不起此座。"过了七日，佛祖的禅定中出现魔境的扰乱，魔王派遣魔女来诱惑他，并发动魔兵魔将来威吓他，但佛祖意志坚定，不为所动，终于把魔王降伏。这说明了佛祖达到无欲无畏的过程。降魔后，佛祖集中精神，思考大地人生的问题，终于在三十五岁那年的一个半夜，看见明星出现，豁然觉悟，完成了无上正觉，于是成佛。

佛祖所觉悟的真理就是佛法。简而言之，那是世界上最为圆满的真理，它说明了宇宙的真相、人生的意义和道德的规则。佛说此法济度众生，使众生止恶行善，转迷为悟，离苦得乐，舍己利人。

T：所谓众生，是不是绝无例外地包括每一个人？

C：佛祖曾发宏愿，誓度一切苦恼众生。

T：这可办得到么？

C：佛祖在菩提树下初成正觉时，感叹道：奇哉，奇哉，大地众生，皆有如来智慧德相，但以妄想执着不能证得。若离妄想，则一切智慧皆得现前。后来，佛祖在涅槃之前又对他的弟子们说道：一切众生均有佛性，皆可作佛，绝无例外，就是断了善根的人也仍然有机会成佛。不能成佛的原因，是无名烦恼障蔽了佛性。所以，只要我们把佛法输入到这个盒子里去，使盒中众生皈依佛法，弘扬佛法，了悟缘起，断除无明烦恼，扫尽业惑阻障，众生就都可以慧光焕发，佛性显现，内心清静，无欲无畏，解脱一切痛苦，进入极乐了。

T：那就请你先行行善事，把佛法输入这个盒子里去吧。这不是既可救助这盒子王国中的众生，也可以救助我，甚至救助你自己吗？

C：让我们试试看。

于是 C 和 T 动手把佛法输入盒中。并且设计了一套使每一个人不仅仅是可能成佛，而且必将成佛的程序，也输入盒中。

两个人自以为德行圆满大功告成，欢天喜地地回家去了。

三

但是不久之后，T 和 C 驾飞船在宇宙中逍遥自在地遨游，当他们又经过那颗小行星时，听见那只小盒子里静悄悄的一点儿声音都没有。他们觉得奇怪，便又一次在那小行星上着陆。在 T 和 C 想来，他们离开的这几天，小盒子中已经过了上万年，在那儿，即便佛祖的宏愿仍未完全实现，总也该是夜不闭户、路不拾遗、为官者不威不贪勤廉治政、为民者互爱互敬乐业安居、百业兴盛万事昌荣、笙箫管乐歌舞升平，几近乐土的一个世界了。怎么会一点儿声音也没有呢？

C 有一种不祥的预感，跳下飞船，拼命向小盒子那儿跑去。

当 T 慢悠悠地走出驾驶舱来到 C 近旁时，发现 C 抱着那只小盒子一言不发，面如土色双目失神。

T：怎么了？

C 仰望苍天，欲言无声。

T 慌了，把 C 抱住：C！怎么了你这是？！

很久 C 才透过一口气，喃喃道："天哪，这到底是为什么？"

T：出了什么事？

C：你自己看吧。盒子里的正值与负值、真值与假值、善值与恶值、美值与丑值……总之一切数值都正在趋近零，一切矛盾都正在化解，一切差别都正在消失。

T：难道这不是我们所期望的吗？

C：T，你真是秉性难改，你还是那样遇事不能三思。要知道，这样下去盒子里就要出现零值了！如果我们期望的是这个，我们当初何必费那么大力气呢？我们把这个盒子毁掉不就完了吗？零值！懂吗？一旦达到零值，盒子里的所有生灵就都要毁灭了！

T往盒中细看，也不禁大惊失色。盒子里的亿万众生都一动不动，脸上没有任何表情，身上没有一丝生气，呆若亿万朽木枯石，在他们的大脑里也几乎观察不到电子的跳跃了。

C：肯定是在哪一个环节上出了差错。

T：在哪一个环节？

C：天知道。

就在这时，从对面的山梁上走下来一个人。T和C举起望远镜，看见来者的模样很像昔日的那个国王，但肯定不是他，来者一身平常的装束，一副平常人的表情。来者走到T和C面前，站住。

T问：你是谁？

那人说：有人说我是好人，也有人说我是坏蛋。

C问：你从哪儿来？

那人说：有人说是从天堂，也有人说是从地狱。

C：你有什么事吗？

那人：当然，无事可做我就不存在了。

C心里忽然有所觉，便把那个盒子拿给他看。

那人把盒子托在掌心，笑道：噢嗬，一个没有了烦恼的世界。

C：它到底出了什么毛病？盒子里的众生为什么都一动不动？

那人：他们全都成佛了，你还要他们做什么呢？

C：要他们行一切善事，要他们普度众生。

那人又笑一笑：所有的人都已成佛，这盒子里还有什么恶事呢？他们还去度谁呢？没有恶事，如何去行善事呢？

T：至少他们的大脑应该活动吧？

那人：你要他们想什么呢？无恶即无善，无丑即无美，无假即无真，没有了妄想也就没有了正念，他们还能想什么呢？

T：也许他们可以尽情欢乐？

那人：你这位老兄真是信口开河，无苦何从言乐？你们不是为他们建立了消除一切痛苦的程序么？

C心里已经完全明白了，问：那么，我们应该怎么办？

那人：再输入无量的差别和烦恼进去，拯救他们。同时输入无量智慧和觉悟进去，拯救他们。至少要找一个（比如像我这样的）坏人来，拯救这些好人。要找一个魔鬼来拯救圣者。懂了吗？

T：可是，哪怕只有一个人受苦，难道亿万人可以安乐吗？佛法说，要绝无例外地救度一切众生，不是吗？

那人：你们忘了佛祖的一句至关重要的话：烦恼即菩提。普度众生乃佛祖的大慈，天路无极是为佛祖的大恶。

那人说罢，化一阵清风，不见了。

T：C，我们到底怎么办？

C：不知道。我只知道我们俩半斤对八两，不过是一对狂妄的大傻瓜。也许，唯有自然才是真正的完美。

一九九一年

图书在版编目（CIP）数据

我的遥远的清平湾：插图版 / 史铁生著. —长沙：湖南文艺出版社，2016.12
（2023.11重印）
ISBN 978-7-5404-7809-4

Ⅰ.①我… Ⅱ.①史… Ⅲ.①中篇小说—作品集—中国—当代 Ⅳ.①I247.5

中国版本图书馆CIP数据核字（2016）第236266号

上架建议：名家经典/当代小说

WO DE YAOYUAN DE QINGPINGWAN：CHATU BAN

我的遥远的清平湾：插图版

作　　者：史铁生
出 版 人：陈新文
责任编辑：薛　健　刘诗哲
监　　制：于向勇
策划编辑：楚　静
营销编辑：王　凤
内文插图：吴冠中
版式设计：潘雪琴
封面设计：仙　境　李　洁
出版发行：湖南文艺出版社
　　　　　（长沙市雨花区东二环一段508号　邮编：410014）
网　　址：www.hnwy.net
印　　刷：三河市兴博印务有限公司
经　　销：新华书店
开　　本：875mm×1230mm　1/32
字　　数：280千字
印　　张：11.5
版　　次：2016年12月第1版
印　　次：2023年11月第9次印刷
书　　号：ISBN 978-7-5404-7809-4
定　　价：62.00元

若有质量问题，请致电质量监督电话：010-59096394
团购电话：010-59320018